参考消息 · 强国策丛书

中国大治理

王朝文 〇 主 编

红旗出版社

图书在版编目（CIP）数据

中国大治理 / 王朝文主编 .—北京：红旗出版社，2020.4
ISBN 978-7-5051-4606-8

Ⅰ . ①中… Ⅱ . ①王… Ⅲ . ①新闻报道—作品集—中国—当代 Ⅳ . ① I253

中国版本图书馆 CIP 数据核字 (2020) 第 030799 号

书　　名　中国大治理
主　　编　王朝文

出 品 人　唐中祥
总 监 制　褚定华　　　　　　　　责任编辑　张佳彬
选题策划　徐　澜　　　　　　　　封面设计　李　妍
出版发行　红旗出版社　　　　　　地　　址　北京市沙滩北街 2 号
邮政编码　100727　　　　　　　　编辑部　　010-57270347
E - mail　hongqi1608@126.com　发 行 部　010-57270296
印　　刷　北京朝阳印刷厂有限责任公司
开　　本　710 毫米 ×1000 毫米　　1/16
字　　数　493 千字　　　　　　　印　　张　32
版　　次　2020 年 5 月北京第 1 版　印　　次　2020 年 9 月北京第 2 次印刷
ISBN 978-7-5051-4606-8　　　　　定　　价　82.00 元

编委会

序　言

党的十九届四中全会《决定》指出，加强制度理论研究和宣传教育，引导全党全社会充分认识中国特色社会主义制度的本质特征和优越性，坚定制度自信。作为党的宣传阵地与新闻媒体，加强制度自信宣传教育，讲好中国制度故事是当前一项重要的政治任务。

一、从甲午之败中理解制度建设的重大意义

习近平总书记强调，新时代改革开放具有许多新的内涵和特点，其中很重要的一点就是制度建设分量更重。他强调，真正实现社会和谐稳定、国家长治久安，还是要靠制度。因此，要深刻把握我国发展要求和时代潮流，把制度建设和治理能力建设摆到更加突出的位置。

2019年7月25日是甲午战争爆发125周年。甲午战争是一场深刻影响和改变中国命运的战争，相当程度上影响了世界历史进程。如果我们今天反思125年前的甲午战争，那么，清朝甲午之败不仅仅是军事之败，更是制度之败。日本的胜利是制度的胜利，清朝的失败是制度的失败。

鸦片战争一声炮响，在唤醒清朝的同时也唤醒了日本。中日两国同时走上了"改革开放"的道路。但是，清朝洋务运动是"中学为体，西学为用"，是只改器物、不改制度的改革，是不触及腐朽统治阶级利益的改革。虽然清朝拥有一支亚洲最先进的近代化海军舰队，但旧观念、旧体制、旧

制度束缚着北洋舰队。而反观日本，明治维新是"全盘西化""脱亚入欧"，使日本在政治、经济、军事上实现了较为全面的近代化改革，走上资本主义发展道路，成为一个现代国家。日本和清朝的甲午对决，是明治维新与洋务运动的实战检验，是一个现代国家与前现代国家的对决，是两种社会制度的较量。日本思想家福泽谕吉说，一个民族要崛起，要改变三个方面：第一是人心的改变；第二是政治制度的改变；第三是器物的改变。三者缺一不可。结果日本成功了，清朝失败了。

梁启超说，甲午战争对中华民族的影响，是唤醒"吾国四千余年大梦"。作为近代中国救亡图存的起点，甲午战争警醒我们：制度落后必然挨打。任何国家的崛起与民族复兴都需要制度的崛起。

二、从西方之乱中反思制度竞争的复杂局面

自从100多年前社会主义制度诞生以来，社会主义制度与资本主义制度的竞争与斗争就一直没有停止过，既有热战，也有冷战，更有凉战。

2019年11月9日是柏林墙倒塌30周年。1989年11月9日，柏林墙轰然倒塌，标志着冷战结束。东欧剧变、苏联解体，国际共产主义运动遭受重大挫折。1992年，美籍日裔学者弗朗西斯·福山抛出"历史终结论"，认为西方自由民主是世界上最好的，也是人类最后的一种政治制度。但30年后的今天，西方学者与媒体纷纷对柏林墙倒塌进行了反思与讨论。大多数西方舆论认为，福山的"历史终结论"无论在政治上还是经济上都是错误的。柏林墙倒塌30年，"西方模式"非但没有取得胜利，反而遭遇严重的信誉危机，西方资本主义需要"大修"。

在西方学者中，福山作为代表性人物，他的自我否定更有说服力。2019年11月7日，福山接受美联社专访时承认"历史没有终结"，认为西方并未迎来"黄金时代"。柏林墙倒塌后，"9·11"事件、伊拉克战争、金

融危机接连爆发，民粹主义反弹令人沮丧。然而，福山认为，中国最近30年的崛起重绘地缘政治版图，中国不断增长的财富和影响力正在颠覆国际体系。

在西方政要中，法国总统马克龙是一位比较清醒的政治家。2019年8月27日，马克龙总统在一年一度驻外使节会议上对二战后建立起来的国际秩序与西方制度作出深刻反思，提出"西方世界霸权终结论""西方制度岔路论"。马克龙说："我们正经历西方世界霸权的终结。从18世纪起，我们就适应了建立在西方霸权基础上的国际秩序。西方霸权在18世纪是经历启蒙运动的法国霸权，在19世纪是经历工业革命的英国霸权，在20世纪是经历两次世界大战后拥有经济和政治统治地位的美国霸权。但现在一切都变了，一切都被西方所犯的错误和美国政府近些年来的选择所颠覆。"马克龙还说："我们还面临一场从未有过的市场经济危机。由欧洲创立并在欧洲实施的市场经济在数十年中已经走上岔路。""扭曲的市场经济导致严重的贫富不均和两极分化，也打乱了我们的政治秩序。"马克龙的反思可谓一针见血，直接触及西方制度的深层次问题。

柏林墙倒塌30年告诉我们：西方制度抱残守缺，不能与时俱进，到今天形成政治之"恶"、资本之"恶"和社会之"恶"并举的局面。世界历史没有被西方的"自由民主"所终结；相反，中国的崛起开启了新的世界历史。

三、从普京主义中启迪制度改革的路径选择

习近平总书记指出："我国国家治理体系需要改进完善，但怎么改、怎么完善，我们要有主张、有定力。如果不顾国情照抄照搬别人的制度模式，就会画虎不成反类犬，不仅不能解决实际问题，而且还会因水土不服造成严重后果。"推进国家治理体系和治理能力现代化，虚心学习他国经验很重要，但学习的目标不是把自己变成他国，而是要把自己变得更好。

无论是苏联，还是俄罗斯，对现代中国的影响都非常巨大。它是中国的老师，十月革命一声炮响，给中国送来了马列主义；它是中国的镜子，苏联解体，给中国共产党提供了活生生的反面教材。近年来，俄罗斯国家模式与治理体制的探索引人深思，发人深省。

2019年2月11日，俄罗斯《独立报》刊登俄前副总理、现总统助理弗拉季斯拉夫·苏尔科夫的一篇文章，题为《普京的长久国家》，引发世界舆论的关注。文章全面阐述普京执政体制与普京主义的背景、内涵与意义。文章认为，俄罗斯具有不同寻常的特质，由普京主导的俄罗斯新型国家模式大致成形，正在逐步适应，已经彰显独特性与生命力。它将是俄罗斯民族在未来数年、数十年甚至可能是整个世纪得以生存并崛起的有效手段。文章指出，普京的政治体制乃至普京主义的整个思想和维度体系是属于未来的意识形态，它不只适用于俄罗斯的未来，而且具备极大的输出潜力。文章还指出，俄罗斯将按自己的意愿行事，它不会垮掉，将拥有绵长、光荣的历史。它从西方借鉴的政治机制"就像外出用的服装一样，我们只是穿着它见别人，而在自家，每个人都知道自己穿的是什么"。

普京的"长久国家"启示我们：任何国家的制度都植根于自己民族的历史，都适应自己国家的特质，都按自己的意愿行事。经过叶利钦时代的全盘西化，到普京主义的形成，俄罗斯人终于明白，西方的"飞来峰"不适合俄罗斯土壤，要走自己的路。

四、从两大奇迹中探究中国制度的制胜密码

四中全会《决定》指出，新中国成立70年来，我们党领导人民创造了世所罕见的经济快速发展奇迹和社会长期稳定奇迹，中华民族迎来了从站起来、富起来到强起来的伟大飞跃。这"两大奇迹"，这一伟大飞跃，是中国制度优势与治理优势的生动实践。这是第一次向世界阐明中国之治的制

度密码与治理密码。

十九大后，海外媒体对中国的关注力度、视角与立场的变化，充分反映了中国"两大奇迹"与伟大飞跃的世界影响与国际意义。从海外媒体对中国的报道与评论来看，海外有识之士开始从认同中国经济奇迹到认同中国制度优势的转变，但西方社会对中国的担忧也开始从硬实力向软实力转变，这标志着中国与西方进入制度竞争的新阶段。中国为世界提供了思想公共产品，拓展了发展中国家走向现代化的途经，为解决人类问题贡献了中国智慧和中国方案。西方真正感受到中国政治模式对后进国家、转型国家、欠发达国家产生的吸引力，惊呼"中国赢了""西方已输"。以美国为代表的西方国家对中国的防范、敌视的情绪越来越强烈，攻讦中国开始成为一种新的"政治正确"。这从另一个侧面显示中国制度的影响力与感召力。

四中全会后，海外媒体解读称，中国从过去工业、农业、国防与科学技术的现代化，到如今的第五个现代化，即"推进国家治理体系和治理能力现代化"，就是要向外界表明：不只经济发展上有"中国模式"，政治体制也有"中国模式"。因此，西方在未来应对的大变局中必须面对一个制度自信的中国。

五、在百年变局中彰显中国制度的巨大威力

四中全会《决定》指出，顺应时代潮流，适应我国社会主要矛盾变化，战胜前进道路上的各种风险挑战，必须在坚持和完善中国特色社会主义制度、推进国家治理体系和治理能力现代化上下更大功夫。

习近平总书记强调，要胸怀两个大局，一个是中华民族复兴的战略全局，一个是世界百年未有之大变局。从中国的角度看，大变局"变"在中国快速崛起，"变"在中国模式提供新现代化路径选择，"变"在中国从"追赶时代"到"引领时代"的历史性跨越。从世界的角度看，大变局"变"在

国际格局的变迁，"变"在国际力量的对比，"变"在国际政治呈现新特征：民粹主义大行其道，逆全球化浪潮兴起，地缘冲突烽烟四起，强人政治出现回潮，全球军备竞赛再起。同一时空下的两个大局相互作用、相互激荡，必将演绎人类历史上最激动人心的新篇章。

中国崛起不是轻轻松松、敲锣打鼓就能实现的，必须准备进行具有许多新的历史特点的伟大斗争，必须防范可能迟滞或中断中华民族伟大复兴的全局性风险。第一，从党的建设来讲，如何跨越"塔西佗陷阱"？第二，从经济社会转型来讲，如何跨越"中等收入陷阱"？第三，从对外关系来讲，如何跨越"修昔底德陷阱"？这是中国完成崛起需要跨越的"三大陷阱"，需要打赢的新"三大战役"。一个拥有14亿人口的大国的崛起，是具有全人类意义的伟大事业，它的内在难度与外部冲击都将是前所未有的。"天下之势不盛则衰，天下之治不进则退。"这正是习近平总书记所强调的，我们需要把制度优势转化为治理效能，运用制度威力应对风险挑战的冲击。

制度强则国家强，制度兴则国运兴，制度稳则大局稳，制度安则人心安。近年来，《参考消息》站在世界百年未有之大变局的时空大格局中来把握大国制度竞争，站在中华民族复兴的战略全局的历史大视野来审视中国制度模式，运用独特的报道视角与翔实的报道内容，全方位、立体式呈现"世界之乱"与"中国之治"，为讲好中国制度故事、坚定中国制度自信发挥独特的作用。

2017年党的十九大召开前夕，《参考消息》推出"决胜百年：中国为什么自信"专题报道，探寻中国共产党决胜百年的自信之源，阐述社会主义在中国不断创新发展之路，纵论中国现代化模式对世界的贡献，解读中华民族强起来对世界的影响。

2018年庆祝改革开放40周年之际，《参考消息》组织"外交官忆开放往事""改革开放40周年纵横谈"专题报道，以中国外交官与海外政要撰文讲述或进行访谈的形式，回顾他们亲历、见证的中国开放往事，畅谈中国向世界打开大门、积极参与全球化、不断走向世界舞台中央的辉煌历程，纵论中国对外开放的伟大意义和世界影响。

2019年新中国成立70周年庆典期间，《参考消息》策划"世界纵论新中国70年"专题报道，邀请外国政要、政党领袖、海外专家与中国学者纵论中国发展成就、解读中国成功经验、畅谈中国未来愿景，向读者展现一幅世界眼中的中国壮丽画卷。

2019年党的十九届四中全会召开前后，《参考消息》推出"海外专家谈中国之治"专题报道，采访海外专家解读中国特色社会主义制度的优越性，畅谈中国共产党治国理政的成就和经验。

进入2020年，新十年大变局备受关注。新年伊始，《参考消息》组织"展望新十年大变局"专题报道，海内外政要、专家把脉潮流方向，预测前景趋势，中国治理将引领世界成为新共识。人们相信，中国一定能创造让世界刮目相看的新的更大奇迹！

70年沧桑巨变，"中国之治"不断迈向新境界，中国制度优势和治理经验备受世界瞩目。今天，《参考消息》编辑部再次联手红旗出版社，继推出《百年大变局》《强国新丝路》两书后，将"海外专家谈中国之治""世界纵论新中国70年""决胜百年：中国为什么自信"等六大专题报道进行重新整理，汇编成《中国大治理》一书，分为"中国之治""改革开放""决胜百年""未来变局"四大篇章，全面展示世界眼中的"中国之治"，系统分析中国决胜百年的自信之源，科学预测中国治理引领世界的必然趋势，有助于读者正确认识中国制度优势，有助于读者进一步增强"四个自信"。世界潮流浩浩荡荡，大国之间的竞争实质是制度之争。我们坚信，坚持和完善中国特色社会主义制度、推进国家治理体系和治理能力现代化，必将为实现中华民族伟大复兴的中国梦提供强大的制度保障，必将为人类制度文明发展进步作出更大的中国贡献。

《参考消息》编辑部

2020年1月

专家访谈 ➤ ➤

第二篇　改革开放：决定当代中国命运的关键一招

第三篇　决胜百年：中国为什么自信

海外访谈 ➤ ➤

第四篇　未来变局：中国治理将引领世界

第一篇

中国之治：
从新中国70年看中国奇迹

70年沧桑巨变，中国崛起令世界瞩目，中国奇迹令世界惊叹。海内外政要与专家纵论中国发展成就，解读中国成功经验，共同展现世界眼中的"中国之治"的壮丽画卷。

学者论衡➤➤

中国崛起开启新的世界历史

◆ 郑永年

西方制度抱残守缺，不能与时俱进。新时代呼唤一种新体制的出现，中国经过70年的创造性探索而造就的一整套新体制正是适应了这个时代的需要。

西方制度造成"三恶"并举

20世纪90年代初，美籍日裔学者弗朗西斯·福山发表了其所谓的"历史终结论"，认为西方自由民主是世界上最好，也是人类最后一种政治制度。这一理论广为流传，名噪一时，一方面是因为其符合西方主流意识形态的需要，另一方面是因为苏联东欧共产主义的轰然倒塌。但是好景不长，没过多久，西方自由民主内部开始发生巨大危机，并深刻影响到作为西方内部秩序外延的"自由国际秩序"。

今天，西方内外部危机互相交织，不断恶化，人们看不到内外危机如何缓和解决，出路在何方。与此同时，也正是在这段不长的时间里，中国

本文刊载于2019年9月11日《参考消息》。

实现了快速和可持续的崛起，在剧烈变化的国际事务上扮演着越来越重要的角色。世界历史不仅没有被西方的自由民主所终结；相反，中国的崛起开启了新的世界历史。

时刻想"终结"人类历史的西方制度为什么会如此快速衰落？一句话，西方制度抱残守缺，不能与时俱进，到今天形成了政治之"恶"、资本之"恶"和社会之"恶""三恶"并举的局面。尽管人们对此甚感可惜，但也无可奈何。应当指出的是，这里的"恶"指的是一种正常社会现象，即各种角色的"自私"行为。

西方政治制度到底发生了怎样的危机？这要看西方政治制度的"初心"及其演变。

西方政治制度要解决的是"权力之恶"问题。西方国家起源于暴力，即战争和征服。在理论上，从意大利的马基雅维利到英国的霍布斯，人们已经为通过暴力（包括战争）而建设国家路径的合理性提供了最有力的论证。实践层面，欧洲近代国家从战火中诞生，并且绝对专制是所有近代欧洲国家的最主要特色。在近代专制国家形成之后，欧洲才开始了"软化"和"驯服"权力的过程，也就是后来被称之为"民主化"的过程。洛克的自由主义理论开始"软化"政治的专制性质，而到了阿克顿勋爵的名言"权力趋于腐败，绝对的权力绝对的腐败"，欧洲政治制度的设计目标更加明确，那就是"权力制衡"。

西方通过一系列的制度设计来达成"权力制衡"的目标，包括宪政、三权（即立法、行政和司法）分立、法治、多党制、自由媒体和多元主义等。到了美国经济学家詹姆斯·加尔布雷思那里，就连经济力量也是对政治力量的有效制衡，即政治和经济权力的分离是西方民主的前提条件。

且不说所有这些"制衡"是否有效及其制衡的结果，西方政治制度的设计既忽视了资本之"恶"的问题，也忽视了社会之"恶"的问题，但这种忽视又很容易理解。西方近代国家的产生本来就和资本不可分离，如马克思所言，资本主义国家本来就是"资本的代理人"。在亚当·斯密的"看不见的手"那里，"恶"（追求私利）是一种积极的要素。他相信人们的"自私"行为可以自动导致公共品的出现。但其他人发现资本之"恶"的恶果。对资本之"恶"，马克思进行了充分的理论揭示，法国作家雨果和英国作家狄更斯等作了文学描述。近代以来，各国通过社会主义运动，对资本之"恶"有了一定的制衡。在这个过程中，民主的确发挥了很大的作用。

但是，当代全球化已经彻底改变这种局面，资本再次坐大。资本之"恶"可以被民主所制衡的条件是资本具有主权性，即无论是政治还是社会可以对资本产生影响力。然而，全球化意味着资本可以轻易和主权"脱钩"。资本没有国界。一旦资本与主权"脱钩"，资本所从事的经济活动，无论是全球化还是技术进步，无一不演变成独享经济，而非往日的分享经济。全球化和技术的进步为人类创造了巨量的财富，但大部分财富流向了极少数人手中，大多数人民能够分享的很少。这是今天西方收入差异加大、社会分化加深的最主要根源，也使得各种社会冲突浮上台面。

新时代呼吁新体制出现

与政治和经济相比，在任何地方，社会似乎永远处于弱势状态。近代民主产生以来，社会力量的地位尽管有所改善，但仍然改变不了其弱势的局面。尽管社会之"恶"基本上是其弱势地位的反映，但也有效制约着西方政治体制的运作。今天的西方，社会一方面追求自己的权利，但同时也倾向于滥用权利。福利制度就是明显的例子。民主经常演变成为福利的"拍卖会"。尽管"一人一票"的民主保障了人们可以得到"一人一份"，但并没有任何机制来保证"一份贡献一份"。如果没有"一人一份"的贡献，就很难保障福利社会的可持续性。资本自然被要求多付几份，即政府通过高税收政策来追求社会公平。但很显然，一旦资本可以自由流动，那么就可以逃避本国的高税收。实际上，"避税"也是西方资本"全球化"的强大动机之一。进而，随着社会越来越不平等，西方社会各种激进主义、极端主义及其所导致的暴力行为横行，影响社会的正常运作。

今天的西方，一个不可回避的现实就是，政治上已经充分实现了"一人一票"制度，但经济上则越来越不平等。西方政府不仅无能为力，反而趋恶，表现为政治精英之间没有共识，党争不止，治国理政被荒废。更为严重的是，党争往往和表现为形式繁多的民粹主义甚至政治极端主义联系在一起，造成了更进一步的社会分化。近代以来的代议民主已经失效，因为政治人物已经失去了政治责任感，导致了"有代议、无责任"的局面。民主成为各种社会冲突的根源。

无论是民主还是福利，其逻辑就是：一旦拥有，再不能失去。尽管危机越来越深刻，但人们看不到出路。很显然，在政治、资本和社会所有群体都成为既得利益的一部分、没有任何一个群体可以站在既得利益之上的时候，谁来解决问题呢？

这个新时代因此呼唤一种新体制的出现，这种体制既可以形成政治、资本和社会内部的制衡，又可以形成政治、资本和社会三者之间的制衡，从而实现双重的均衡及其在此基础上的稳定发展。而中国经过70年的创造性探索而造就的一整套新体制正是适应了这个时代的需要。

中国重视自主制度建设

新中国的70年基本上经历了三大阶段。1949年，毛泽东一代解决了革命与国家的问题，通过革命建设了一个统一的国家，结束了近代以来的内部积弱、外部受人欺负的局面。毛泽东之后的中国被称为"改革"的时代。顾名思义，"改革"就是"改进""改善""改良"和"修正"等，而非革命和推倒重来。

改革开放以来，邓小平一代解决了经济发展问题。中国在短短40年时间里，书写了世界经济史上的最大奇迹，把一个一穷二白的国家提升为世界第二大经济体、最大的贸易国；即使就人均国民所得来说，也已经接近了高收入经济体。不过，更大的奇迹在于促成了近8亿人口脱离贫困。历史地看，任何社会都有方式致富，但不是任何社会都能够找到脱贫方式。在脱贫成就方面，中国独一无二。

尽管中国的经济奇迹为人们所称道，但中国所取得的成就并不能仅仅以各种经济指标来衡量。无论是中国传统上的辉煌还是近代西方国家崛起的经验都表明了一个道理，不论是国家的崛起还是民族的复兴，最主要的标志便是一整套新制度的确立和其所产生的外在影响力，即外部的崛起只是内部制度崛起的一个外延。

制度是决定性因素。看不到中国的制度优势，既难以解释所取得的成就，也难以保障已经取得的成果，更难以实现未来可持续的发展。但同时制度建设也是最难的。近代以来直到今天，很多人一直期待着会从"天"上掉下来一套好制度。一些人更迷信西方制度，以为移植了西方制度，中国就可以轻易强大。但恰恰这一点早已经被证明是失败的。二战后，很多发展中国家简单地选择了西方制度，把西方制度机械地移植到自己身上。尽管从理论上说，宪政、多党制、自由媒体等什么都不缺，但在实际层面什么也没有发生，不仅没有促成当地社会经济的变化，反而阻碍着社会经济的发展。

而自主的制度建设和改进正是中国十八大以来的要务。十八大以来的"制度自信"和"文化自信"相互配合、相互强化，造就了今天人们所看到的一整套制度体系。

创造性地转化自身文明

在基本经济制度方面，中国已经形成了"混合经济制度"。具体地说，就是"三层资本构造"，即顶端的国有资本、基层以大量中小型企业为主体的民营资本、国有资本和大型民间资本互动的中间层。这个经济制度可以同时最大限度发挥政府和市场的作用。各种经济要素互相竞争和合作，造就了中国经济的成功，同时它们之间也存在着互相制衡的局面。因为一旦三层资本失衡，经济就会出现问题，人们就必须在三层资本之间寻找到一个均衡点。

而在这个过程中，政府扮演着不可或缺的角色。在中国的哲学中，发展和管理经济永远是政府最重要的责任之一。政府承担着提供大型基础设施建设、应付危机、提供公共服务等责任，而民间资本提供的则更多的是创新活力。过去数十年中国在构造世界经济历史奇迹的同时，又避免了亚洲金融危机（1997年）和世界金融危机（2008年），和这个经济体制密不可分。

在政治领域，西方的"三权分立"体系为党争提供了无限的空间，造就了今天无能政府的局面。相反，中国在十八大以来，以制度建设为核心，通过改革而融合了新中国成立以来的基本制度和传统制度因素，形成了"以党领政"之下的"三权分工合作"制度，即决策权、执行权和监察权，为建设稳定、高效、清廉的治理制度奠定了基础。

尽管"三层资本体系"和"三权分工合作体系"仍然有很大的改进空间，但它们已经构成了中国最根本的制度。经验地说，经济形式决定社会形式，而社会形式又决定政治形式。三层资本形式塑造着今天中国的社会结构。同时，中国的政治过程又是开放的，不同资本和社会形式都可以进入这一开放的政治过程，参与政治过程，有序地主导和影响着国家的进程。

中国的制度模式不仅促成了中国成功的故事，也为那些既要争取自身的政治独立又要争取经济社会发展的国家提供另一个制度选择。中国的经验表明，制度建设不能放弃自己的文明，但需要开放，对自己的文明进行创造性地转化。凡是文明的才是可持续的。只有找到了适合自己文明、文化的制度形式，人们才可以建设一套行之有效和可持续的制度体系。虚心学习他国经验很重要，但学习的目标不是把自己变成他国，而是要把自己变得更好、更像自己。这是普世真理，中国成功了，其他国家也会成功。

（作者为新加坡国立大学东亚研究所教授）

从70年看百年：中国经济回顾与展望

◆ 李稻葵

新中国70年走过了极不平凡的经济发展历程，今天的中国经济正迈向高质量发展阶段。在新中国成立70周年之际，我们有必要认真总结过去70年中国经济发展做对了什么、走了哪些弯路，在经济理论层面认真总结过去的经验和教训，只有这样才能进一步推进改革开放、促进现代化经济体系的建设和定型，才能在国际上更加客观真实地讲好中国故事和中国理论。

新中国70年经济发展历程，前30年与后40年既有一脉相承的主线，也有经济发展思路和体制、机制方面巨大的反差。我们把70年的发展历程分成前30年和后40年两个部分，以便更好地在学理上进行梳理。

前30年两大经验

从经济学视角看，新中国前30年至少有两个宝贵的经验值得总结。第一，公共卫生和基础教育的投入极为重要，它们是经济快速发展的

本文刊载于2019年9月30日《参考消息》。

坚实基础。新中国在公共卫生和教育方面做了大量投入，极大地提升了中国的人力资本。其中包括改善卫生条件，消灭传染病，推广疫苗接种；推广健康卫生理念，普及暖水瓶，推广洁净饮用水；逐步推广基本的合作医疗。这些措施带来了显著效益，中国人均寿命从1949年的35岁上升到1978年的65.86岁。在教育方面新中国成立初期也做了大量投入，文盲率从1949年的80%下降到1978年的19.5%。这一时期小学入学率也大幅度提高，从1949年的49.2%上升到1978年的94%，而且男孩和女孩的小学入学率基本没有差别，这一点很多发展中国家至今都没有做到。

第二，自主创新完全可行，但其成功的关键在于引进人才、用好人才。经济发展的理想路径需要自主创新和对外开放齐头并进，但是新中国前30年有其特殊的历史背景，导致新中国必须以自力更生、自主创新为主。引进人才、用好人才是这一时期自力更生、自主创新的宝贵经验。30年中成功突破的项目，包括两弹一星、合成牛胰岛素、发现青蒿素等都要靠人才支撑，而这一时期许多人才都是1949年前后从西方归国的，他们学习、掌握了西方先进的科技知识。在重大科技攻关过程中，这些宝贵的人才得到了充分的信任和保护。

从经济理论的角度看，新中国前30年有三方面值得总结的教训。第一个教训是，总体上看，头30年主要是靠政府力量来推动经济发展，市场的作用被行政力量所替代，市场机制没有发挥作用，价格信号指挥不灵，导致经济运行的效率并不高。第二个教训是，新中国前30年对政府各级决策者的激励与经济发展不一致。用十一届三中全会的总结来讲，就是没有把工作中心放到经济发展上，盲目地以阶级斗争为纲。第三个教训是，重大决策特别是经济决策忽视了基层的信息反馈，决策机制过度集中。基层决策者不能主动发挥积极性去探索符合本地情况的新知识和新决策，导致决策失误不断放大走偏。

后40年五条"新知"

过去40年我们很多做对了的地方是遵循了一系列经济学基本原则，包括发挥价格机制的作用，发挥民营企业积极性。除此之外，我们从中国改革开放的历程中总结了五条在当前主流经济学中没有被足够重视的"新知"。

第一条宝贵经验是对政府决策者的激励极其重要。改革开放以来，对政府工作人员的激励从政治运动中保持路线正确转向促进经济发展，一系列激励机制导致今天的政府决策者愿意维护市场经济发展、支持新企业创立。许多西方国家包括美国，它们的政府官员专注于在短期内讨好选民，而非立足经济的长远发展。需要注意的是，维护市场经济发展不是西方所说的仅仅维护企业利益，还需要保护消费者、保护劳工、维护市场秩序，等等。

第二是较快的土地使用用途的转换。过去40年中国经济高速发展的经验表明，经济发展离不开土地使用权的快速转让。这是中国快速发展的关键因素，也是许多新兴市场国家发展的重大问题。

第三是经济发展离不开持续的金融深化。金融深化指的是居民、企业、政府所持有的金融资产与GDP之比不断提高。中国经济金融深化的比例从改革开放前不到50%达到了今天的400%，发展极为迅速。快速的金融深化让中国经济的储蓄资源源源不断地转化为投资，带动着经济的高速发展，维系着宏观经济的稳定。金融深化的背后是高度审慎的金融政策和金融市场的培育。

第四是通过对外开放促进经济主体的学习，从而促进经济的升级发展。世界上大量国家在贸易方面都是开放的，但是真正实现了产业升级的屈指可数。开放的目的不能止步于国际贸易，要通过对外开放进行学习，让我们的企业家、劳动者以及政府决策者不断学习、提升自我。

第五是必须积极、审慎地进行宏观调控。中国改革开放40年没有出现负增长，没有出现过宏观经济所定义的高通胀，更没有出现过金融危机，这在全世界快速发展的经济体中极为罕见，是中国的奇迹。市场经济自身存在基本的不稳定因素，包括潮涌式投资过热、群体性预期悲观、落后产能退出较慢等现象，中国的经验是宏观经济决策者必须持续、审慎、积极地推进宏观调控。

未来将引领世界发展

展望未来30年，我们可以看到中国经济在以下两个方面将会在全世界范围内带来重大影响。

第一，保守地估计，中国经济的规模按照市场价值来计算，将会在未来10到15年左右成为世界第一。中国市场及其生产能力将在全球范围内发挥更大的引领作用。中国经济也将成为引领全球科技进步和技术创新的中心。

第二，中国特色的现代市场经济体制将在全球内发挥引领和榜样作用。中国经济体制在未来30年将不断地完善和定型，中国特色的现代化市场经济体系一定会与当前在世界上处于主流的发达市场经济国家的市场体制有所不同。我们的经济体制将会在经济与社会、人与自然的和谐发展等方面体现出优越性。

为了实现未来30年持续发展的伟大目标，从现在开始，中国经济必须合理地解决若干重大挑战。第一个挑战就是自身的体制建设。中国市场经济体制有两个重要的矛盾，一是如何解决好国有经济与市场经济的关系，换言之，如何让国有经济在市场经济体制机制下发挥更加积极的作用，经过改革而变得更加活跃、更加高效。二是要合理解决经济发展与生态保护之间的关系。

另一个挑战是随着中国经济规模的不断上升，中国经济必须更加合理地解决中国与世界的关系，中国必须担起更多的国际责任，提供更多的国际公共产品。这一过程将是极其复杂的，必须不断地化解来自国际的猜疑和误解，也要不断努力打造自身的国际化能力，包括培养大批熟悉国际市场运作、国际组织运行、熟练掌握国际话语能力的人才。建立在中国70年发展的宝贵经验基础上，我们完全有信心中国经济未来30年将持续发展。

（作者为清华大学中国经济思想与实践研究院教授、金砖国家新开发银行首席经济学家）

"中国经济崩溃论"站不住脚

◆ 林毅夫

2019年是新中国成立70周年。在这里我想分析一下，改革开放后中国的经济增速为什么这么快，为什么每隔几年中国经济即将崩溃的论调就来一次，中国经济的发展潜力如何？

"后来者优势"助推经济起飞

从一名研究经济发展的学者角度来看，经济增长的表象是人均收入水平不断提高。人均收入水平增加有赖于劳动生产率水平的提升，后者主要依靠两个机制：一是现有的产业技术不断创新，每一个劳动者可以生产出越来越多、质量越来越好的产品；二是产业升级，新的高附加值产业不断涌现，可以把资源、资本、劳动从附加值低的产业配置到附加值高的产业。

一个发展中国家如果懂得利用现在收入水平低，技术和产业与发达国家有差距，以引进消化吸收作为技术创新和产业升级的来源，在技术创新、

本文刊载于2019年9月18日《参考消息》。

产业升级上有可能比发达国家成本更低、风险更小，这在经济学上称为"后来者优势"。一个发展中国家如果懂得利用这个优势，就有可能比发达国家发展得更快。

"后来者优势"在工业革命以后就存在，不过，改革开放前中国试图在农业经济基础上建立起完整、先进的现代化工业体系，这为中国的国防安全和现代化打下了坚实的基础，但是，也因此放弃了"后来者优势"来加速经济增长的可能，直到改革开放后才改变战略，发展符合比较优势的劳动密集型产业，使利用"后来者优势"成为可能。

老人老办法新人新办法

既然中国改革开放以后发展飞速，而且是唯一没有发生系统性金融经济危机的国家，为何"中国崩溃论"每隔几年就来一次？

1978年中国推行改革开放后，其他苏联东欧的社会主义国家以及拉丁美洲、南亚、非洲的非社会主义发展中国家也都从政府主导的经济向市场经济转型。当时国际上的主流观点认为那些发展中国家经济发展不好是政府对市场有过多干预，造成资源错误配置和腐败盛行，因此，应该取消各种政府干预，建立像发达国家那样完善的市场经济体系，这也就是著名的"华盛顿共识"。当时认为必须把这种市场制度以"休克疗法"一次落实到位，转型才会成功。

但中国的改革开放推行的并不是这套理论，中国当时是按照实事求是的老人老办法、新人新办法。对原来大型国有企业继续提供保护补贴，对符合比较优势的新的劳动密集型产业，放开准入，政府还积极因势利导，形成了计划体制跟市场体制在经济当中并存的现象。

当时的国际社会普遍认为这是最糟糕的制度安排，可中国在实行改革开放后经济不断发展，人民生活不断改善，经济并没有崩溃。而那些按照

"华盛顿共识"去践行休克疗法的国家，有些出现经济崩溃、停滞，危机不断。它们在20世纪80年代、90年代转型时期的经济增长速度，比60年代、70年代政府主导的计划经济或是进口替代战略时期还要慢，危机发生的频率还高。

中国在转型中的确存在一些问题，但同样的问题推行休克疗法的国家也都有，且比中国还严重，主要原因是它们忽视了政府干预的目的。第一，计划经济建立起资本密集的大规模产业，企业自生能力较弱，取消保护补贴就会造成大量失业，必然导致社会不稳定；第二，一些与国防安全相关的产业不能让它倒闭，因为没有这些产业就没有国防安全。20世纪90年代，我就国有企业保护补贴的问题与国内外许多经济学家有过争论，我提出给保护补贴其实不是因为国有，是因为它所在的产业是国家的需要，是国家战略的需要。这些企业有战略性政策性负担，就会有战略性政策性亏损，有了亏损国家当然该负责，这是给国有补贴的主要原因。私有化以后不能让这些企业倒闭，倒闭以后就跟乌克兰一样，丧失了国防实力。

中国经济不能说没有问题，但能够取得稳定和快速发展，是因为采取老人老办法、新人新办法。经济稳定且快速增长，资本积累，比较优势改变，原来违反比较优势需要保护补贴的资本密集型产业变成符合比较优势，企业有了自生能力，为取消原来对国有企业保护补贴创造必要条件。比如装备制造业，在20世纪80年代不管是机床还是工程机械，不给保护补贴活不了，可是今天，中国的工程机械不管是私营的三一重工，还是国营的中联重科、徐工，在国际上均可以跟德国的西门子、美国的卡特彼勒竞争。原来给保护补贴是雪中送炭，现在给保护补贴就变成锦上添花。

从企业的角度来看，多给我保护补贴当然好，但从国家的角度和全社会的角度来看，给保护补贴就会有寻租腐败，就会有收益分配的差距，在这种情况下就应让市场在资源配置上起决定性作用，然后政府发挥好作用，即取消双轨转型所遗留下来的干预扭曲市场的行为，建立一个完善的市场经济体系。

经济下行压力主要来自外部

中国经济目前下行压力较大，国外很多人认为是中国的体制机制造成的，是回归到所谓的常态经济增长。这一点是有争论的。对中国未来的发展，一方面要认清中国的增长潜力到底有多大，究竟是否如某些国外学者所言，每个国家发展的潜力就是3％—3.5％之间；另一方面就要回答为什么从2010年以后中国的经济增长速度节节下滑，出现过去不曾有过的样子。

要回答中国经济增长潜力有多大，必须看中国跟发达国家的技术产业平均差距所代表的"后来者优势"还有多大。一个最好的衡量指标就是人均国内生产总值（GDP）的差距。人均GDP代表平均劳动力生产水平，代表技术的平均水平跟产业附加值的平均水平。

按照购买力平价计算，2008年中国的人均GDP是美国的21％，这相当于日本在1951年跟美国的差距水平，新加坡在1967年跟美国的差距水平，韩国1977年跟美国的差距水平。这些东亚经济体利用跟美国这些技术产业差距，实现了20年8％—9％的增长。它们利用"后来者优势"实现了长时间的高速增长，代表中国也有可能。就像一棵树木能长多高，是基因决定的。既然2008年中国的人均GDP是美国的21％，同样利用这个21％所代表的"后来者优势"，那么中国从2008年开始，应该有20年8％的增长潜力。为什么说是潜力？这是从技术创新和产业升级的供给侧角度来看的发展可能。

那为什么中国从2010年以后经济不断下滑呢？下滑到2018年的6.6％。对中国的情况，国内国外有争论。主流看法是各种弊端造成的，比如中国国有企业在经济当中所占的比重太多，效率低，所以经济增长速度慢；第二种看法是中国储蓄率太高，消费不足；第三种看法是说中国人口老龄化，劳动力越来越少，造成经济增长速度下滑。

我认为，这些问题的确存在，但都不是中国经济增长速度下滑的主要原因。因为俄罗斯、印度、巴西和其他新兴市场经济国家如土耳其、印度尼西亚等，它们都在2010年以后出现经济增长速度下滑，而且多是在同一年开始，下滑的幅度都比中国大，但是中国存在的问题它们都没有。比如，俄罗斯全部私有化了，巴西、土耳其、印度尼西亚几乎没有国有企业。这些国家均是储蓄率不高、消费力非常强的国家，它们的经济增长速度为什么也下滑了？这些国家人口普遍没有老龄化，像印度、印度尼西亚、巴西人口都还年轻，为什么下滑的幅度还比中国大？

我认为，共同的外部性原因和共同的周期性原因造成中国经济增长下滑。外部性原因是发达国家从2008年国际金融危机爆发以后到现在，经济还未完全复苏。按照常规，发达国家在金融危机后增长速度应该有一两年在5%—6%，美国到现在都没有。多项预测美国2019年增长率仅2.5%，2020年进一步下滑至2%。欧洲国家从金融危机起至今都在2%上下，没有恢复到3%—3.5%。日本是从1991年泡沫经济破灭后至今一直在1%上下。到目前为止，发达国家占世界经济比重超过50%，这50%没有复苏，消费增长缓慢，需求增长迟缓，其结果就是整个国际贸易增长慢。

这种出口减少、投资增长放缓影响的不只是中国，所有发展中国家都受此影响，而且像韩国、新加坡等出口较多的发达经济体，同样在这段时间里出现经济增长下滑，而且下滑的幅度都比中国大。所以说造成这段时间经济增长速度下滑的主要原因是外部性、周期性的。

靠内需进一步释放经济潜力

至于中国未来的经济增长，我认为，到2030年增长潜力应该有8%。这个潜力能够发挥多少，潜力来自供给侧，能实现多少则要看需求侧。需求侧由出口、投资、消费共同决定。

从外部需求来看，我个人持较悲观的态度，因为发达国家很可能会陷入长期的经济增长疲软期。这些发达国家爆发金融危机后都是靠宽松的货币政策来刺激经济，没有进行必要的结构性改革，难以恢复到3%—3.5%的常规增长，消费会受到抑制，导致进口减少，压低国际贸易和中国的出口增长。

出口增长慢，经济增长只能靠内需。内需来自两方面，一是投资，一是消费。国内有争论，过去说投资增长不可持续，要改成消费增长。我个人不同意这种看法，消费很重要，但消费增长的前提是收入水平的提高，收入水平不断提高靠的是劳动生产率水平不断提高，劳动生产率不断提高靠的是技术不断创新、产业不断升级。这都需要投资，所以问题不是投资拉动还是消费拉动，而是中国有没有好的投资机会，如果有好的投资机会，应该投资，提高劳动生产率水平，收入提高了消费自然会增长。

我认为现在中国有很多好的投资机会。中国目前还是中等收入国家，固然有不少过剩的产业，但中国每年进口近2万亿美元高附加值的产品，说明中国产业升级的空间非常大，这就是投资的机会。其次是基础设施。与其他发展中国家比中国的基础设施很不错，但城市内部的基础设施还是严重不足，像地铁、地下管网，所以城市内部的基础设施还有很多投资机会。第三是环保。中国经济发展非常快，环境污染很严重，环保亟须加大投资。第四是城镇化。中国现在的城镇化大概是60%，离发达国家80%的平均水平还存在距离，所以中国的城镇化还在继续，农民进城就需要住房，需要配套公共基础设施，这些都是投资机会。

中国利用好的投资机会和投资资金，维持一个正常的投资增长率，就会创造就业，实现收入增长，进而实现社会经济增长。因此，我认为到2030年之前，在外需不足的情况下，靠内需实现6%的增长应该问题不大。

（作者为北京大学新结构经济学研究院院长）

"10G 集成动力"助推中国大发展

◆ 王灵桂

新中国70年是世界发展史上不平凡的70年，是创造人类发展奇迹的70年。根据国家统计局数据，自2006年以来，中国对世界经济增长的贡献率稳居世界第一位，是世界经济增长的第一引擎。如果用5G描述今天的网络技术发展的最高阶段，那么我们可以用事关中国未来发展的改革、高考、高铁、高新技术、高质量发展、供给侧改革、共同富裕、构建人类命运共同体、共商共建共享、国际政治经济新秩序等十个关键词的首字母G，用"10G"来概括中国70年发展的风采和未来行进的多重红利和集成动力。

改革开放释放经济活力

改革红利　改革开放是中国历经无数探索得出的实现中华民族伟大复兴、自立于世界民族之林的宝贵经验。党的十八大以来，中国政府反复强调必须深化改革、扩大开放，进一步表明改革开放将是中国未来发展的主

本文刊载于2019年9月20日《参考消息》。

基调和主干道，将是中国长期坚持的基本国策和治国方略，更是中国未来发展的强大动力源之一。实践证明，中国的改革开放道路走对了，"中国奇迹"这一称号当之无愧。今天，中国不仅是世界出口大国、制造大国，更是进口大国。

高考红利 中国的高考是为未来储备人才的机制，已经成为中国储备高技术人才的蓄水池。自1977年恢复高考制度以来，我国已有上亿人参加高考，录取数千万人。如今，中国的人才储备数量已经超过美国，由人口文化素质和健康水平提升带来的"人才红利"，将成为推动我国经济高质量发展和社会进步的重要基础，为中国未来发展的知识化、技术化创造了前提。

高铁红利 要想富，先修路。这是改革开放40多年中国的经验体会。也正是如此，中国在四通八达高速公路网的基础上，迅速成为世界高铁大国。高铁给日常百姓出行带来极大的便利，也进一步推进了物流，为实现区域平衡发展创造了条件，同时高铁已经成为中国的出口品牌，代表着新中国70年发展的新成就。

高新技术红利 高新技术是当今世界各国竞争的主要抓手，是一国经济发展的源泉。自2013年研发经费总量超过日本以来，中国的研发投入位居世界第二，中国高新技术产品出口规模居世界前列。今天，像5G这样的高新技术正在引领世界的发展，这也使得"中国制造2025"发展规划成为某些大国的忌惮之物。未来，中国高新技术将进一步为国家可持续发展提供动力，在解决环境保护、高质量发展、人民生活改善方面提供解决方案，为实现共同富裕创造物质基础。

进一步推进高质量发展

高质量发展 高质量发展是中国进入经济发展新常态的主要标志之一，

代表着中国未来经济发展的主要方向和实现经济转型成功与否的重大标志。党的十八大以来，推进高质量发展成为新的经济工作中心。未来高质量发展将成为中国经济与社会发展的主要特征。

供给侧改革　供给侧改革是中国为进行经济结构调整而推出的积极举措。从"物质文化需要"到"美好生活需要"，从"落后的社会生产"到"不平衡不充分的发展"，社会基本矛盾的变化意味着我们的供给结构也要发生变化，这也是供给侧改革提出的根本原因所在。

共同富裕　贫富悬殊已经成为当今西方社会的一大痼疾，更是西方国家民粹主义泛滥的主因。反观中国，经过40多年的改革开放，我们不仅实现了一部分人先富起来的目标，而且以先富带后富，以增量带动存量，让数亿中国人达到了西方意义上的中产阶级水平，同时正在向共同富裕的目标大踏步迈进。按照我国现行农村贫困标准测算，2018年末农村贫困人口1660万人，比1978年减少7.5亿人，我国成为最早实现联合国千年发展目标中减贫目标的发展中国家，为世界减贫事业作出了巨大贡献。

中国方案引领世界前行

构建人类命运共同体　构建人类命运共同体是为人类未来的发展提出的中国方案和中国设想。人类命运共同体不仅是人类社会发展的理想状态，更有着现实的基础和可行性。它为人类社会该如何相处、应以怎样的心态看待他国、应该如何携手解决全球性问题指明了方向。这一理念一经提出，就得到国际社会的热烈反响，很快就被写入联合国决议中。

共商共建共享　共商共建共享是中国推进"一带一路"倡议的主要原则。共商是指各国面对问题共同商量着办，不主张霸权思维，不强行推行自己的发展模式，尊重各国对发展道路的选择；共建则是大家一起出力，共同建设人类社会的美好家园；共享则是各国之间平等享有发展成果。共商共建共享可以说是当今国际社会国与国之间相处舒适性最高的方式，是和平共处五项原则在经济发展领域的体现。以共商共建共享为基本理念的"一带一路"，正在成为世界上最热门的合作发展平台。

国际政治经济新秩序　国际政治经济新秩序是发展中国家长期希望实现的以公平、包容为核心原则的国际秩序。自二战之来，国际秩序一直以发达国家利益为主，发展中国家的利益得不到应有的回应，因此发展中国家一直寄希望改革现有的国际秩序。新中国成立后，从和平共处五项原则到今天"一带一路"倡议，中国一直在努力为建设国际政治经济新秩序贡献自己的智慧、方案和财力。

在中国未来的发展道路上，这十个关键词并不能构成中国发展动力的全部，也不能构成中国未来发展的总红利。但是，套用"10G"这个名词，我们可以自豪地宣示，仅仅是这"10G"，就足以让中国未来的发展有足够的保障和动力。因此，中国的未来发展势不可挡，绝对不是一句简单的口号，而是有着"10G"打底的足够底气和实力。

（作者为中国社会科学院国家全球战略智库首席专家、中国社会科学院习近平新时代中国特色社会主义研究中心特约研究员）

政要访谈➤➤

中国70年变化之大无法想象

——专访日本前首相福田康夫

◆ 本报驻东京记者　杨汀 ※

"一衣带水"——在日本前首相福田康夫位于东京的办公室，正面墙上贴着这样一幅中国书法家的书法作品。"中国对于日本而言是非常重要的国家。"福田向本报记者介绍这幅作品时说。

自从1980年首次踏上中国的土地至今，这位现年83岁的日本前首相无数次到访中国。在新中国迎来成立70周年华诞之际，福田对本报畅谈首次访问中国的印象、为中国70年的发展成就"点赞"，并对构建人类命运共同体以及中日关系继续向前发展表达了期许。"'温故创新'正是目前中国的状态。"福田说。

脚踏实地成绩卓著

《参考消息》：您如何评价新中国70年的发展历程？

福田康夫：中国70年的发展是脚踏实地的。尤其是实施改革开放政策

本文刊载于2019年10月1日《参考消息》。

※ 本书中的"本报"，皆指《参考消息》。

以来，中国对产业发展模式具有新的思考和实践，取得了日新月异的成绩。之后中国的领导人一代一代继承和发展改革开放的理念，引领中国继续向前。世界公认改革开放的40年是新中国迄今发展之集大成。今后中国将以此为前提来考虑未来应该怎样发展，迈入一个新阶段。

《参考消息》：您是中国的老朋友了，您第一次访问中国是在什么时候，有什么令您印象深刻的事？之后您无数次访问，中国的发展您最关注的是哪些方面？

福田康夫：我第一次访问中国是在1980年，怀着强烈的好奇心。那时中国还没有进入经济高速发展阶段。第一印象是人很多，自行车很多，天安门广场前的街道上自行车川流不息，汽车还很少，不过充满了活力。那一次访问去了北京、西安、上海。改革开放以后，中国以强大的学习、借鉴能力，结合自身国情摸索发展道路，发展社会主义市场经济，与世界经济接轨，在金融、投资、人才等方面都在不断进步。后来我重访那些城市，看到的变化是之前完全无法想象的。

随着经济飞速发展，中国在各个领域都发生了巨大变化，尤其是国民生活水平、教育等。虽然贫富差距也还存在，但据我了解，现在中国的地方城市也获得了巨大发展。此外，还有一个显著的特征就是，互联网、智能手机普及全国，不论是大城市还是小地方，都能获得同等的信息。信息的传播令教育和国民意识也都随之进一步提高。对于国家而言，将国民意识团结起来，引向同一方向，这非常重要。

中国正在"温故创新"

《参考消息》：最近您去中国比较关注的新动向有哪些？

福田康夫：2019年3月下旬，我去中国参加了博鳌亚洲论坛年会。我在博鳌论坛上提到，中国经济正从速度向质量转变。比如，"深圳模式"也引起了日本经济界的广泛关注。1995年，我第一次去深圳时，那里还什么都没有。今天深圳高楼林立，创新企业如雨后春笋，成为未来可望与美国硅谷竞争的高新技术创业城市。虽然在近现代，美国在科技创新方面有更长的历史，中国目前部分零部件还需要进口，但中国在致力于拥有生产所有零部件的能力，朝着这一方向勇往直前。我认为在某些方面中国将超过美国。

《参考消息》：您认为中国迄今的发展有哪些经验可以总结，对今后中国的发展有哪些建议？

福田康夫：中国的技术发展日新月异，这不是一蹴而就的。中国为技术发展打下了坚实的基础，在坚实的基础上进行创新，这也是中国得以飞速发展的原因。同时，中国没有认为自身已经完成发展，而是认识到还存在发展的空间，也注意到自身在一些细节上还存在不完善之处，补足这些细节，将令基础更加牢固，从而走得更远。中国的这种发展方向是正确的，期待今后中国也按照这一方向顺利发展下去，并且边发展边验证，一直走正确的方向。

2007年我作为首相访问中国时，在山东孔子的故乡提到"温故创新"，我认为这形容当前的中国仍非常合适，也是对中国未来发展的期许。"温故知新"是孔子的名言，在日本也广为人知。不过，知新还不够，还需要创新。这是中国正在做的。

践行和平主义理念

《参考消息》：中国也致力于推进周边安全与繁荣以及履行更多国际责任，您如何看待中国这方面的努力？

福田康夫：中国提出了构建人类命运共同体的构想，我认为这是和平主义的理念。日本曾经发动愚蠢的战争，基于对此的反省，日本制定了和平宪法，成为和平主义国家。当今时代，由于核武器存在，一旦爆发战争，整个世界将无法存续。因此，全人类、全世界都应该致力于保证和平。

《参考消息》：您的父亲福田赳夫先生也是中国的老朋友，他担任首相期间，中日签署了《中日和平友好条约》。在中日关系方面，您与父亲有过什么样的交流和共识呢？

福田康夫：父亲与我都认为，中国对于日本而言不仅是邻国，而且是非常重要的国家。我与父亲进行过很多以此为前提的对话。我们根据各个时期不同的情形，在这一前提下进行过关于中日关系的各种积极的讨论。在具体问题上也多少有些不同看法，但总体而言，中国对于日本是非常重要的国家这一点，我们一直抱有共识。不仅我们父子，具有一般常识和知识的日本人都会这么想。

《参考消息》：2018年是《中日和平友好条约》签署40周年，除了以往的合作，中日也迎来了新的合作契机，比如"一带一路"倡议等。请您谈谈对此的意见和建议。

福田康夫：帮助其他发展中国家发展，取得共赢，这对于中国和日本而言，都是必须承担的国际责任。我认为，中国在认真研究，应该在什么时候，以什么样的方式与其他国家取得共识进行互动，"一带一路"倡议就是如此。用对方和世界都予以接受、共享的方式进行援助，"一带一路"就会获得成功。

中国全球影响力与日俱增

—— 专访法国前总理拉法兰

◆ 本报驻巴黎记者　徐永春

法国前总理拉法兰近日接受本报记者专访时表示，中国让数亿人摆脱了贫困，中国的崛起为世界作出了重大贡献。拉法兰坚信，中国将在2049年实现既定发展目标。

中国人心中洋溢自豪感

《参考消息》：您如何看待中国70年来从站起来到富起来、强起来的发展历程？

拉法兰：从1970年第一次到访中国算起，明年我将迎来自己与中国结缘的"50周年"。近半个世纪来，我见证了中国令人赞叹的发展变迁。

我看到，在中国汽车替代了自行车，高楼大厦替代了低矮棚屋，人们的衣着不再是千篇一律的制服灰而变得五彩斑斓。最重要的是，我看到中国人心中洋溢的自豪感。不过我也明白，在西方人眼中，中国时常是复杂

本文刊载于2019年10月1日《参考消息》。

而矛盾的。

《参考消息》: 在这70年，中国所取得的成就中，给您印象最深的是什么？能否结合您自己的切身经历来谈一谈？

拉法兰：得益于发展政策的高效执行，中国重返世界强国之列，这给我留下深刻印象。我多次往返中国，对中国的发展有着直观的感受，尤其是住房条件的改善。早些年在中国，我见过一家四五口人挤在一个房间里居住的情形。

如今，现代化的舒适家居已经深入中国千家万户。走在中国的街道上，我感受到行人尤其是年轻人对未来信心满满，曾经的忧郁气氛一扫而光。

从和平崛起到合作引领

《参考消息》: 中国的发展对世界有何意义和贡献？

拉法兰：中国的崛起对世界有两大贡献。首先，消除贫困依然是人类面临的重大挑战之一。数亿中国人摆脱了贫困，使世界上的中产阶级群体不断壮大。其次，中国重返世界舞台中央是开展国际合作的有力平衡因素。例如，中国国际进口博览会成功举办，对未来发展释放出积极信号。

《参考消息》: 您如何看待中国在当今世界格局中的地位和影响力？在您的国际交往经历中，对中国日益走向世界舞台中央，有什么亲身体会吗？

拉法兰：70年来，中国的全球影响力显著提升。今天的中国已经是世界第二大经济体，中国产品销往世界各地，中国文化影响力到达世界各个角落。例如，在法国，农历新年几乎成了举国上下的盛事。中国积极参与非洲大陆的发展，中国的影响力在非洲尤其凸显。中国与日俱增的影响力在拉丁美洲也受到欢迎。

此外，越来越多中国人在联合国、国际货币基金组织等主要国际机构中担任高级别职务。以上例子说明，中国在全球多边主义体系中的影响力与日俱增。

《参考消息》：伴随着新中国70年的发展历程，中国也发展出了中国特色的大国外交，您对此有何评价？

拉法兰：中国外交理念深深植根于中国传统文化并受其启发，即强调合作胜于对抗。在我看来，中国外交的两大举措是"一带一路"倡议和维护多边主义。

"一带一路"是致力于促进国际合作的伟大倡议。一些国家担心中国的崛起，中国外交致力于消除这些国家的疑虑。在"一带一路"倡议框架下，许多投资项目稳步推进和落实。

在美国奉行单边主义、全球不稳定因素增加的背景下，中国正与包括法国在内的许多国家携手维护和振兴多边主义。70年来，中国外交经历了从和平崛起到合作引领的历程。

创新将是未来发展关键

《参考消息》：中国目前还有哪些问题亟待解决？您对中国下一步的发展有什么建议吗？

拉法兰：与世界其他国家一样，今天的中国依然面临诸多挑战。环境保护是一个首要挑战，因为它不仅涉及经济发展还关系民众健康。中国致力于落实气候变化《巴黎协定》，在这场全球范围的"环保战役"中发挥了积极作用。

此外，数字革命也是重大挑战，它将对经济和社会产生深远影响。我们必须确保数字经济这一全新的经济模式能够促进就业，这并不简单。数字经济会将个人与群体密切联系起来，从而改变社会结构，引发自由和安全等方面的问题，这是个棘手的问题。

《参考消息》：您觉得如果展望未来30年，对于中国的发展而言，最重要的是什么？

拉法兰：很难预测未来30年中国的发展，正如过去没有人预料到中国能取得今天的成就。坦白说，世界对中国的表现感到惊讶。

就个人而言，我与中国人民建立了信任关系，我了解中国人民，热爱中国人民。中国人民是中国发展的力量源泉。

当一个人既聪明又勤奋时，他才能把握住机会。因此，我认为创新能力是中国未来的关键。未来发展的杠杆是"附加智能"，在这场面向未来的比赛中，中国的年轻人准备得很不错。

《参考消息》：不少中外学者把2049年当作观察中国的重要节点，在您看来，新中国成立一百年的时候世界格局将变得怎样？

拉法兰：中国将在2049年实现既定发展目标，我对此毫不怀疑。对我来说，最重要的是大国的发展目标与地球发展目标相一致。正如中国领导人所说，在这个世界上，没有人能够独自成功。

新中国70年发展成就令人钦佩

—— 专访奥地利前总统菲舍尔

◆ 本报驻维也纳记者　于涛

在新中国成立70周年前夕，奥地利前总统、奥中友协主席海因茨·菲舍尔第11次访问中国。9月24日，在结束访华行程返回维也纳的第二天，菲舍尔接受了本报记者专访，畅谈此次中国之行的观感，表达对新中国70华诞的祝贺。

11次访华见证中国发展

《参考消息》：您刚刚结束对中国的第11次访问返回维也纳。此次访华恰逢新中国成立70周年前夕，与之前10次访问相比，您觉得中国发生了哪些发展变化？

菲舍尔：非常高兴能在中华人民共和国庆祝70华诞前夕再次访华，我参访了很多地方，会见了许多朋友。我借各种场合表达了对中华人民共和国成立70周年的祝贺。

本文刊载于2019年10月1日《参考消息》。

能够每隔一段时间访问一次中国，观察中国的发展，让人印象深刻。我第一次访华是在1974年，那是完全另外一个样子的中国。现在中国已经以难以置信的速度实现了发展。一个特别突出的成就是使数以亿计的人摆脱了极端贫困状态。中国的基础设施建设从我上次访问之后又有了巨大的发展。比如，在中国乘火车旅行已成为一种享受，速度快、准时、车站现代化、设施便利。另外，中国的生产非常针对民众的需求，重视生产生活用品，如冰箱、洗衣机、电脑、手机和节能环保汽车等。这一点我在参加合肥世界制造业大会时感受尤其强烈，中国生产消费品的能力绝对是世界顶级的。

我对中国70年来的发展深表钦佩。当今中国已成为世界强国，经济建设、减贫事业及其他领域都取得巨大成就。当然像中国这样一个大国、强国会引起许多讨论、疑问甚至批评，这也是正常现象。

《参考消息》：您认为中国能够实现这种快速发展的原因是什么？

菲舍尔：这很难简单地回答。我想这需要回顾中国的历史。中国从19世纪起受到外国强权的压迫，中国人一直没有机会实现大的发展。1949年中华人民共和国成立，中国才站稳脚跟，此后我个人认为中国仍然经历了一段艰难的时期，直到从邓小平开始的几任领导人，找到一条独立自主适合中国实现现代化的道路，大力发展生产力，开始实现经济超高速增长。此外，我认为也很重要的是外部世界的和平环境。这段时期世界大国之间能够和平解决它们之间的利益争端，从而使中国的生产力和14亿中国人的巨大创造力完全集中于经济发展之上。

西藏比预想的更现代化

《参考消息》：这次中国之旅您实现了访问西藏的夙愿。您看到的西藏和您此前印象中的西藏有何不同？哪些方面给您留下深刻的印象？

菲舍尔：我非常高兴这次实现了对西藏拉萨的访问。之前我还有些担心高原反应和缺氧，但一切都非常顺利。西藏比我预想的要现代化。西藏分享了中国的发展进步，但依然保留了独具特色的文化宝藏。在拉萨我非常专注地参观了几座寺庙，与里面的僧侣还有当地人进行了交谈。西藏当地的民众非常友善，我们接触的人都热情好客，爱唱歌，给你讲很多事，还询问奥地利的情况，气氛非常友好。我现在对西藏形成了自己的印象：西藏的确是世界屋脊上一个令人感兴趣的地方，地广人稀，拥有独特的文化，居民友善自信，与中国其他地方的现代化进程紧密相连。

《参考消息》：您是中奥关系的见证者和推动者。当前中奥友好战略伙伴关系快速发展，2021年两国将迎来建交50周年。您认为中奥关系未来走向是怎样的？双边关系有哪些重要机遇？

菲舍尔：奥地利1971年与新中国建立外交关系，早于世界上许多国家。我也正是在那一年作为年轻议员第一次被选入联邦议会。回顾历史，我认为奥地利当年作出与新中国建交的决策被证明完全正确，符合双方利益。建交之后奥中关系经历考验，发展良好。在2021年庆祝两国建交50周年之际，我们将对两国关系进行总结。未来我们不仅要继续保持，更要继续拓展两国关系，使两国的合作更加紧密，经济联系更加深入。奥中两国在2018年建立友好战略伙伴关系，我对奥中关系以及欧中关系的发展持乐观看法。

中国为社会主义事业带来希望

—— 专访原东德领导人埃贡·克伦茨

◆ 本报驻柏林记者　任珂

前民主德国统一社会党总书记、国务委员会主席埃贡·克伦茨近日接受本报记者采访时说，中华人民共和国成立70年来取得的成就，为社会主义事业带来伟大的希望，中国经验值得所有发展中国家借鉴和参考。

1989年10月，克伦茨接替昂纳克担任党中央总书记、国务委员会主席和国防委员会主席，同年12月辞职。1989年11月9日，柏林墙倒塌，民主德国也在1990年10月3日整体并入联邦德国。

克伦茨曾对柏林墙倒塌前后的民主德国政局和社会进行了深入的记录和思考，近年来又对中国产生了浓厚的兴趣。2018年3月，克伦茨的著作《我看中国新时代》在德国出版，记录了他在中国访问时的所见所闻以及对中国道路的认识。在接受记者采访时，克伦茨讲述了他对中国现状和未来的理解和思考。

本文刊载于2019年9月16日《参考消息》。

"中国是一个典范"

《参考消息》：您对中国几十年来的发展有什么印象？

克伦茨：1989年9月到10月，还是民主德国时期，我第一次赴华参加中国国庆40周年庆典。而第二次到中国是在2012年初。这两次中国行所见的变化实在太大了。1989年，我看到公路上的车不多，但自行车却很多。而在2012年再到中国时，我见到了中国改革开放政策带来的巨大变化。不仅是年轻人的穿着更加多样也更漂亮，人们的生活水平得到了显著的提高。

而给我留下最深刻印象的是，我了解到数亿中国人在几十年里摆脱了贫困。想想这个世界上有多少国家基本消除了贫困，有多少国家并没有那么关注人民的温饱问题，就能明白中国取得的进步是多么大了。

《参考消息》：2017年中共十九大期间和2018年底您曾去中国访问。您对中国的认识是否更加深入？

克伦茨：我已经8次到访中国，每次都能看到很多新事物。中国发展的速度实在太快了。我希望将中国的真实情况介绍给德国的媒体。

对我来说，中国是一个伟大的希望。1989年柏林墙倒塌以及1991年苏联解体后，许多学者认为社会主义已经死亡，资本主义是人类社会的最后希望。而中国为社会主义带来了希望，社会主义并没死，社会主义以中国独有的方式得到了发展，这也说明"资本主义"并不是人类历史的最后一个单词。这让我非常激动，因此更希望对中国有更深入的了解。

我读了中共的十九大报告，了解到中国对未来的发展做出了详细的规划。在当今世界，中国是一个典范，能通过制定长远的政策规划解决社会问题。我也想通过了解中国，思考如何解决德国当前面临的问题。

充分考虑人民需求

《参考消息》：中国发展成就最吸引您的是什么？

克伦茨：我曾领导过民主德国，但民主德国最终走向了灭亡。现在我很钦佩中国一直继续着自己的改革开放道路，因为改革开放为中国带来了如今的成就。此外，我认为中国现在的对外政策非常重要，尤其是中国提出的人类命运共同体概念。我现在也密切关注中国的"一带一路"倡议。这是一个清晰的证明，即中国的对外政策提倡合作，而不是相互竞争和对抗。

《参考消息》：中国发展的成功经验是什么？中共在其中扮演了什么角色？

克伦茨：我认为最重要的经验是充分考虑人民的需求，人民也接受和感受到了改革和发展，因此改革和发展也就能更好地为人民服务。中国领导层很清楚地知道社会中哪些地方仍有改革和发展没有照射到的"阴影"，而且中国的党和政府也能很好地履行自己的职责。

比较苏联的改革可以发现，中国的改革首先是从经济和社会领域入手，而不是政治领域。这是非常重要且正确的。而经济改革的目的是以满足人民的意愿为前提。

而且，中国为其他国家提供了值得借鉴的发展经验。虽然每个国家都有自己独特的国情和发展道路，例如中国就有中国特色社会主义。但我认为，一条被证明是成功的道路，是应该被亚洲、南美和非洲等发展中国家充分借鉴和考虑的。

中共有很强的执行力

《参考消息》：您认为中国现在面临哪些问题？中国怎么做才能在未来避免这些问题？

克伦茨：如何保持和平的外部环境是中国面临的一个重要挑战。中国需要通过和平方式解决与邻近国家存在的一些问题。中国明确表示不愿诉诸战争或冲突，而是希望保持和平。这是首要的且最重要的问题。

在经济方面，我认为外界的担忧值得商榷。例如，如果中国没有达到6.6%的经济增长率，一些德国人就会认为中国可能出现了危机。但我们要知道在德国，1%的经济增长率司空见惯，人们不会说是经济危机。

一些发展中国家，以及前社会主义阵营的国家，它们曾经发展得非常快，但后来都陷入停滞甚至倒退，包括民主德国。经济快速发展后陷入停滞，一直是发展中的一个危险。

但我认为，这个问题是能够得到解决的。中共及其领导层有很强的执行力。如果中国能切实落实十九大报告里规划的分两步走的发展战略，我并不担心中国会陷入停滞。

《参考消息》：近年来，中国发展了中国特色大国外交。您怎么看待中国与世界各大国的关系？

克伦茨：中国与俄罗斯的战略合作是维护世界和平的重要积极力量，而美国和欧盟却一直希望实现政权更迭。美国进攻性的对外政策也与实现政权更迭这一目标紧密结合。而中国的对外政策一直追求和平。

对于德国和中国，我当然希望两国一直保持良好的关系。德国总理默克尔去中国访问许多次，但她应该更多地思考一个问题，即德中关系既要在经济领域密切，也应该在政治领域密切。我希望德中之间经济关系更加密切，也希望更多的德国人了解一个真实的中国。

中国拥有最远大的抱负

—— 专访英国共产党总书记罗伯特·格里菲思

◆ 本报驻伦敦记者　桂涛　任鹤

在新中国成立70周年之际，英国共产党总书记罗伯特·格里菲思接受本报记者专访。他说，中国是一个强大的发展中国家，不仅满足了中国人民的需求，还为世界发展作出了重要贡献。中国的一些发展政策，同样适用于其他第三世界国家和更先进的资本主义国家。

格里菲思认为，中国在国际事务中所发挥的作用越来越大是一个非常积极的现象，这反映了中国的重要性、经济实力和政治实力。中国与不同国家和地区的经济联系日益增长，这不仅有利于中国，也有利于世界。

中国共产党"以人为本"

《参考消息》：您如何看待70年来，中国从站起来、富起来到强起来的历程？

格里菲思：我认为中国从1949年站起来，宣布成立中华人民共和国，

本文刊载于2019年9月9日《参考消息》。

不仅仅是中国人民向前迈出的一大步。这对世界来说，也是一个巨大的进步。中国人口占世界人口比例巨大，这意味着对中国人民有利的事情，在一定程度上也会对世界人民有利。在过去70年里，我们见证了许多巨变，我们已经看到了伟大的变革，当然其中也有挫折，但毫无疑问，在此期间，数以亿计的中国人民的生活一直在好转。

今天，中国是一个强大的发展中国家，有着最远大的抱负。我认为它不只是满足人民最基本的需求，同时也在满足一些更先进的社会和文化需求，为世界的发展作出越来越大的贡献。中国的一些发展政策，同样也适用于其他第三世界国家和更先进的资本主义国家。这些政策已然为人民带来益处。

总而言之，我认为中华人民共和国成立70周年，我们应该庆祝。

《参考消息》：在这70年来中国所取得的成就中，给您印象最深的是什么？能否结合您自己的切身经历来谈一谈？

格里菲思：我自己还不到70岁，在过去15年里，我去过中国6次。我可以从自己的经历谈谈我第一次来中国时所看到的。从2003年到我最近一次访问中国，正在发生的巨大发展给我留下深刻印象。这一巨大进步不仅体现在基础设施、交通系统、绿色能源等方面的经济发展，还体现在人民的社会福利方面，比如，我看到了住房质量的巨大变化，一些新城市是以普通公民的心理和利益为出发点，从而去规划建设过程。

《参考消息》：您如何看待新中国70年的发展经验？中国的发展优势是什么？

格里菲思：我认为，中国最大的资产和任何其他国家都是一样的，那就是它的人民。因为中国有超过10亿的人口。这意味有巨大的人力资源，可以调动物质资源、智力资源等。我认为只要这些资源的开发和"以人为本"的理念相辅相成，那么这就是中国最大的优势。此外，中国拥有肥沃的土地，自然资源丰富，与其他主要人口中心和潜在市场紧密相连，这成为中国得天独厚的优势。

《参考消息》：您认为中国共产党在中国发展过程中发挥了什么样的作用？

格里菲思：毫无疑问，中国所取得的所有伟大成就，以及有待解决的一些问题，都体现了中国共产党所肩负的责任。再次感谢中国共产党人，他们公开承认了过去的问题，以及如今的一些困难。我认为，最重要的是，开放使我们与中国人民建立了联系，这对未来也至关重要，对中国共产党也如此。

一个政党当然不仅仅是它的领导人，还有许多普通的党员。我很幸运，不仅遇到了中国共产党的一些领导成员，也见过一些普通的活动家、一些普通的工人、一些普通的中共官员，他们很敬业，也作出了巨大的贡献。我想，他们应该始终有机会为中国的决策过程贡献自己的力量。

坚决根除腐败是好现象

《参考消息》：中国目前还有哪些问题亟待解决？要避开哪些"陷阱"？您对中国下一步的发展有什么建议吗？

格里菲思：在我访问中国期间，我见到了知识分子、学者、政策制定者、工会官员、普通共产党员。他们中的大多数人很开放，他们所取得的成就是中国人民的骄傲。他们也有困难和问题还有待解决。我知道，近年来，腐败问题的出现引起了极大的关注。当一个社会发展繁荣，当有如此多的盈余需要照料和分配时，腐败就可能出现。中国共产党领导层坚决根除腐败是一个非常好的现象，但我确信这个问题需要继续解决。

我知道在住房和劳动力等方面存在瓶颈，必须加以克服。在过去，也有污染和能源使用的问题，这对环境和我们的生态系统是有害的。真正的考验是这些问题将如何解决，它们被公开和承认，然后是否得到有效的处理。让我印象深刻的是，中国的党政机关和相关领导意识到了这些问题，现在在尝试解决它们。

我不认为我们在推翻资本主义和建设社会主义方面缺乏成功经验。基于英国社会的经验，我很愿意尝试建议中国共产党如何更好地建设社会主义社会。我们知道很多关于资本主义、资本主义企业、它们的政府和国家机关如何运作的情况。

在国际舞台扩大影响力

《参考消息》：您如何看待中国在当今世界格局中的地位和影响力？在您的国际交往经历中，对中国日益走向世界舞台中央，有什么切身体会吗？

格里菲思：我认为，中国在国际事务中所发挥的作用越来越大是一个非常积极的迹象，这反映了中国的重要性、经济实力和政治实力。我也明白，中国共产党和政府寻求在参与国际事务的过程中，不希望引发任何形式的军事对抗。不幸的是，西方有些势力想要造成这样一种局面。中国明白这将是一场不仅对中国人民也是对整个世界的灾难。所以，我们能理解中国在联合国的一些做法。另外，中国共产党在国际共产主义运动中发挥着越来越大的作用也是非常令人鼓舞的。

作为一个执政党，中国共产党也投入了越来越多的努力和资源来加强与大大小小的其他共产党的联系。在任何时候，在可预见的未来，我们需要知道中国共产党能获得与我们的政党越来越强的联系，因为它不只是为了中国的物质利益。我认为，中国的共产主义理想和大大小小的其他共产主义政党是一致的。

中国外交遵从互惠互利

《参考消息》：伴随着新中国70年的发展历程，中国也发展出了中国特色的大国外交，您对此做何评价？

格里菲思：我认为，中国作为一个大国必须尽可能地与其他国家和政府发展建设性的互利关系，这些关系不一定是意识形态上的一致。中国与不同国家和地区的经济联系日益紧密，这不仅有利于中国，也有利于世界，这是非常有趣并且令人鼓舞的。例如，我研究了中国在一些非洲国家的投资策略，在这些国家，中国当然希望获得自身发展所需的自然资源和原材料，因为它需要自己的发展。而旧的帝国主义列强是用对抗的方式进入这些国家，并且征服它们，然后用这些原材料修建铁路或公路，这样它们就能更容易得到这些物资，派遣军队，然后撤出，掠夺这些国家的宝贵资源。

中国也想要这些原材料，但它相信要为它们支付公平的价格。它还帮助发展这些国家和地区的经济、社会和文化，建设学校，修建道路，服务当地社区，等等。因此，我认为这是一种不同的发展模式，既有利于东道国，也有利于中国。

现在还有"一带一路"倡议，中国真的是一个发展积极分子，这将是一个巨大的计划。从中国东部到东欧的一些贫困地区，它们将受益于中国的投资和发展，这是非常激动人心的。当然，有问题、困难，有时会出现一些腐败问题，当地社区的愿望也容易被忽视。因此，我认为这些项目的各个方面都必须非常小心谨慎。但无论如何，它们的目的是互惠互利。

可持续发展非常重要

《参考消息》：您觉得如果展望未来30年，对于中国的发展而言，最重要的是什么？

格里菲思：我认为越来越重视环境的可持续发展是非常重要的。我听说中国正在建设生态社区、生态城市，等等。这不仅对中国非常重要，对世界也非常重要，因为中国在世界人口和世界经济发展中占有如此巨大的份额。我认为，中国日益增长的环保意识和实际上在某些领域领先世界的技术，可能是成功发展的关键。

我想补充的是，中国的科技水平发展迅速，大学和学术机构大量扩张，行业中有大量高素质的学生。劳动力对中国来说是一个巨大的资源。但我也希望中国可以帮忙解决一些世界上其他民族的迫切需要。比如，古巴就派遣医疗队去往世界上最贫穷的一些国家和地区，它没有任何丰厚的物质奖励作为回报。

《参考消息》：不少中外学者把2049年当作观察中国的重要节点，在您看来，新中国成立百年的时候世界格局将变得怎样？中国将变得怎样？

格里菲思：我想，我希望能活到2049年庆祝中华人民共和国成立100年时。我们的世界需要和平。希望我们能在2049年与中国共同发挥主导作用，不再使用武器来解决各国人民、各国政府之间的问题和困难。

我去过很多国家，年轻的中国游客到处都是。人们看到了中国人。当他们遇到普通的中国人，他们意识到，说到底，我们都是人。人带来了生意，带来了顾客，带来了购物，我认为这是一种巨大的发展，也是一种情感联系。

中国发展模式对他国有借鉴意义

—— 专访法共全国委员会主席皮埃尔·洛朗

◆ 本报驻巴黎记者　徐永春

"新中国成立70年来，尤其是改革开放40年来，中国实现了飞速发展，取得令人瞩目的成就。在中国共产党领导下，中国不断推进现代化，保持了经济独立，取得了技术进步。"法国共产党（法共）全国委员会主席、法共前全国书记皮埃尔·洛朗近日接受本报记者专访时如是说。

以长远眼光制定发展政策

在"解码"中国共产党的成功"秘诀"时，洛朗认为，中国共产党总是以长远眼光制定经济发展政策，并能根据经验适时调整改革步伐。

洛朗称赞中国在减贫扶贫方面做出的巨大努力和取得的显著成果。他注意到，中国的脱贫攻坚进入关键时期，中国制订了一系列扶贫计划，旨在促进贫穷落后地区发展。他说："毫无疑问，中国在扶贫领域取得的成就在世界上首屈一指。这些成就在联合国等国际机构的相关报告中被屡屡提及。"

本文刊载于2019年9月12日《参考消息》。

不过，洛朗同时强调，除了消除极端贫困的努力之外，当今世界几乎所有国家都面临不平等现象，消除不平等现象是各国需要面对的主要挑战之一。

洛朗说，当前全球经济增速放缓，全球经济增长面临压力和挑战，经济过度金融化有可能引发比2008年更具破坏性的金融危机。他举例说："新兴国家中部分企业负债过重，美国严重的公共赤字，欧洲国家包括德国面临行业危机等。更糟糕的是，华盛顿发起不负责任的贸易战！"

洛朗认为，中国经济对世界经济增长贡献率居世界前列，中国经济增长模式对世界其他国家的发展具有重要启发和借鉴意义。"鉴于中国目前的经济体量，中国的增长模式如果能减少对当前西方主导模式的依赖，这不仅对中国而且对世界其他地区来说都将是好事。"他说。

洛朗表示，法国共产党和中国共产党均致力于促进社会进步、应对气候变化和保护生物多样性、确保粮食和卫生安全、维护社会权利等，两党间存在广泛共识。他同时承认，两党间还存在一些分歧，"但是，我们每次会面时都能以尊重和坦率的态度就存在分歧的问题进行讨论"。

法共愿推动深化中欧合作

谈及欧中关系时，洛朗说，法国共产党支持欧盟与中国在经济、文化和外交等领域开展合作。他说，"一带一路"倡议非常宏大，有利于促进各国和各地区之间加强联系。法国共产党积极支持欧盟国家参与"一带一路"建设。在"一带一路"框架下，各方需要就落实合作进行坦诚深入的对话，法国共产党愿为此作出积极贡献。

与此同时，包括法国在内的一些西方国家决策者和公众对"一带一路"倡议还存在一些偏见和顾虑，时常会出现质疑"一带一路"倡议的声音。例如，"这个项目是否会导致我国失去主权？""是否存在被新的超级大国所支配的风险？”"我们现有的生活方式、规范和标准会受到挑战吗？”

洛朗说，法共支持在充分尊重平等和主权的前提下，发展互利互惠的合作。欧中需要进行坦诚深入的对话，创造发展双边关系所必需的信任气氛，法共愿为此作出积极贡献。

在分析欧盟对华政策时，洛朗认为，现实主义足以说服欧洲领导人非常积极地与中国开展合作。欧盟不应将中国视为"系统性竞争对手"，欧中应成为"公平、平衡和互利的战略伙伴"，保持双边关系健康发展。

洛朗认为，在当今世界单边主义和民族主义抬头的背景下，欧中应当携手捍卫《联合国宪章》的宗旨和原则，维护国际法和国际关系的基本准则，在此基础上推动双边关系发展，并在应对气候变化等全球议题上展开合作。

中国走社会主义道路意义重大

—— 专访葡萄牙共产党总书记热罗尼姆·德索萨

◆ 本报驻里斯本记者　温新年　赵丹亮

葡萄牙共产党总书记热罗尼姆·德索萨近日在接受本报记者采访时，高度评价新中国成立70年来在社会和经济领域取得的巨大成就，并认为这些成就促使中国成为世界第二大经济体和国际舞台的重要力量。

中国共产党领导至关重要

德索萨说，在历经100多年的半殖民统治和第二次世界大战后，中国共产党领导中国成功实现了国家和民族独立，并为创建新社会奠定了物质基础，这一点非常重要。

他说，中国在不同发展阶段和时期在政治、经济、社会和文化领域都取得了巨大成就，表现在发展生产力、推动社会进步、大幅度减少贫困人口、满足人民生活需要、提高社会福利等方面，这是中国共产党带领人民共同奋斗的结果。他指出，以公有制为主的所有制形式和国有企业在战略

本文刊载于2019年9月12日《参考消息》。

领域占主导地位，是中国取得经济和社会进步的一个重要因素。

他认为，在拥有14亿人口的大国，一旦实现在2021年中共成立100周年时彻底消除贫困的既定目标，将成为中国取得的最突出的成就。

他说，当今世界正经历着深刻的变化，各种政治势力正在进行复杂的重新组合。中国在国际舞台上正发挥着核心作用，特别是深化国际合作，组建新的多边组织，如上海合作组织和金砖国家等，客观上成为遏制帝国主义统治世界和加剧侵略的重要力量。中国能取得如此重大的社会经济成就，并在国际上发挥核心作用，正是走社会主义道路的结果。

他说，中国取得的成就从全球角度来看证明了社会主义的必要性。他说："中国共产党是中国的领导力量。在中国共产党领导下，中国坚定不移地走自己的社会主义发展之路。这一点在当今世界具有特别重要的意义。对于解决目前面临的重要挑战和问题，实现国家发展目标，维护中国的主权和独立，这一点至关重要。"

中国致力于共同繁荣

在谈到当前国际关系时，德索萨说，当今世界最显著的特征就是不稳定性加剧，这是资本主义结构性危机日益恶化，特别是美帝国主义企图阻止其经济的相对衰落而造成的。帝国主义不仅不会放弃，反而会更进一步加强其"遏制中国"的战略。美国主导的对中国的商业和技术战争就充分体现了其从内部搞乱中国并实现其所谓的"和平演变"目标的企图。

他认为，美国和其他帝国主义国家系统性地忽视和不尊重国际法律准则，同时更是把联合国及其机构当作它们破坏他国稳定和实现其侵略目标的工具。因此，中国在国际舞台上捍卫《联合国宪章》和国际法，"具有重要意义"，中国为此作出的努力是"积极的，也是及时的"。中国在承担越来越多的国际责任，包括参加维和部队和在亚丁湾护航等。中国希望与世界上更多的国家实现共同发展、共同繁荣。

他说，建立"公平、民主与和平"的世界新秩序，是争取进步和社会解放斗争的一个重要组成部分，"我们相信，中国在经济社会发展和社会主义建设方面取得的成就将对实现这一全人类的共同事业作出重大贡献"。

在谈到"一国两制"时，德索萨赞扬澳门在促进葡中两国和两国人民友谊方面发挥越来越重要的作用，并已成为中国与葡语国家之间对话的桥梁。他也提醒说，"一国两制"的实施不会是一帆风顺的，"帝国主义把干涉中国内政、破坏香港稳定和加剧台湾紧张局势作为其对抗中国的工具，这绝对不是巧合"。

中国正朝全新的时代前进

—— 专访以色列共产党前总书记伊萨姆·马霍尔

◆ 本报驻耶路撒冷记者　陈文仙

"我一直在探索中国特色社会主义制度的内涵和意义，去领会为什么这一制度在中国行得通。我是带着疑惑去中国访问的，所见所闻帮助我解释了心中的疑惑。"以色列共产党政治局委员、前总书记、前议员伊萨姆·马霍尔近日对本报记者说。

中国人"精气神"今非昔比

2006年6月底7月初，马霍尔在担任以色列共产党总书记期间第一次访问了中国。2018年他再次访问中国。马霍尔说，12年时间并不长，但是让他感到不可思议的是，中国在短短的12年里竟然能够发生从内到外如此大的变化。

照他的话说，2006年的第一次访问，他对中国特色社会主义的理解还不是那么深刻，第二次访问中国后，他看到了对比，看到了中国在仅仅12

本文刊载于2019年9月26日《参考消息》。

年里就发生了巨大变化，这让他深受启迪，深深理解了中国特色社会主义在中国所体现出来的优越性。

2018年5月，马霍尔在深圳参加一个大型的学术会议，在访问中国期间也到访了北京等地。他说，中国的发展日新月异，这不仅体现在中国的社会进步、科技进步、高楼大厦拔地而起，更是体现在中国全国各地都在繁荣发展。

马霍尔以他参加会议的深圳为例向记者阐述其感受。40年前深圳是一个偏远的小渔村，如今却发展成为一个现代化国际都市，"深圳在40年里经历的巨大变化令人惊讶"。

深圳的变化是中国改革开放政策实施40年来的一个重要缩影。马霍尔说，即使40年，那也是很短暂的时间，往往难以从历史的角度来衡量。但是，中国却可以。

他表示，中国改革开放40年来发生了天翻地覆的变化，这些变化让人可以"实实在在地触摸到"，这种变化也从中国人的精神面貌上体现出来，中国人身上散发出来的"精气神"今非昔比。

中国成就推动全球发展

在马霍尔的眼里，中国人的思想和理念更加开放了，视野也更加全球化了，他们变得更加自信，"中国的进步和发展让中国人树立起中国已经走在世界前列的信心"。

马霍尔对记者说，他的两次中国之行让他深深地意识到，"自信的中国人正在朝着一个全新的时代奋勇前进"。

在谈到新中国走过的70年征程时，马霍尔回顾起中国走过的几千年漫长历史。他说，其实，在过去五千年的历史长河中，中国经济可以说一直较为发达。中国发展到今天，更是让世界看到了中国正在发生的非常深刻的变化，这种变化不仅仅关乎中国人自身，而且是关乎全人类，中国所经历的深刻变化推动着全人类的发展。

马霍尔说道，新中国成立70年来走过的历程证实，中国特色社会主义制度能够为人们带来更好的生活，当然这一制度的优越性不能只是简单地理解为提高人们生活水平，更应该从哲学和逻辑角度上去深刻理解这一制度在改善人们生活上所发挥的作用。社会主义致力于从社会中不断学习，吸取教训，并不断推动社会从一个阶段进入更高阶段。

马霍尔说，在中国共产党领导下，中国特色社会主义制度意味着繁荣和发展。他认为，在这一制度下，为了推动发展和变强，中国愿意去跟其他国家合作，为中国自身和其他国家带来利益。中国追求的不是"零和博弈"，而是"你受益我受益"，实现和谐和共同繁荣。这也正是中国提出的"一带一路"倡议的精髓所在。

他进一步说道，中国致力于建立公正社会，其主要思想就是，将社会主义制度视为中国这一大厦的基础，而非"空中楼阁"，并在实践中不断吸取教训，发现错误改正错误，推动变化和发展。

在谈到中国改革开放时，马霍尔说，改革开放大大促进了中国经济发展，更是促进了中国观念的开放。为了推动社会发展，中国明确制定了主要目标，包括短期目标和长远目标。

未来中国将更加繁荣

在马霍尔看来，中国巨大的人口规模也是中国经济发展变化的重要因素之一。虽然人口规模大在资源分配等方面可能带来巨大问题，但是如果能够充分发挥人口规模的作用，它将产生巨大的能量。他认为，中国共产党没有将庞大的人口当成问题，而是带领广大中国人民将之转化成走出困难的推动力量，这是非常人性的做法，跟很多西方资本主义世界所采取的做法截然不同。

在被问及当新中国成立一百年时中国可能发生的变化时，马霍尔说，他十分期待新中国成立一百年这一天的到来，希望到那时他还能够畅谈中国。他说，毫无疑问，再过30年，中国将是更加繁荣的社会主义国家，这一点完全是在预料之中的。他相信，中国将坚持建设一个繁荣的社会主义国家，这是世界其他国家所有工人阶级的共同理想。中国发展变化不仅仅是中国一国的，更是全球范围内的发展变化。

中共治国理政经验值得学习

—— 专访肯尼亚朱比利党总书记拉斐尔·图朱

◆ 本报驻内罗毕记者　王小鹏

肯尼亚执政党朱比利党总书记拉斐尔·图朱于2018年9月从到访的中共代表团那里获得了《习近平谈治国理政》一书，并表示将好好研读。记者曾多次采访图朱，他对中国共产党的治国理政实践和所取得的成就赞叹不已。

中共从严治党令人钦佩

在一次采访中，图朱说，中国共产党全面从严治党成效显著，其在强化党内监督方面的经验值得朱比利党学习借鉴。他说，中国共产党十八大以来在全面从严治党方面表现令人钦佩，取得的成就有目共睹。从严治党的关键在于严守政治纪律，这是实现政党各项任务的重要保证。从严治党有利于净化政治生态，营造廉洁环境，有利于推动政策执行，确保政令畅通，对密切党群关系、巩固政党的执政基础具有重要的现实意义。

本文刊载于2019年10月30日《参考消息》。

图朱说，从严治党关乎政党和国家的未来。"我们从中国共产党的治国理政实践中认识到，要实现国家富强、民族团结和社会稳定，必须依靠一个强大的执政党，包括朱比利党在内的非洲各国执政党应该认真学习中国共产党全面从严治党的经验。"

他表示，过去40余年中国通过改革开放政策取得了巨大成就，这一过程具有重要意义，让非洲国家看到了发展本国经济的希望。

图朱是这一转变的"见证者"。因为工作需要，图朱曾多次到访中国，对中国改革开放取得的巨大成就印象深刻。"中国从贫穷落后的人口大国跃升为全球第二大经济体，这与中国政府的执政能力是分不开的。"

人生中第一次与中国"相遇"的场景让生于20世纪50年代末的图朱记忆犹新。他说，少年时，在地理课上第一次看到了关于中国的场景。图片上，一个戴着草帽的农民正在稻田里劳作。成年后，他所了解到的中国是一个街道上充满着数以千计自行车的国家。"但现在，肯尼亚人谈起他们心目中的中国，首先是蒙巴萨—内罗毕标轨铁路（蒙内铁路）和广州这一繁华都市。"他说，很多肯尼亚人去广州购买衣服和其他商品。

脱贫成就让非洲看到希望

图朱说，对非洲而言，中国的发展道路让人惊讶，也让人振奋。他对中国政府在减贫领域的经验显示出极大兴趣。40余年来，中国人民生活从短缺走向充裕、从贫困走向小康。中国使数亿人口摆脱贫困，对全球减贫的贡献率超过70%。

他说，中国扶贫坚持政府引导和群众参与，政府完善政策支撑体系，从而充分调动社会各方面力量参与扶贫的积极性。

图朱指出，非洲一些国家在追求自身发展时，仍然面临着许多难题，比如疾病、基础设施落后和大量的贫困人口。"中国的这一成就在人类历史上没有先例，它给非洲人民带来希望，让他们感到光明就在隧道的尽头。"

他认为，非洲国家要实现脱贫的目标，除了向中国学习经验，还应结合本国自身的条件制定扶贫政策，而这同样需要中非深化在扶贫、工业化等领域的合作。

将派党员学习中国经验

谈及政党交流，图朱表示，加强执政党建设对国家发展至关重要，朱比利党正努力加强与中国共产党的交流。据他介绍，该党计划成立党校，并派遣党员到中国学习中国共产党的治国理政经验。

图朱曾是肯尼亚知名媒体人，当过新闻主播、制片人和导演。2002年，他进入政坛，曾先后担任新闻部部长、旅游部部长和外交部部长。2017年，他担任肯尼亚执政党朱比利党总书记，之后又被肯尼亚总统肯雅塔任命为不管部部长。

2018年6月，图朱在参加中国驻肯尼亚大使馆举办的一场活动时，向中方工作人员表达了自己学习中文的强烈意愿。通过使馆的"牵线搭桥"，来自肯尼亚内罗毕大学孔子学院的一位中国教师接下了教图朱学中文的任务。图朱的中文课一般是一周两节，每节课大约两小时。

除了课堂学习，现在只要在内罗毕遇到中国人，他就会用汉语打招呼，不放过任何可以锻炼口语的机会。

谈起学习中文的初衷时，图朱说，当前肯尼亚与中国关系全面快速发展，两国之间的政党交流也日益密切。为了更好地借鉴中国的执政经验，他希望学习中文，因为这是了解一个国家文化的重要工具。

（本报记者金正、王腾参与采写）

中国积极参与全球治理

—— 专访联合国工业发展组织总干事李勇

◆ 本报驻维也纳记者　于涛　赵菲菲

　　近年来，联合国机构中的中国面孔越来越多，其中的中国籍负责人更是受到广泛关注。近日，《参考消息》记者采访了联合国工业发展组织（工发组织）总干事李勇，他是首位担任联合国专门机构负责人的中国内地官员。李勇表示，越来越多的中国人当选为联合国专门机构负责人，这表明国际社会越来越认可中国在国际事务中的积极作用，期待中国承担起提供国际公共产品的责任。

国际社会积极肯定中国作用

　　《参考消息》：您在2013年6月当选联合国工业发展组织总干事。在您之后相继又有几个联合国专门机构由中国人"掌舵"，如联合国国际民用航空组织和国际电信联盟，2019年6月23日中国农业农村部副部长屈冬玉又当选联合国粮农组织总干事。作为"第一人"，您对此怎么看？

本文刊载于2019年9月27日《参考消息》。

李勇：在当今贸易保护主义抬头、逆全球化潮流此起彼伏、联合国的权威和国际秩序受到冲击和挑战的背景下，中国选拔优秀人才，充实壮大联合国的队伍，充分体现了中国坚定支持联合国在国际事务中发挥核心作用，以及践行多边主义的意愿和决心。

中国改革开放以来，积极拥抱全球化，不断提升国家实力，取得举世瞩目的成绩。作为世界上最大的发展中国家，随着其融入国际体系的程度不断加深，中国已经具备了参与全球治理、维护世界和平、推动共同发展的坚实基础。此次屈冬玉当选联合国粮农组织总干事，这不仅体现了成员国对中国选拔的人才的专业度和综合能力的认可，更体现了国际社会越来越认可中国在国际事务中的积极作用，期待中国承担起提供国际公共产品责任的愿望。

《参考消息》：回顾在工发组织的工作经历，"中国背景"对您有哪些影响？

李勇：工作上，"中国背景"给我提供了更多基于发展中国家快速发展工业化进程的有效借鉴。

我认为，中国改革开放和经济社会发展取得的巨大成就和工业化的进程是分不开的，发展工业是摆脱贫困、实现可持续发展的必由之路。基于中国的工业发展经验，我主导对工发组织传统的工业发展援助模式进行创新。例如，我们推出国别伙伴关系方案（PCP），创新地用战略性的大规模工业发展咨询服务和技术援助取代单个项目的援助，注重提高受援国的包容可持续工业发展能力。在制定和实施过程中，注重因地制宜、实事求是，借鉴发达国家和发展中国家特别是中国工业发展的经验，结合当地国家的工业发展情况，采取有针对性的政策措施提升基础能力。

国际机构出现更多"中国面孔"

《参考消息》：越来越多的中国面孔出现在以联合国机构为代表的国际机

构中也引起了全球媒体的关注，但一些西方媒体的报道却显现出一种"酸葡萄"心理，有的无端揣测中国参选的动机，有的故意放大担忧声音，对此您怎么看？

李勇：中国人当选国际组织总干事，来源于成员国的支持和认可。部分媒体用有色眼镜来看待该事件、表达担忧，这是不可取的。我个人认为，出现越来越多的中国面孔，中国在联合国机构的代表性越来越强，是随着中国发展和对联合国贡献越来越大自然而然地发生的事情，也是成员国广泛接受的。

中国的经济发展到今天，受益于全球化的影响。作为一个负责任大国，中国积极主动地为世界作贡献，通过开展互利合作促进各国共同发展，在国际事务中发挥好负责任大国作用，为国际社会提供更多的公共产品，为人类的进步发展谋福利。

国际社会对中国期待越来越大

——专访联合国开发计划署助理署长徐浩良

◆ 本报驻联合国记者　徐晓蕾

联合国开发计划署助理署长徐浩良近日在接受本报记者专访时表示，中国改革开放是史无前例的实验，中国政府通过政策创新，运用好"天时、地利、人和"的有利因素，取得了巨大的发展成就。

徐浩良认为，中国在未来的发展中应注重解决发展不平等、不平衡和不可持续问题，继续以创新思维探索符合新发展阶段的政策工具，并为国际社会提供更多公共产品、为更多人带来福祉。

一场史无前例的实验

40年的改革开放取得了巨大成就，徐浩良认为其中最宝贵的经验是不断进行政策创新。他回顾这段历程时说，20世纪80年代，中国注重解放和发展农村生产力，开始实行承包制，很快初步解决了农村贫困问题；90年代，中国注重建设小康社会，政策重点转到乡镇企业发展和城镇化建设；

本文刊载于2019年10月1日《参考消息》。

改革开放初始，发展融资十分重要，中国在吸引外国投资、调动财政资源方面的创新都是前所未有的。

徐浩良表示，依靠政策创新的智慧，中国在40年间把"天时、地利、人和"各方面的因素都运用得十分有效。中国在20世纪70年代末至90年代，工作年龄人口不断增多，有很大的人口红利，能够以廉价的劳动力吸引外资，发展出口加工型和劳动密集型产业。中国刚开始发展的时候技术含量很低，在大力赶超西方技术的过程中，中国经济获得巨大发展。此外，改革开放40年，总的来说中国的国内和国际环境非常稳定，这也给中国社会经济发展提供了良好条件。他说："对中国发展有价值的因素，中国政府都把它们运用得非常有效。"

徐浩良说，中国40年改革开放的经历，是一场史无前例的实验，没有任何国家有这样的发展历程。他认为，西方国家的一些经验对中国来说相当有借鉴意义，但中国的很多特定问题并无先例可循。中国解决这些问题，实际上依靠的是不断摸索和创新。

推动发展更加平衡

关于中国发展的优势，徐浩良表示，中国特定的社会和政治体系保证了政策的连贯性、前瞻性、持续性和战略性。此外，他认为中国的发展也离不开国际社会的支持，包括国外直接投资和技术合作、技术转让，尤其是后者为中国自主科技体系的发展提供了非常重要的基础。

他同时表示，中国发展既具有优势也面临挑战。第一个问题便是发展的不平等。经过几十年的发展，中国综合国力和人均生产总值提高了，但个人和地区间的贫富差距很大，中国政府很重视这个问题，建立社会保障体系也是为了解决这个问题。

徐浩良说，中国发展面临的另一挑战是发展平衡问题，即需要在经济发展、社会发展以及环境保护、可持续发展之间取得更好的平衡。空气污染、塑料污染以及气候变化等已经让国内有意识地去寻求平衡发展，也采取了相应措施。

畅想新中国成立百年，徐浩良说道，到2049年，根据很多专家的预测，中国经济体量应该会超过美国，成为世界最大经济体。中国对国际社会的影响会越来越大，国际社会对中国的期待也会越来越多。"中国一直倡导'人类命运共同体'概念，我们在未来30年可探讨如何共同合作以消除地缘政治里的不稳定因素，在经济社会可持续发展的同时注重促进共赢的国际体系建设。"

中国找到最佳发展道路

—— 专访白俄罗斯前驻华大使托济克

◆ 本报驻明斯克记者　魏忠杰

在新中国成立70年之际，白俄罗斯前驻华大使、白俄罗斯国立大学孔子学院院长托济克·阿纳托利·阿法纳西耶维奇接受本报记者专访时表示，70年来中国走过了不平凡的道路，中国人民在共产党领导下，尤其是改革开放以来，取得了"现象级建设成就"，找到了最佳的政治、经济和社会发展模式。

他说，中国国际影响力越来越大，对世界经济增长贡献巨大，中国的和平崛起对其他国家只会是机遇，而不是威胁。

改革开放激发创造性

托济克曾在2006年至2011年间担任白俄罗斯驻华大使，2014年卸任白俄罗斯副总理后，开始担任白俄罗斯国立大学孔子学院院长，专门致力于对中国的深入研究和中国语言文化的推广。

本文刊载于2019年10月2日《参考消息》。

托济克说，70年来新中国在国家建设方面走过了不平凡的发展道路。他对中国改革开放40年来取得的发展成就赞叹不已。

"中国改革开放40年来取得了现象级成就，改革开放政策让中国找到了21世纪中国、亚洲乃至世界上最佳的社会经济和社会政治发展模式，实现了国家利益和社会利益、国家利益和个人利益、社会利益和个人利益的最佳结合。"

在他看来，在改革开放过程中，中国能够创造条件发挥人的主动性和创造力，让每个人都能最大限度地发挥自己的能力和潜力。中国在创造条件吸引投资、实施国有企业改革、利用风险资本、国有企业及私营企业领导层激励机制及行政体制改革等方面的经验对于其他国家，尤其是对于希望建设美丽宜居国家的人来说具有重要意义。

"我认为，中国改革开放的两个基本原则就是要有健康的思维和维护人民的利益，这两点保证了中国取得前所未有的现象级成就，让世人惊叹。"

托济克回忆道，2009年新中国成立60年时，他作为白俄罗斯时任驻华大使亲眼看见了中国当时的庆祝盛况。他说，经过10年的发展，中国在发展道路上又前进了一大步，已经成为21世纪的世界强国。

中国共产党是领航者

托济克说，如果将中国的改革开放政策比喻为一艘大帆船，那么帆代表中国人民的勤劳与智慧，在这艘大船上承担领航员职责的是中国共产党，而大船的舵手则是中国政府。

他说："中国近40年来的发展表明，中国党和国家领导层中形成了战略人才和干部储备，他们有能力为自己和全体中国人民制定切实可行的目标，鼓舞并带领人民实现既定目标。"

他说，在中国共产党的领导下中国从一个人口大国变成了世界强国，中国家家户户日子一年比一年好。"中国第一个'一百年'奋斗目标即将实现，这已经很明显。在中国共产党的领导下，中国人民也完全能够成功实现第二个'一百年'奋斗目标。"

托济克表示，中国共产党从本国国情出发，辩证地继承发展了马克思主义，成功走出了一条有中国特色的社会主义道路。"我深信，中国共产党是受到中国人民充分信任与完全支持的领导者，今天中国取得的成就正是这种团结统一的结果。我认为，只有在这种团结统一之下中国才有未来。"

他相信，新中国成立70年将是实现中华民族伟大复兴中国梦的又一重要里程碑。"我想，新中国成立70年将对中国社会，对中国的团结和建设繁荣国家产生更大影响。"

帮助世界变得更安宁

他认为，中国在经济社会发展等方面积累的经验不仅对于今后中国自身的发展具有巨大实质意义，在很大程度上对于世界其他国家也有重要参考价值。"可能，过一定时间后我们会发现，中国的经济社会发展模式是21世纪最佳的模式。"

托济克说，中国特色社会主义已经进入新时代，中国共产党和中国人民想在21世纪中叶将国家建成世界上最幸福宜居的国家之一。他认为，中国要实现这一目标需要有良好的国际环境。为此，中国在实现自身发展的同时将努力帮助世界其他国家发展。没有中国的大发展，全世界也将无法实现好的发展。"正是基于对21世纪地球文明发展规律的理解，中国提出了建立人类命运共同体和建设'一带一路'等对全人类而言具有现实意义的倡议。"

他认为，中国的和平崛起对世界其他国家只会是机遇，而不是威胁。他说，中国取得巨大改革开放成就的同时，并未向其他国家隐瞒发展经验，而是向愿意学习借鉴中国经验的所有国家毫无隐瞒地介绍自己的发展经验。中国不断扩大对外开放也有助于外国更好地学习中国经验。中国的"一带一路"倡议为世界经济发展提出了新的选择。

他说，中国对世界发展的影响和贡献越来越大，也越来越受到欢迎。在他看来，当今世界需要有符合21世纪现实的新的制衡体系。在新的制衡体系中军事因素已经再也不能像在20世纪那样发挥决定性作用，而中国在形成这一新体系中发挥的作用不可估量。

托济克认为，中国越强大，世界越安宁，人类越有希望。"中国越强大，就能作出更多努力、使用更多资金来帮助其他国家，帮助世界变得更加安宁。"

中国制度具备可塑性和灵活性

—— 专访墨西哥前驻华大使纳瓦雷特

◆ 本报驻墨西哥城记者　吴昊

作为墨西哥前驻华大使，豪尔赫·爱德华多·纳瓦雷特见证中国逐渐走向富强，也亲历改革开放对民众生活方方面面的细微影响。在他眼中，中国制度优势体现在可塑性和灵活性上。

中国经验值得探究

《参考消息》：您首次到中国是什么时候？能否结合自身经历谈谈对中国发展的看法？

纳瓦雷特：30年前，我开启在中国的外交生涯。虽然我不会中文，但在3年多宝贵时间里，我也走遍了辽阔的中国，到过中国的许多省份。在这段工作经历里，我也了解到当时中国发展所面临的复杂国情。

中国的发展过程可以说是20世纪乃至21世纪至今最伟大的国家发展进程。当时中国仍在进行国家转型，开展改革开放等一系列探索，表现出

本文刊载于2019年9月17日《参考消息》。

推动经济和社会快速发展的强烈意愿。中国开始逐渐摸清自身发展道路、强化自身发展模式，这也成为中国发展定位演变的主要特征。中华人民共和国成立70年来，尤其是改革开放后的发展经验，对整个人类社会产生巨大影响，提供了值得思考探究的发展案例。

《参考消息》：新中国成立70年来，尤其是改革开放40年来，您觉得中国取得的最大成就是什么？

纳瓦雷特：中国的主要成就体现在国家发展经验上。世界上还没有哪个国家能像中国一样，在如此短暂的历史时期内，坚定不懈地改变自身，提升自己的世界地位。

我认为其中最重要的是，中国倡导建立独立自主的社会，并将这一思想运用至促进生产、推动基础研发和改善民众物质生活中。中国原先被视为物资匮乏国家，在国家努力下逐渐能开始满足民众食品、服装等物质生活方面的巨大需求。

中国还致力于提升自身在国际舞台中的分量，尤其是重视"软实力"提升。当今世界舞台上，活跃着很多中国艺术家，世界交响乐中能找到中国乐器的影子。中国艺术家在当代造型艺术上的贡献也为世界认可。此外，中国文学通过翻译优秀作品，克服语言文化障碍，向世界传播中国文化内涵。

西方国家经常提及"软实力"概念，谈及中国时却常过多强调传统"硬实力"成分，如谈及中国日益强大的军事和技术实力。但在我看来，中国在提升"硬实力"的同时，不忘"软实力"等其他形式，在各方面平衡发展并取得成就。

中共作用不可替代

《参考消息》：在您看来中国制度的优势体现在哪里？中国共产党在推动中

国发展中发挥着怎样的作用？

纳瓦雷特：面对世界局势不断变化，中国制度体现出可塑性和灵活性的特点，这也是中国制度优势的体现，如设立深圳等经济特区的做法，其中离不开中国坚持共产党领导。不过，国家发展模式不能像温室蔬菜一样移植，各国都有自己的方式，有各自独特的历史根源，不能全盘照搬或者盲目模仿。

《参考消息》：中国日益接近世界舞台中央，您如何看待中国特色大国外交？

纳瓦雷特：从字面上理解，中国就是位于中央的国家。从历史上看，中国多个世纪来一直位于世界舞台中央，现在也是。我在联合国工作时曾和中国外交官交流。20世纪七八十年代，中国在第三世界国家队伍中扮演重要角色，我们作为南方国家非常欣赏中国所发挥的作用，如加入不结盟运动等。后来，中国也发挥作为联合国安理会常任理事国的优势。

当今，中国的国际角色不同，提出要推进中国特色大国外交。世界上有美国、中国两大强国，两个强国都需要与世界其他国家加强共同合作，应对当今全球化世界格局。我们希望中国外交政策能继续保持灵活性和实用性，坚持站在国际和平安全的一边。

长远视野难能可贵

《参考消息》：当今社会中国需要解决哪些问题？未来中国需要避免哪些发展问题？

纳瓦雷特：中国国土辽阔，地域差别明显，自然资源和民族组成不同。一些地区开放程度深、经济增长相对其他地区快。之前，中国大力推动沿海地区发展，中西部地区发展脚步还需跟上。中国还面临城乡人口收入不均问题。目前，中国社会还需付出更大努力，推动发展进程更加和谐，维持好国家前进不可或缺的民族团结基础。

《参考消息》: 您觉得展望未来30年，对中国发展而言哪些因素最为重要？

纳瓦雷特: 我想明确指出一点: 中国是世界上少数能制定30年、70年甚至更长时间发展目标的国家。对于世界上多数国家来说，理想状况下长期规划目标一般是5至10年，很难想象一个国家如何有更长时间的坚定视野。

中国不仅努力推动自身国家发展，也致力于对周边邻近国家和世界其他国家和地区发展做出努力。目前，中国已同非洲、拉美、东南亚和中亚等地区建立起重要的发展合作关系，加强发展所需自然资源方面的互补合作，以满足经济发展和贸易多样性需求。

中国70年长足进步值得骄傲
—— 专访马来西亚前交通部部长翁诗杰

◆ 本报驻吉隆坡记者 郁玮 林昊

作为一名生长在马来西亚的第二代华人，马来西亚前交通部部长、新亚洲战略研究中心主席翁诗杰一提起中国就感慨万千。他说，很多海外华人多年来一直关注中国的发展，"新中国这70年来取得了长足进步，方方面面都值得骄傲"。

咖啡馆里"听"中国成就

近日在接受本报记者专访时，翁诗杰讲述了自己作为一名海外华人，在成长过程中所见证的中华人民共和国70年沧桑巨变。

在新中国成立后的困难时期，翁诗杰曾辗转通过新加坡往海南老家送食品、猪油等。他说，今天的中国在多个领域的努力已经遍地开花，成为世界第二大经济体。几十年来，有几个与中国相关的场景，让他毕生难忘。

本文刊载于2019年9月25日《参考消息》。

虽然翁诗杰不曾在中国生活过，但他的父母从中国来，受他们影响，翁诗杰一直都心系中国。小时候，他很喜欢跟着父亲去咖啡馆，因为过去通信不发达，咖啡馆是一些"水客"从家乡辗转带话、传递消息的场所。成年人的话题翁诗杰那时还似懂非懂，但有一个话题引起了他的兴趣。1964年，翁诗杰还在念小学，他听到大人们神神秘秘地讨论一个话题——原子弹。原来是中国试爆原子弹成功了！大人们时而雀跃万分，时而严肃低调，他们的言语和表情难掩自豪和激动。由于当时中马两国尚未建交，他们都不敢过分张扬。

翁诗杰说，父辈们离开中国的时候，中国还处于半殖民地半封建状态，他常听父辈们感慨地说，弱国无外交。后来翁诗杰长大了，知道什么叫"两弹一星"，知道中国拥有了这样的国防科技对国家和人民意味着什么。对于一个过去被列强欺侮的国家来说，有能力和实力保护自己的人民非常重要。他们今天看到，中国的科技，尤其是军事科技能够做到自主研发并且走在世界前列，他们为此深感自豪。

华人在影院为中国鼓掌

1971年，翁诗杰念初中时，当时可以从一些非正式渠道得到有关中国的图片，大家都格外珍惜这些得来不易的照片。直到一部有关中国重返联合国的纪录片在马来西亚本地影院公映，才让马来西亚的华人大饱眼福。当影片播放到当时中国代表乔冠华在联合国用普通话发言时，整个电影院里的马来西亚华人都热烈鼓掌。一般来说，纪录片的观众比较少，但那部片子上座率很高。

1972年，另外一部电影在马来西亚上映——李小龙主演的《精武门》。李小龙所饰演的角色陈真把"东亚病夫"的牌子砸烂时，整座戏院里掌声雷动。

翁诗杰说，今天中国的国际话语权体现在中国在联合国的地位、在联合国所扮演的角色，还体现在世贸组织。翁诗杰认为全球治理不是一个空泛的口号和概念，而是当下全世界、全人类最稀缺的。他说，2001年中国加入世贸组织，至今近20年来，中国逐渐成为捍卫自由贸易多边主义、反对单边主义和保护主义的先行者，成为一个排头兵国家。

期待中国引领全球治理

翁诗杰说，新中国这70年来取得了长足进步，这光辉的70年是中国人民以血、汗和泪水所铸造的，方方面面都值得骄傲。在科技方面，不管是数字经济、移动金融还是5G，中国逐渐成为一个傲视世界的科技大国。如果把中国的成就跟其他老牌的强国相比，让翁诗杰觉得很骄傲的一点是，中国不曾以这些科技优势作为欺凌弱国的工具。相反，虽然这些成就属于中国，但今天中国拿出来为全人类作贡献。中国这样的胸怀和格局，让老牌强国相形见绌。

翁诗杰表示，以目前的情况来看，"一带一路"倡议获得五湖四海不同族群、不同制度国家的响应，这将会掀开全球化的新篇章。他说，在20世纪90年代，全球化所凸显的是自由贸易主义，但今天，自由贸易和多边主义已经不足以应对人类所面对的种种新问题、新挑战。不管你来自哪种体制、人种、文化，全人类最终面对的命运是一致的。这就是中国所强调的人类命运共同体。翁诗杰相信，"打造人类命运共同体"现在正在实现宏伟目标的路上。他认为，这将成为全球化的一个主旋律。

翁诗杰说，过去很多国家习惯性依赖英美等国，主要是因为防务重于一切，但今天最大的威胁显然并不是所谓的"防务安全"，而是人类基本的生存受到威胁。他认为，在这种情况下，中国倡导共商共建共享，以"一带一路"作为切入点，坚持不称霸，贯彻全球治理的理念，肯定能够得道多助。对于包括马来西亚在内的很多国家来说，都希望在这新的历史发展阶段里，中国能成为引领全球治理的先行者。

共产党领导力是中国发展秘诀

—— 专访斯里兰卡国际商业理事会主席维克勒马纳亚克

◆ 本报驻科伦坡记者　唐璐

身为斯里兰卡国际商业理事会主席，拘萨罗·维克勒马纳亚克多次到访过中国。他第一次访华是在1993年，"当年我们是第一个与中国签署备忘录的斯里兰卡商会。"他说，"在过去25年中我曾经在中国旅行过多次，我目睹了在发展中经济和人民的变化。"

维克勒马纳亚克第一次到中国是在广州，一个细节令他印象深刻。当时去任何中国餐馆吃饭都是中文菜单，由于他们不懂中文，加上那时候中国也没有像现在这么多会说英文的人，他们只能看着其他餐桌上客人吃的东西来点餐。

当年在中国为数不多的"友谊商店"也给维克勒马纳亚克留下深刻印象。当时去友谊商店逛，他看到那里边的商品大多为进口货，其中很多是日本货。

维克勒马纳亚克说，以前他们与中国做生意也不像现在这样方便，敲下电脑一切搞定。那时所有生意都只能通过信件来往，有时为了确认某一个重要问题甚至必须要亲自跑到中国来。

本文刊载于2019年9月26日《参考消息》。

因为一直不间断地访问中国，"我能够深切地感受到20多年来中国的巨变。由于中国共产党的正确领导，中国走上了快速发展经济的道路。而斯里兰卡现在虽然已经步入中等收入国家行列，但是在许多方面依然比较落后"。

维克勒马纳亚克说："我深切地感受到，中国这样的政党制度对于发展中国家是一件好事。中国共产党一直在做正确的事情，为中国和中国人民做出正确的决定。在过去40年中，中国通过改革开放政策让7亿多人摆脱贫困，这是一件非常了不起的事情。我们看到许多采用多党制的国家并没有让国家变得富裕，很多国家甚至变得比以往更为贫穷，这是因为每个政党和其领袖都会为赢得选票而做出很多承诺，他们往往会采取榨干经济的手段以实现承诺，因此这种发展并不具有可持续性。"

专家访谈➤➤

世界正在见证中国历史性变革

—— 专访德国中国问题专家泽林

◆ 本报驻柏林记者　任珂

弗兰克·泽林是德国知名记者、著名中国问题专家。现年52岁的泽林作为记者已在中国生活和工作了25年。他出版了10多本有关中国的著作，其中最新一本书《未来？中国！——新的超级大国如何改变我们的生活、政治和经济》于2018年出版，在德国书店热销。

泽林近日接受本报记者专访时说，中国的崛起得益于自身一系列特质的集合，在未来相当长的一段时间里，中国仍将继续保持繁荣发展的势头，在当今更加多极化的世界格局中，中国已成为最强大的力量之一。

中国执政党务实高效

《参考消息》：中国在过去40年里实现经济腾飞，数亿人民脱贫。您觉得中国发展的经验是什么？您对中国未来的建议又是什么？

本文刊载于2019年10月2日《参考消息》。

泽林：中国取得这些成功的经验是一系列特质的集合。首先，中国有一个特别大的市场，这对世界上所有国家都有很强的吸引力。其次，中国有一个组织得很好的政府，能高效地执行自己制定的政策。此外，中国有一个清醒且务实的执政党，对未来的发展方向和目标非常清楚。

中国现阶段的人均收入仍然相对较低，因此很可能会在未来相当长的一段时间里继续保持繁荣发展的势头。不过，中国下一步也必须小心地平衡社会中许多不同群体间不同的利益诉求。中国还需要谨慎地处理与西方主要国家之间的关系。由于中国和其他新兴经济体的崛起，这些西方国家正在全球范围内失去权力，因而变得焦虑不安。最后一点同样重要，就是中国必须着力解决快速增长导致的环境问题。

中国话语权越来越大

《参考消息》：中国的崛起对世界意味着什么？

泽林：中国志向远大，发展迅速且组织得非常好，中国像硅谷一样有很强的创新能力，而且在国际规则的制定上有越来越大的话语权。中国专注于发展和数字技术，并不照搬西方的民主制度。中国的崛起对德国和世界既是机遇也是挑战。我们正在见证翻天覆地的历史性变革。

过去数百年里，西方国家为世界制定了规则，拥有权力主宰世界格局，而现在这个时代已经结束，一个多极化的世界正在形成，中国已经基本上成为这个新的多极化世界最强大的一股力量。而且如今在将全世界整合在一起这点上，中国比美国做得更好，因为迄今为止中国没有使用过武力。

中国的领导地位刚刚开始，可能要持续好几代人，直到世界重新回归均势。我希望看到的是，强大的欧洲、中国、印度、俄罗斯和美国等能够相互制衡，非洲联盟也可能成为强有力的一极。

《参考消息》：您所说的巨大变化，正好与中国领导人说的"百年未有之大变局"相似。是这样吗？

泽林：是的，不只是我，许多人也这么认为。旧的世界秩序在衰退，新的世界秩序正在出现。在世界格局中，行为体越多，世界就更加多元，这也对国际关系民主化有利。

而多极化的世界也与西方价值观相符，因为我们认同多元化。中国需要让自己更加国际化，这对于在多极化世界中发挥重要一极的作用非常重要。

更好地向世界解释中国

《参考消息》：您认为中国如何适应这种世界格局的变化？

泽林：首先，确保中国在与所有国家合作时都能对他国平等对待，而且一定要以可持续的方法与各国建立关系。中国体量特别巨大，即便中国什么都不做，这么大的体量站在那里，都会让很多小国家感到担忧和害怕，因此更要小心地与世界各国打交道。

其次，很重要的一点是，中国在向世界解释自己这个工作上还做得不够。中国要解释自己的很多行为，从中国人的角度看，我们为什么要这么做？我们有怎样的文化传统？我们历史上好的和坏的经历是什么？这非常重要。当然，另一方面，西方世界应该改变一个观念，即认为他们的方式（路径）是唯一的选择。

向世界解释自己，中国可能并没有这个传统。在历史上中国一直以来都是中央大国，不需要向其他国家解释。但现在不同了，在这个多元化的世界里，中国是与其他国家平等的一个行为体，因此与其他国家对话非常重要。又因为中国的体制与西方国家很不一样，更需要解释。而且要不停地对话，中国还要理解和学会，妥协是一种非常重要的艺术。

中国如何做到？我认为应该解释自己，阐述自己，用别人理解的方式去解释你自己。

中共一直是领导者和设计师

—— 专访英国学者马丁·雅克

◆ 本报记者　桂涛　杜源江

马丁·雅克是英国学者、畅销书《当中国统治世界》的作者。近日，马丁·雅克接受《参考消息》记者专访时表示，新中国70年发展进程中，中国共产党一直是领导者和设计师；中国共产党是一个非常先进和有能力的组织，在全世界政党中极为突出。

中国开启非凡改革进程

《参考消息》：您如何看待新中国70年从站起来到富起来、强起来的历史进程？

马丁·雅克：我想说1949年是一个非凡时刻，是中国复兴历程中至关重要的时刻。

到1949年，一个长达百年、非常非常黑暗的时期终结了。这对正处于衰落中的国家而言，是十分不同寻常的。随着中国革命的推进，中国重新

本文刊载于2019年9月23日《参考消息》。

得到统一，被殖民势力控制的通商口岸得到解放，日本人被驱逐出去，中国政府被重新确立为中国社会的核心。

1949年至1978年，中国曾出现一些严重错误，但这一切都是尝试。中国共产党从错误中学习经验教训。我认为，中共非常擅长学习，这在一定程度上与中国文化有关，但也与其在中国人民中的根基有关。因为如果你想从自己的错误中吸取经验教训，你就必须直面这样的事实：即你必须向人民解释你将走向另一个方向。这就是发生在中国的情况。中国共产党直面他们需要改变方向的事实，这是一个意义相当深远的转变。这不是一个小转变。这是一个意义非常深远的转变，但他们做到了。他们吸取了经验教训，开启了中国非凡的改革进程。

我认为，邓小平非常勇敢，因为他给思想领域带来两个非常根本性的转变。第一个转变是，邓小平指出，计划多一点还是市场多一点，不是社会主义和资本主义的本质区别。这是非常根本性的改变。

另一个巨大转变是，苏联的社会主义仅基于一个国家的实践。后来，社会主义国家成为一个阵营，与西方对立和隔绝。邓小平拒绝了这种思维。他还表示，中国需要成为世界的一部分，需要融入全世界，需要具有成为全球经济和主要机构一部分的雄心。我认为，这是一个极其重大和自信的举动，因为中国必须学会与世界上发达的国家展开竞争、合作以及共存。这是一个十分重要的转变，这一转变显然是正确的。这种转变最终促使中国加入了世界贸易组织。

没有政党能与中共相比

《参考消息》：结合您自己的切身经历，请谈谈在中国70年来所取得的成就中，给您印象最深的是什么？

马丁·雅克：还是让我们从经济增长讲起吧。首先，从1980年中国经济总量大约相当于美国的十分之一，到如今的大约三分之二，我想说这是非凡的经济变化，这令人惊讶。其次，脱贫。有7亿多人——超过中国一半人口——在数十年里实现了脱贫，这非同寻常。

《参考消息》：在中国所取得的成就中，中国共产党发挥了什么作用？

马丁·雅克：中国共产党一直是领导者和设计师。中国共产党将自己展示为一个非常先进和有能力的组织。我是说，在全世界，没有哪个政党能与中国共产党相比。

《参考消息》：中国的比较优势或者说中国模式是什么？其秘诀是什么？

马丁·雅克：我们不应掩饰1949年之前中国革命多么艰难。中国共产党曾经只是一个小规模组织，经常遭到蒋介石和日本人的威胁，他们不得不前往山区生存，但他们找到了一条出路。我认为，中国共产党的足智多谋显而易见，那种形势下的相关证据也说明了中共的勇气。

毛泽东是一个具有独创性的思想家。我们讨论毛泽东和邓小平，他们在很大程度上都以马克思主义为基础，但他们更伟大的成就是把马克思主义中国化。毛泽东认为，实际上中国的革命阶级是农民。毛泽东是对的。这种智慧和群众根基是中国共产党成功的核心因素。你必须对社会有着不同寻常的深刻理解，才能做成这样的事情。

我非常确信，在下一个历史时期，中国将比美国更具技术创新能力。这也是中国的优势。

《参考消息》：您认为中国打击腐败官员的行动很成功吗？

马丁·雅克：中国共产党确实找到了大规模整治腐败的一条路子，我对中国反腐行动的绝大部分举措持积极看法。

任何一个社会都会有腐败。腐败在不同社会的运行机制也不同。一些国家所称的某些腐败行为，另一些国家却认为不是腐败。美国非常腐败。以金融危机为例，在美国，没有人因为金融危机而被关进监狱。因此，我认为并不是只有中国存在腐败，但我认为中国的腐败形式以及反腐手法有其自身特点。

中国应继续推进现代化

《参考消息》：未来30年对中国发展非常关键。您觉得未来30年，对于中国的发展而言，最重要的是什么？

马丁·雅克：我认为，中国的现代化仍将是问题的核心，因为尽管中国部分地区如上海、广东、北京和天津，相对而言非常发达，但中国中部和东北诸多地区还很落后。生活在西部地区的人口仅占全国人口的一小部分，但这些地区是中国贫困的地方。中国幅员辽阔、民族众多，各地差异很大。因此，中国应继续推进现代化并继续实施改革，但同时应该更好地分配发展成果。

《参考消息》：30年后的2049年对中国而言是一个关键节点和年份，请您展望一下那时的中国和世界。

马丁·雅克：我认为，到2049年中国将是全世界最具影响力的国家，中国将处于全球经济的中心。我认为，涉及全世界一半以上人口的"一带一路"倡议将非常成功，它将有助于帮助沿线一些国家。中国将在全世界拥有很高威望和影响力，中国政府将因其治理水平而得到更多支持。

我认为第一个挑战是国内公平问题，应该共享发展成果，以便中国内部团结在一起。第二个挑战是我们不知道美国将做出什么事。中国必须找到化解外部威胁的办法。这一威胁可能来自美国。

"中国奇迹"得益于五大因素

——专访美国库恩基金会主席罗伯特·库恩

◆ 本报驻纽约记者　杨士龙

美国库恩基金会主席、中国改革友谊奖章获得者罗伯特·库恩近日在接受本报记者采访时说，回顾新中国成立70年的历程，除了经济成功，还有两个历史性转变值得大书特书，一个是从封闭到开放，成为全球化的领军者；一个是从贫穷到富裕，为世界减贫事业作出卓越贡献。而中国奇迹的成功得益于中国共产党的统一领导、人民的勤劳苦干和着眼长远的政策和目标等五大因素。

"提到新中国70年的成就，人们一般会聚焦它成功的经济转型，而它的转型不止在经济领域。"库恩说。他指出，今天的中国，从贸易、金融到外交、国防，从科技、创新到文化、体育，一举一动越来越具有全球影响。

"随着改革开放打开国门，新中国一直积极融入国际社会，参与全球治理，逐渐成为世界稳定、平等和繁荣的捍卫者，成为全球化的领军者。"他说，中国的成功转型对全世界的进步与发展起到至关重要的作用。库恩指出，中国通过"一带一路"倡议给沿线国家带去的是"基础设施建设的经

本文刊载于2019年10月2日《参考消息》。

验、技术、投资和发展机遇"，同时在世界维和行动和应对气候变化努力等关乎全球福祉的国际事务中，"表现出强大领导力和坚定支持"。

库恩认为，中国还有一个历史性的转变往往被外界所忽视，那就是"中国是迄今为止减贫人数最多的国家"，中国成为全球最早实现联合国千年发展目标中减贫目标的发展中国家。"当未来的史学家回望历史，中国的发展成就将被认为是人类历史上最重要的转型之一。"他说。

深为中国扶贫努力而感动的库恩亲自担纲主持人和撰稿人，与中美摄制团队历时两年联合拍摄了纪录片《中国脱贫攻坚》。该片通过跟踪拍摄的方式，记录了工作在农村第一线的第一书记、读书改变命运的甘肃女孩、养骆驼脱贫的哈萨克族牧民等中国人的故事。2019年7月，美国公共广播公司（PBS）加州电视台在黄金时间播出了此片。

"制作这部纪录片并不容易，我们在中国最贫困的地区一次拍摄几周，其间我都病了两次，可以想见扶贫工作的开展有多么不易。"库恩说。

库恩认为，中国经济奇迹与扶贫事业的"史无前例的成功"，有五大关键因素。

首先，与执政的中国共产党强有力的统一领导和正确决策有着直接关系，"在政治稳定的前提下，充分调动经济和市场活力，中国才能实现这些目标"。

"中国人民的勤劳苦干，他们拥护和支持政府政策，为改善家庭生活和国家命运而长期努力，也是关键因素。"库恩说。

再则，中国政府的政策和目标都着眼长远，一般有长期、中期和短期目标，并不断根据形势调整和修改实现这些目标的政策和措施，比如"中国的'一带一路'倡议给发展中国家带来巨大利益，但也面临很多挑战，中国正在进行中期政策的调整，以确保其成功"。

库恩表示，中国奇迹发生的另外两个关键因素是，中国政府在实施和推广一个项目或一项政策之前都会进行小规模试验和测试，总结经验教训优化之后才会在全国推广；一些项目和政策在实践过程中发现问题则会及时承认，并及时调整和修正，"这些方式方法都值得鼓励"。

1989年1月首次受邀访华时，库恩的身份是投资银行家，并拥有大脑解剖学博士学位。"我从第一次来中国，就迷上了这个国家，中国给了我全新的感受，中国人热情好学，并坚定要提高自己的物质和精神生活水平。"他说。

作为一名"中国通"，75岁的库恩还在坚持学习普通话。迄今他至少200多次飞赴中国出差、调研，通过出版书籍和制作纪录片等，致力于向世界讲述一个全面、真实的当代中国。2008年他出版的《中国30年：人类社会的一次伟大变迁》一书生动深刻地描述了中国改革开放历程，被认为是"中国故事国际表达的范例"。

中国的发展令世界惊叹

—— 专访哈佛大学荣休教授傅高义

◆ 本报驻纽约记者 杨士龙 长远

"中国发展这么快，我没有想到，恐怕没一个外国人能想得到，甚至不少中国人也没想到。"谈及新中国的发展成就，哈佛大学荣休教授傅高义用流利的汉语对本报记者连说了几个"没想到"。

1973年傅高义首次访华时，中国还是个贫穷落后的国家。如今，中国已是世界第二大经济体，在基础设施建设、投资、贸易、科技和教育等领域发展迅猛，在全球的政治、经济影响力也不断扩大。

"从（20世纪）80年代以后，我至少每年去中国一次，我发现中国人生活的情况越来越好。"傅高义说。他最近一次访华是2018年10月，他从北京到山东体验了一下京港澳高铁，"高铁非常好！"

在哈佛大学著名学者费正清的鼓励下，傅高义自1961年至1964年曾苦读中国历史，并由此开始了他与中国的不解之缘。20世纪80年代他曾在广东生活多年。在傅高义看来，1978年中国的改革开放决策"了不起"，是它将中国推上了飞速发展之路。2011年，他倾注10年心血撰写完成的《邓小平时代》出版，此书被视为向西方客观介绍改革开放以来当代中国的重

本文刊载于2019年10月2日《参考消息》。

要著作。

傅高义指出，中国改革开放之所以成功，其中一个关键因素是中国政府将人才培养放在了重要位置。"1978年以后考进大学的那一批人有新的思想，非常了不起，他们给中国带来了非常大的改变，"他说，"中国还派年轻能干的人去外国学习。"

虽已89岁高龄，傅高义仍在坚持对中国的学术研究，并时时牵挂着中美关系的发展。他认为，中美两国要从建交40年交往历史中吸取经验教训，还是要保持接触，加强对话，谈判解决双边关系中的问题。

傅高义指出，因为看不清中国强大起来后的走向，不少美国人产生了严重的焦虑感，甚至要把中国定位为"敌人"，"这是不对的"，"'竞争对手'这个词更准确"。他强调，"中国不是一个会侵略别国的国家，也没有显露出过这类迹象"，"中国只想成为一个受人尊重、强大的国家"。

"现在中国对世界的影响很大。中美两国在很多问题上肯定要合作，避免冲突。世界经济联系越来越紧密，没有中美合作，很多全球性问题如气候变化、贸易、公共卫生等很难解决。"他说。

中国政府富有务实创新精神

—— 专访美国布鲁金斯学会约翰·桑顿中国中心主任李成

◆ 本报驻华盛顿记者　刘阳

　　美国中国问题专家、布鲁金斯学会约翰·桑顿中国中心主任李成，近日受邀赴中国参加"读懂中国"广州会议。他在接受本报记者专访时表示，通过参加会议，感受到中国领导人开放、包容的气度，并深刻感受到中国和世界都在经历快速变化。在这种情况下，其他国家和中国更应该加强交流，相互了解。

进行活跃的经济改革

　　《参考消息》：您到中国参加会议感受如何？

　　李成：当前，中美关系以及中国与其他一些国家的关系非常微妙，并且存在竞争。中国的社会、经济和对外政策都在变得更加多元化，所以我们这些在西方国家的学者更需要了解中国，跟中国的交流应该加强，而不是减少。

本文刊载于2019年11月1日《参考消息》。

这次来到广州参会，我也看到了大湾区正在大发展，许多领域可能在未来几年取得突破性发展。中国政府富有务实精神，近期的税制改革、新型城市化建设等都为中国提供新的经济增长点，这说明中国本身在进行非常快速、活跃的经济改革。

《参考消息》：您认为中国和西方有哪些相似和不同？

李成：中国和美国存在意识形态和利益上的不同，也存在许多误解。中美两个国家政体不同，这是两种不同的政治制度。而且，中国所坚持的中国特色社会主义也跟西方意识形态不一致。

实际上，在西方国家或者在其他亚洲国家中，也存在各式各样的政治制度。在所谓的西方民主国家中也有很多迥异的政治模式。从这一点上来说，国际社会非常多元，这是我们这个时代的一个特点。

但同时，中国和西方有许多价值观是相似的。比如，对于中美两国民众，环境和绿色发展都受到很高关注，我觉得这本身也是一种价值观念。从利益角度来说，确实中美两国在经济和一些区域性问题上存在一些冲突。但在根本利益上，比如说，全球经济稳定，中美是一致的。同时，中美两国大多数人不愿看到战争，尤其是两个大国之间的军事冲突。

在创新方面迎头赶上

《参考消息》：您认为国际社会，尤其是西方国家对中国了解是否充分？

李成：中美两国出现的问题大多源于两国间的误解。即使我们布鲁金斯学会中国中心的许多资深专家也需要不断地了解中国的发展变化。中国本身变化、中美关系发展和世界变化都非常快。科技日新月异，新媒体层出不穷，全球政治经济版图也在发生变化，我们必须要跟进，避免误解。

目前，西方一些国家对中国有许多疑惑和不解，这个可以理解。"一带一路"倡议会让全球政治经济版图产生非常巨大的变化，也会带来发展模式的变化，在这种情况下有批评和争议不要紧。中国已经提出发展要更加包容和透明。"一带一路"不是中国"战略"，而是一个"倡议"。从中获益的不仅是中国，还有全世界。我觉得这应该得到更多西方国家的响应。

《参考消息》：您这次到中国也参加了乌镇的国际互联网大会，请问您对中国互联网等科技产业发展有什么样的感受？

李成：在中国开始举办乌镇互联网大会的这6年中，中国成为一个网络强国，而中国的创新更是令世界刮目相看。中国的民营企业，无论是阿里巴巴、百度、腾讯，还是小米、京东、拼多多，发展速度都令人吃惊。

现在，越来越多西方人意识到中国在创新方面正在迎头赶上，包括5G、人工智能等领域都有了一定领先，中国的移动通信、电子商务也都走在世界前列。

这些变化在几年前还没有被看到，所以这种变化之快确实需要外界的学术机构对中国进行紧密的观察。

践行改革开放再出发

《参考消息》：请问您如何看待中国和全球化的关系，以及我们现在所处的发展阶段？

李成：首先，全球化是中国的一个必然选择。中国从全球化中受益：如果以收入为标准将中国人分为五个阶层，可以看到每个阶层的收入都在增长。尤其是中国在脱贫领域的成就更是非常了不起的奇迹。所以，全球化发展受到了中国民众的支持，这跟有些国家是不一样的，比如美国。美国从20世纪80年代开始全球化，但实际上最获益的就是最高收入的20%，其他四个阶层收入几乎没有进展。

其次，全球化也是中国的必然发展趋势。现在许多中国企业开始海外投资，跟世界进行更多合作。无论是"一带一路"倡议，还是其他的发展计划，都可以让其他国家从中国成功的发展中受益，同时也促进中国自身经济发展。

在这种情况下，我们为什么说"改革开放再出发"？在改革开放早期，中国更多是通过市场开放，吸引西方企业到中国投资；如今，中国企业也在加大对海外投资，形成了一个双向的平衡。外国企业进入中国，中国企业走向海外，这是相辅相成的。而且，中国的三大企业群体，包括民营企业、国有企业和外资企业都应该逐步发展，寻找一个平衡点。

中国成功证明"西方绝非唯一选项"

—— 专访美国纽约大学政治学终身教授熊玠

◆ 本报驻纽约记者　杨士龙　兴越　张墨成

新中国成立70周年在推动经济快速增长和减少贫困方面取得了"辉煌异彩的成功"，这体现出"中华文化在国家治理方面的优势"，也证明西方发展模式"绝非唯一仅有的选项"，美国纽约大学政治学终身教授、美国著名国际政治与国际法专家熊玠近日在接受本报记者采访时说。

两件大事影响深远

回顾新中国成立70年来的历程，熊玠认为，有两大历史事件改变了国家命运，一个是1964年中国第一颗原子弹爆炸，另一个是1978年开始的改革开放。

他说，1949年中华人民共和国成立的时候，"很多人并不看好"，而中国第一颗原子弹爆炸成功，"令包括美国在内的国家开始对中国另眼相看"，自此美国、苏联、中国三个拥核大国之间的关系出现变化，这也是促使美

本文刊载于2019年9月23日《参考消息》。

国与中国建交的原因之一。

熊玠说，改革开放则使中国经济得到突飞猛进的发展。1978年中国国力还很落后，然而到了2010年，中国国内生产总值（GDP）就取代日本成为世界第二。中国成功使得7亿多人脱贫，更是创造了世界奇迹，"有人计算过，这个数目，相当于全世界在1990—2005年间脱贫人口总数的四分之三"。

中共实现上下一心

"中国的成功很大一部分是由于中国能将两大制度——社会主义与市场经济——融汇合作，并且能相得益彰地使得'1+1>2'。"

"而这个本事，正是由于中国文化的影响所致。从西方的哲学逻辑出发，他们绝对不相信'社会主义'和'市场经济'放在一起行得通。而这恰恰体现出中国的阴阳哲学，两者阴中有阳，阳中有阴，相辅相成，社会主义市场经济的成功恰恰是中国哲学的智慧所在。"他说。

在熊玠看来，中国这个样板不能称为"中国模式"，因为它不是其他不同于中国文化的发展中国家所能效仿的，但可称之为"中国道路"，"因为中国辉煌异彩的成功证明了西方资本主义道路绝非唯一仅有的选项"。

熊玠强调，改革开放取得成功，还有一个重要的保障，即中国共产党的统一领导体制。

"中国共产党执政后实现了中国上下一心的状态，党既是中国的'mind（思想）'，又是中国的'heart（心灵）'，所以能顺利地实现上情下达，而不是阳奉阴违，这就是1949年之后的新中国跟从前相比一个很重要的进步。"他说。

"这样利用党的特殊领导地位与经验，能达到由中央到地方（包括企业）在政策推动与执行上同步推进的效果。"他说，相比之下，戈尔巴乔夫抛弃了苏联共产党的领导地位而另立多党制度，结果造成失控而导致全局崩溃的后果。

中华文化独具优势

熊玠强调："总结70年来中国取得的成就，体现出中华文化在国家治理方面的优势，当今中国，需要唤起大家对中国历史文化的自信心。"

他认为，从中西方文化区别出发，西方认为人性本恶，所以一定用法律来保障，用三权分立来彼此牵制。中国认为人性本善，但人性会因后天环境而改变，例如物资短缺就会引发争斗，所以政府需要干预经济，以解决物资匮乏的问题。"此外，政府还肩负着教育民心向善的责任，从中国古代来看，执政者应该是一个贤能之人，也就是比一般民众对自己的要求更高，因此他可以领导并且教育百姓。"

展望未来，熊玠指出，"要继续发扬中国优秀传统文化，在里面寻找并实现中国梦"。

他说，几千年来，中华文明绵延不绝，"关键就在于其兼容并蓄的文化内涵，并不靠暴力去征服对方，让人心服口服，这也是中国文化的特点，虽然这样做的过程比直接靠暴力征服要缓慢，但也更加稳固"。

"如今中国的对外交往，中国优良传统文化仍然贯穿其中，例如'一带一路'倡议代表着'独乐乐不如众乐乐'的思想。人类命运共同体理念体现的是中华传统文化中的大同思想，美美与共。"他说。

世界因为中国而发生巨变

——专访俄罗斯国际问题专家卢基扬诺夫

◆ 本报驻莫斯科记者　胡晓光

俄罗斯知名国际关系和对外政策专家、《全球政治中的俄罗斯》双月刊主编、瓦尔代国际辩论俱乐部学术负责人费奥多尔·卢基扬诺夫，近日在接受本报记者专访时表示，中国当下进入了一个新阶段，需要理解并为世界强国的角色做好准备；同时，西方和俄罗斯也需要适应中国的发展给世界带来的变化。

中国领导人更明智更有远见

《参考消息》：您常去中国吗？中国的发展变化给您留下怎样的印象？

卢基扬诺夫：我第一次去中国是在2003年，从那时起我几乎每年都去。中国发展迅速，变化的规模令人印象深刻。我每次去都会看到新变化。

《参考消息》：您如何看待70年来新中国从站起来到富起来、强起来的发展历程？

本文刊载于2019年9月10日《参考消息》。

卢基扬诺夫：中华人民共和国的成立标志着漫长痛苦阶段的结束，在中共领导下建立新国家本身是克服重重困难实现的巨大历史性突破。

中华文明是世界上最古老、最富有成果的文明之一。尽管存在独特之处，但今天的中国是此前历史发展阶段的继承者。在我看来，中国现在非常强调中国历史的统一性，诉诸传统和中国智慧。从某种意义上说，这是努力消除割裂历史阶段的企图。从旁观之，新中国包括毛泽东领导下的社会主义国家形成阶段，然后是与邓小平这个名字连在一起的改革阶段。当时的领导层明白，不改变经济模式，中国将无法应对时代挑战。在这方面，中国领导人比当时的苏联领导人更明智，更有远见。

我认为中国正在与世界和时代精神一起改变。中国面临着巨大的新挑战，但这不是第一次。我认为现在开始了一个重要的阶段：中国需要意识到并理解成为世界强国意味着什么。这带来巨大的机遇，也存在巨大的风险，中国社会和国家尚未对此做好充分准备。总体而言，中国领导人为2021年和2049年设定的目标雄心勃勃，要实现并不容易。

《参考消息》：您如何看待新中国70年的发展经验？中国的经验对世界是否有益？

卢基扬诺夫：中国的发展经验对世界有益，这毫无疑问。但这绝不意味着它会运用到世界别的地方。中国有丰富的内生文化。当然，其他国家可以并应该学习中国目标坚定、对发展道路充满自信、不拘泥于条条框框，因为中国在很短的时期内实现巨变，经济政策目标明确，这是俄罗斯常常缺乏的。

即使在历史上最艰难的时期，中国也一直拥有成为世界强国的先决条件。从拿破仑开始，有远见的观察家多次指出了这一点。我认为秘密在于将广大人民团结在一起的强大文化传统。中国文化几千年来一直充满活力。现任领导层正在以文化为依托革新中国。在俄罗斯，我们更倾向于借用意识形态概念，而中国并没有这样做。

中国成功避免不必要冲突

《参考消息》：您如何看待中国在当今世界格局中的地位和影响力？

卢基扬诺夫：中国现已是第二大经济体。中国拥有众多人口，对世界不同地区有巨大影响力，是今天、未来几年甚至几十年世界体系的主要组成部分之一。这是一种巨大的责任，不仅对世界来说是如此，对中国自身也一样。中国一直在朝着这个方向发展，只是长期以来西方一直认为中国会变得像日本一样。但无论何种经济增长水平，中国都不会成为日本。现在西方认识到这一点，并将中国视为一种威胁。这部分是由于失望：我们用投资帮助你们，并认为你们会向我们靠近，可你们走向了一个完全不同的方向。这使中国与俄罗斯靠近。但俄罗斯有一个不同的故事。在西方，俄罗斯被认为是令人失望的：他们认为它会变得如此，但它并没有变成这样，而变成了他们根本无法理解的国家。

《参考消息》：中国是否会更多地参与国际事务？

卢基扬诺夫：中国不得不参与国际事务。中国在全球经济中的存在比重如此之大，不参与其中是不可能的。

《参考消息》：伴随着新中国70年的发展历程，中国也发展出了中国特色的大国外交，您对此做何评价？

卢基扬诺夫：我认为中国外交在避免不必要的冲突和局势尖锐化方面取得了巨大的成功，同时也保持了一定的克制。如果俄罗斯处在中国的位置，也许早就与西方厮打起来。中国长期以来一直避免这种情况，这是外交功绩。现在开始了另一个无法避免的冲突时期，仅靠妥协不可能实现自己的目标。中国需要学习大国实力外交的传统。

《参考消息》：您认为，在国际舞台上哪些目标对中国来说最为现实？中国被指控具有霸权野心，试图取代美国的角色。您同意吗？

卢基扬诺夫：我认为，事实上，中国的主要任务是确保本国经济发展，

不与竞争对手 —— 首先是美国 —— 发生激烈冲突。目前并不清楚如何做到这一点，特别是如果竞争对手准备并挑起这种碰撞的话。

最有可能的做法是建立一个相当复杂的关系体系，一个积极的地区政策，在政治上、经济上或财政上与不同层面的国家合作。这是一个灵活的非线性过程。在无序的世界中确保本国发展是主要任务。

就我对中国的了解，中国没有也不可能有任何霸权野心。中国不打算统治世界。中国不想成为霸主。但随着中国的发展，中国的邻国以及大洋另一边的竞争对手都会把自己对于世界大国应该如何行事的认识，投射到中国身上。

为全球领导者角色做准备

《参考消息》：在您看来，中国目前还有哪些问题亟待解决？

卢基扬诺夫：中国如今面临新的国际地位。长期以来，中国的政治家、思想家都希望能避免与他国的冲突和对抗。现在与美国的对抗已经开始并将加剧。中国现在正朝着20世纪50年代苏联的地位迈进：它被认为是美国的主要威胁。这会带来严重的后果。中国领导层还需为这一角色做准备。

就中国需要为全球领导者的角色做准备而言，中国哲学向来强调尽量不要卷入对抗。需要为对抗做好准备，但应该避免。这在面临外部强加冲突前是非常明智的。俄罗斯心理学则更具冲突性：我们不仅对对抗做出回应，而且经常制造对抗。现在对抗对中国来说是不可避免的，中国需要做出回应。

《参考消息》：请您展望中国未来的发展。

卢基扬诺夫：建设小康社会、然后将中国转变为世界强国的目标雄心勃勃。这些目标相互关联，在目前的条件下，如果不实现第一个目标，就谈不上第二个目标。苏联扭曲发展方向，片面重视军事政治因素而损害本国人民生活，但对现在的世界来说是行不通的。在新的压力和限制条件下确保稳定的经济增长是当下主要任务。

世界在发生变化。现在，世界正与中国一起改变，中国是这些变化的最为重要的因素。世界正是因为中国才在很大程度上发生了变化。对这些变化应该适应。

对于俄罗斯和美国在内的所有人来说，这是一个转折时代，要知道特朗普不是原因，而是一个症状。

中国将成为世界潮流倡导者

—— 专访俄罗斯人民友谊大学教授塔夫罗夫斯基

◆ 本报驻莫斯科记者　栾海

　　"《习近平谈治国理政》第一卷和第二卷包含了治理国家的大量细节要点和处理重大问题的感悟，其中很多思想富有革新和哲学性。"俄罗斯人民友谊大学教授、知名中国问题专家尤里·塔夫罗夫斯基日前在莫斯科接受本报记者专访时表示。

俄智库探讨借鉴中国经验

　　为了撰写与中国相关的著作，塔夫罗夫斯基反复研读了《习近平谈治国理政》第一卷和第二卷。他说，这些著述让读者能够对当代中国的政治面貌和发展前景有更加全面的了解，"这两部著作于我大有裨益"。

　　塔夫罗夫斯基认为，《习近平谈治国理政》中论述的习近平新时代中国特色社会主义思想，是综合考量国内外局势新变化后提炼出的思想理论。

本文刊载于 2019 年 10 月 31 日《参考消息》。

塔夫罗夫斯基说，对于不同国家，《习近平谈治国理政》有不同的重要意义。对俄罗斯来说，著作中关于计划经济与市场经济的内容尤为重要，能够引发人们关于俄罗斯未来经济发展方向的探讨。

塔夫罗夫斯基告诉记者，不久前，他与一些研究界同仁成立俄罗斯梦与中国梦研究中心。"我们将继续研读《习近平谈治国理政》，将更加深入研究习近平新时代中国特色社会主义思想，在理论方面探索在当前俄罗斯国情条件下如何借鉴中国经验，如何协调俄中这两个战略伙伴的长远发展规划。"

塔夫罗夫斯基指出，十九大报告中提出，到新中国成立100年（2049年）时把中国建成富强民主文明和谐美丽的社会主义现代化强国。这一奋斗目标让部分西方国家领导人感到紧张，"但他们不明白，开弓没有回头箭。中国不愿也不可能总停留在世界制造业和贸易的低端链条上。中国领导人只是如实描述了需把中国建设成什么样的国家，中国将根据内外形势变化，推动构建新型国际关系。这些举措对各方均无威胁"。

"我建议谈论'中国威胁论'的俄专家，别再转述那些欧美所谓汉学家的文章观点，而应想想怎样增强俄罗斯国力，"塔夫罗夫斯基说，"即使在当前俄经济社会管理模式不尽有效的情况下，与中国加强协作也能明显给俄带来益处，从而化解俄国内关于'中国问题'的争议性。"

"中国模式"能战胜各种阻力

"当前中国遇到的主要困难之一，是在西方反动势力支持下，美国正千方百计遏制中国发展，"塔夫罗夫斯基说，"中国所遭遇的贸易战、技术封锁、舆论战、调唆'台独''港独'，都是美国对华新冷战手段，就像其当年对付苏联一样。西方不敢武力进犯中国，但他们会设下陷阱埋伏，以图阻碍中国前进。"

"考虑到中国特色社会主义模式的有效性、中共管理国家的强大能力和中国的庞大经济体系在自身惯性作用下继续发展，我毫不怀疑到2049年中国将实现中华民族伟大复兴。但在这一过程中，中国或许将面临一系列困难，例如某些环境问题更加严峻，人口问题加剧，与中国相关的国际局势恶化，中国深入参与国际事务经验不足等。此外，难以预料西方对中国继续迅速崛起的抵触程度，敌对势力对华实施何种颠覆破坏、挑拨离间甚至'代理人战争'。"塔夫罗夫斯基说。

　　但塔夫罗夫斯基也指出，可以确定，到新中国成立100周年时，中国人民将生活得更加幸福，对未来更有信心，中国将成为世界经济、科学和政治潮流倡导者。"在海外进步思想界看来，新时代中国特色社会主义将推动确立世界经济新秩序以替代资本主义，这一新秩序将拥有越来越多的支持者，并确保各国人民享有和平与繁荣。"

中国取得成功在于努力与远见

—— 专访德国汉学家沃尔夫冈·顾彬

◆ 本报驻柏林记者　任珂　连振

沃尔夫冈·顾彬是波恩大学终身教授、德国汉学界权威，他翻译了上百本中国古代诗词、哲学著作以及现当代文学作品。近日顾彬在波恩大学接受本报记者专访，谈他与中国文化的结缘，谈他对新中国70年发展的认识。

《参考消息》：您怎样与中国文化结缘？

顾彬：1967年，我读到了美国诗人庞德翻译李白的诗《黄鹤楼送孟浩然之广陵》，震惊了，我读懂了诗歌里的美。他（李白）并不直接告诉我们他心情难过，他思考存在。由于不直接告诉我们，因此这首诗歌带来了更广阔的思路和可能性。

这首诗为我打开了中国古典文学之门。我曾说过，我想做德国的李白。这只是一个玩笑，我当然没法跟李白比。我在写一本关于李白的书。我也最想回到唐朝。

《参考消息》：今年是中华人民共和国成立70周年，您觉得中国取得成功的原因是什么？

本文刊载于2019年9月10日《参考消息》。

顾彬：努力。有些民族落后，因为他们不努力。有些国家资源丰富，但他们没有重视发展。

除了努力，中国也看得很远，比如"一带一路"。有些国家他们怕这个，但我不同意，没有必要怕。你们也想跟欧洲最大内陆港杜伊斯堡合作，从中国可以开火车来杜伊斯堡，那很好。原来鲁尔区穷得很，煤炭有问题后20世纪60年代末开始越来越落后；现在开始恢复了，但他们还需要帮助。杜伊斯堡还有很穷的地区，从社会来看有问题。如果"一带一路"能让杜伊斯堡发展，这些社会问题就会解决。

《参考消息》：您怎么看中国现在和未来的发展？

顾彬：首先世界上没有任何发展中国家现在能跟中国相提并论。而所谓西方国家，不少在科技方面现在也没办法跟中国比。

对于未来的发展，对不起，我比较保守，我喜欢过去。别理解错了，我不是落后的。但我觉得中国发展得太快了，因此人会有心理的问题、灵魂的问题。

《参考消息》：您怎么看德国和世界对中国以及中国文化的了解？

顾彬：中国文化一直在影响着德国文化。早在19世纪，就有很多中国作品被翻译成德语，许多德国学者也从法语和英语翻译作品中了解了中国的文学和哲学思想。20世纪，维也纳的作曲家古斯塔夫·马勒曾创作《大地之歌》，用七首李白诗歌的德文版为歌词。

而中国哲学思想也一直影响着德国哲学。著名哲学家海德格尔读了德国汉学家卫礼贤翻译成德语的《庄子》后，其哲学思想受到了影响，在自己最重要的著作《存在与时间》里抄下了卫礼贤翻译的《庄子》的段落。

不过，德国和西方媒体现在对中国的报道有些问题，偏激，不公平，这是一个问题。

"汉语热"拉近西方与中国距离

—— 专访意大利汉学家费代里科·马西尼

◆ 本报驻罗马记者　叶心可

意大利汉学家费代里科·马西尼日前在接受本报记者采访时指出，近年来中国人民的生活经历了飞速发展和巨大变化。

作为意大利最高学府之一罗马大学东方研究系的中国语言文学教授以及孔子学院外方院长，马西尼教授与中国有着很深的渊源。"我从1976年开始学习汉语，当时我只有16岁，还在读高中，对中国的语言、文化和哲学产生了浓厚的兴趣。"马西尼回忆道。

为了了解真正的中国，马西尼从1982年开始在北京学习，后来在意大利驻华大使馆工作多年，在此期间，他亲眼看见了中国发生的巨大变化。

"最主要的区别在于人们的生活节奏发生了变化。"马西尼说，与欧洲和美国相比，当年中国人的生活节奏显得较为缓慢和固定，"现在情况却反了过来。从意大利来到中国，你会感觉这个国家的运转速度比欧洲快得多，这与当年恰恰相反。"

"中国人民的生活在物质和精神上都经历了飞速发展和巨大变化。"马西尼说。

本文刊载于2019年10月2日《参考消息》。

不过马西尼认为，经济发展并不是衡量一个国家发展的唯一指标，他更看重的是人们的预期寿命和生活质量是否得到提升。"50年前，中国人的寿命比现在要短得多。"事实上，他的话得到了数据印证。国家统计局报告显示，中国人均预期寿命70年来节节攀升，1949年35岁，1957年57岁，1981年68岁，2018年77岁。

马西尼坦言，现在外界有些人对中国还存在诸多误解，他认为部分原因在于中国在历史上很长一段时间与世界其他地区缺乏往来，"但这种情况近年来已经发生很大变化"。

"人们往往容易对自己不了解的事物产生疑惧，"他说，"因此，避免中国人和西方之间彼此疑虑的最好方法是增加相互了解。如果我们共同努力促进年轻人的了解和交流，这将是防止任何形式对抗的最佳途径。"

近年来，意大利出现的"汉语热"就能在一定程度上增加两国之间的文化交流和彼此了解。

"近几十年来意大利的汉语教学发展很快，1978年之后情况发生了飞跃性变化，许多大学成立中文系。目前，意大利55所国立大学中有近40所具备汉语教学能力。"他说。

但马西尼指出，意大利汉语教学最前沿的发展还是在高中领域。"在意大利政府的大力支持下，我们已把汉语纳入意大利公共教育外语系统。现在，我们有50多名以意大利语为母语的高中汉语老师。就意大利汉语教学的广度而言，我认为我们是欧洲最发达的国家之一。"

"我相信意大利和中国之间的文化和语言交流仍将继续发展。"马西尼总结道。当被问及他对中国未来发展的期望时，他毫不犹豫地说："我当然很乐观。每个人都应该乐观。"

了解丰富多元中国不能走"捷径"

—— 专访澳大利亚汉学家寇志明

◆ 本报驻悉尼记者　郝亚琳

"中国是一个很大、很复杂的国家，也很多元，想找一条捷径去了解中国是不可能的。你需要一点一滴去学习、去了解，研究各个方面。"澳大利亚汉学家寇志明教授如是说。

寇志明是美国人，现在是位于悉尼的澳大利亚著名学府新南威尔士大学的中文系主任。走进他的办公室，靠墙的几个大书柜里摆放着很多中文书，最引人注目的，是墙上的几幅鲁迅画像和书柜里一整排的《鲁迅全集》。

因研究鲁迅与中国结缘

寇志明因鲁迅而同中国"结缘"，研究鲁迅超过40年，有着很深的中文造诣。他在《上海鲁迅研究》学刊上发表过一篇类似自传的中文文章《学习鲁迅四十年》，详细讲述了他是如何喜爱并逐渐走上鲁迅研究道路的。

本文刊载于2019年9月24日《参考消息》。

他还有一篇题为《跟鲁迅从美国到澳大利亚》的文章，收录在2016年于墨尔本出版的《鲁迅与澳大利亚》一书中。

寇志明生长在美国宾夕法尼亚州西部的一个偏僻小镇上。刚念完初中，他从《西行漫记》作者斯诺的另一本书《大河彼岸》中第一次得知，中国有一位重要的现代作家叫鲁迅，并随后买到了一卷杨宪益与戴乃迭翻译的《鲁迅小说选》和两卷《鲁迅杂文选》。

寇志明随后开始学习中文，并逐渐可以阅读中文原文的鲁迅作品，包括《呐喊·自序》《狂人日记》《阿 Q 正传》等。

"当时我就感觉鲁迅用词很特别，跟我以前看的中文教科书上的语言不一样，比教科书有意思多了，而且有时很幽默。"他说。

后来，寇志明考上了哥伦比亚大学，主修汉学，并先后在台湾地区、中国大陆和美国的多所高校深造。其中，作为高级进修生去北京大学中文系学习，是寇志明第一次去中国。

"我第一次到中国是1981年。那时我注意到城里没有多少垃圾，大家都骑自行车，其实蛮环保的。那会儿中国也刚改革开放不久，整个国家充满了希望。"寇志明说。

在北京大学学习了两年后，他在国家外文局担任编译工作一年，为的是"更多地了解中国社会"。

"需一点一滴全面了解中国"

离开中国后，寇志明回到美国在加州大学洛杉矶分校、威廉斯学院等几所高校任教。1996年，他应澳大利亚墨尔本大学中文系时任系主任贺大卫（大卫·霍尔姆）邀请去墨尔本任教。1999年，他开始在新南威尔士大学教书。

不过，寇志明与中国的联系一直没有中断过。1999年以来，他几乎每年都去中国，有时一年要去两三次，大部分是在学术研讨会上发表论文，2018年还曾在上海复旦大学中文系讲学。

"中国很大，南方和北方不一样，中部也不太一样。中国也可以说是一个很多元的社会，有那么多方言，各地文化都很特别。随着中国的开放，还有不少外国人在中国工作。所以中国不是一个形象可以一概而论的。"他说。

正是基于这样的想法，寇志明一直在拓展自己的研究领域，甚至为了更好地研究鲁迅还学了日语。"我的专业应该是近现代中国文学，我有两本专著：《诗人鲁迅及其旧体诗》《微妙的革命：清末民初的旧派诗人》，我也研究先秦哲学，包括老庄、儒家思想，中国的近现代思想史，中国电影的发展历史等。我想应该从各个方面入手，不一定要只走一条路。我现在研究鲁迅的早期文言论文，包括他1907—1908年在日本写的《摩罗诗力说》《文化偏至论》《破恶声论》，同时在编一本鲁迅略传和有关鲁迅英、汉、日文学术研究著作的注释编目。"

他也将这样的理念贯彻到自己的教学生涯中。在新南威尔士大学任教的20年间，寇志明为学生开设了很多课程，包括中国电影发展史、古典中国文学、现代中国文学、中国诗学翻译理论、古代汉语、汉学研究方法等。即使在成为系主任要承担很多行政工作后，他仍然没有放弃教学工作。

寇志明认为，现在愿意学习中文的人增多了，很多人都希望了解中国。"但是，想找一条捷径去了解中国是行不通的，没有捷径可走，中国其实是一个蛮复杂的国家，要慢慢地、一点一滴去学习，研究它的各个方面。"

中国必将成为"全球力量中心"

—— 专访缅甸战略和国际研究中心主席吴哥哥莱

◆ 本报驻仰光记者　庄北宁

　　缅甸战略和国际研究中心主席、缅甸前总统首席政治顾问吴哥哥莱近日接受本报记者专访时表示，中国这样人口众多的大国要实现发展不是一件容易的事，需要强有力和颇具远见的领导层、人民的积极参与以及灵活务实的战略。中国很幸运地拥有这些东西。

　　《参考消息》：如何看待中国70年来从站起来到富起来、强起来的历程？

　　吴哥哥莱：这是一个漫长而又精彩的传奇故事，讲述了一个伟大国家如何在短短70年内从一穷二白发展成一个现代化发达国家。建设国家的三个阶段非常重要。中华人民共和国的基础是在20世纪50年代毛泽东领导下的大建设时期奠定的。在经历了"文化大革命"的一些动荡岁月后，随着中国从1978年开始在邓小平的领导下进行四个现代化建设，该国历史翻开了一个新篇章。从那以后，中国走上了改革开放的正确道路，并且取得了巨大成就。在21世纪第二个10年，中国崛起成为一个全球大国，向着实现中华民族复兴的中国梦继续前行。中国成功的关键在于中国人民和中国领导人具有强大的适应性，能够从失败中吸取教训，并根据当下的发展

本文刊载于2019年9月25日《参考消息》。

形势采取正确的战略。

《参考消息》：中国有哪些成功的发展经验令您印象深刻？您认为中国共产党在其中发挥了怎样的作用？

吴哥哥莱：从一个被称为"东亚病夫"的穷国变成中等发达国家，中国在极短时间内成功减少贫穷人口，为全人类作出贡献。我第一次到中国的时候，曾看到一些穷人还在街上乞讨维持生计。但近年来，我在多次访问中国期间看到，即使在偏远地区，人们也能体面地生活。

中共在中国发展进程中的领导作用对成功至关重要。倘若没有共产党的坚定领导和指导，中国将陷入非常脆弱和混乱的局面。

《参考消息》：展望未来30年，您觉得对中国的发展而言最重要的是什么？

吴哥哥莱：如今中国正在成为一个全球大国。它不仅具有权威和影响力，而且对全人类也负有责任。在可预见的未来，中国必定会成为全球力量的中心。对中国来说，重要的一点是：成为一个对所有人负责和友好的大国。但不可避免地，中国的崛起将被现有的超级大国所拒绝，后者不会容忍任何对手存在。中国需要得到全球大多数国家的更多认可。

我的建议是维持中国"和平崛起"的政策，加强与其他国家 —— 特别是邻国 —— 的友好关系，加强中国的软实力。

信息技术的发展尤其是人工智能技术的发展应该是未来30年的重点，因为谁控制了人工智能，谁就能控制世界。中国拥有实现百年目标的良好潜力。

中华复兴意味着"世界复兴"

—— 专访韩国学者黄载皓

◆ 本报驻首尔记者　耿学鹏

"请不要叫我'中国问题专家'，因为我认为中国不是'问题'，也不成'问题'。我觉得自己是一名很努力了解中国的韩国人。"采访一开始，韩国外国语大学全球安全合作中心主任、总统府国家安保室政策咨询委员黄载皓笑着说。

喜爱中国，了解中国，频繁访问中国……在"中国通"黄载皓看来，中国在过去70年取得了"其他国家无法做到的"成就，这基于老百姓对国家领导层和政府的支持和信心，而这也将是中国未来发展的关键。

动员力量推进改革

黄载皓告诉记者，他从小喜欢读《孙子兵法》《三国演义》《红楼梦》等中国名著，也对中国产生了浓厚兴趣。他第一次访问中国是在1994年夏，当时参观了天安门广场、人民大会堂，还特意去了毛主席纪念堂。

本文刊载于2019年9月13日《参考消息》。

"当时天气很热，我排队排了半个多小时才进入了毛主席纪念堂。"他用流利的汉语说。黄载皓那次访问还去了天津南开大学，参观了周恩来纪念馆。通过这次访问，他体会到了这两位中国领导人对中国的贡献，以及中国民众对他们的敬爱。"因为像这样的排队参观并非强制，而是老百姓出于自发和自愿，"他说，"从这里，我体会到了老百姓对于国家和领导人的信任和期待。"

黄载皓把新中国成立70年以来的发展分为三个阶段，毛泽东、邓小平时代的巩固基础期、之后的稳定发展期，以及现在的全面崛起期。

"如果说在巩固基础期，保卫和建设国家是第一要务，那么，现在的中国就到了向前进一步飞跃、争取世界强国地位的时候，"他说，"这就需要动员所有力量，也需要进一步的改革。"

近年来，黄载皓多次访问中国。他说，现在的中国已经富起来，但同时也面临很多国内外矛盾，中国适时地推进了必需的改革。"从与中国普通人的聊天中，我发现中国老百姓非常肯定当前的改革方向，对现在的领导人同样有着强烈的信心和期待。"

在他看来，中国共产党有着迅速且相对合理的决策过程，同时有老百姓的支持。"有决策力，也有执行力，"黄载皓说，"这就是中国在过去70年飞速发展的优势之一。"

领导层从民心出发

黄载皓接受记者采访时刚刚从中国回到首尔，过几天则又将前往中国访问。他说，今天的中国与他第一次访问时已经完全不一样。1994年访问中国时是坐火车从北京到天津，当时感觉火车很慢。如今，他在中国各地旅行时都会坐高铁。"现在在中国坐高铁都不用排队买票，直接在手机上就可以订票，"他说，"而且，我在中国还用上了'滴滴打车''盒马鲜生'

等软件。"

"我想用一句话来形容中国的发展，那就是'我能够做得到'，"黄载皓说，中国解决了温饱问题，全面小康社会也将很快实现，"这是其他国家做不到的"。

黄载皓认为，中国目前正处在实现强国目标的门口，可以说只剩下"2%"的路程。这时候需要动员全部的意志、能量和力量。如果能克服眼下的国内外挑战，那么，就将迎来真正实现"中国梦"的时候。

黄载皓认为民众的支持来自领导层从民心出发，"给予老百姓想要的东西"。他说，自己印象最深的是十九大报告里提到坚持以人民为中心，坚持人民当家做主。这体现了亲民政策和以人为本思想，表现出中国共产党对提高百姓生活水平和保障人民权益的关心。

黄载皓认为，中国在过去70年中也经历了一些弯路，之前的教训也让中国人清楚地知道，上层与民众不能割裂。

中国愿与他国分享

黄载皓认为，坚定完成已经开始的改革、坚持对外开放是中国未来发展的关键，他期待中国通过"一带一路"倡议等措施，推动改善国际关系。

"中国不是自私的，而是愿意与其他国家分享，"他说，比如说"一带一路"、亚洲基础设施投资银行以及进口博览会等，"进博会不是要别人买中国的东西，而是向国际社会开放市场"。

黄载皓说，以前人们大都认为西方发达国家更应成为市场经济的倡导者，但如今各国立场发生了变化。美国贸易保护主义倾向越来越明显，一方面希望维持自己主导的全球资本主义市场经济体制，另一方面却在试图抛弃开放的规则，不断向他国施压。

他说，在当今世界经济格局中，"开放"和"封闭"两种趋势越发对立，期待中国成为维护全球经济秩序的重要力量。

"中国发展的一个理念是'和谐世界'，"黄载皓说，"这与人类历史过去发生的事情不同，以前是'大国崛起'，但中国是'和平崛起'，和谐是中国崛起的方式，崛起的目标则是'命运共同体'。"

黄载皓表示，尽管"命运共同体"包括的具体内容还需要进一步观察，中国的无私和共同体理念已经成为中国在世界上的优势。

他认为，中国积极推动构建人类命运共同体，倡导建设开放型经济，在推进重塑世界经济秩序方面发挥了建设性作用，得到了全球广泛响应和认同。

"中国提出了建立'新型国际关系'，我认为这应该是'新发展的国际关系'，也就是说，不去破坏以前国际关系中好的部分，而是纠正之前的错误，建立改善后的新国际关系。"

黄载皓认为，"一带一路"倡议为建立新的国际关系开了一个好头，这一倡议意味着世界各国协同合作，也有助于推动形成经济、外交和安全等各领域的共同体。

他认为，在未来，中国完全可以成为世界上一个"新的中心"，中国人对此也要有信心。

在黄载皓看来，"中华复兴"也可以说是"世界复兴"，即中国与世界携手发展。他说："'中国梦'必须与'世界梦'交织在一起，中国的进一步发展也需要与世界的发展相互融合。"

到中国寻找拉美问题解决方案

—— 专访巴西学者埃万德罗·卡瓦略

◆ 本报驻里约热内卢记者　陈威华　赵炎

"很多客观数据已经证明了研究中国的重要性。它是世界上人口最多的国家，第二大经济体和联合国安理会常任理事国。而巴西人则有更多的理由去研究它：中国是巴西自2009年以来最大的贸易合作伙伴，也是其最大的投资者。基于以上所有原因，当有人问我'为什么要去中国'时，我会回答他：'为什么不去中国？'"巴西学者埃万德罗·卡瓦略近日接受本报记者采访时说。

作为巴西最重要智库热图利奥·瓦加斯基金会以及弗鲁米嫩塞联邦大学这两大学术机构的国际法教授，卡瓦略眼中的中国既古老又年轻，既是他研究的对象，又可为巴西乃至拉美国家解决发展问题提供借鉴。他说，在之前的几十年中，巴西的发展速度领先于中国，在许多方面给中国提供了经验。但是随着中国的快速发展，"老师"和"学生"两者的位置发生了变换。

本文刊载于2019年9月17日《参考消息》。

反对西方给中国贴标签

卡瓦略认为，经过了一个世纪的动荡之后，随着1949年新中国成立，这块古老的国土迎来了发展的新阶段。1978年的改革开放政策更充分体现出中国人超强的适应性。由此，新中国进入了国家经济的繁荣阶段，在不到40年的时间里，中国已跃居世界第二大经济体。

2013年，卡瓦略被选中参加中国的一个奖学金项目，开始了他在中国的"奇妙旅程"。他的中文名字高文勇也从此被更多的人知道。

在中国，卡瓦略一方面学习汉语，一方面积极接触中国文化，在日常生活中学习和了解中国现状。2015年是卡瓦略在中国停留的第三年，也是他40年人生中一个具有重要意义的年份。他回忆道，那年中国政府举行了外国专家座谈会，与会人员为60名外国专家，其中还包括两名诺贝尔奖获得者，而他很荣幸成为这六十分之一。"中国政府组织与外国专家会面的倡议让我们看到中国在知识和科学对话上的开放态度。"

返回巴西后，卡瓦略与中国的缘分仍在继续。在巴西，他不遗余力地组织开展推动中巴、中拉交往的活动。

2017年，热图利奥·瓦加斯基金会里约热内卢法学院设立了中巴研究中心。随后，弗鲁米嫩塞联邦大学金砖国家研究中心也正式揭牌成立。"我们与中方机构合作举办了许多活动。2019年我们在瓦加斯基金会召开了'一带一路和一河'研讨会。'里约'在葡语中是'河流'的意思，它既代表里约市和里约州，也代表连接新丝绸之路广阔海洋的自然水道。将'一带一路'倡议纳入瓦加斯基金会中巴研究中心的主题，就很好地印证了无论在专业或个人领域，只要我们积极与中国联系，就能进一步拓宽视野。"卡瓦略说。

作为一位习惯独立思考的学者，卡瓦略并不认同西方世界给中国随意贴上的一些标签。"我从不相信西方人对当今中国的看法，尤其是那些与中国和中国文化没有紧密联系的人。尽管中国努力融入世界，但世界上某些国家及地区仍难以与中国在认知上达成一致。出现这种不情愿的态度可能有多种原因，例如对中国的偏见、对所谓'中国威胁'的恐惧、以'冷战'逻辑为基础的过时世界观等。"卡瓦略强调。

中国法治建设亮点纷呈

卡瓦略的专业是国际法，因此他更多地以一位法学家的角度来观察中国。他认为，新中国成立70年以来，尤其是改革开放40年来，之所以能够取得这么大的成就，一个重要的原因是中国共产党领导下的法治建设。

"中国共产党的宗旨是全心全意为人民服务，所以中国在进行法治建设时，坚持把人民的利益放在首位，努力让人民群众在每一个司法案件中感受到公平正义。这保证了中国持续健康高速发展，也增加了国际社会对中国的认同感。"他强调。

卡瓦略赞赏中国在构建中国特色社会主义法治体系时，充分融入了中国传统文化。今天的中国正走近世界舞台中央，中国如何进行法治建设也令全世界关注。作为负责任的大国，中国积极参与国际司法执法合作，也是近几年中国法治建设的亮点之一。

卡瓦略关注到近年中国在反腐败、控制污染、食品安全等方面加强了立法。他认为这是对群众最关心的问题作出回应。此外，他认为，包括民法总则在内的一大批关系国计民生的法律法规的出台，进一步完善了中国特色社会主义法律体系。

中巴相互借鉴之处很多

2013年，中国提出了"一带一路"倡议。在卡瓦略看来，自2013年起，随着一系列积极政策的实施，中国与拉美的关系变得空前重要。中国已经成为拉美的第二大贸易伙伴国。2015年，中国—拉美和加勒比国家共同体论坛首届部长级会议在北京举行，这是中拉关系的一个重要里程碑。

尽管从地理上看，拉美和加勒比地区距离"一带一路"非常遥远，但是伴随着中拉合作的发展，越来越多的中国投资进入拉美地区。"换句话说，尽管'丝绸之路'对拉美来说是个遥远的概念，但中国的投资却是触手可及。从这一点来说，我们可以将拉美视为'一带一路'不可分割的一部分。"他强调。

"无视中国即承认自己世界观的局限性。20世纪和冷战意识形态让我们对中国等国家的看法产生了扭曲，现今西方社会应认真反思。在努力了解中国的过程中，我们还应找出巴西自身的问题。为此，我们应该特别关注巴西人对中国的看法以及中国人对巴西的看法，因为巴西和中国间就有着许多值得相互借鉴之处。"他说。

第二篇

改革开放：
决定当代中国命运的关键一招

40年砥砺奋进，改革开放深刻改变中国，深刻改变世界。改革开放是决定当代中国命运的关键一招，也是实现中华民族伟大复兴的关键一招。中国外交官与海外政要以亲历或见证者身份，回顾中国向世界打开大门、积极参与全球化、不断走近世界舞台中央的辉煌历程，让人们读懂改革开放再出发的中国。

政要纵论➤➤

读懂改革开放再出发的中国

◆ 郑必坚

"读懂中国"国际会议已经举办两届了。在第一届会议上，我讲了"读懂中国"这个主题好，同时指出外国朋友"读懂中国"和中国人"读懂世界"要互动。在第二届会议上，我讲了要"读懂中国"，关键在"读懂中国共产党"。这次是第三届会议，我想强调的是，这三个"读懂"还要深化，在中国改革开放40周年的今天，重点是要"读懂改革开放再出发的中国"，认识到改革开放再出发的中国必将带来中国发展的新动能和全球合作的新机遇。我讲三个方面的内容。

改革开放取得历史性进步

改革开放再出发的中国是从哪里出发的呢？是从过去40年改革开放取得的历史性进步的基础上出发的，是从今天我们面临的新的社会主要矛盾出发的。

本文刊载于2018年12月18日《参考消息》。

40年前，以邓小平为代表的中国共产党人开启了改革开放的历程。这是决定中国命运的关键一招，深刻影响了中国的历史进程。中国把工作重点从阶级斗争转移到经济建设上来，通过改革开放成功实现了两大历史性转折：一是从高度集中的计划经济体制到充满活力的社会主义市场经济体制；二是从封闭半封闭的状态到全方位、多层次、宽领域的对外开放。这两大历史性转折，一开始就相互联系相互促进——改革促进了开放，开放促进了改革。改革和开放，实现了中国市场和世界市场的对接，把中国和世界越来越紧密地联系在一起。

在改革和开放这样的紧密联系中，中国参与了经济全球化和全球经济治理，成为世界经济大家庭中负责任的一员，走出了一条与经济全球化相联系而非相脱离的、独立自主建设中国特色社会主义的和平崛起之路。在这条道路上，中国创造了一系列经济奇迹，迅速成为世界第二大经济体。与此同时，中国解决了7亿多人民的贫困问题，为发展中国家提供了快速发展而又避免两极分化的宝贵经验，为世界所瞩目。在这条道路上，中国特色社会主义进入了新时代。

事物总是具有两重性。了解中国改革开放再出发的基础，既要看到中国在改革开放中取得了历史性进步，又要看到中国今天还是一个发展中大国。中国经济总量已经从人民币3600多亿元上升到82万亿元，但人均GDP还排在世界第70位上下；中国城乡居民收入成百倍增长，但差距依然很大——2017年城镇居民人均收入36396元，乡村居民可支配收入13432元，差距达到2.71倍；中国已经是世界制造业大国，但制造业水平还处在世界中低端；中国科技投入增长速度和技术专利注册量已经名列世界前茅，但科技创新特别是原创性核心技术创新在许多方面还很落后；中国消除了7亿多贫困人口，但还有3000多万极端贫困人口；如此等等，不一而足。

这一切告诉我们，改革还要深化，开放还要扩大，高速度发展要转向高质量发展，解决了中国人民衣食住行"有没有"之后，还要解决中国人民生活"好不好"的问题。

总之，改革开放再出发的中国，就是在这样一个发展不平衡不充分，还不能满足人民日益增长的美好生活需要，兼有进步和落后两重性的中国出发的。

市场力和创新力攸关未来

改革开放再出发的中国要到哪里去？我们的发展目标是透明的、明确的。这就是：到2020年，全面建成小康社会；到2035年，基本实现社会主义现代化；到2050年，把中国建设成为富强民主文明和谐美丽的社会主义现代化强国。需要说明的是，这不是一个称霸世界的目标，而是一个发展自己的目标，对世界上任何一个国家都不构成威胁。

围绕这样的发展目标，改革开放再出发的中国将在全面加强中国人民的生产力、国防力、文化力、社会治理力这四大力的同时，把市场力和创新力提到更加突出的战略地位上来。

实际上，中国本身就是一个大市场。这个大市场不仅在于存量，更在于增量，在于它所具有的市场力。中国有近14亿人口，有180万亿元储蓄余额，有世界上最大规模的中等收入群体及其形成的巨大消费能力，有8亿多网民及其对新型智能市场的巨大推动力，还有由新供给激发出来的崭新的消费需求，而且还在继续发展中。同时，这一市场力存在于民间，存在于新生代劳动力的增长中，是一股不可遏制的力量，具有强大的增长力、辐射力、吸引力，也是能够吸引美国和世界各国新技术的大磁场。这样的市场力，将是我国持续发展的根本内生动力。

中国正在大幅度调整以城镇化为重点的现代化战略，一方面推进精准扶贫，精准脱贫，力争在2020年按时打赢脱贫攻坚战；另一方面深入实施乡村振兴战略，吸引资本、技术、人才等要素向乡村流动，带动农村居民增加收入，全面提高农村经济社会发展水平，形成城乡融合发展新格局。这样，一个更大的中国市场将呈现在世界面前。我们有可观的生产力、强大的国防力、独特的文化力、举世无双的社会治理力，而今再加上一个现代市场力。在中国共产党全面领导下，坚持以人民为中心，推进以这五大力相结合为基础的中国大市场的发展，本身就是巨大的战略力量。

　　与此同时，创新驱动也已经成为中国的国家战略。创新已经位列中国新发展理念中的第一位。创新人才正在中国茁壮成长。中国近9亿劳动者中有超过1.7亿人受过高等教育或是具有各类专业技能的人才；每年还有800多万名大学毕业生、近500万名中专毕业生，他们蕴藏着巨大的创造潜能，将成长为高素质的劳动力。在创新中形成中国发展新动能，已经成为经济转型的亮点。2017年中国新产业、新业态、新商业模式增加值已近13万亿元，相当于GDP的比重为15.7%，比上年提高0.4个百分点。按现价计算的增速为14.1%，比同期GDP现价增速高2.9个百分点。特别是，中国科技在许多重大项目上正在取得突破。这为中国形成持久的创新力提供了最强有力的支撑。

　　新旧动能转换迫切要求国家治理体系和治理能力现代化；快速成长的中国经济迫切要求制度改革和创新。中国共产党十八届三中全会确定的改革方案正在全面落实，改革开放以来最大规模的中央和地方机构改革正在全面推进。中国政府正在深入推进简政放权、放管结合、优化服务改革，进一步放宽市场准入，提高政策透明度，实行公平公正监管，为各类所有制企业、内外资企业打造一视同仁、公平竞争的市场环境。改革开放再出发的中国将在市场力和创新力上做出好文章。

要与世界共建命运共同体

改革开放再出发的中国和世界如何相处？这也是国际社会关心的大问题。一句老话：中国绝不会称霸世界。一句新话：中国要和各国人民共同构建人类利益共同体和命运共同体。

在这里，我想强调提出一点：总体上把握前景，国际大局同样也是"两重性"的发展。经济全球化和世界多极化趋势更加明显，广大发展中国家共同和平崛起及发达国家再发展，国际力量对比更趋均衡，这是一方面。而另一方面，地缘政治动荡和各种形式的冲突，包括民粹主义蔓延与国际关系上的霸权主义相结合引发的多方面冲突，又将难以避免。对于这种新形势下"两重性"问题的充分精神准备，将是我们事业胜利必不可少的精神条件。

因此，我想以两句话来结束今天的发言：一句是，我们具有建立在"大市场"基础上的人类利益共同体和命运共同体的全新国际关系理念。由此而形成的吸引力是一种克"难"制胜的强大战斗力。另一句是，我们具有在顺利和困难"两重性"复杂态势下能够熬得过的持久战传统。由此而形成的"忍耐力"，是又一种克"难"制胜的强大战斗力。一个是吸引力，一个是忍耐力，两力合在一起，带来的就是中国持久发展的大力量，也是中国为世界创造的大机遇！

(作者为国家创新与发展战略研究会会长。本文为作者在2018年12月17日第三届"读懂中国"国际会议上的主旨演讲节选)

全球合作与人类命运共同体

◆ ［英］戈登·布朗

"命运共同体"势在必行

在过去40年里，中国取得了举世瞩目的伟大成就。纵观世界历史，没有任何一个国家能够在这么短的时间里使如此之多的人摆脱贫困，并创造了巨大的社会效益。中国在过去40年里使8亿人脱贫，这确实是前所未有的成就。此外，世界上也没有哪个国家能像中国这样，连续30年保持飞速增长。我们还看到，中国实现了社会的繁荣发展，让更多的青少年获得了教育的机会，如今中国95％的人口享受九年义务教育。

现如今，中国已经成为世界第二大经济体，同时中国倡导建立人类命运共同体，这个构想理应受到全世界的关注。

2008年金融危机爆发后，二十国集团（G20）于2009年召开伦敦峰会，提出在多个领域展开合作，以促进全球经济快速复苏，并防止20世纪30年代的大萧条在21世纪重演。

事实证明，上一次应对危机的全球合作是行之有效的。然而，如果现

本文刊载于2018年12月18日《参考消息》。

在世界爆发货币战或贸易战，那么在下次金融危机爆发的时候，全球合作或难以实现。

"华盛顿共识"已经过时

中国自身以及给世界带来的变化让人们看到，如今中国和其他亚洲国家在许多领域发挥着领导作用。世界经济的重心正在以更快的速度从西方转移到东方。

中国在各个领域所进行的改革与一些全球议程有着共同的目标，反映了各国的共同心愿。比如，金融领域亟须全球化的改革，以加速资本的流动。此外，移民和难民问题、气候变化问题和教育问题都需要全球携手进行变革。

世界经济如今已进入资本密集型发展时期，对资本回报率的要求非常高。然而，对劳工的保护也是一个需要全球关注的问题，因为随着1%的最富有者的财富日益增加，贫富差距正在越来越大。与此同时，中国等国家的中产阶级人群正不断扩大，全球中产阶级即将达到38亿人。随着越来越多的人从体力劳动者进入中产阶级，教育将发挥更加重要的作用，特别是在高等教育领域。只有接受高等教育，人们才能够获得更体面的收入。

全球目前面临的一个最大鸿沟是，没有安全感的人和有安全感的人之间的鸿沟。印度的人均国内生产总值 (GDP) 已经达到20世纪80年代的德国人均水平，但没人能说印度的社会保障水平达到了德国当年的水平。如今的新兴中产阶级担心工资不再增长，担心失业，担心孩子的未来，担心环境污染，这些都是让他们感到不安全的因素。未来如何应对这些问题？这些问题在各国政府层面是解决不了的，只有在国际层面展开合作，才能从根本上解决。

那么，未来的合作模式应该是什么样的？旧的"华盛顿共识"模式如今在华盛顿也不管用了。"华盛顿共识"的基础是不受限制的资本流动，倡导所谓的公平贸易。然而，这种基础如今已经受到冲击，我们必须要顾及全球化输家的利益。

全球目前尚未实现能够维持可持续发展的经济增长，而过去所谓的社会契约和运转规则已经在世界上许多国家被打破，许多人再也不可能获得工资有保障的工作岗位。"华盛顿共识"既无法实现均衡的包容性增长，也不可能解决像污染这样的全球性问题。目前，欧洲出现了不少排外的政党，法国近日也爆发了抗议游行，就是因为一些经济和政治方面的问题没有得到妥善的处理。

保护主义"搬石头砸自己脚"

尽管如此，如果用保护主义取代"华盛顿共识"，那只能是搬起石头砸自己的脚。特朗普总统减少美国的进口，其实也会导致美国的出口减少，因为全球经济是相互依存的，进口就是为了出口。如果进出口减少，美国将远离全球供应链。亚洲工人加上西方技术，要比美国工人加上美国技术更具吸引力，况且还有更加先进的机器人技术。

各国现在需要讨论的是如何在国家自主权和国际合作之间达成最好的平衡，这样才能解决人类目前面临的问题。

比如，全球经济如今缺乏预警机制，金融业缺乏透明度和问责制，要想确保金融稳定，任何国家都不能单打独斗，必须通过合作才能解决这一问题。

同样，移民问题也不是一朝一夕就能解决，也无法靠砌墙解决。富国无法阻止周边穷国的居民产生移民的想法。

目前不少问题也与财富的转移有关，包括有些人采用税收避风港的方法来避税，而这些资金没有得到很好的监控和监管。没有国际合作的话，这样的问题就不可能解决，而这会威胁到所有的国家，因为避税问题会渗透到整个社会结构当中，带来很多不安定因素。

所以，我们需要负责任的国际合作，以应对金融稳定问题、不平等问题、移民问题、污染问题，等等。这些问题都是需要国际合作才能够解决。

合作事关人类共同利益

现在是一个多极主义的世界，美国的单边主义的做法是行不通的。如果抵制国际合作，抵制全球主义，所带来的害处是非常大的。相反，世界各国应携手合作，把问题各个击破，并通过溢出效应实现人类共同的目标。

在中国改革开放40周年之际，我要借此向世界发出呼吁，在任何的时候我们都需要通过合作，这样才能真正战胜贸易保护主义。

(作者为英国前首相。本文根据布朗在2018年12月17日第三届"读懂中国"国际会议上的主旨发言整理)

改革开放丰富中国的治理经验

—— 专访法国前总理拉法兰

◆ 本报驻巴黎记者　韩冰　应强

　　"最近40年来中国或许是世界上变化速度最快的国家，中国成功的关键之一在于中国共产党的领导，中国共产党的表现无可指摘，"日前，法国前总理让－皮埃尔·拉法兰接受本报记者专访，他这样评价中国改革开放的成就。

中国40年来发展迅猛

　　《参考消息》：拉法兰先生，1976年您曾作为时任法国总统德斯坦访华的代表团成员。当时的中国给您留下了什么印象？

　　拉法兰：我最深刻的印象之一是中国儿童的热情。1976年对于中国来说其实是悲伤的一年，中国正处于艰难之中，在中国的街头很难见到笑容。但孩子们是例外的，他们看到我们的时候，会跑过来邀请我们一起玩耍，尤其是一起打乒乓球。我们经常试着赢球，但从没赢过。中国孩子们

本文刊载于2018年12月17日《参考消息》。

的热情友好一直铭记在我心里，也就是从那个时候起，我开始爱上中国人民，并对中国的未来有信心。

《参考消息》：2003年您担任法国总理前后，曾多次访问中国。您是否对中国的变化感到惊讶？

拉法兰：在担任法国总理之前，我曾多次到访过中国。每次访问，我都见证了中国的飞速变化，尤其是中国城市面貌的变化。担任总理之后，我意识到中国十分重视科技发展，因此即使2003年中国流行"非典"疫情，多个国家和政府首脑取消访华行程，我也没有取消访问中国之旅。我希望表现出对于中国政府和中国科学家们克服疫情的信心。

我看到中国克服了人口问题、气候变化、数字化发展、太空技术等一个又一个挑战。中国或许是世界上变化速度最快的国家，这就是中国：一个古老而又现代的国度。

中国走近世界舞台中心

《参考消息》：最近5年来，中国改革开启了新篇章。在您眼中，中国有什么样的新变化呢？

拉法兰：最近5年来，我注意到中国跨越了新的重大发展阶段。首先，中国调动全国力量促进创新，习近平主席在论述治国理政的书中面向中国年轻人发出的呼吁已经被人们听到。中国发展越来越依靠高智力的附加值，而不是基于低成本的研究，增长的内在动力较为强劲。

其次，我注意到中国共产党在努力通过反腐等改革来改进人们对其的看法，那些把为自己谋福利放在首位的人受到了惩治。中国共产党的表现应该说是无可指摘的。

最后，我依然坚持认为，中国的国际地位发生了新的变化，即从崛起的国家变为世界的引领者，重新在世界先进国家中占有一席之地。中国决心捍卫自己的利益，同时决心履行自己的义务。所以我们看到，中国支持多边主义，加强对联合国的支持，尤其是积极参与联合国维和行动。当美国单方面从联合国教科文组织退出时，中国却在该组织内施展自己的影响。习近平主席曾同时访问沙特阿拉伯和伊朗这样一些局势紧张的地区。中国支持《巴黎协定》，还为这个多边主义协议开辟了具有决定意义的道路。

值得关注的是，中国通过发起"一带一路"等重要倡议，在维护自己利益的同时努力推广国际合作。中国重新回到了国际治理舞台。

中国是世界局势稳定器

《参考消息》：您认为中国改革40年以来取得的主要成就有哪些？中国的成功对于国际社会有什么影响？

拉法兰：1978年改革开放以来，中国取得了巨大的进步：城市发展令人印象深刻，科技进步的速度无与伦比，社会保障和医疗卫生水平明显提高，教育质量同样如此。中国的国际影响力突飞猛涨。中国对于多边主义和环境保护的支持以及中国传统智慧的回归令外界感到安心。很多支持多边主义的大国把中国看作一个对于世界和平至关重要的国家。

《参考消息》：您认为中国改革成功的主要原因是什么？

拉法兰：中国成功的第一个关键在于中国人民。中国人民不仅聪明灵活，也十分勤奋。我的一个中国朋友曾自信地说："我们和你们一样聪明，但我们更加勤奋。所以我们将会赶上你们。"

第二个关键在于，中国的目光长远。西方常常被眼前的事情所困，不能从长远的角度开展治理。中国的国家规划则是一个为发展制定长远战略的现代工具。中国获得成功的同时，有时让其他国家感到担忧。其原因是多方面的：政治体制的不同、文化的差异、语言的隔阂和生活方式的多元等。因此，促进国际合作或许是今天中国最重要的措施之一。

《参考消息》：在国际局势不确定因素增多的背景下，您对中国的未来有何期待？

拉法兰：中国可以成为世界局势的稳定器。中国是一个强大而爱好和平的国家。长期以来，世界被美国这一超级强国所统治。未来，世界的和平不会再以一个国家凌驾于其他大国为基础，而将是世界大国之间达成新平衡的结果。法国和中国一样希望世界是多极化的，各国在相互尊重和共同合作的基础上和谐共处。欧亚大陆的崛起能够成为未来世界的重心所在。这也是"一带一路"倡议的主旨方向。从这个角度出发，我认为，中国和欧洲之间的关系是特别重要和具有战略意义的。

中国道路是人类社会发展新模式

—— 专访俄共中央委员会主席久加诺夫

◆ 本报驻莫斯科记者　胡晓光

　　在中国改革开放迎来40周年之际，俄罗斯联邦共产党中央委员会主席根纳季·久加诺夫日前在莫斯科接受本报记者专访，谈他对中国改革开放40年发生巨变的认识。他认为，中国取得的一切成就及转变成世界强国，与坚持社会主义发展道路和中国共产党的领导作用密不可分；在美国加大对华压力的情况下，中国只有通过对本国经济实现深刻的现代化、成为科技领域世界领导者的方式才能应对；中国的出路不在于自我孤立，而是应该沿着改革开放和建设公正世界秩序的道路走下去；新时代中国特色社会主义是可以代替西方方案的人类社会发展新模式。

吸取了苏联改革教训

　　《参考消息》：改革开放40年来，中国取得巨大成就。在您看来，中国变化这么快的决定性因素是什么？中国共产党在中国社会发生的这些巨大变化

本文刊载于2018年12月19日《参考消息》

久加诺夫：我们的伟大邻邦中国这些天正在庆祝一个有重要意义的日子。整整40年前，中国共产党召开了十一届三中全会。正是这次会议开始了改革开放进程，决定了此后几十年中国的向前发展，推动中国达到在20世纪70年代末难以想象的高度。

今天中国实际上解决了赤贫问题。许多其他问题也同样得到解决。一名城市居民的年纯收入几乎增加了100倍——从343元提高到3万多元。人均住房面积从6.7平方米增加到33平方米。

我认为，具有深刻象征意义的是，在世界范围内为战胜贫困作出决定性贡献的国家，是一个没有放弃社会主义发展道路的国家。这一因素可以说是中国改革开放取得成就的主要保证。1978年后引进的市场机制发挥的是辅助作用，战略部门依旧掌握在国家手中。主要目标依旧是建设社会主义。

改革开放总设计师邓小平曾不厌其烦地指出这一点。他曾指出，改革的实质在于不放弃社会主义道路，改革实质上是一场革命，是中国的第二次革命，改革是社会主义制度的自我完善。中共十九大也强调指出要培育和践行社会主义核心价值观，并提出战略性任务：在2035年基本实现社会主义现代化，而到21世纪中叶把中国建成社会主义现代化强国。

我可以充满信心地说，我们的中国同志透彻研究了苏联社会主义建设的经验，对其优劣有正确的认识。中国对把苏联引向灭亡之路的改革和新思维时期一直给予特别的关注。其中一个主要结论涉及共产党及其在社会政治体系中的位置。中国明白了，解决国家面临的问题、实现目标，离开党的坚强领导是不可能做到的。因此我认为，将"中国共产党领导是中国特色社会主义最本质的特征"写进《中华人民共和国宪法》，是深思熟虑和正确的决定。中国取得的一切成就及转变成世界强国，与坚持社会主义发展道路和中国共产党的领导作用密不可分。

有能力完成发展计划

《参考消息》：中国提出并正在实施长期发展计划。主要的里程碑包括：到2020年全面建成小康社会；到2035年基本实现社会主义现代化；到2050年全面建成社会主义现代化强国……中国正逐梦百年奋斗目标。您认为，中国制定的长期战略发展规划在多大程度上是现实有效的？

久加诺夫：不放弃计划制度是中国领导人不容置疑的优点。目前的"十三五"规划要求经济发展方式从粗放增长转向集约增长，引进生态纯净和节约能源的生产，优先关注高科技部门、微电子、飞机制造和生物技术等。这对中国未来的发展极为重要，因为中国正面临美国越来越大的压力。北京只有通过对本国经济实现深刻的现代化、成为科技领域世界领导者的方式，才能应对这一挑战。如果没有深思熟虑和明确的规划，很难做到这一点。

中国已经制定了几项长期战略发展规划：到2021年中国共产党建党100年时中国应该全面建成小康社会，完全消除贫困；到2035年基本实现社会主义现代化；而到2049年中华人民共和国成立100年时，中国全面建成社会主义现代化强国。我相信，中国共产党和中国人民有能力完成这些任务。同其他国民经济计划一样，这些规划有牢固的科学基础，建立在对生产力发展明确的、仔细斟酌的预测之上。

是的，今天可以听到一些人（主要是西方国家人士）的看法，他们对实现这些宏大目标持怀疑态度。我想提醒这些悲观主义者的是，当今的中国已经让固化的思维大跌眼镜。中国现如今转变成世界经济强国，直逼美国，对西方资本主导下的全球秩序构成挑战，40年前谁能想得到?!尽管不怀好意者散布恶毒言论，预言中国经济"硬着陆"，或者诅咒中国崩溃和解体，但中国一直在不断发展壮大。北京的成功是对这类诽谤的最好回答。

改革开放政策不会变

《参考消息》：在当前世界形势不稳定的情况下，中国最高领导人一再强调改革开放政策不变。您对此如何理解？

久加诺夫：生活本身证明了改革开放政策的有效性和别无选择。2017年中国经济总量占世界的15％，而40年前仅为1.8％。中国国内生产总值排在美国之后列世界第二位，但是，如果按购买力平价计算，中国几年前就成为世界领先者。

在当今国际不稳定形势下这一方针特别重要。近几个月美国当局——确切地说是其背后的资本集团——对贵国实施了一系列制裁。他们毫不掩盖自己的目标——削弱中国，限制北京获取先进技术。美国人及其盟友试图把中国不可分割的领土台湾从中国分离出去并展开了真正的信息战。

面对这种形势，中国必须捍卫自己的主权，维护自己的利益。但出路不在于自我孤立，而是巩固与世界其他国家的联系，发展同它们的互利关系。如果说特朗普总统领导下的美国推行侵略性政策、无视他国利益，那么中国应该沿着开放和建设公正世界秩序的道路走下去。

我认为邓小平说过的一句话在这里是适宜的。他强调，一方面中国有自己的模式、应该走自己的路，但另一方面中国"关起门来搞建设是不行的，发展不起来"。

提供可行的替代方案

《参考消息》：您如何评价改革开放以来产生的中国经验和中国发展模式？

久加诺夫：改革开放政策的一个非常重要的结果是，它事实上走出了国门。当今的中国不仅仅是国际社会一个名副其实的成员，还是一个对全球进程产生越来越大影响的国家。这涉及所有方面。作为工业发展领先者、世界主要出口国和经济增长速度比世界平均水平高一倍的国家，中国是全球经济的主动力源。同时要指出的是，中国同其他国家对话时不居高临下、不以强凌弱。这极为重要。中国不要求其他国家做政治让步以换取经济援助，不讹诈、不威胁。恰恰相反的是，中国在构建关系时从互利共赢合作出发。

这鲜明地体现在"一带一路"倡议实施过程中。仅仅5年时间，中国就在20多个国家建立了56个商业经济合作园区，创造了约20万个新工作岗位。中国对"一带一路"项目的投资仅最近三年就超过500亿美元。美国政府及其收买的记者一口咬定说，这种帮助让中国的伙伴付出昂贵代价，而所有的收益被中国一家独吞。比这种瞎话再蠢的话很难杜撰出来。中国帮助修建的铁路、公路、输电线和电站、工厂，如果没有为亚非拉国家造福，那还能是为谁呢?!

文化领域也是同样的情况。中国的文化对各个大陆的千百万人有吸引力，是因为它生机勃勃，甚至可以说是消费至上、充满暴力和道德崩塌的西方文化之外的一个选择。

这就是为什么学习汉语的外国人的数量达到1.2亿人的原因。这个数字在8年内增加了一倍。孔子学院成为那些目标明确、才华横溢的年轻人的引力中心。

孔子学院是语言和文化交流的桥梁，其数量达到548家，覆盖世界多数国家，其中包括俄罗斯，目前俄开设了17所孔子学院和5个孔子课堂。

我想，上面所言足以说明一点：除了以不公正的全球化、霸权主义和伦理道德价值观退化为标志的西方方案之外，中国提供了可行的替代方案。

汇集各民族价值观念的社会主义制度，可以并应该成为人类命运共同体的意识形态基础和经济基础。而中国在这方面是当之无愧的旗舰司令员。

欧洲欢迎中国继续扩大开放

—— 专访奥地利前总统菲舍尔

◆ 本报驻维也纳记者　刘向

近日，奥地利前总统、奥中友协主席菲舍尔接受本报记者书面采访。他表示，改革开放40年，"中国发生了令人难以置信的变化"，相信中国将继续很好地推行改革开放政策。

《参考消息》：过去40多年您访问中国10次，您对中国印象最深的变化有哪些？

菲舍尔：我第一次访问中国是在1974年，作为奥地利国民议会的年轻议员，去了北京、上海和广州。我最后一次访问是在2017年，以前总统的身份。这之间跨越了43年。虽然从历史的角度来看时间很短，但中国却发生了令人难以置信的变化。

1974年，中国与拉美和北非国家处于同一发展水平，人均国民生产总值较低，技术设备短缺，医疗保健水平低，农民生活困难，劳动主要靠人力或最简单的机器。北京和上海的建筑大多是一两层高，北京饭店是当时北京最高的建筑之一。而在过去40年的时间里，中国保持着高速增长。今天的中国正在与世界领先的工业国家竞争。

本文刊载于2018年12月19日《参考消息》。

《参考消息》：当今世界处于深度变化时期，民族主义抬头，全球化进程受阻。中国改革开放也迎来新阶段。您如何看待这些？

菲舍尔：我同意中国经过40年改革开放后，正处于（经济发展转型的）十字路口的观点。鉴于中国国力逐步上升，今天的中国在国际舞台上发挥重要作用是可以理解的。

中国领导人有理由对中国的悠久历史和中国哲学家和思想家的成就感到骄傲。最近，有中国学者在访问维也纳时表示："对民族主义学术观点过度热情并不是件好事。我们不能仅限于单一的文化理论。中西方知识应相互补充。"我理解并赞同这一观点，尤其是在某些国家民族主义思潮有所增加的当下。我非常不喜欢"美国第一"这个口号，因为如果所有国家都按照这一原则行事，那么世界可能会重新被民族主义所主导。

《参考消息》：中国表示将继续深化改革和开放，以迎接未来挑战。对此您如何评价？

菲舍尔：我认为，中国将继续很好地推行邓小平提出的改革开放政策。

作为一名法学家，我关注到中国通过了一系列重要法律，人权已被纳入中国宪法。2018年6月，奥中友协与中国人权研究会代表团在维也纳举行研讨会，讨论中国人权发展。2019年6月，双方还将在维也纳举行相关研讨会。

中国已经批准了联合国《经济、社会、文化权利国际公约》，是少数承诺向联合国提交履约报告的大国之一，我们对此非常欢迎。

《参考消息》：请您谈谈中国继续实行改革开放对中国和世界的意义，尤其是在保护主义抬头的当下。

菲舍尔：今年，中国通过的几项正式声明和行动表明，中国致力于国际团结。欧盟对这一承诺表示欢迎。中国在互惠的基础上进一步开放，对所有参与者都是有利的。

中国是一个大国，其任务是使国际社会相信它是一个爱好和平的大国。当然，只有所有主要大国都采取和平政策并遵守国际法，这才能取得成功。这是我作为奥地利的代表所期望的。奥地利是一个热爱和平的小国，在经济、社会和文化方面都很发达。战争和冲突会给各方带来很多损失。

开放是改变世界的历史性决定

—— 专访法国前总统奥朗德

◆ 本报驻巴黎记者　应强　韩冰

"40年前，邓小平做出了开放中国的决定，这不仅对中国产生影响，也是改变世界的历史性决定。"日前，法国前总统奥朗德接受了本报记者专访，谈到对中国及中国改革开放的评价。

开放给世界带来积极作用

《参考消息》：您第一次访问中国是2013年，后来您多次访问中国，您如何看待中国的发展，对中国的实际印象和想象的一样吗？

奥朗德：我多次去过中国，每一次给我的印象都非常深，中国发展迅速有目共睹，同时中国希望对世界作出贡献的意愿也非常强，希望能够参与全球治理。中国不像以前那样封闭自己，而是希望更多地对外开放。我担任总统期间对更多的法国产品能够进入到中国也非常关注，希望能够有更多的法国技术和中国技术相结合，比如我们在核电和航天方面的合作就是例子。

本文刊载于2018年12月20日《参考消息》。

奥朗德：40年前，邓小平做出了开放中国的决定，这不仅对中国产生影响，也是改变世界的历史性决定。这一决定首先让中国得以迅速发展，让千百万人脱离了贫困；其次对世界贸易和全球增长产生了积极影响。可能对于欧洲和法国来说，中国的发展带来了工业上的竞争，中国成为贸易、工业和科技大国，一些民粹主义利用这些影响煽动欧洲人的恐惧，我们的责任就是告诉人们开放是符合所有人利益的，这种发展交流应该继续下去，同时我们也有一些规则需要遵守，促进双方的就业增加。

共同推动达成《巴黎协定》

《参考消息》：您最近写的《权力的教训》一书获得成功，您写这本书的目的是什么？

奥朗德：我在离开总统一职后对法国人有一个责任，就是要告诉他们我执政时做了些什么、所做决定的原因和5年来我的感受。这些对法国来说很重要，这些决定当时对我们的经济走出困境很重要，同时我们还经历了严重的恐怖袭击，以及法国在全球所取得的成就，比如《巴黎协定》。我作为总统有责任告诉法国人我在担任总统期间得到的教训，这对未来也很重要。

《参考消息》：您的新书获得很大成功，听说您还要出版中文版？

奥朗德：是的，中国的译者和出版社已经和我联系，希望能够把书献给这个全球拥有最多人口的国家，让他们了解我为中法关系做了些什么。我在任期间，中法庆祝建交50周年，我和习近平主席进行了多次会见，为全球应对气候变暖作出了重要的贡献。正如我在书里写道，没有习近平主席的支持，2015年12月我们可能就无法达成《巴黎协定》，这一协定对全球都有着重要影响。

《参考消息》：这是您在书中最想和中国读者分享的？

奥朗德：是的，从这一方面，对中国人民来说了解中国国家主席对《巴黎协定》达成所作出的贡献非常重要。同时，我也希望让中国读者对一些问题感兴趣，比如世界的和平和稳定、全球贸易问题。

应携手改善国际秩序

《参考消息》：您担任法国总统期间，多次见到习近平主席，你们之间交流互动中有哪些让您印象最深？

奥朗德：是的。我和习近平主席多次会面，不仅仅作为国家元首推动两国传统友谊，而且建立了一种私人的信任关系。尤其是在巴黎气候大会达成协议之前，我和习主席进行了长时间的通话，这才使得《巴黎协定》能够达成。

《参考消息》：中法关系目前非常好，在能源、航空、文化和人文交流方面取得很多成就，您认为中法关系今后应该向什么方向发展？特别是2019年将迎来双方建交55周年。

奥朗德：关于未来，我认为中法应该携手维护和改善国际秩序，因为中国和法国现在对国际秩序的失衡都表示忧虑，《巴黎协定》遭到了美国总统特朗普的拒绝，伊朗核协议也面临同样的境地。关于贸易方面，各方冲突愈演愈烈。当今世界，联合国体系和大的国际组织都受到这种气氛的影响。作为联合国安理会常任理事国，中法应该对全球治理作出更多的贡献，应该有所行动。

《参考消息》：您刚才提到特朗普，目前世界面临更大的不确定性，特别是中美之间、中欧之间的贸易摩擦严重，您认为中法之间在这种背景下应该采取哪些协调行动?

奥朗德:中国和法国应该和美国总统提出建议,虽然有时我们对他所做的决定感到吃惊,有时也可能不会相互理解,有些决定只照顾了美国的利益。中法有责任告诉美国总统,我们捍卫一些基本的原则,特别是世界贸易组织中一些国际共同达成的协议应该遵守,中法、中欧之间应该建立一种典范的贸易关系,给世界一个榜样。

《参考消息》:2013年您在接受本报采访时表示,中国的发展对世界是一个机遇,您现在还这样认为吗?

奥朗德:是的。我们不应怀疑中国的意愿,每个国家都希望发展,希望保持经济繁荣、人民幸福,希望提高科技水平,我认为中国人民也有同样的需求,我们现在需要做的是共同努力达成我们的目标:保护环境、遵守社会规则、共同增长、创造就业,做到这些就需要我们继续加强对话,而不是妨碍世界贸易的发展。

《参考消息》:您怎么看待中国的传统文化和现代的科技创新?

奥朗德:人们已经看到了中国的科技创新,但传统的东西外人知道的还不多,尽管中国进行了一些重建和恢复。我希望中国能够通过旅游和历史重现让人们更多了解这些传统遗产,对我来说,每一次对中国的访问都是一次发现,中国文化丰富多样。可以说,每一个中国的城市都有自己的特点,而不是充斥摩天大楼的同样城市。

扩大开放促中国—东盟合作升级

—— 专访泰国立法议会主席蓬贝

◆ 本报记者　李颖　黎淑同

"改革开放是中国一项独一无二的伟大工程。"这是泰国立法议会主席蓬贝·威集春猜对中国改革开放提纲挈领式的总评价。2018年12月13日，应全国人大常委会委员长栗战书邀请访问中国的蓬贝接受《参考消息》独家专访，他信心满满地表示，中国扩大开放将为泰中两国的合作带来更多机遇。

"独一无二的伟大工程"

《参考消息》：在中国纪念改革开放40周年之际，请谈谈您眼中的改革开放给中国带来哪些变化？

蓬贝：我35年前就到访过中国，此后又多次访华，可以说亲眼见证了改革开放40年给中国带来的翻天覆地的巨变。

改革开放是中国一项独一无二的伟大工程。改革开放给中国带来的巨变至少在三个方面令我印象深刻：其一是给中国带来了经济上的飞跃式发

本文刊载于2018年12月17日《参考消息》。

展，大大提升了中国人民的生活水平，尤其是帮助相当多的中国贫困人口脱贫。其二是中国基础设施建设取得非凡成就。公路和铁路建设极大提升了出行的便利，加强了全国各地的互联互通。其三是中国高新技术的发展取得了丰硕成果。

以我自己的亲身体验来说，我认为中泰经贸往来进程就可以见证中国高新技术的发展变化。比如中国老百姓很欢迎泰国的茉莉香米，而泰国老百姓很欢迎高品质的机电商品。我小时候，泰国家庭的收音机和电视机等大多从德国等欧洲国家进口，后来从日本和韩国进口，相信以后将越来越多的从中国进口。

目前，泰国不少部门和家庭的智能监控系统从中国进口。高新技术的发展不仅推动中国自身的经济发展，也成为重要的经贸出口产品。

《参考消息》：您认为中国改革开放取得辉煌成果的主要原因有哪些？

蓬贝：从外国人的视角观察，我认为改革开放取得巨大成功的关键因素在于，改革开放是包括邓小平、习近平在内的中国历届领导人引领之下的正确政策和抉择。与此同时，尽管中国是个多元化社会，但中国人民能够齐心协力、共同推进改革开放进程。还有，中国相当庞大的海外留学生群体也发挥了重要作用，他们积极吸收国际上的一流高精尖技术，中国国内外的高科技人才为中国带来创新发展。

中泰发展对接空间广阔

《参考消息》：习近平主席提出的"一带一路"倡议标志着中国的改革开放迈进新时代。泰国如何看待中国"一带一路"倡议？

蓬贝："一带一路"是具有远见卓识的倡议，提倡各国应当共商、共建、共享，互利共赢、共谋发展，标志着中国改革开放迈进新时代。

我此次访华也正是希望进一步推进泰国发展战略与"一带一路"倡议

的对接。我12日在北京与全国人大常委会委员长栗战书进行的会谈进行得非常顺利和友好，相信将有利于进一步巩固和深化双边关系。行程还包括到访南京，考察一些高新技术企业；在福建厦门主要是推进泰中两国在人员往来、文化教育领域的合作。泰中友好源远流长，泰方积极响应"一带一路"倡议，愿与中方加强互联互通建设和经贸往来，深化在科创、教育、旅游等领域的合作。

《参考消息》：泰国一直积极响应"一带一路"倡议，并认为泰国"东部经济走廊"(EEC) 项目和"一带一路"倡议有广阔的对接空间。中泰两国在这两个倡议下，是否可以开展更多合作？

蓬贝：在"一带一路"倡议框架下，中国积极与其他国家共同推进基础设施建设。泰国大力支持中国的"一带一路"倡议，泰国的"东部经济走廊"项目、"泰国4.0"战略和中国的"一带一路"倡议可以进行对接。

"东部经济走廊"项目旨在将泰国东部的多个府建设成泰国国际自由贸易的门户。"东部经济走廊"地区连接3个机场的铁路建设、工业园以及初创企业的发展都希望与中国合作。泰方欢迎所有对"东部经济走廊"项目感兴趣的国家来参与，同时特别期待与基础雄厚、拥有高新技术的中国企业合作。

中国维护自由贸易秩序

《参考消息》：您如何看待当前贸易战阴云笼罩？尽管当今世界面临保护主义等一些不确定因素，但是中国明确表示中国开放的大门只会越开越大，您如何看待中国深化改革开放的决心？

蓬贝：过去国与国之间会因为各种矛盾发起战争，而现在的战争形式更多是经济和贸易战。诚然，认为自身利益受损的一方有权利提出申诉，但发动贸易战的方式犹如枪战，只会导致两败俱伤。

贸易战折射了某些国家的保护主义思维和单边主义做法。贸易战把自身的一些经济问题归咎于别国，向别国施压，这种做法不仅会令双方受损，还将波及他国。当中国成为经济强国时，原有的某些经济强国自然会不满。但是贸易战是无法解决问题的，只会令局势更加恶化，仍应通过磋商来解决问题。

中国领导人习近平在国际场合明确表示，中国的开放大门只会越开越大，这才是正确的大方向，也是对全球自由贸易秩序的维护。在我看来，中国一直致力于促进地区和世界的和平稳定，努力缓解局势，始终主张以和平方式解决各种国际争端，比如，边境冲突问题、南海问题，等等。泰国一直支持这种通过外交渠道协商解决摩擦的做法。在贸易战问题上，我相信中国也一定能够和平解决，前提是另一个国家的领导人停止挑衅。

中国—东盟合作"升级化"

《参考消息》：对于中泰两国在东盟框架下进一步推进互利互惠以及"升级版"自由贸易区的建设，您有何建议？

蓬贝：中国开放的大门越开越大，将会更加有利于深化中泰经贸合作和中国与东盟之间自由贸易区建设，有利于本地区的和平稳定和繁荣发展。首先我要强调的是，在中泰经贸往来过程中，当大米、橡胶等农产品遇到问题时，中国总是第一个伸出援手，高度体现了"中泰一家亲"给两国人民带来的好处，泰国由衷感谢中方的及时配合和互利合作。

2018年是中国和东盟建立战略伙伴关系15周年，中国—东盟"升级版"自由贸易区合作已正式启动。2019年泰国将担任东盟轮值主席国。作为东盟中至关重要的一国，泰国之所以选定在东部地区建立经济走廊，正是因为这里的地理区位和地缘政治优势，有利于促进中泰、中国与东盟各国之间的互联互通和互利互惠。泰国将在"升级版"的中国—东盟自由贸易区框架下，与中国携手推进中国与东盟在经贸、投资和服务贸易领域全面切实的合作，将中国和东盟的合作也"升级化"。

外交官谈➣➣

改革开放让外交官有了底气

◆ 马振岗

马振岗，1940年生，曾任外交部美大司副处长、处长，驻美利坚合众国大使馆参赞，外交部美大司副司长、司长，国务院外事办公室副主任，驻大不列颠及北爱尔兰联合王国特命全权大使，中国国际问题研究所所长，十届全国政协委员、外委会副主任。

国家的强大实力是外交官最坚强的后盾。这一点，在我的外交实践中得到充分证实。改革开放彻底改变了我国"弱国无外交"的局面，让中国赢得了世界的尊重，也给了我们外交官十足的底气。

国力不济就难有话语权

1970年5月，我被派到我国驻南斯拉夫大使馆工作，正式开始了外交生涯。南斯拉夫曾长期被定性为"修正主义"国家，在我心目中必然是个"糟糕"的国度。但来到南斯拉夫首都贝尔格莱德之后，所见所闻却令我大

本文刊载于2018年11月22日《参考消息》。

吃一惊。市面上各种商品应有尽有，不像我国当时那样限量要票。我曾到刚刚兴起的"超级市场"看过，货架上商品琳琅满目、种类繁多，任凭顾客自己挑选。

我跟随大使参观南斯拉夫许多工厂企业，感到现代化程度很高。当年我国建造一艘万吨轮船就称之为"巨轮"，而南斯拉夫早就能造几万吨的船只了。实际上，那时南斯拉夫是东欧最发达的国家，民众生活相当不错，许多家庭开始拥有汽车，国际活动也十分活跃，又是不结盟集团三巨头之一，每年都有多国首脑来访，在世界上拥有相当大的影响力。相较而言，我国"文革"带来经济混乱，外交上也面临不少挑战和难题，国际局面并未完全打开。

新中国成立20周年的1969年，同我国建交的国家只有50个，其中还有6个以种种借口同我国断绝或中断了外交关系。这固然是美国等西方国家破坏的结果，但也与我国国力不济相关。记得那年世界游泳锦标赛在贝尔格莱德举行，国内指示使馆就恢复我国合法地位做国际泳联工作。使馆一位高级外交官带我去执行这一任务，虽经南斯拉夫方面多方斡旋，国际泳联负责人对我们却依旧不理不睬。这次经历让我有一种强烈的受辱感觉，却毫无办法。国家不够强大，国际上就难有影响力和话语权。

被误认日本人刺痛了我

20世纪80年代初，我到驻加拿大温哥华总领事馆工作。那时我国改革开放已经蓬勃展开，取得不少成绩，加拿大开始看重我国，我国国际处境比我在南斯拉夫时好了许多。但那时正是日本风头最足的时候，人们开口闭口都在谈论日本，在温哥华几乎到处都能感受到日本的影响。我个头不高，穿了一身西服，又戴着一副宽边眼镜，经常被人当成日本外交官。

有一次参加活动，我正同一位加拿大朋友交谈，一个加拿大人走过来说，他刚从东京回来，当着我的面大夸日本如何发达先进，一副无比佩服和羡慕的神情。他显然把我错看成日本人了。和我交谈的朋友赶紧介绍我是中国领事，那人听后才知道搞错了，尴尬地念叨了句"中国现在也不错"，转身匆匆离开。这件事深深刺痛了我，中国比日本幅员辽阔，人比日本多，历史比日本悠久，为什么日本在外国人眼里那么出彩，而我们中国却被瞧不起呢？！

当时，商店里到处都是日本精致的家电、照相机、音响和其他高档产品，价格高却深受顾客青睐。而中国出口的产品却是一些廉价的布鞋、塑料鞋、打火机、劳动手套等低档物品，成堆地摆在地摊上都没有人光顾，两者形成鲜明反差。在一些知名的公园里，经常可看到日本捐赠的小亭子、出资修建的"日本花园"，日本俨然被看成亚洲文化的代表。在普通人眼里，只有发达的日本，自然没有我们中国的位置。虽然加拿大官方、企业界和有识之士业已意识到中国改革开放具有的发展潜力，开始重视对华关系，看重中国的国际地位，但在各种场合，日本外交官更受重视，地位也比中国外交官显赫。在温哥华的种种亲身经历，使我深切感到，没有祖国的繁荣强盛，就没有外交官的地位。

开放驱动中英关系加速

1997年3月，我出任中国驻英国大使。那个时候，随着改革不断深入和对外开放的持续扩大，我国日益强盛，辉煌成就举世瞩目，国际影响明显增大。日本经济总量仍比我国大不少，但在经济泡沫破裂后已陷于萧条的10年。尤其在亚洲金融危机爆发后，许多国家遭受严重冲击，作为亚洲经济实力最强的日本，却采取了以邻为壑的自保政策，声名受挫。而我国不仅持续发展，而且向一些困难的国家慷慨伸出援手。我国还坚持人民币不贬值，为世界经济稳定作出贡献，受到普遍的赞扬，国际声誉明显上升。

1998年3月，朱镕基总理正式访问英国。这是他担任中国总理之后首次出访。据说法国曾试图争做朱总理出访的第一站，结果英国占了先，倍感"殊荣"，给予高规格接待。表面上是个礼宾问题，实质却是英法相互争夺中国的商机，都想抢占在华的优先地位。当时西欧各国经济状况普遍不佳，把希望寄托于蓬勃兴起的中国市场上，英国各界对中国表现出强烈的兴趣。英中贸协举行盛大的欢迎晚宴，并邀请朱总理发表演讲。容纳500人的金融城市政大厅，那一晚涌进700多人，他们殷切希望亲耳聆听中国总理介绍改革开放。朱总理讲演内容丰富、材料翔实、条理清晰、语言幽默，引起阵阵热烈的掌声。讲演结束后，所有人都站了起来，震耳欲聋的欢呼声和鼓掌声响彻整个大厅。中国改革开放将会给英国带来发展机遇，成为英伦各界谈论的最重要主题。

我在英国任职五年半时间，深切体会到改革开放是中国最亮丽的名片，也是中英关系进入发展快车道的强劲驱动力。我曾被各类部门、组织、团体和学校邀请去介绍改革开放政策和我国发展的情况。英国的一个知名商务咨询组织"发展集团"（The D-group），以促进英国出口为主旨，会员包括英国100多家企业，连续几年都邀请我做演讲主宾，介绍中国的政策和发展情况。该组织负责人对我说："中国改革开放以来发展显著，对世界都有很大影响。我们会员一直关注着中国每年的进展，希望在中国找到机会。"这不是个别现象，更多了解中国，抓住更多合作机会，在开放的中国市场占有一席之地，是英国工商各界普遍的要求。

使馆肩负着为国家经济发展服务的重要任务，为中英企业牵线搭桥是义不容辞的责任。我们除了经常到英国各地区和主要城市做宣介工作，深入讲解我国改革开放政策，全面介绍中国发展情况，探讨双方合作的项目与途径之外，还同英国企业建立了密切联系，推动他们加强同我国合作的愿望，同时也及时反映他们的关切和诉求。英国维珍公司老板理查德·布兰森是著名的商业"怪杰"。我到伦敦不久，布兰森就邀请我共进午餐，围绕我国改革开放问了我许多具体问题，我问他是否想要到中国闯荡一番，他点头说："我正在思考这件事。"不久后，他在开辟伦敦直飞上海航线上与英国航空公司展开激烈竞争。我询问英国外交部的意见，他们几乎众口一词地支持维珍。国内听取了多方意见，最终同意维珍公司开辟这一重要航线。

1998年10月，英国时任首相布莱尔访华，是英国工党在任首相第一次正式访问中国。布莱尔早在1988年曾随工党代表团访问过中国，"亲眼看到了中国正在发生一场经济革命"，始终认为"中国的经济发展对我们来说是机遇，而不是威胁"。出任首相后，布莱尔表示要"开辟英中关系的新开端"。结束在上海的访问后，他立即在自己的"首相网站"上发起《中国与西方》的网上讨论，亲自撰文强调同中国发展合作的重要意义。德国时任总理施罗德、法国时任总理若斯潘，以及美、日等许多知名人士积极参加讨论，共发表了近百篇文章，纷纷表达与中国合作的愿望。这种现象是前所未有的，说明中国改革开放已产生广泛的国际影响。

我在英国的5年多时间里，中英关系得到全面的蓬勃发展。双方高层互访不断，贸易额翻了一番多，英国对华投资也翻了一番，其他领域的互利合作也取得重大进展。

大使受邀检阅伦敦警队

改革开放为我国外交插上腾飞的翅膀，也为使馆工作开辟了广阔天地。祖国日益发展壮大，是我们开展对外工作的雄厚基础，增强了我们敢于工作、善于工作的坚强信心。与此同时，我国驻外使馆也受到更大重视，在驻在国的地位明显提高，往往是最受关注、最为繁忙的一个使馆。许多场合中，我国外交官常被排在显要位置，受到更多尊重。

我馆举办的一些重大活动，多是宾客如云，而且一般有英方要人参加。1999年9月底，我馆在伦敦金融城市政大厅举行国庆50周年招待会，英国派出4名部长和4名副部长参加，时任副首相普雷斯科特发表了热情洋溢的祝词，这在英国使团活动中是非常罕见的。招待会结束后，美国驻英大使羡慕地问我："你用什么办法请来这么多英国高官啊？"

另一方面，我也经常应邀参加英国当地的许多重大活动，往往被当作主宾，发表主旨演讲等。英国大企业每年举办的年会活动，我常常被邀坐上主席台的主桌，而我的日本同行却往往坐在下面的桌子。

2001年，我被邀请参加英国建筑家协会的年会。到场一看，外交官除了我只有美国驻英大使。协会主席在致辞中说："这是协会第一次邀请外交使团参加我们的年会，虽然只邀请了美国大使和中国大使，但这两个国家足以代表世界。"

这些活动中让我最有感触的，是担任伦敦亨顿警察学院毕业典礼的检阅官。

亨顿警察学院被称为"世界上最大和最完备的警察培训学院"，1974年校舍重建完工时，英国女王伊丽莎白二世曾莅临主持了落成典礼。该学院每期只招收100名学员，经过18周严格培训后，派到伦敦警察部门担任骨干。毕业典礼主要有两项内容，一是学员正装列队行进接受检阅，一是颁发结业证书和检阅官训话。检阅官历来都是邀请一名英国有关部门政要担任，被邀请担任检阅官实在出乎我的意料。那天，我站在检阅台上，看着全副黑警装的学员整齐地正步走过检阅台，他们的眼睛全都转向检阅台对检阅官致敬，这一时刻我心情特别激动。大英帝国的警察接受中国大使的检阅，这在以往是绝对不敢想象的。毕业典礼开始，先是高奏中华人民共和国国歌，然后是英国国歌。在庄严的气氛中，我给毕业警员一一颁发证书并合影留念。然后是作为检阅官的我发表训词，我在演讲最后，引用了孟子"天将降大任于斯人也，必先苦其心志，劳其筋骨⋯⋯"那段话，受到特别热烈的欢迎。

回到使馆后，我的心情久久难以平静。一个中国人被邀请检阅英国警察和发表训话，确实是一起不寻常的事件。其实我很平凡，在警界更没有过任何作为，我之所以被邀请，只是因为我是中国的大使，代表着世界上迅猛崛起的中国。"发展是硬道理"，是改革开放促进了祖国的高速发展。国家有实力才能得到世界的尊重，我们中国人的形象才能在人们心目中更加高大。

外交生涯中难忘的"三国故事"

◆ 刘晓明

刘晓明，1956年生，曾任驻美利坚合众国大使馆公使，驻阿拉伯埃及共和国特命全权大使，甘肃省省长助理、省政府党组成员，中央外事工作领导小组办公室副主任，驻朝鲜民主主义人民共和国特命全权大使。2009年至今任驻大不列颠及北爱尔兰联合王国特命全权大使。

2018年是改革开放40周年，也是我从事外交工作45周年。我外交生涯中有一大半是在国外度过的，可以说亲眼见证、亲身经历了中国与世界关系的历史性变化。其中，我在赞比亚、美国和英国驻外期间难忘的"三国故事"，只是波澜壮阔的改革开放大潮中的几朵浪花。从这几朵浪花可以看出，改革开放的40年，正是中国不断走向、走近世界舞台中央的40年，中国日益从国际体系的旁观者，变为参与者、塑造者、引领者。

本文刊载于2018年11月20日《参考消息》。

驻赞比亚：参与援建坦赞铁路

43年前，我被派往赞比亚常驻。这是我第一次常驻，最令我自豪的就是参与了中国援建坦赞铁路有关工作。中国在自身经济十分困难的情况下，仍然下定决心投入巨大财力和人力去修建这条铁路。有人可能会问，为什么中国当时那么穷还要勒紧"裤腰带"帮助非洲国家？我认为至少有三个原因。

第一，这是对非洲支持中国外交的真心回报。毛泽东主席说过，是非洲兄弟把中国抬进了联合国。早在20世纪60年代，非洲国家就在联合国提出议案，呼吁恢复中国在联合国的席位。尽管美国一再阻挠，但非洲国家并没有退缩，而是一年接着一年提。1971年让中国恢复联合国席位的"两阿提案"由23个国家共同提出，其中有11个非洲国家；在最终赞成的76票中，非洲国家投了26票，占三分之一。

第二，这是对非洲国家民族独立事业的巨大支持。赞比亚是1964年独立的。它是当时世界上第三大铜矿产地，但由于地处非洲内陆，没有出海口，所以铜矿一般经过南非德班港运出海外。但南非当时在种族隔离政权下，非常敌视新独立的"黑非洲"国家，甚至派飞机去轰炸。在这种情况下，由于坦桑尼亚有出海口，赞比亚与坦桑尼亚联合起来，计划修一条连接铜矿区与海港的铁路，摆脱对南非的依赖。两国向当时不少发达国家寻求援助，都被拒绝了。找到中国时，我们经过认真研究，认为必须打破南非的种族隔离制裁，使赞比亚等国家真正实现独立、实现发展，所以中国毅然伸出了援手。

第三，这是我们真实亲诚对非政策的生动体现。坦赞铁路修建于40多年前，但它蕴含的这种重义轻利、平等相待、合作共赢的精神，一直流淌在新中国外交政策的血脉中。坦赞铁路通车两年后，中国踏上改革开放的伟大征程。

2018年是中国改革开放40周年"大庆"，也是中非关系的"大年"。在9月举行的中非合作论坛北京峰会上，通过了《北京宣言》和《北京行动计划》。中国同37个国家以及非洲联盟签署共建"一带一路"政府间谅解备忘录。中非兄弟将携手并肩，共同致力于打造责任共担、合作共赢、幸福共享、文化共兴、安全共筑、和谐共生的中非命运共同体。

驻美：入世谈判"打硬仗"

我从赞比亚回国后，就长期从事对美工作，前后两次在中国驻美国使馆工作总共近8年时间。我感觉这个阶段的中国对外开放，经历了从"走向世界"到"拥抱世界"，再到"融入世界"的转变，其中的标志性事件就是中国加入世界贸易组织。

第一次在美国常驻时，中国整体还处在改革开放初期，在世界上被排斥在多边贸易体制之外，不能享受多边贸易体制中的权利。美国作为世界上最大的经济体，又是中国重要贸易伙伴，中美贸易关系对中国改革开放进程非常重要。当时，处理中美最惠国待遇的争端成为我们对美外交的一项重要内容。

美国在1974年出台的《贸易法》规定，未与美国缔结贸易协定的"非市场经济国家"不能自动享受美国最惠国待遇，每年必须进行年度审查，总统可提议延长，由国会批准。由于美国将中国视为"非市场经济国家"，在最惠国待遇上也对中国进行年度审查。最初的年度审查没遇到什么问题，每年都是自动延长。但从1989年以后，美国国会的一些反华势力开始将"最惠国待遇"作为"武器"来对付中国，他们要求总统考虑"全面的重要问题"，包括人权问题、贸易行为和武器扩散，等等，把中美政治、经济中的所有问题都与是否批准最惠国待遇挂钩。因此，我们每年都与美方就最惠国待遇问题争得不可开交。

第二次在美国常驻时，中国入世刚好进入最关键的实质性谈判阶段。其中最难啃的"硬骨头"是中美谈判。中美谈判范围广、内容多、难度大。美国凭借强大的实力，对中国要价非常高，立场非常强硬，对最惠国待遇美方仍是坚持年审。我们驻美使馆打的一场硬仗就是推动美国国会通过给予中国"永久最惠国待遇"议案。在各方共同努力下，美国国会众、参两院分别于2000年5月24日和9月20日通过有关议案，给予了中国永久正常贸易关系地位。这不仅为中国入世扫清了障碍，也是继尼克松总统访华以来中美关系向前迈出的又一大步。

后来的事实证明，入世给中国和世界贸易带来强大的正能量，这完全得益于中国入世后较好地保持了"三个平衡"：

一是合法权利和承诺义务的平衡。尽管中国是发展中国家，但仍参照发达国家标准兑现了入世承诺。以货物贸易为例，中国关税总水平早在2010年就已由入世时的15.3%降至9.8%，8年前就完全兑现了入世承诺。在世贸组织12大类服务部门的160项分部门中，中国承诺开放9大类的100项，接近发达成员平均开放108项的水平，远超发展中国家的54项。

二是自身发展与全球贡献的平衡。中国入世不仅惠及自身发展，也使世界受益更多。中国不仅为世界各国提供了大量优质商品，更提供了一个巨大市场。入世17年来，中国货物贸易进口额年均增长13.5%，高出全球平均水平6.9个百分点，已成为全球第二大进口国。2002年以来，中国经济对世界经济增长年均贡献率近30%，稳居全球首位。

三是维护权威与有序改革的平衡。中国作为负责任、讲道义的大国，入世后自觉维护世贸组织权威，绝不允许有关国家随意践踏世贸组织规则和权威。当然，我们对世贸组织存在的问题也并非视而不见，中国支持对世贸组织进行必要改革，主张在完整保持世贸组织的核心价值和基本原则下，通过渐进式方式推进改革。当务之急是解决危及世贸组织生存问题，例如，上诉机构遴选、美国滥用232国家安全措施和美国301措施等问题。

驻英：每到一地都要演讲

我在英国常驻已逾8年，这不仅是我外交生涯中驻外最长的一次，也使我成为中国历史上任期最长的驻英使节。有人问我感受最深的是什么事情，我的回答是"讲好中国故事"。

中国改革开放40年来，综合国力不断提升，对外影响力不断扩大，中国人民从"站起来""富起来"走向"强起来"，但中国崛起之路并非一帆风顺，国际上仍有各种阻力，其中舆论阻力不可小视。国外舆论对中国崛起的看法很多元，有人认为是机遇，有人认为是挑战，甚至有人认为是威胁。美国前国务卿基辛格曾说："国际体系正在经历四百年来未有之大变局，中国是国际新秩序的最大变量。"在这样的大变局中，如何讲清楚中国这个"最大变量"对世界到底意味着什么，如何消除国际舆论存在的各种误解和偏见，让世界了解一个真正的中国，是当代中国外交人面临的最大挑战之一。习近平主席曾形象地说，中国解决了"挨打""挨饿"的问题，但还没有解决"挨骂"的问题。解决"挨骂"问题，关键在于讲好中国故事。

如何对外国民众讲好中国故事？我将其总结为12个字，"听得到，听得进，听得懂，听而信"。

所谓"听得到"，就是要用好公共外交平台，多发声、广发声，让更多的外国民众听到中国声音。英国是国际舆论中心，拥有一批世界级媒体，英国广播公司（BBC）节目覆盖全球200多个国家和地区，英国《金融时报》在全球140多个国家和地区发行。8年来，我充分利用英国这个平台，积极投书撰文、接受采访、发表演讲。我的足迹遍及英国各地，每到一地都要演讲。8年来共演讲600多场，在英国主流报刊撰文70多篇，接受英国各大电视台、电台采访20多次，被英国舆论界和外交界誉为上镜最多、被媒体引用最多的驻英使节。我一方面"借船出海"，利用英国媒体的世界影响来讲中国故事，另一方面也推动"造船出海"，积极在中国海外媒体撰文、发声，助其做大做强，不断扩大影响力。

所谓"听得进"，就是要转变传播思维，从"宣传思维"向"故事思维"转变。外国民众喜欢听故事，所以让故事自己说话，让故事来传递观点，往往能收到事半功倍的效果。比如在"一带一路"倡议提出之初，英国人并不积极。他们对"一带一路"存在误解，一些人觉得，英国不是"一带一路"沿线国家，没必要参与；还有人觉得，"一带一路"是搞基础设施建设，并非英国的优势，没办法参与。针对这些特点，我带领使馆外交官制定了讲述"一带一路"故事的计划，将"一带一路"的成功案例和发展远景作为故事"脚本"，坚持不懈地向英国各界讲，年年讲、月月讲，目的就是让英方看到"一带一路"对英国蕴藏着的巨大机遇。一旦英方明白了这个道理，态度就会发生变化。我很欣慰地看到，现在英国已在西方大国中创下多个"第一"：第一个申请加入亚投行并向亚投行特别基金注资，第一个签署《"一带一路"融资指导原则》，第一个任命"一带一路"特使并设立专家理事会，第一个宣布支持250亿英镑"一带一路"亚洲项目。

所谓"听得懂"，就是要尽量使用当地民众的话语体系，让人"听得懂"，才能"记得住"。我在准备演讲稿和撰文中都非常注意要有"金句"。金句就是用简洁精辟的词句去找到"精神的共通点、思想的共享点、情感的共鸣点"。比如，我在英国主流大报《每日电讯报》发表揭批日本领导人参拜靖国神社的文章。我写道："如果把军国主义比作日本的伏地魔，靖国神社无疑是藏匿这个国家灵魂最黑暗部分的魂器。"由于小说《哈利·波特》的反面人物伏地魔在英国家喻户晓，读者很快就对"军国主义""靖国神社"有了生动的认识。很多英国评论认为，这个比喻通俗易懂，既鲜明表达了中国立场，在传播上也非常具有穿透力。

所谓"听而信"，这是公共外交的最高境界，是一个不断尝试、持续参悟、逐步实现的过程。要让世界认可当代中国的文化理念和价值观念，就必须用"公共的道"讲"公认的理"，比如，我们提出的合作共赢战略，"创新、协调、绿色、开放、共享"发展理念，新型大国关系、正确义利观等中国观点，"一带一路"、亚投行等中国方案，"中国梦"和人类命运共同体等中国目标，我们自己首先要勇于实践，踏踏实实地干出成绩，才能让世界认可中国立场、中国智慧、中国价值，赞成中国标准、中国规则和中国理念。

讲好中国故事最重要的是要有一颗"中国心"，关键时候要敢于发声、善于发声。作为外交官，维护祖国尊严和国家利益是义不容辞的责任，眼里容不得一粒沙子。因此，只要遇到抹黑中国的情况，要毫不犹豫地挺身而出，敢于亮剑。在钓鱼岛争端激化时，我在英国广播公司旗舰节目"新闻之夜"中与日本驻英大使激辩钓鱼岛问题，揭批了日方的错误立场，赢得国内外舆论的理解与支持；"南海仲裁案"前后，我分别在英国两大智库——皇家国际问题研究所和伦敦国际战略研究所发表演讲，在《金融时报》《每日电讯报》等英国主流大报撰文，接受路透社主编采访，举行中外记者会等，深入揭批仲裁案的非法实质，重申中国政府不接受、不承认的鲜明态度，表明中方和平解决有关争议的立场。

回顾过去，我们更加深刻地认识到，没有改革开放，就没有中国的今天；展望未来，我们更加确信，只有继续改革开放，才能迎来中国更加美好的明天。

从孤立的斗争到平等的博弈

◆ 华黎明

华黎明，1939年生于上海，先后就读于北京外国语学院英语系和北京大学东语系。1963年进入外交部，先后在中国驻阿富汗、伊朗使馆和外交部西亚北非司工作，曾担任周恩来、刘少奇和邓小平等国家领导人的波斯语翻译。1988年任外交部西亚北非司副司长。1991—2001年先后出任中国驻伊朗、阿联酋、荷兰大使兼中国常驻禁止化学武器组织代表。1998年被阿联酋总统扎耶德授予"一级独立勋章"。现任中国国际问题研究院特聘研究员、中国联合国协会常务理事。

自1978年改革开放以来，中国外交经历了巨大的变化。40年来，中国由封闭走向开放，由被封锁和被包围的险恶处境走向和平与合作，与大国的关系由孤立的斗争走向平等的周旋、博弈和相互依存。中国以迅速上升的综合国力为后盾，以坚持中国特色社会主义的发展中大国的独特身份，在国际事务中扮演着无可取代的角色。今天，世界对中国分量的感受是近

本文刊载于2018年11月30日《参考消息》。

代史上前所未有的。毛泽东主席曾说过："中国应当对于人类有较大的贡献。"如今我们正在实践这个诺言。

外交实现历史性转折

1978年中国在国内终结了"以阶级斗争为纲"政治的同时重新评估了国际形势。邓小平认为，在可以预见的将来，世界大战打不起来，当今世界的主流是和平与发展，中国应当利用这个历史机遇集中精力发展经济。中国开启了以经济建设为中心的新时代。从此，中国外交也实现了由"准备世界大战早打大打"转为国家现代化建设营造和平的国际环境的历史性转折。

1978年至1983年，我在中国驻伊朗使馆工作，见证了同一时期中东大国伊朗的一段历史转折。1978年前在巴列维统治下的伊朗是个全盘西化的国家，20世纪70年代油价上涨促进了经济高速发展，恰在此时伊朗爆发了"革命"，成千上万民众走上街头反对巴列维，迎来一个"不要西方也不要东方"的伊斯兰革命政权。几乎同时，中国打开了国门，我所在的伊朗关上了国门。1979年中美建交，同年伊朗与美国断交，并随后与伊拉克血战8年，经济和民生一落千丈。40年过去，中国已发展成世界第二大经济体，而伊朗至今还在"革命"中挣扎。作为伊朗的朋友，我十分尊重伊朗人民的历史选择，但是每当我对比这两国40年历史的发展总是感慨无比。

改革开放的头10年，中国国内面临拨乱反正和百废待兴的艰难复杂局面。在国际上，冷战还在进行。中国的外交不免多少仍带有意识形态的烙印。中国与最大的邻国苏联还处在紧张对峙的状态，中国还继续奉行着联美反苏的"一条线"的外交政策。在这个时期，中国的外交不得不耗费巨大精力解决中苏关系中的"三大障碍"，以消除来自北方的威胁。

在此期间，有一件事也许会载入中国外交的史册。1982年春节刚过，当时的苏联领导人勃列日涅夫在塔什干发表讲话释放出对华关系松动的信息被邓小平捕捉到，小平同志立即指示外交部对此作出反应。时任外交部新闻司司长的钱其琛举行了外交部历史上的第一个新闻发布会。当时的外交部主楼在朝内大街，没有新闻发布厅，地点只能设在主楼的门厅。七八十位中外记者挤得水泄不通，将发言人钱其琛司长团团围住。钱其琛代表中国政府回应了勃列日涅夫的讲话，讲了三句话，未回答问题就收场。短短几分钟的发布会立刻成为国际媒体的头条新闻。这个发布会成为中国外交的一大步，一方面是，对峙长达30年的中苏关系从此开启了一扇和解之门；另一方面是，中国外交部从此建立了新闻发布制度，一直延续至今。

"中国的长城，坚不可摧"

中国改革开放取得了很大成就，对世界经济也作出了很大的贡献。但是根据我的经验，世界上对中国的改革开放不完全是鲜花和掌声，有人不高兴。改革开放的第二个10年，中国与西方的干涉发生了剧烈的碰撞。中国外交这10年的路程十分坎坷。我们一面在发展，一面还要来应付西方国家对我们的制裁。

1989年北京政治风波之后，美国等西方国家的对华政策180度逆转，从幻想中国西化走到了另一头——期待苏联的崩溃在中国产生骨牌效应，从而对中国采取了除断交和封锁以外的一切施压的手段。中国外交一度面临十分严峻的形势。中国前副总理钱其琛在他日后撰写的《外交十记》回忆录里写道，"一时电闪雷鸣，乌云翻滚，黑云压城城欲摧"。他说，这是"中国外交所经历的最艰难的时期"。

在邓小平同志的直接领导下，中国的外交敢于斗争，善于应对，顶住了西方的压力，维护了中国的主权与尊严，向世界证明，"中国的长城，坚不可摧"，书写了改革开放时期中国外交光辉的一页。中国特色的社会主义道路，就是我们斗争得来的一个结果。我们改革开放了，引入了商品经济，引入了市场经济，但是我们没有放弃我们的社会主义制度。应该说这个10年斗争是很有效的。这10年对于一个外交官来讲，是很值得回忆的。

10年斗争，案例无数，仅择我亲历之一与读者共享。

1988年起我任外交部西亚北非司副司长，主管对海湾国家、伊朗和土耳其事务。1990年8月1日伊拉克萨达姆出兵入侵并吞并科威特，海湾危机爆发。8月7日，美国总统老布什签署出兵海湾的行动计划，并开始调兵遣将，准备发动第一次海湾战争。

为了师出有名，美国需要联合国安理会的授权，5个常任理事国中的苏联当时正处在崩溃的前夜，自顾不暇，中国的态度成为关键的一票。中国赞成谴责甚至制裁伊拉克，但不赞成联合国授权动武，美国十分担心联合国授权被中国否决。而当时的中国正遭遇美国的全面制裁。中国外交抓住海湾危机的机遇，运用高超的外交艺术，对美国展开攻势，逼迫美国在对华关系上让步。

当年9月，钱其琛外长出席联大会见西方国家外长时，明确地向他们传递信息："中国对安理会的有关制裁伊拉克的决议都投了赞成票，这是不容易的，因为安理会5个常任理事国中有3个还正在对中国进行制裁，这是一种不正常的状态。"接着美国就上演了贝克国务卿在中东"巧遇"钱其琛外长的戏。

10月下旬，外交部发布消息，钱其琛外长将在11月初以中国政府特使的身份出访海湾和中东。美国闻讯后迅速传来消息，说国务卿贝克11月3日出访中东，希望中美两国外长6日在开罗见面商讨海湾危机。中方随机应变，调整了出访顺序，把6日启程前往中东的首站改为埃及。中美外长在开罗机场"巧遇"，并进行了长谈。美方的核心关切还是中国对安理会授权对伊拉克动武的态度。钱外长十分智慧地劝美国"要看得远一些，和平解决需要的时间也许长些，但后遗症会少些"，对美方授权动武问题坚持不直接表态。事实上，钱其琛与贝克在此次"巧遇"中花了相当多的时间讨论了中美关系，并就两国外长互访达成了谅解，实现了对美关系的首次突破，只是美方不愿公布。

美国力图在11月担任安理会轮值主席期间通过一项新的提案，让联合国必要时授权对伊拉克动武。为换取中国赞成或不否决美国的提案，美方主动邀请钱外长正式访美。

钱外长到达纽约后，美方又横生枝节，出尔反尔，提高了要价，把访美安排与投赞成票挂钩。我方据理力争，原则立场寸步不让，最终钱其琛外长代表中国对美国的决议案投了弃权票。决议以12票赞成、2票反对、1票弃权获得通过，美方松了一口气，但是找借口取消了老布什总统的会见。

此时此刻，中方面临两难的选择，或赌气不去华盛顿，或去了总统不见。我方经反复权衡决定拒绝二选一，钱其琛外长指示驻美大使朱启桢星夜赶回华盛顿与美总统安全事务助理斯考克罗夫特通电话，凌晨6时斯考克罗夫特回复，欢迎钱外长按计划访问华盛顿，老布什总统期待会见他。中国外交又一次跨越了一场惊涛骇浪，充分显示了决策者的魄力、才智和定力。

中伊关系已今非昔比

1991年我以大使的身份重返伊朗，伊朗已开始战后重建。中国实行改革开放40年，中伊政治关系始终友好，双方都尊重对方社会制度的选择，都珍惜自己来之不易的独立，在中国遭遇美国为首的西方集体打压的10年中，伊朗在人权和台湾等问题上给中国提供了宝贵的支持。但是，我任大使期间，中国与伊朗的经贸关系远远落后于政治关系。直至我1995年离任，双边年贸易额没有超过4亿美元。石油贸易是一大障碍。

1993年以前，中国与伊朗同是石油输出国，双边贸易互补性较差，除了石油，伊朗可出口到中国的商品十分有限，而伊朗却需要从中国大量进口机电产品、化工原料和生活资料，双边贸易长期不平衡。伊朗遭受美国制裁，不可能用他们稀缺的石油、美元来换中国的进口商品。就在此时，中国改革开放在邓小平南方谈话后加快步伐，经济提速，能源消耗剧增，以至于1993年中国从石油出口国转而成为石油进口国。但是，中国的炼油厂始建于20世纪60年代，只能炼大庆的低硫油，仍然无法进口除阿曼和利比亚以外的中东含硫量高的石油，所以1993年后中伊贸易进展仍很有限。经过3年的努力，中国在茂名、舟山和大连等地的炼油厂终于增建了脱硫装置。

1996年后伊朗原油终于源源不断输入中国，并且迅速增加。22年后的今天，中国从伊朗年进口原油达3150万吨，占伊朗出口原油四分之一，占中国进口原油7.4%，贸易额达500亿美元。随着伊朗石油流进中国，中国100多个企业进入伊朗的市场，今天中国企业兴建的地铁、电站、炼油厂、石化企业、水利工程、汽车制造和海水淡化等工程已在伊朗全国遍地开花。

40年中伊关系今非昔比。中国改革开放带动了中国经济的快速发展，为中国外交和对外关系的发展打开了无数扇机会之门，将中国推向了世界舞台的中心。

与大国进行平等博弈

改革开放40年中国外交取得了非凡的成就。我个人的体会，做好外交工作最重要的经验有两条。

首先，中国还是要专心致志地发展自己的经济。"财之不丰，兵之不强，国无以立"，这是我们中国古人讲的，也是我能深深体会到的。改革开放40年，我们的经济发展了，综合国力提高了，外交上的分量也不一样了。今天与40年以前相比，中国在世界上说话的分量已经很重了，而且中国对世界的贡献比40年以前大多了。因此，我们要心无旁骛，不管世界上发生什么风波，中国要集中精力把自己国内的事情做好。

其次，中国要有一种比较淡定的心态，与其他大国进行平等的博弈。我们要意识到，经过40年改革开放，中国发展起来，今天的中国已经不是昨天的中国。中国跟世界上那些大国的关系，比如说，中国同美国的关系，已经不是那种斗争的关系，封锁被封锁、包围被包围的关系，而是一种平等的博弈。因此，我们在处理跟大国的关系时，要有一种比较淡定的心态。在我们综合国力提高的基础上，同对方进行平等的博弈，确保中国的发展和中华民族的复兴。只要强国之路不被阻断，我们就还有机会继续发展自己的国家。

回首中美"蜜月期"的竞争合作

◆ 廉正保

廉正保，1941年生，曾任中国驻纽约总领馆和中国驻休斯敦总领馆副总领事，中国驻纳米比亚大使和外交部档案馆馆长。曾在毛泽东、周恩来、邓小平、江泽民等领导人会见外宾时做过近300场次速记记录。曾参加基辛格秘密访华、尼克松总统访华、周恩来与柯西金北京机场会谈、中苏边界谈判、中美三个联合公报谈判等重要外事活动的速记记录。现任外交笔会副会长。

2018年是中国改革开放40周年，2019年将迎来中美建交40周年。我在外交部工作了42年，有25年从事对美国事务的工作。回顾几件往事，历历在目，感慨万千。

从伊尔-18到波音747

1972年1月，美国时任总统国家安全事务副助理亚历山大·黑格率领

本文刊载于2018年11月26日《参考消息》。

先遣组访华，为尼克松总统访华进行技术安排，解决礼宾、安全等具体问题。中美双方对访问安排的争论焦点是，美国总统到达中国以后究竟应该由谁提供交通工具。

美方提出使用美国总统专机。美方说，尼克松从始至终都必须使用自己的专机和防弹车，即使在中国境内。因为根据美国宪法，只有美国总统本人有权宣布国家进入紧急状态，所以美国总统在国外访问期间，必须时刻与国内保持密切联系，而总统的专机和专车里恰恰配有这样的通信设备。中方代表则明确表示，在中国境内，都由中方提供交通工具，美国也不例外。

经过谈判，中方提出，可允许美国总统的专机作为副机跟随在由中方提供的主机之后，而副机可以通过乘坐在主机上的通信人员随时与美国国内保持联系。在这样的安排面前，美方代表只好放弃原来盛气凌人的安排。但是他们对中方主机伊尔－18型飞机的性能表示怀疑，显然，这才是尼克松不愿乘坐中国专机的主要原因。

美方的设想未能实现，但深深刺激了我们。伊尔－18型飞机在我们当时看来是国内最好、最先进的飞机，但是美国根本看不上眼。这就是差距！中国必须发展自己的民用航空事业，迎头赶上，否则将永远低人一等。

1972年2月，理查德·尼克松访华时表示，美方可向中方出售10架波音707飞机。机会来了，中方把目光瞄准波音公司，希望通过加强与波音公司的合作，推动中国民航事业的发展。

1979年1月，中美建交当月，邓小平对美国进行历史性访问，把波音公司原总部所在地西雅图作为出访目的地之一。在西雅图，邓小平参观了波音747飞机装配厂，受到波音公司董事长威尔逊和工人们的热烈欢迎。邓小平乘电瓶车绕厂一周。他对墙上"质量就是艺术""质量同成功是伙伴"等标语表示赞同。

1980年，波音公司交付了中国订购的首架波音707飞机。之后，波音飞机成为中国航空客运和货运系统的主力军。中国历届领导人都十分重视民航事业的发展。2015年9月23日，习近平主席对美国进行国事访问，首站便是西雅图。他在西雅图参观了波音公司商用飞机制造厂。

习近平指出，波音公司是中美经贸合作的支持者、参与者、推动者，为两国关系发展发挥了重要作用。波音同中国的合作是中美经贸互利合作的典范。大河有水小河满。中美关系发展好了，美国企业同中国的合作就有了更好条件。希望波音公司进一步提高同中国的合作水平，为中美经贸合作和两国关系发展多作贡献。习近平访美期间，中国有关企业与波音公司签署了购买300架飞机的协议。

2015年5月，中国民航局时任局长李家祥在出席美国驻华大使博卡斯举办的中美民航合作招待会上说："自1972年中美经贸领域开展务实合作以来，40多年间，中国民航从美国引进运输飞机1576架，估算贸易金额约1438亿美元。截至2015年3月，中国民航全航业共有运输机2426架，其中波音飞机占机队总数的47.2%。"

"和平珍珠"的斗争和启示

1979年1月1日，中美建立外交关系。1月29日，邓小平对美国进行历史性访问。时任总统卡特给中美关系作出基本定位 —— 中国是美国的友好非盟国。当时为应对共同安全威胁，中美军事关系发展迅速，中美军事交往围绕高层互访、对口交流和务实合作三个方面展开。1980年，两国国防部实现互访，开启了之后10年高度务实的合作进程，中美军事关系进入"蜜月期"。务实合作突出表现在军事技术合作方面，美国国会不断放宽向中国出口军品的限制，给予中国相当于北约盟国的待遇。中美就军品采购、军事技术合作、技术转让等达成一系列协议。

早在20世纪80年代初，时任副总参谋长刘华清访美时，就与美方谈过改装歼-8飞机事宜。1983年11月，邓小平对中美军事技术合作作批示：“要增加改装歼－8电子火控系统项目。”1984年，时任美国总统里根同意将歼－8Ⅱ飞机列入美国对外军事销售渠道。1985年10月，国务院、中央军委原则同意对歼－8Ⅱ飞机进行改装，至此，中国与美国最大的一项军事合作项目正式立项。这就是1986年达成协议的“和平珍珠”计划——中方计划耗资5亿美元的歼－8Ⅱ型战斗机的改造工程。根据协议，美方将为中方的50架歼－8Ⅱ飞机安装一套先进的航空电子设备，主要是雷达和火控系统。“和平珍珠”计划还包括中国引进美国AIM－7空对空导弹，同时，双方将探讨用F404发动机改装歼－8Ⅱ的可能性。

歼－8Ⅱ是在米格－21基础上改建的喷气式战斗机，其性能虽优于米格－21，但与F－16相比还有明显差距。1987年，中方通过美国C－5运输机把两架歼－8Ⅱ战斗机和一架实体模型机运送到美国格鲁门公司。1988年双方完成航电系统的安装及测试。首架现代化歼－8Ⅱ战斗机于1988年试飞成功。随后飞抵美国爱德华兹空军基地进行全面测试，其性能超过美国F－16战斗机。中国多名技术人员到纽约格鲁门公司、空军基地受训。

美国政府在1989年6月上旬单方面宣布停止“和平珍珠”计划。双方从1989年10月开始继续磋商是否恢复“和平珍珠”计划。中方要求美方归还飞机，美方要求中方支付资金，这样的争论持续了一年多。中方内部进行了深入的研究和讨论后普遍认为，美对华实施军事技术封锁和武器禁运的情况下，继续实施“和平珍珠”计划已无可能，也无实际意义。美以继续实施“和平珍珠”计划为诱饵，目的是诱使中国支付两亿美元。中国洞察了美方意图，果断宣布中止“和平珍珠”计划。中方做好了美方拒不归还两架歼－8Ⅱ飞机的准备。但两架歼－8Ⅱ飞机放在那里，对格鲁门公司始终是个负担。在格鲁门公司的恳切要求下，经过反复磋商，1991年中方出于道义考虑，同意再给格鲁门公司支付1000多万美元，美方亦把两架歼－8Ⅱ改造样机和相关设备归还中国。这两架飞机现在已经成为展品，展示着它们饱经沧桑的风范，无声地向公众诉说当初有过的辉煌。

“和平珍珠”计划失败了，但为我们提供了宝贵的现实意义，最重要的有两条：一是使我国航空技术人员真正接触到西方先进的航空电子技术的设计原理和技术标准，使我国相关技术人员对这些技术的软、硬件都有了一个清楚的认识。通过与美国企业进行技术交流与合作，国内科研生产单位基本上了解了国外航空先进电子技术的发展方向和应用思想，为我国同类技术的发展，提供了理论依据和技术基础。二是我国航空技术人员和决策单位在"和平珍珠"计划失败以后，终于放弃了幻想，集中了全部力量投入到自己先进航空电子技术的研发之中。"和平珍珠"计划的失败是一支强烈的催化剂，催生了中国新一代航空尖端技术的发展成长。

2011年1月11日，中国歼–20在成都进行首次试飞后，当天中国领导人亲口将此消息告知正在访华的美国国防部长罗伯特·盖茨。歼–20首飞成功，作为中国给予美国国防部长盖茨的访华礼物。想来盖茨本人心中定是百感交集吧！

首批留学生背后的"口头谅解"

1978年10月7日至22日，应美国总统科技顾问弗兰克·普雷斯的邀请，由全国科协代主席周培源为团长、教育部副部长李琦为顾问的中国教育代表团一行11人访问美国。这是1971年以来第一个中国教育代表团访美，双方达成了第一个中美教育交流协议 —— 口头谅解备忘录，具有深远的历史意义。我当时作为外交部美大司副处长参加了代表团访美。

1978年7月，美国总统科技顾问普雷斯率美国科技代表团访华期间，方毅副总理与他讨论了中美互换留学生的问题。邓小平在听取方毅汇报后说，先搞3000人到各国去留学。数学竞赛有20多万人参加，选3000人总可以吧，有了数学基础，搞其他领域就比较容易了。要年轻的，十五六岁，各国都派，美国要多派。

邓小平随后对教育部部长刘西尧说，不要怕出去的人受外国的坏影响，出去100个，如果有10人受了影响也没有什么了不起，也不要怕我们派出的人中有跑了的。中国这么多人，跑几个没有什么了不起，当前要加强思想教育。

中国教育代表团正是秉持邓小平上述谈话精神到访美国的。当时，我派遣留学生的方针是派我所需，学对方所长，在保证质量的前提下争取早派、多派。以进修人员和研究生为主，适当派遣大学本科生。学习专业以自然科学为主，学习语言和社会科学，特别是经济管理也要有少量的比例。在自然科学方面，应优先考虑新兴的科技领域和边缘学科。

中国代表团1978年10月11日抵达华盛顿，12日起正式谈判。谈判很艰苦，道路并不平坦。当时中美尚未建立外交关系。双方商谈和争论的问题主要集中在三个方面：

第一，由谁来负责组织、协调中美互派留学生的工作。美方表示，中国全国科协是民间机构，同美国政府机构联系不对口，提出成立联合审议委员会，审查和监督交流计划的执行。美方准备设立一个"私人机构"，"以便在中国留学生的选拔、安置和特别训练方面提供方便"。美方还提出，双方签订一项为期3年的协议。中方强调《上海公报》精神，坚持民间关系和直接接触。目前签订协议的条件尚不成熟，此次不达成任何书面协议，不同意每年举行会谈，不同意通过美"私人机构"安置我留学生。

第二，关于派遣留学生人数。中国希望在1978至1979年内向美国派遣500名留学生。美方表示一开始就来500人太多，因为美国向中国派出的首批留学生只能是几十人，难以做到"对等"。

第三，关于留学生的学习科目。中方强调中国留学生学习专业以自然科学、理工科为主，还有少量学习社会科学和语言。美方提出了限制，说有一些尖端学科目前不能开放，而且担心中国国内的英语教育能力不足。

会谈虽然有分歧，但是美国愿意打开大门接收中国留学生毕竟是基本点，因此总体气氛友好热烈。最后，双方在互相谅解和友好的气氛下达成11点口头谅解，双方各自写成文字记录，作为执行口头谅解的依据，但不交换记录，也不签字，别具一格。

口头谅解中明确表明：美方在1978—1979学年接收中方500到700名留学生、研究生和访问学者，中方接收美方60名留学生、访问学者；学习费用由派出方支付，但双方均可充分利用奖学金；派出人员应遵守接收国的法律和规定，并尊重风俗习惯。双方还商定，为确定每年交换的学生和学者数及讨论计划的进展，双方将在必要时会晤，重要问题也可通过两国政府协商。双方鼓励两国的大学、研究机构和学者之间进行直接接触。关于"私人机构"问题，最后未被列入。

1978年12月26日，第一批52名访问学者赴美。中国也在1979年热情接待了美国的第一批来华留学生、访问学者。

40年后的今天，从教育部获悉，2017年我国出国留学人员达60.84万人。另据美国国际教育研究所提供的数据，2016—2017学年，中国在美国的留学生达35.07万人，连续第八年位居各国在美留学生榜首。

邓小平访日与中国现代化蓝图

◆ 王泰平

王泰平，1941年生，曾任《北京日报》驻日本记者、中国驻日使馆政务参赞、外交部政策研究司副司长、中国驻札幌总领事、中国驻福冈总领事、中国驻大阪总领事（大使衔）。现任中国国际问题研究基金会研究员。著有《田中角荣》《大河奔流》《中日建交前后在东京》等。

2018年是我国改革开放40周年，也是改革开放的总设计师邓小平访问日本40周年。1978年8月，中日两国政府缔结《中日和平友好条约》。同年10月，当时中国的最高决策者、副总理邓小平作为中国国家领导人，二战后首次正式访问日本。此次访问对中日关系的推动，对中国后来的发展，作用难以估量。

"长生不老药" 引热议

邓小平这次访问是为了出席互换《中日和平友好条约》批准书仪式，

本文刊载于2018年12月3日《参考消息》。

也是他在酝酿中国现代化大战略的过程中，所做的一次考察、取经和向日本发出强烈合作信号之旅。当年12月，中共中央在邓小平的主导下，做出的以经济建设为中心、实行改革开放的重大战略决策，以及后来的"三步走"的发展战略，都与他这次访日有着内在的、重大的联系。

访日期间，邓小平在东京举行了一次为世人瞩目的记者招待会，在回答有关中国的现代化问题时，邓小平让西方记者们充分领略了他那坦率、务实和开放的风格。他说，我们所说的在本世纪末实现的现代化，是指比较接近当时的水平。世界在突飞猛进地发展，我们要达到日本、欧洲、美国现在的水平就很不容易，要达到22年以后的水平就更难。我们清醒地估计了这个困难，但是，我们还是树立了这么一个雄心壮志。

为了要实现现代化，他指出，要有正确的政策，就是要善于学习，要以现在国际先进的技术、先进的管理方法，作为我们发展的起点。首先承认我们的落后，老老实实承认落后就有希望。再就是善于学习。这次到日本来，就是要向日本请教。我们要向一切发达国家请教，向第三世界穷朋友中的好经验请教。相信本着这样的态度、政策、方针，我们是大有希望的。

就在他谈到要承认落后的时候，他突然说了一句饶有风趣的话："长得很丑却要打扮得像美人一样，那是不行的。"记者们对这一尖刻的自我评价发出了哄堂大笑，但他们也不得不承认，这种态度正是中国重新崛起的希望所在。

访问期间，邓小平还会见了日本社会党、公明党、民社党、新自由俱乐部、社会民主联盟、共产党6个在野党领导人，并进行了约15分钟的恳谈。恳谈中，邓小平轻松地把话题一转，对大家说，听说日本有长生不老药，这次访问的目的是：第一，交换批准书；第二，对日本的老朋友所做的努力表示感谢；第三，像徐福一样，寻找"长生不老药"。话音未落，随即引起了日本政治家们会意的笑声。日本人比较熟悉徐福的故事，在2200多年前的秦朝，徐福曾奉秦始皇之命，东渡日本以寻找长生药。邓小平继续解释说，他所谓的"长生不老药"实际上是如何实现现代化的经验。他希望学习现代技术和管理方法。邓小平的话诱发了各党领导人的幽默感。一时间，会见室里谈的尽是关于"长生不老药"的话题。在亲切友好的氛围里，时任日本国会众议院议长的保利茂说，灵丹妙药就是友好的日中关系。

邓小平虚心求教日本的态度在他参观京都二条城时也表现出来。日本友人介绍道："您在此看到所有文化都是我们的祖先从中国学习而来，随后以自己特有的方式逐渐改造而成的。"邓小平立刻回答说："现在我们的地位（老师和学生）颠倒过来了。"

在对日本8天的访问中，邓小平反复强调这次访问是为了学习日本的先进技术和经验，并在紧张的日程中挤出时间，怀着浓厚的兴趣先后参观了新日铁公司、日产汽车公司和松下电器公司等多个大企业。乘坐新干线（高铁）从东京去关西时，记者问他有何感想，他说："快，真快！就像后边有鞭子赶着似的！这就是现在我们需要的速度。""我们现在很需要跑。"他还说："这次访日，我明白什么叫现代化了。"

在松下公司吃烧卖

邓小平访问日本时正值中共十一届三中全会前夕，他作为中国改革开放的总设计师，心中正在勾画着改革开放的宏伟蓝图。访日期间，邓小平多次表示这次到日本来就是要向日本请教，在参观时一直用心观察对中国有用的事物，思考着中国如何改革开放、中国将来如何富强。

日本日产公司的工厂当时刚引进了机器人生产线，使之毫无争议地成为世界上自动化程度最高的汽车生产厂。在参观过程中，邓小平得知该厂人均每年汽车生产量为94辆后，深有感触地说，这个工厂比中国最先进的长春第一汽车制造厂的人均年产量竟多出93辆。在参观结束后，邓小平发表即席讲话中提到："我懂得了什么是现代化了。"

邓小平还参观了位于千叶县东京湾海岸的君津钢铁厂，这是一家现代化的钢铁生产企业，仅其一家的产量就相当于中国当时所有钢铁企业产量的一半。他在参观新日铁的君津钢铁厂时，边参观，边对比，了解哪些是中国应该学习的、哪些应作为教训汲取。他仔细询问了工厂的设备、技术，并希望日本朋友把先进的生产管理经验介绍给在那里实习的中国工人，使人感到他一定要在中国建成同样先进工厂的决心。

邓小平看到君津钢铁厂流水铸造生产线以及电子计算机控制生产的技术，认为这就是中国第一个现代钢铁企业的模板，中国需要日本的帮助来提高经营管理水平。正是这次访问最终促成了上海宝钢合作项目的诞生。

在大阪，邓小平参观了松下电器公司，并会见了创始人松下幸之助。松下在20世纪20年代，从自行车店制作车灯的学徒工开始创业，到邓小平访日之际，已经成为拥有世界领先的电子生产公司的企业家。像其他的日本企业家一样，松下为日本曾带给中国人民的痛苦和伤害深感愧疚，并表示希望通过生产质高价廉的电视机，让更多的普通中国家庭能够尽快置办电视机，以此来提高中国人民的生活水平。

在松下电器公司，邓小平应邀来到一间展示微波炉等新产品的展览室，还发生了一个令人赞叹的小插曲。讲解人员把一盘烧卖用微波炉加热后，请邓小平观看，邓小平拿起一个烧卖看了，突然一下放到嘴里，边吃边说味道不错。这一幕出乎松下公司职员的意料，大家无不赞叹邓小平敢于尝试的精神。

在参观日本现代化工厂期间，邓小平体会到，先进技术需要有高效的管理手段为保证，而好的管理方法又与国家体制紧密相连。他表示，非常愿意向日本学习如何从二战期间的政府主导的封闭经济过渡到20世纪50年代更为开放的动态经济模式。他很清楚，日本政府在日本现代化的过程中起到了非常重要的作用。他被日本工厂、公共交通和工程建设所体现出的现代科技深深吸引。他非常希望能够尽快找到一种途径，把现代技术和管理方式引入中国。

1978年，既是中国的战略重大转变之年，也是中日关系在解决了政治悬案之后，向着务实的方向转变的一年。在邓小平的心目中，日本是中国现代化的老师、不可缺少的合作伙伴。正是在这种思想指导下，向日本学习和寻求合作成了邓小平日本之旅的重要内容，也正是在邓小平访日之后，中国出现了"日本热"，大批考察团涌入日本，大量的日本专家、学者被请到中国讲课，中日政府间各种会议相继举行，官方、民间之间各领域、各层次的交流日趋活跃，两国间的经济、贸易、技术合作迅速发展。

与大平正芳谈"小康"

邓小平与日本政治家大平正芳之间的一段谈话对中国经济发展战略产生了极为深远的影响。1978年12月，大平正芳当选首相，并于次年12月5日对中国进行正式访问。在与邓小平会面中，大平问道："中国根据自己独立的立场提出了宏伟的现代化规划，将来会是什么样的情况？整个现代化的蓝图是如何构思的？"

面对大平正芳的提问，小平略有所思后说，中国现在的人均所得是250美元，我们的目标是到本世纪末达到1000美元。也就是说，在20年里翻两番。小平还说，如果达到这个程度，我们就可以做些想做的事，也可以对人类作出更大的贡献。我把这个程度叫作小康。那时，中国人就能解决温饱问题了。

小平回答大平正芳提问的谈话节录已收入《邓小平文选》第二卷，题目为《中国本世纪的目标是实现小康》。他在谈话中首次提出的小康目标，1981年11月写入五届人大四次会议的《政府工作报告》，1982年9月举行的中共十二大将之确定为全党和全国人民到20世纪末的奋斗目标。

也就是在这次会谈中，大平首相庄重表示：为维持和发展与中国的稳定友好关系，愿对中国为实现现代化的努力提供尽可能的合作。于是，日本开始向中国提供"政府开发援助"（ODA），这对改革开放刚刚起步、资金短缺的中国来说，可谓"甘霖降落"。

邓小平这一高屋建瓴、深入浅出的回答，勾画出了20世纪后20年中国实现小康社会的发展设想。这实际上也是他长期深思熟虑的产物。小康目标提出后，世纪伟人的设计思路继续延伸和拓展，进一步构思和谋划21世纪的远景目标，逐步形成了完整的"三步走"发展战略构想。

1987年4月30日，邓小平在会见西班牙政府副首相格拉时，第一次比较完整地提出了"三步走"的发展战略构想。他指出：第一步在80年代末翻一番，国内生产总值人均达到500美元。第二步是到20世纪末，再翻一番，人均达到1000美元，进入小康社会。更重要的还是第三步，在21世纪用30年到50年再翻两番，大体达到人均4000美元。做到这一步，中国就达到中等发达的水平。这是我们的雄心壮志。

1987年10月举行的中共十三大根据中国国情和邓小平的设计构思，确定20世纪后20年和21世纪前50年分三步走、基本实现现代化的经济发展战略目标。世纪伟人求真务实、深思熟虑，为中国特色社会主义的理论和实践作出了重大贡献。

邓小平后来多次提到与大平关于小康目标的这次谈话。1984年3月25日，邓小平在会见日本首相中曾根康弘时说，这个小康社会，叫作中国式的现代化，翻两番、小康社会、中国式的现代化，这些都是我们的新概念，是在这次谈话中形成的。

1988年8月26日，邓小平会见日本首相竹下登，在回顾提出小康目标的过程时说，提到这件事，我怀念大平正芳先生。我们提出在本世纪内翻两番，是在他的启发下确定的。

在迎接改革开放40周年到来之际，回忆邓小平当年访问日本的情景及后来与大平正芳等日本政要的谈话，看看我们国家实行改革开放以来发生的翻天覆地的变化，看到一代伟人邓小平当年勾画的蓝图变成了美好的现实，看到"小康社会"不再是一个目标，而是我们每个中国人都看得见、摸得着、享受得到的东西了，真是感慨无限！

"金钥匙"撬开中韩建交大门

◆ 张庭延

张庭延，1936年生，毕业于北京大学东语系。1958年进入外交部，从事与朝鲜的外交工作；1989年至1992年担任外交部亚洲司副司长；1992年至1998年出任中韩建交以来首位中华人民共和国驻韩国大使。著有《出使韩国》等书。

在纪念改革开放40周年之际，我不禁回忆起中韩建交的往事。如果没有改革开放，中国与韩国建交，不知还会推迟多少年。现据记忆所及，记录下中韩建交的过程，也许对人们会有所启示。

请示"调整对南朝鲜做法"

韩国位于朝鲜半岛南部，与我国仅一海之隔，但近半个世纪互不承认，互不来往。这其中有历史的原因，也有20世纪50年代初朝鲜战争的因素。韩国1948年建国，随后与中华民国政府建立了外交关系，而新中国成立后

本文刊载于2018年12月5日《参考消息》。

与朝鲜友好，这成为我们与韩国展开对话和交往的障碍。

1978年党的十一届三中全会以后，中国开始执行邓小平提出的改革开放政策，国内工作重心转到经济建设上来，外交工作也做了大幅调整，提出外交为改革开放服务，创造有利的国际和平环境。中国改革开放面向全世界，但更面向周边国家，如何打破禁忌，松动、改善与韩国的关系，正式提上了日程。

20世纪60年代，韩国经济发展迅速，国际影响不断扩大，我们再不能无视它的存在。我们曾与韩国不承认、不来往，参加国际会议，韩国代表发言，我国代表退席；中国举办国际体育比赛，我们拒绝韩国选手入境参加。虽然这种做法延续了几十年，但改革开放后再也不能继续下去了。特别是邓小平明确提出，与韩国改善关系，有利于我们的改革开放，有利于牵制日本和孤立台湾，也有利于半岛的和平稳定。根据这个思想，1982年我们起草了《关于在国际多边活动中调整对南朝鲜做法的请示》，很快得到中央的批准。

"亚运会外交"邀韩参与

1983年8月，北京市人民政府向亚洲奥林匹克理事会提交申请书，拟申办1990年第十一届亚运会。根据亚奥理事会章程，申请方要允诺届时将邀请亚奥理事会所有成员国，不得排斥任何国家。我们根据中央批准的精神，满足了亚奥理事会的要求，表示若申办成功，将邀请包括韩国在内的所有成员国来北京参加第十一届亚运会。根据亚奥理事会要求，申请书还附有外交部部长的信函，申明了中国的立场。这是我国在国际多边活动中调整对韩国的做法迈出的第一步。

突破后，我们根据同样的原则，先后派出大型体育代表团前往韩国汉城（2005年更名为首尔），参加了1986年汉城亚运会和1988年汉城奥运会。中韩之间单项国际体育比赛交流也日益频繁。

到1988年，我们又做出进一步调整，把此前与韩国通过香港转口的贸易，转变成与韩国直接进行的民间贸易，为中韩贸易发展打开了大门。1990年通过谈判与韩国大韩贸易振兴公社达成协议，中国国际商会在汉城设立了民间贸易办事处，对方在北京也设立了民间贸易办事处。到1991年，中韩贸易额发展到近60亿美元。这就为中韩关系的进一步改善做了准备。

青瓦台送钱其琛"金钥匙"

1991年11月，亚太经济合作组织第三届部长级会议在汉城召开，成员国外长率团参加。我国在会前已提出申请加入该组织，钱其琛外长率团赴韩国与会。当时中韩尚未建交，韩国与台湾仍保持着"外交关系"，因此钱其琛去韩国引起外界的高度关注。中国加入亚太经合组织，在第三届部长级会议上获得一致通过，本来与会目的已经达到，但意外的是，卢泰愚总统要单独会见钱其琛外长。客随主便，不好拒绝。

会见时，卢泰愚表达对钱其琛访问韩国的欢迎，接着单刀直入，表示希望与中国进一步改善关系，并希望两国尽快建立外交关系。对这个敏感问题，钱其琛不好直接作答，只称会"水到渠成"。尽管韩国与台湾保持"外交关系"，这次会见没有通知台湾方面。会面消息见报后引起轰动。会面当晚，青瓦台还派高官到钱其琛下榻的酒店，转达卢泰愚希望韩中两国早日建交的愿望，还送给钱其琛一把金钥匙，意即用它开启中韩建交的大门。

卢泰愚会见钱其琛，是一个意外的收获。其实在第三届部长级会议筹备过程中，韩国作为会议主席国，其高官不辞辛苦，穿梭访问了各成员，协调对中国加入亚太经合组织的立场，直到取得完全一致的意见，即中国作为主权国家加入，台湾和香港作为地方经济体加入。在此过程中，韩国已充分表示出对中国的友好和真诚。由此看来，卢泰愚与钱其琛的会面也不完全是意外。

记得是1992年春天，钱其琛找我们到他的办公室，听取了我们对半岛形势的汇报，并分析了国际和半岛形势，表示与韩国建交的条件已基本成熟，可以寻机向前推进。

高度机密的建交谈判

1992年4月，韩国外长李相玉来北京参加亚太经社理事会第48届年会，钱其琛外长会见了他。除会务工作外，双方还商定，分别组成大使级代表团，就进一步改善中韩关系问题交换意见。实际上这就是中韩建交谈判的开始。

当年5月中旬和6月上旬，中韩双方大使级代表团在北京秘密进行了第一和第二轮谈判。中方代表是曾驻埃塞俄比亚和斯里兰卡大使张瑞杰，韩方代表是曾驻缅甸大使权丙铉。谈判秘密、低调进行，安排在钓鱼台国宾馆东南角比较隐蔽的14楼。中方在谈判中阐明愿进一步与韩国发展关系的立场，要求韩方根据中方"断交、废约、撤馆"的原则，处理好台湾问题。韩国一度希望在台湾建立具有官方性质的"民间办事处"，但经双方舌战，韩方放弃了这个要求。第三轮谈判6月底在汉城举行，韩方安排在远离市区的华克山庄酒店内一座独立的别墅中。在这轮谈判中，韩方仍想向我施压，但看到中方毫无退让之意，最后接受了我方的建交原则，承认中华人民共和国是代表中国的唯一合法政府，与台湾断绝所谓的"外交关系"。至此，谈判初步取得成功，在汉城草签了建交公报。这比我们原来预想的谈判时间快了不少。

中韩建交谈判过程中还有一个花絮，据说当时韩国知晓此事的只有总统、外长等几个人，属于高度保密事件。参加谈判的人员，都借故"家乡有病人"等，离开现职工作，甚至连家人也必须隐瞒真实原由。为了保密，韩国代表来北京都选择夜间航班，而且还是分开走。可见为与中国建交，韩国人颇费了一番苦心。

就当时韩国社会而言，反对与中国建交的势力不在少数，他们声称对台湾不能"背信弃义"。但卢泰愚总统目光长远，力排众议，做出与中国建交的决断。

钱其琛的平壤之行

中韩建交大局已定，但如何向朝鲜通报是一个有待解决的问题。就中朝关系而言，这个问题十分敏感。不过，我们考虑两国友好关系，从开始调整对韩国的做法起，每前进一步，都向朝鲜方面通报，当然不是征求意见。现在与韩国建交在即，着眼中朝关系大局，理应事先向朝鲜方面通报。

通报采取何种形式，是当时颇费考虑的问题。中央最后决定，为郑重起见，派钱其琛外长前往平壤，面见金日成主席，转达江泽民总书记的口信和中央的决定。

1992年7月15日，钱其琛外长受命乘专机前往平壤，飞行中大家多有担心，不知朝鲜方面会做何反应，但钱其琛一直在阅读文件，镇静自若。到达平壤，朝方金永南副总理兼外长来到机场迎接，之后转乘朝方准备的直升机，前往金日成外地休养地延丰湖。金日成于当日上午会见钱其琛，听取江泽民总书记关于中国即将与韩国建交的口信，之后沉思片刻表示，中国既已决定就可以办了，朝鲜仍然走自己的道路。说罢起身送客。

在中朝关系中，外长级的客人访问朝鲜，金日成要设午宴招待，但这天改由金永南陪同钱其琛共进午餐。餐后，钱其琛乘直升机返回平壤并于当天乘专机返回北京。不过，金日成毕竟是老一代领导人，他对中韩建交的表态，顾全了中朝关系的大局，也可以说中方得到朝方某种程度的谅解。

穿中山装递交国书

1992年8月24日，在北京钓鱼台国宾馆，中国外长钱其琛和韩国外长李相玉，分别代表各自政府在中韩建交公报上签字，中韩两国自此正式建立大使级外交关系。中央电视台对这场活动进行了现场直播。中韩建交在当时震惊了世界。

这里还有一个小插曲，台湾当局根据在汉城察觉到的蛛丝马迹，抢先一步宣布与韩国"断交"，但这不能改变它江河日下的处境。

8月27日，也就是中韩建交后3天，中国驻韩国使馆升起五星红旗，正式开馆。我于9月12日受命出使韩国，当时两国刚刚建交，尚未开辟班机航线，去汉城只能绕道香港或东京。我选择了香港这条路线。刚下飞机，我就被休息室内的记者们团团围住，有的忙着拍照，有的迫不及待地提问。次日，几乎各报均登载了我到达的消息和有关内容。

9月15日，我向卢泰愚总统递交了国书，开始履行公务。这里还有一个小插曲，就是递交国书的服装问题。按韩方礼宾规定，大使及陪同的外交官应穿燕尾服，以示庄重。可我们没有，也来不及做，更主要的是当时中国外交官还不兴穿。韩方答应给我们借，我们觉得不合适，也没有同意。最后决定穿民族服装中山装，我是带着深色中山装去汉城的。

在中韩建交一个月后，我陪同卢泰愚访问了中国，这也是几十年来韩国总统第一次访华。访华结束后，我匆忙赶回汉城准备新中国在汉城的首次国庆招待会。因为当时使馆尚无馆舍，我的临时官邸又很狭小，都不适合举行招待会，只有到饭店去举办。汉城的几家五星级饭店知道我们要举办国庆招待会，纷纷表示愿意承接。最终我们选定乐天饭店二楼大宴会厅为国庆招待会的会场。

当日，饭店大门口挂起"庆祝中华人民共和国成立43周年招待会"中韩文巨型横幅，十分醒目。走上二楼，通向宴会厅的长廊铺上了红地毯，两侧摆放着韩国各界名人和经济、社会团体送来的几十个花环、花篮和盆树。宴会大厅正中放置着巨型天安门冰雕，主席台上方悬挂着国庆招待会横幅，两侧竖立着中韩两国国旗。看得出饭店为这次招待会颇费了一番心思。

当天宾客来得十分踊跃。按韩方惯例，各馆国庆招待会，韩国外务部只指定一位长官代表政府参加，而这天韩方财务部长官李龙万、商工部长官李凤瑞、科技部长官金镇铉、法务部长官金淇春和外务部次官卢昌熹等悉数出席，各国使节夫妇也大多出席，有300多人。

我担任驻韩国大使6年，举行了6次国庆招待会，除韩方有不成文的规定，总理、外长不出席此类活动外，国会议长、副总理、政府长官、政党党首都出席过多次。1997年国庆招待会我们改在馆内举行，这次国庆招待会是我在汉城举行的最后一次，也是令人难忘的一次。

中韩建交转眼已过去26年，这期间两国关系持续发展，虽曾有过一些障碍，但经过沟通，最终都取得一致看法。两国领导人互访频繁，各领域交流合作热络，贸易额已突破2800亿美元，正向3000亿美元进军。两国在实现朝鲜半岛局势缓和与无核化过程中，也有较好的沟通和合作。这样迅速的双边关系发展，坦率说是我们当年未曾预料到的。

回望中韩建交，曾亲自参与，甚为难忘。特别是面对曾不承认、不来往的韩国，着眼实际，化敌为友，更令我感受到改革开放的强大生命力。

改革开放初期闯荡巴拿马往事

◆ 徐贻聪

徐贻聪，1938年10月生。1963年3月进入外交部工作。曾任外交部美大司科员、拉美司副司长及中国驻厄瓜多尔、古巴、阿根廷大使。

1979年11月至1983年12月，我曾经在巴拿马工作过4年。我是作为"新华社记者"在那里居留的，主要任务是推动我国与巴拿马以及中美洲其他国家的关系发展，应该属于我国改革开放初期扩大与拉美国家友好关系的组成部分。

与国家元首成为朋友

1978年12月的十一届三中全会开启了我国社会主义建设的一个新的历史时期，确定进行各方面的改革、开展并逐步扩大对外开放，以期彻底改变中国"一穷二白"的面貌。正是在这样的一个起始阶段，我在从我国驻

本文刊载于2018年12月6日《参考消息》。

墨西哥使馆回国休假期间，接到了一项全新的工作任务：赴巴拿马城担任"新华社记者"，力争做些推动中国与巴拿马友好关系的工作，同时增加对中美洲其他国家的了解。

1979年5月接到任务后，经过在新华社5个来月的培训，我与总社委派的新任巴拿马分社首席记者叶维平和他的翻译程志平一道，于那年的11月底，冒着北京凛冽的寒风，登上去巴黎的航班，再从那里转机飞往巴拿马城。

应该说，我的任务开端还很顺利。在分社原首席记者段之奇和一些华侨华人的安排和协助下，我们三人的入境和居留手续的办理都很顺利，很快就安顿了下来并着手工作。我一方面协助新任首席记者熟悉情况，寻找新闻线索，编发消息；另一方面，根据国内的指示和要求，广泛开展结交朋友的活动，寻找机会结识、拜访各方面的人士，包括当时在位的巴拿马党政警（巴拿马没有军队，只有负责国家内外安全的国民警卫队，其司令是当时的国家最高领导人）的要员、相关政府部门的负责人、工商界巨头、媒体负责人和其他国家派驻巴拿马的记者，以及华侨华人中的知名人士等，了解方方面面的情况，也相机介绍中国的情况和政策，特别是中国关于改革开放的决定和举措。在一段不太长的时间里，我不仅结识了许多官方和侨界的人士，还同巴拿马的民族英雄、国家元首、国民警卫队司令奥马尔·托里霍斯将军以及多名政府部长、警卫队将军等成了朋友，得到他们的多方关照。

同托里霍斯将军的交往始于记者采访。他比较重视媒体，在位期间曾创建并坚持过"20+1"的媒体吹风形式，在整个拉美都有一定的知名度，即他与20位女记者的不定期但有一定密度的"早餐会"，介绍政策和他的治国理政思想，回答她们的问题。男记者虽然无缘参加，但也能在新闻上"沾光"。

在公众场合同托里霍斯"见面"多了，他慢慢知道了我这个"中国记者"，还会远远地向我招手示意。一次在山顶上举行的面向全国的电视讲话过程中，他允许我站在主话筒前录音，以致我的形象在直播中多次"凸显"出现，连续多日的重播让我一时间成了巴拿马家喻户晓的"名人"，在街上多次被拦住并被问及关于中国的事情。由此，我还得以邀请托里霍斯将军参观在巴拿马城举办的"中国经贸展览会"并为他担任翻译，从而扩大了中国的影响。他在参观后会见中国展团负责人时，关于中国参与巴拿马运河及巴拿马跨洋铁路建设、华侨华人在巴拿马的表现和影响的讲话，让在场的中国人不仅感到亲切，而且深为感动。就是那一次，他非常深情地说，巴拿马铁路的每一个枕木下面都埋有一位中国劳工的说法应该是事实，死在挖掘运河中的中国人则应该更多，所以巴拿马不应该忘记中国。他还告诉我们，他曾经给国民警卫队的警官下过命令，如果在街上看到警察与"巴依萨诺"（西班牙文"老乡"的意思，在巴拿马指的是华人）闹矛盾，可以先把"巴依萨诺"放走，把警察带回去调查处理，过错应该都在警察。他在1981年7月去世前不久，还曾在家中亲切会见时任中国驻联合国副代表、后来曾任外交部副部长的周南，由我担任翻译。他表示"不同毛泽东的中华人民共和国建立外交关系是巴拿马的民族耻辱"，并称将尽快组团赴北京谈判建交。由于他一个月后即因飞机失事去世，他的愿望未能实现。

基于需要不断扩大对外开放度，特别是在尚未与我国建立外交关系的国家应该有更加广泛宣传的考虑，我尽可能同各方面的人物进行交流，力争让他们能够对我国有所了解，增加他们对中国的认知、印象和理解。借用"功夫不负有心人"这样一句老话，我的努力取得了相当的成效。时任巴拿马总统罗约、副总统德拉埃斯普列利亚、副总统依留尔卡，以及经济部长、工商部长、运河区管委会主席、科隆自由贸易区管委会主任等政坛要人，还有国民警卫队的多位将军级领导人，包括后来担任巴拿马总统、被美国以"贩毒"罪名抓到美国坐牢的诺列加，都成了我的朋友，来往甚多。我去国民警卫队司令部时门卫甚至无须通报，在机场也不必出示证件即可出入各个登机口。

依留尔卡副总统曾经担任过巴拿马常驻联合国代表，熟悉国际事务，也对中国有较多的了解和好感，主张巴拿马应同中国建交。在巴拿马政府官员中，他与我的交往最多，感情也最深，1983年分社第四任首席记者郑定峰在分社所在地举行庆祝建立分社10周年招待会时，他还应我的邀请到场祝贺，与郑社长共同切开蛋糕，并一直停留到出席招待会的近百位客人散尽才离开。

担任两国交往"八大员"

20世纪80年代初期，在改革开放的政策指引下，我国的一些大型企业，包括中央的，也包括省市的，纷纷开始想要走出去。作为全球第二大自由贸易区——科隆自由贸易区所在国、又位于世界多种"交通"要冲的巴拿马，是我国众多企业希望选择的目的地。因此，我就很自然地成了他们的"中间人"，为他们进行联络并互通情况。我记得，当年我曾经同我的好朋友、巴拿马的工商部长梅洛，就我国机构设点问题进行过多次沟通、接触和商谈，得到他的深度理解和大力支持。最终，在我的参与下，中国纺织品公司、江苏丝绸公司、中国化工公司等单位相继在巴拿马开设了办事处或派出代表，中国远洋运输公司、中国银行等也确定了在巴拿马设立代表机构的意向。这一切，都是我国改革开放初期希望"走出去"的范例，并获得了成功。

2017年我国与巴拿马的双边贸易额接近66.9亿美元（印象中1983年我离开巴拿马时仅有百余万美元）。约30家中资企业在巴拿马开展业务；60余家民营企业在巴拿马设有办事机构；中国已是科隆自由贸易区物资的最大供应国；中国在巴拿马的投资留存接近3亿美元，还在巴拿马开启诸如造价近15亿美元的巴拿马运河第四桥等大型基础建设项目。经贸合作从数量到质量都位居拉美各国的前列，这方面的基础应该是从那个时候开始建立的，从一个侧面显示出改革开放的威力。

巴拿马与我国当时虽然没有外交关系，但双方的人员往来却一直比较多，比较频繁。新华分社作为双方同意设置的机构，具有某种官方性质，而且是唯一的这种类型的机构，理所当然地需要承担起双方人员往来的联络和安排任务，这也就成为我的工作内容。从1981年初起，由于新华总社认为我还能完成采访和发稿任务，便将首席记者以及他的翻译调往他处，在巴拿马城仅留有我一个人。在这种情况下，我不仅需要完成人员往来的联络、安排、迎送和陪同会见等事项，还要每天想办法编写和发送新闻稿件，前后近两年之久。

在那段时间里，我参与联络和安排了中国国际交流协会、中华全国总工会、共青团中央等的代表团，以及中国银行行长、中国国家男子篮球队、贵州省歌舞团等大小数十个团组的去访，还为十多个巴拿马代表团访问中国做了必要的辅助工作，包括联络、日程安排、机场迎送等。其间，不少团组看到我每天忙碌不停，戏称我为"八大员"，即除去作为记者和办事员外，还是译员、联络员、驾驶员、炊事员、打字员、电报员。虽然需要里里外外地忙，很多时候吃不上饭，睡不成觉，但能为两国交往，特别是同一个未建交国家之间的多方位、多层次往来做点工作，我感到高兴和满意，还有一种发自内心的自豪感。

处处有华侨华人关照

我一直认为，在海外的华侨华人生活不易，但他们多心系祖国，不忘为祖国做点贡献，我们应该以感恩的心情对待他们。在我国的改革开放进程中，华侨华人功不可没，需要牢记。

在巴拿马的几年，也让我在这方面有些亲身体会。由于在一段不是很短的时间里分社仅有我和我的夫人，很多华侨华人关照、帮助我们的往事至今历历在目，想起来就会让我热血沸腾。担心我们的安全，有的华人每天晚上会默默地开车围绕我们的住所转转，看看有无异常；逢年过节，不少侨胞会争先恐后地邀请我们去他们家聚会，或者拉我们出去"散心"，休息；在我往访其他中美洲国家时，他们叮嘱我需要认真注意的事项，还委托他们的亲朋好友照顾和协助我；更重要的是，分社常常收到他们提供的新闻信息，完成新闻采写。托里霍斯将军飞机失事的信息就是一位华人提供给我的，从"可能出事"到确认"去世"，一个小时里给我打了三次电话，让我成了所有外国记者中报道这个事件的第一人，事后还被同行问及"怎么能有如此机密的消息渠道"。

向拉美国家宣讲中国

在巴拿马工作期间，我曾经有机会走进中美洲其他一些国家，诸如哥斯达黎加、尼加拉瓜、萨尔瓦多、洪都拉斯等，同样经历了我国改革开放进程中的中国与这些国家的关系变化，主要是了解到这些国家的政府和人民对中国的关注，以及他们不了解中国的严重程度。

中国和拉美相距遥远，加上受当时的条件影响，20世纪80年代以前，拉美国家对中国了解甚少，中美洲更甚，很多人只知道"毛泽东""人民中国"，至于中国是什么样，很多人都毫无所知。我去中美洲国家采访，多是时间短暂，人地生疏，但利用机会和条件，向所见、所遇的各方人士介绍中国，回答他们的问题，还是简单易行的，而且容易取得直接的效果。至今还记得，当年我向萨尔瓦多新闻部长、洪都拉斯内政部长、哥斯达黎加总统候选人等介绍中国时，他们都大感惊讶和新鲜，明白了他们确实对我国缺少基本的了解和认知，我也体会到我们真的需要向世界大范围开放。

我应该是外交部以"记者"身份派往拉美的第一人，后来又相继派出过几位，都是"单枪匹马"，目的是对外开放，扩大交往，加深相互了解和理解，推动我国与相关国家友好关系的发展。我觉得，我们未辱使命。2017年巴拿马与中国建交时，我曾撰写过一篇短文，抒发我久藏的期盼和快乐之情，认为两国建交是"水到渠成"，友好关系根深蒂固，也是我国改革开放的必然成果。从我个人的经历而言，我反映的应该符合两国关系的事实和历史进程，也表明我们曾经的工作还是具有一定意义的。

亲历瓜达尔港从梦想变为现实

◆ 陆树林

陆树林，1939年生。曾先后任中国驻特立尼达和多巴哥、巴基斯坦大使，现为中国战略学会高级顾问、中巴友协执行理事，主编《我们和你们——中国和巴基斯坦故事》。曾于2002年获巴基斯坦总统"巴基斯坦新月勋章"，2011年获巴基斯坦亚洲文明协会"外交官终身成就奖"。

随着中巴经济走廊和"一带一路"倡议向前推进，瓜达尔港已从20年前巴基斯坦西南海岸的小渔村逐渐成为一个响亮的名字。2001年中国同意帮助巴基斯坦在瓜达尔建设深水港，2013年两国商定建设中巴经济走廊后，瓜达尔港的重要性迅速提升，不仅成为中巴经济走廊的南端起点，也成为整个"一带一路"沿线的重要节点。

本文刊载于2018年12月7日《参考消息》。

中国说到做到让巴方感动

我第一次听到瓜达尔港这个名字是1964年在卡拉奇大学留学的时候，巴基斯坦同学对我说，巴基斯坦只有卡拉奇一个港口，这对巴基斯坦来说是很不够的，也是很不利的，因此巴从1960年以后就有意建设第二大港，最合适的地点就是瓜达尔。1965年和1971年两次印巴战争中，印度派军舰封锁卡拉奇港，给巴基斯坦造成巨大的困扰，更坚定了在瓜达尔建造第二大港的决心。但由于资金和技术等方面的原因，以及西方国家对此也无兴趣，所以巴方的愿望一直不能实现。

21世纪90年代以后，巴政府加快了瓜达尔港筹建的步伐，并把目光投向了中国。我1999年出任驻巴大使后，巴交通部秘书（相当于常务副部长）曾两次约见我，介绍瓜达尔的情况和巴政府迄今为开发瓜达尔港所做的努力，表示强烈希望中国帮助在瓜达尔建设一座深水港。2001年中国时任总理朱镕基访巴前夕，巴方交通部秘书和交通部部长先后约见我，表示希望在朱总理访问期间，两国能就建设一项类似喀喇昆仑公路那样的具有里程碑式意义的大工程达成协议。

我当然把巴方所谈如实地报告了国内。朱总理访问期间，穆沙拉夫首席执行官在多个场合的对谈中表达了巴方的愿望，朱总理在一次午宴中做了积极的回应。他说，巴基斯坦朋友希望中国帮巴建设瓜达尔深水港，为此中国将派交通部部长来巴，就在瓜达尔建设深水港的可行性进行实地考察。朱总理的话音一落，全场就爆发出热烈的掌声。第二天当地的报纸都在头版显著位置对此进行了报道。巴方对朱总理表态的热烈反应，也充分显示了巴方对建设瓜达尔港的热切心情和对中方参与建设的热切欢迎。

大约两星期后，中国时任交通部部长黄镇东就率团来巴考察，黄部长告诉我，朱总理出访回国后的第二天，就向他交代了考察任务。后来我把这一情况告诉了穆沙拉夫，他听后十分感动，说："朱总理说到做到，雷厉风行，我要向朱总理学习！"

一天，当我和黄部长站在瓜达尔伸出海平面半岛的山上时，我问："就从已考察的情况看，此处是否适宜建造深水港？"黄部长指着我们右前方的海水说："你看，下面的海水颜色很深，这说明此处海很深，而我们脚下的半岛很高，构成了挡住这里常年西南季风的天然屏障，所以此处建深水港条件不错。"听到这里，我心里不禁想："看来，瓜达尔深水港有谱。"

瓜达尔港走上发展快车道

黄部长回国后不久，中国政府就决定参与援建瓜达尔深水港，并以无偿援助、优惠贷款和低息贷款等形式向巴方提供1.98亿美元融资，同时提供技术支持。双方还商定2002年巴国庆节时举行开工典礼。

中国政府派时任副总理吴邦国率团参加开工典礼。我陪吴副总理出席了开工典礼，看到巴方对典礼十分重视，会场布置得很隆重，并对周围采取了严密的安全保卫措施，海上有军舰巡逻。

2007年，瓜达尔港一期工程竣工，3个两万吨级泊位的多用途码头得以建成。第一期工程竣工后，巴方就港口的经营权进行了招标，新加坡港务国际公司通过投标获得了港口的经营权，但新加坡公司在接管后港口长期处于停顿状态，引起巴方强烈不满。2013年2月18日，巴基斯坦正式将瓜达尔港运营权从新加坡公司移交给中国公司。2013年和2014年，通过李克强总理和谢里夫总理先后互访，两国决定建设中巴经济走廊，并将瓜达尔港定为中巴经济走廊的南端起点。2015年，习近平主席对巴基斯坦进行了国事访问，确定以走廊建设为中心，以瓜达尔港、能源、基础设施建设、产业合作为重点，形成"1+4"合作布局。中巴双方签订460亿美元投资合作协议，自此瓜达尔港进入快速发展期。

中国公司接管瓜达尔港经营权后实施了一整套务实发展措施，不仅继续港口的基础设施建设，修复港口各项功能，并加快配套设施和民生项目如学校、职业培训、海水淡化、照明等项目以及机场、通港公路等的设计和建设，同时筹组瓜达尔自由区建设。2016年11月13日，随着首批集装箱运出港口，瓜达尔港正式通航。包括时任巴基斯坦总理谢里夫、陆军参谋长拉希勒及中国驻巴基斯坦大使孙卫东在内的中巴官员见证了首批中国商船从瓜达尔港出海。前此，来自新疆的货柜车队在严密安保下，将首批约300个货柜的出口货物浩浩荡荡运抵港口，装上货船。顺便提一下，为了庆祝瓜达尔港开航，中巴两国的艺术家在现场联袂进行了歌舞演出，在准备歌舞的过程中，艺术家还请我协助，将巴艺术家作词的歌颂巴中友谊的乌尔都语歌曲译为中文。

瓜达尔自由区项目建设现在正如火如荼展开，目标是打造巴基斯坦国际商贸物流中心、中巴产业对接互补平台。巴基斯坦目前已将瓜达尔港2000亩土地租赁给中国海外港口控股有限公司，租期43年，用于建设瓜达尔港首个经济特区。

中巴经济走廊成"第一乐章"

我感到，无论建设瓜达尔深水港，还是建设中巴经济走廊，都是巴政府和人民长期的愿望。在我出任驻巴大使期间，时任巴总统穆沙拉夫就多次说过，鉴于巴基斯坦的重要战略位置，它可以成为南亚、东亚、中亚、西亚之间的交通枢纽，成为中国的贸易通道和能源通道。建设中巴铁路也是穆沙拉夫总统首先提出的，他还聘请专家，就建设中巴铁路的可行性进行了研究。中巴就建设经济走廊达成协议后，巴领导人经常在国内外讲话中强调中巴经济走廊对巴基斯坦和地区发展的重大意义。谢里夫总理曾多次高度评价建设中巴走廊的国际意义，表示这条走廊预示巴基斯坦的未来，将使它成为这一地区的转口贸易中心，惠及30多亿人。巴希望瓜达尔港成为重要的经济中心，成为阿拉伯海最重要的港口之一。在2016年斋月庆典上，时任巴基斯坦总统马姆努恩·侯赛因说，巴中经济走廊具有改变巴基斯坦命运的潜力。巴方人士还强调瓜达尔港和中巴经济走廊的建设将为没有出海口的中亚内陆国提供一个最快捷的进出口港。为此，谢里夫总理出访中亚国家，鼓励中亚国家今后多使用中巴经济走廊和瓜达尔港。

中巴经济走廊和瓜达尔港对中国的战略意义也十分明显。中国现正实施开发大西北战略，无论是建设瓜达尔港，还是建设中巴经济走廊，乃至建设"一带一路"，都将适应中国开发大西北战略的需要，一旦中巴经济走廊畅通，中国西部各省往西将获得一个便捷的出海口，其从中东和北非进出口货物的路线将比过去缩短80%。一旦中巴铁路和中巴之间的油气管道修通，中国从中东和非洲进口的石油，就可通过中巴经济走廊运回，这就十分有利于我国摆脱原来八成能源进口要依靠马六甲海峡的困局，有利于保障我国能源供应的安全。同时，随着产业合作的展开，中方可将自己已经成熟的产业向巴方转移，这既有利于巴方，也将有利我国企业走出去和我国产业升级。

所以，建设瓜达尔深水港和中巴经济走廊适应中巴两国发展经济、提高人民生活水平的需要，是中巴双赢的项目。这也是中巴经济走廊建设进展顺利，并成为整个"一带一路"建设中的旗舰项目和引领项目的重要原因，用王毅部长的话说，是"一带一路"交响乐中的"第一乐章"。

瓜达尔深水港和中巴经济走廊开建以来给巴基斯坦人民带来了实实在在的好处，其社会效益有口皆碑。"1+4"的建设规划是一个巨大的系统工程，涉及社会生产生活的方方面面。开始实施以来，正不断改善巴基斯坦基础设施、交通运输能力和工业生产水平，特别是对该国克服能源奇缺危机，正发挥重要的作用。原来，首都伊斯兰堡每天都停电数次，不但影响生活，也严重阻碍了工业的发展。目前已竣工的水、火、风、太阳能等各种能源项目极大缓解了巴基斯坦电力供应不足的局面，并对巴基斯坦调整电力能源结构、降低发电成本等方面产生深远影响。同时，随着走廊产业合作项目的上马，也将为巴创造更多就业机会。

种大爱之树与邻分享果实

巴基斯坦对中巴经济走廊的支持可以说是全民共识。2018年巴政府更迭，正义运动党在大选中获胜，曾对中巴经济走廊有过微词的该党领导人伊姆兰·汗，在大选获胜讲话中立即声明，他过去对经济走廊讲的话，是针对谢里夫政府的，绝不是针对中国的。他在就任总理的就职演说和会见中国大使时信誓旦旦地表示，新政府将坚决支持中巴经济走廊理念和走廊各个项目的实施，他还表示将在反腐和扶贫方面向中国学习。

中巴经济走廊的理念就是和平发展、合作共赢，是"共商、共建、共享"，整个"一带一路"倡议体现的都是这个理念。这个理念与西方传统的"零和游戏"理念大不相同，像和煦的春风吹遍大地，使人们耳目一新。2015年巴基斯坦的英文媒体《观察家报》就当今各国领导人中谁是最强有力的政治家进行了3个月的公民投票，结果84.3%的参与者投给了中国国家主席习近平。为此该报专为介绍习近平主席出了一期特刊，许多人在自己的文章中高度赞扬习主席的外交思想，特别是"和平发展、合作共赢"的发展理念和"一带一路"倡议。

2015年，我应巴基斯坦战略研究所的邀请，参加该所为纪念联合国成立70周年举行的国际研讨会，我在发言中引用了一句乌尔都文的诗，来说明中国倡议建设"一带一路"的原因："种树，就要种大爱之树，邻居的庭院里也能开花结果。"

我说，中国愿与其他国家，特别是邻国，分享快速发展的成果，愿与他们一起和平发展、合作共赢，这是习近平主席倡议建设"一带一路"最重要的原因。

在中国改革开放40年的过程中，援巴建设瓜达尔深水港、建设中巴经济走廊是我亲历的两件事，这让我进一步体会了中国改革开放的必要性和对世界的重大意义，体会了为什么中国在世界上的话语权逐渐增大，逐渐走进世界舞台的中央，也愈来愈认识到党中央外交理念和政策措施的正确性。我相信，我们的外交理念和举措将会在国际上为中国赢得愈来愈大的回旋空间和发展余地，为中国梦的实现发挥不可或缺的作用。

中科 "非常时期" 互访意义非凡

◆ 刘宝莱

刘宝莱，1941年生。1967年至1989年，先后在中华人民共和国驻摩洛哥、苏丹、科威特大使馆工作。之后曾任外交部西亚北非司副司长，中国驻阿拉伯联合酋长国特命全权大使、中国驻约旦哈希姆王国特命全权大使，外交部外事管理司司长，中国人民外交学会秘书长、副会长。现任中国人民外交学会理事、外交笔会副会长等职。

1978年我国改革开放后，中东地区第一个响应的国家当属科威特。当时，中科经济合作欣欣向荣，取得了突出成就。这与我国四位领导人先后访问科威特、亲自做工作密不可分，给人留下了难以忘怀的深刻印象。

化肥公司成 "南南合作典范"

1985年11月21日至25日，时任国务院副总理姚依林访问科威特，就

本文刊载于2018年12月10日《参考消息》。

加强两国经贸合作事宜同科财政大臣哈拉菲举行会谈。

姚依林经验丰富，他一改过去的习惯做法，突出重点，把握主动，既赞扬科政府向中方提供3亿美元长期低息优惠贷款、两国劳务承包领域的积极合作，以及中、科、突（尼斯）三国签署的在秦皇岛市建中阿化肥公司的协议是"南南合作的典范"，又提出了加强两国经济合作的有关设想。话语不多，字字千金，紧扣主题。

哈拉菲是科威特有名的理财专家、谈判高手，对姚依林的发言十分佩服。他说，姚副总理的一席话指明了两国经济合作的方向，他完全赞同。他说，当今西方世界正出现经济危机，科不能把"鸡蛋全部放在一个篮子里"，正考虑开辟新市场，将部分资金投向中国、日本、苏联等东方地区。关于科对外投资，主要是购买外国公司、企业的股票和有价证券。科威特在伦敦设一办事处，专门从事该项业务。他希望姚副总理关注科方的对外投资形式，以便增进两国的经济合作。

双方会谈融洽，一拍即合，并就两国的互利合作达成了广泛共识。会谈结束后，姚依林同哈拉菲分别代表中科两国政府签署了两国投资保护协议。

翌日，埃米尔贾比尔会见姚依林，他对两国签署投资保护协议表示满意，说该协议有利于科方，特别是私人资本到中国从事投资业务。他还赞扬中方对科威特给予的贷款使用率高，并允诺继续予以贷款。

访问期间，姚依林频繁进行外事活动，会见了科商会和勒埃斯集团负责人，向他们介绍了中国吸引外资的有关政策，同时，他还出席了勒埃斯集团董事长在家里举行的盛大晚宴。

离科前，姚依林在使馆会见全体馆员、中资机构代表和工地经理时，要求中国公司认真做到"守约、保质、薄利、重义"。他告诫大家，科威特地下蕴藏着丰富的石油，他们的上一代是"土老财"，但中生代大不一样，他们大都在欧美受过高等教育，对治理国家、理财、搞项目和海外投资经验丰富，值得大家学习。

关于姚依林向科方谈及中、科、突三国合建中阿化肥公司一事，不由使我想起1984年10月邓小平同志在人民大会堂会见访华的突尼斯总理穆罕默德·姆扎利时讲的一段话。他说，我们的十一届三中全会制定了对外开放政策，这主要是对发达国家的。近3年我们增加了新的内容，重要内容之一即南南合作。这件事才开始，做得还不多。我们两家的合作，再加上科威特的合作，可以起带头作用。他还说，南南之间发展合作关系是很有前途的，有很多事情可以做。因此，中阿化肥公司是在小平同志关怀和指导下成立的。该公司总投资为5800万美元，其中注册资本为1750万美元，科威特、突尼斯各525万美元，各占30％，中国700万美元，占40％。公司生产采用法国AZF技术，是当时国际上最先进的复合肥生产技术之一。2002年1月，该公司第二期扩建工程建成投产，"撒可富"（SACF）牌系列复合肥总生产能力已达140万吨。"撒可富"牌复合肥产品不仅畅销全国，而且还可适量出口。这充分证明了小平同志关于该公司"是南南合作的典范"之正确论断。

幽默话语打消投资顾虑

1986年5月，时任国务委员张劲夫率中国政府经济代表团访问科威特，出席中科投资洽谈会。这是继姚依林访科后我国对科威特采取的又一重大外交行动，旨在推动科和其他海湾国家对华投资。

代表团抵达科威特那天，杨福昌大使和我等使馆外交官前往机场迎接。当时有记者问及他对两国投资领域合作前景的估计，他说，中科已经订婚，即已签署两国投资保护协议，我们还要结婚、生子，他就是为此而来。此言一出，惹得记者们一片笑声。

当晚，科威特电视台做了转播。次日，各大日报都进行了详细报道。我及时向张劲夫做了汇报。他说，太好了！代表团此行，旨在贯彻两国投资保护协议精神，重在吸引科威特和其他海湾国家的对我投资。这是我国改革开放以来对该地区采取的一项重大举措。我们加大宣传力度，就像敲锣打鼓那样，要引起他们的注意，提起他们的兴趣，以便使更多巨商参加这次洽谈会。

洽谈会上，科财政大臣哈拉菲、投资总局局长拉希德等政要和各界知名人士，特别是经贸、金融、商会巨贾及其他海湾国家的商会主席100余人应邀出席。分组洽谈期间，双方洽谈气氛融洽、热烈。对方主要以听为主，对投资项目，问得具体，听得认真，但具体落实的较少。张劲夫说，这是我们第一次在科威特召开洽谈会，为我们吸引外资走出了重要一步。从这一点上讲，具有战略意义。从效果来看，是预料之中的。总的来说，还不错，草签了几个项目。

代表团在使馆组织中资机构代表和工程公司经理座谈会。我前往旅馆接张劲夫。路上，他问我对科在华投资及其形式等方面的看法。我回答说，当前科适合对我国的投资形式主要有两项：一是科基金会的低息贷款，二是同科搞合资项目。据说科对参与我国海南油气开发和建化肥厂等投资有兴趣。"还有第三，就是科对我公司进行参股。随着我国股份制企业增多，科方可以参与。"张劲夫说。

在座谈会上，有几位经理发言讲到，科威特人盛气凌人，手里有点钱，就瞧不起中国人。他们宁愿将钱存在欧美银行里，也不愿投向中国。也有的经理认为，当地人很聪明。他们已经看到中国的市场和投资机遇，但就是下不了手，不知向何处投，如何投，担心吃亏上当。

张劲夫讲了三点：第一，这次投资洽谈会开得不错，我们要尽快邀请对方赴华考察，争取将意向书变成协议；第二，继续研究科对我国投资的形式；第三，各公司领导要管好人，干好活，多交友，出成绩，站稳脚。他说，大家把项目做好，一利公司站稳脚跟，以图向海湾其他国家发展；二利树立中国人的良好形象；三利扩大劳务出口，多为国家创汇；四利吸引科资，增加财源。他还指出，中科双方都有一个磨合期。其关键在于增进了解，加强互信。科方经验丰富，不会干赔本的买卖。

"患难时期"互见真情

1989年12月24日至26日，时任中国国家主席杨尚昆到科威特进行正式友好访问。这次中东之行，是在西方对我国制裁的情况下，中国国家领导人走出国门，具有重大的现实意义和长远的战略意义。科方顶住西方压力，对杨尚昆访问予以十分隆重的接待。

埃米尔贾比尔亲率王室权贵和军政要员前往机场迎接，并在机场举行了隆重的欢迎仪式。杨尚昆在贾比尔陪同下检阅了三军仪仗队，然后驱车进入市区，下榻和平宫。这一切均有利于打破西方对我国的制裁，进一步打开我国改革开放的大门。

25日上午，杨尚昆同贾比尔举行了小范围会谈。杨尚昆感谢贾比尔的友好邀请和盛情款待。他说，贾比尔是中科友好合作关系的奠基人，是中国人民的老朋友，1965年曾作为财政大臣访华，为两国建交奠定了基础。贾比尔任埃米尔后又十分重视推动和发展同中国的友好关系。两国建交后关系友好，发展顺利。杨尚昆强调，双方在经济技术领域的合作潜力巨大，前景广阔，希望双方共同探索新途径和新形式。贾比尔表示完全同意杨尚昆的上述看法，对两国关系的发展表示满意。他说，科威特在石化、住房、交通等领域还有些大的项目，欢迎中国公司参加投标。

此外，杨尚昆还通报了中国改革开放取得的成就。他说，目前西方对中国实行制裁，妄图围困中国，阻挠中国经济建设，使中国又回到闭关锁国的时代。其实，这是徒劳的。中国对外开放的大门，不仅不会关闭，而且越开越大。中国政府愿同包括科威特在内的世界各国发展关系，促进经济合作。贾比尔对中国经济腾飞表示赞赏。最后，杨尚昆邀请贾比尔在方便的时候访华。他愉快地接受了邀请，时间待定。

1990年12月26日至28日，贾比尔访华，受到了我国高规格的隆重热情接待。杨尚昆主席专门等候在钓鱼台国宾馆迎接，300余名青少年挥舞两国国旗夹道欢迎。在科威特国难当头之际，贾比尔"受到超出礼宾常规的接待"，他大为感动，见到杨尚昆热泪盈眶。

访问期间，江泽民总书记、杨尚昆主席和李鹏总理分别予以会见或会谈，重申了中国反对伊拉克侵占科威特的明确立场，强调中国绝不做有损科的事。

贾比尔感谢中国政府在科问题上发挥的重要作用和远见卓识。贾比尔访华取得了圆满成功。杨主席同他话别时，欢迎他在科恢复主权后再次访华。贾比尔深情地说，在北京受到的热烈欢迎和盛情款待，温暖了他们由于困难造成的心理创伤，愿在科解放后再次来华看望老朋友。

中国工人赴科灭油井大火

1991年2月，科威特复国。7月14日，时任国务院总理李鹏访问科威特。一下专机，便闻到空气中弥漫着令人作呕的汽油味。这是伊拉克军队撤退前夕将科威特600多口油井点燃造成的，科政府急需灭火。

当日，李鹏同贾比尔举行会谈。李鹏除祝贺科复国外，表示中方愿为科重建贡献一分力量。他说，海湾危机前，双方已有良好的合作。许多中国公司曾在科一些领域从事项目建设，具有丰富经验。贾比尔对李鹏总理在科非常时期来访深为感动。他说，阁下已经看到了科威特乌烟瘴气的天空，并闻到了难闻的汽油味。尽管已请西方一些公司对燃烧的油井进行灭火，但进展不畅，难以令人满意。李鹏当即表示，中国石油公司在这方面经历很多，经验丰富，可派有力团队前来灭火。对此，贾比尔十分高兴。于是，中国石油工程建设公司和科威特国家石油公司就此正式签订了灭火合同。

据时任科威特驻华大使巴疆先生告知，他曾建议科政府请中国政府派专业队来灭火。他对我说，他几乎每天都收到许多中国朋友的来信，介绍灭火方法，毛遂自荐，自愿去科灭火，他们言辞诚恳，感人至深。他相信中国公司有能力协助科灭火。

9月4日，中国灭火队开始在科作业。经过53天的奋战，终于扑灭了科难度最大的10口油井大火。这不仅赢得了信誉，而且进一步增加了科方同中方合作的信心。

同年11月，贾比尔再度访华，一来感谢我对科的支持，特别是为灭火作出的积极贡献；二来表达进一步加强两国友好合作关系的良好愿望。这两次访问有力地促进了中科两国友好合作关系的全面发展。两国人民之间的友谊经受了国际风云变幻的考验。

三进明斯克见证中白关系变迁

◆ 吴虹滨

吴虹滨，1950年生。1977年进入外交部工作。1984年9月至1985年8月，被派到苏联白俄罗斯国立大学进修。1985年8月起，先后在外交部机关、中国驻白俄罗斯大使馆工作，任二秘、一秘、参赞。2001年3月至2005年8月，任中国驻塔吉克斯坦大使。2005年8月至2008年8月，任中国驻白俄罗斯大使。2008年9月至2011年3月，任中国驻土库曼斯坦大使。

我和白俄罗斯有缘，从1984年起，每过10年左右我都要到那里去长住几年。我在白俄罗斯经历了苏联最后阶段的辉煌，立国初期的混乱，也亲历了该国走上稳定发展的新阶段。我以进修生、参赞和大使的身份3次前往明斯克，见证了在中国改革开放的大背景下中白关系的变迁。

与"辅导员"辩论改革开放

20世纪80年代，中苏关系依然紧张，但是双方又都在试探改善关系。

本文刊载于2018年12月11日《参考消息》。

在这个大背景下，1984年9月，我作为我国改革开放后派往苏联的第二批公派生，来到了苏联加盟共和国白俄罗斯的首都明斯克，在国立白俄罗斯大学语言系进修。我们一行4人是中苏关系破裂20多年来首批到明斯克学习的中国人，当局对我们既限制又有礼貌，老百姓则对我们充满好奇，也十分友好。可是一般苏联人对当代中国的认知还停留在中国出口到苏联的友谊牌暖水瓶、毛巾和钢笔上，对中国人的态度是老大哥对小兄弟的友善加傲慢，对中国改革开放的了解则只限于苏联《真理报》《消息报》的片面报道和恶意攻讦。

中国改革开放了，人们感到前所未有的轻松和自由。可是在苏联，官方对我们中国进修生的防范和限制无处不在。同楼的进修教授不敢到我们的房间来做客，我们不能到明斯克以外的地方去，不能订阅中国的报纸杂志，不能随意借阅学校图书馆的书籍。我们的来往信件都经过检查，我的信都要半个月才能寄到。我们的口语老师不是苏共党员，上课时和我们讨论问题比较放得开，但很快就被撤换了。

在两国关系不正常的情况下，我们对此也不奇怪。但是老百姓对我们还是很热情的。一天，我在学校的走廊里遇见了系政治辅导员。他叫住我，开始提一些问题。这位辅导员根本不了解中国的改革开放政策，却妄加批评，宣称什么取消了共产党的领导，搞资本主义市场经济云云。我和他由争论转为争吵，旁边渐渐围了一些老师。大家纷纷指责这个辅导员无端挑衅，还有人说，能提高人民生活水平的政策就是好政策。我的导师说，中国改革好不好我不知道，你这位历来正确的好党员倒是说说，为什么我们老不提工资，为什么市场上东西越来越少？见人越来越多，政治辅导员慌了，挤出人群溜之大吉。

从"同志"到"先生"

1994年，我作为中国驻白俄罗斯大使馆参赞，回到了10年前当进修生的地方。

这是年轻的白俄罗斯共和国成立之初经历痛苦和动荡的年代。在苏共垮台、苏联解体的大背景下，一大批反共、亲西方的政客登上了白俄罗斯政治舞台。我那时担任临时代办，乘坐悬挂五星红旗的车出门办事，常常听到路边传来刺耳的口哨声——代表社会主义的红旗成了时髦青年嘲讽的对象，而那时的明斯克真的再难以见到红色。但是红色在人们的心里，给我开车的司机就很为开着挂红旗的车自豪。他对我说，他和朋友们做了比较，还是中国的五星红旗最好看。中国大使专车所到之处，常常引来深情专注的目光——那是人们在怀念失去的好日子。在外交部，高层人士的态度是冷淡的，话难听，事情也不好办。但是下面的工作人员对中国人态度还是很热情。有人私下对我说，别放在心上，一定会好起来的。回到使馆，白俄罗斯的雇员们都恭敬地称呼我参赞先生，我还不习惯，对他们说我不是什么先生，我是他们的同志。他们相互看看，轻轻重复着"同志"这个已经不再流行甚至意味着反叛的词，眼神是复杂的。显然，他们感到亲切，但是他们已经不能这样相互称呼了。

资本主义给白俄罗斯人带来的是深重的经济灾难。莫斯科传来的什么"百日计划""休克疗法"都无法拯救濒于崩溃的经济。在"私有化、自由化、西方化"的大潮下，白俄罗斯政府发行了印着一只兔子的"代币券"，以一换十代替苏联时期的卢布，使人们手中的存款一夜变成废纸，终生积蓄化为乌有。人们惊恐地看到，1000、5000、20000的大面额"兔票"迅速面世。老百姓怒骂道，什么私有化，简直就是掠夺化（俄语中这两个词仅一个字母之差）！我们这些外交官也感到了货币不断贬值的压力——各种费用飞快地上涨。就连数钞票也变成力气活了。去饭店请客，要带上一口袋钞票。要是去买家具之类的大件商品，那可苦了，先要弯下腰去慢慢数清楚价格标签上有多少个零。为了深入了解社情，我多次到街上公共食堂去吃饭。曾见过邻座的一个老师，边吃边说现在一周能吃一次肉就不错了。在食品店，一位老奶奶只能给眼馋的小孙子买一根香蕉。我真想上去掏钱多买几根香蕉给孩子，但是我没有这样做，因为白俄罗斯人的自尊心使他们一定会拒绝我的好意。

1994年7月，亚历山大·卢卡申科以其反腐政绩被选为白俄罗斯首任总统。他坚决遏制掠夺性的私有化进程，使白俄罗斯在独联体国家中保留了最多的计划经济成分，国家经济从恶化的谷底被逐渐拉升，人们的基本生活水平得以维持。白俄罗斯最终选择了适合本国国情、符合广大人民愿望的发展道路。我的那些朋友说，终于可以松一口气了，虽然明天会怎样还不好说，但是总算不折腾了。

卢卡申科总统的执政之路注定是铺满荆棘的。但是他保持了国家低通胀、低失业，工业一直在发展，农业也说得过去，到我1998年离任回国时，该国经济已经恢复到接近1991年的水平了。

"台北驻明斯克办事处"关闭

2005年8月，距我二进白俄罗斯大约10年之后，我被任命为中国驻白俄罗斯共和国大使，开始了三进明斯克的生活。

卢卡申科任总统后，虽然还谈不上搞什么改革，但是不照搬西方的经济发展模式，国家的经济不断发展，老百姓对物价上升有怨言，但是在独联体一些国家社会动荡、经济不断下滑的情况下，白俄罗斯的情况就算是好的了。到2003年，在联合国开发计划署发布的《人类发展报告》中，白俄罗斯排名第53位，超过了俄罗斯、乌克兰、哈萨克斯坦等独联体主要国家。

在白俄罗斯立国之初的混乱年代，台湾当局趁乱插了一脚，开设了"台北驻明斯克办事处"。卢卡申科总统当政后奉行对华友好政策，但政府高层还是有人频频与台湾来往，白外交部的态度也很暧昧。台湾的"代表"不但联系文化、企业界人士，还偷偷发放"赴台签证"。偏巧他和我这个中华人民共和国的大使同住一栋外交公寓，时而还能碰见。

我一方面坚持凡我和其他中国外交官参加的活动不得有台湾代表在场，一方面加紧做白政府，特别是总统府的工作，要求他们认真履行两国建交公报，尽快驱逐台湾的代表。在国防部，我告诉白方官员，有企业在向台湾出售用于军事的产品，要他们采取措施。在文化、教育、企业界的朋友中，尤其是在跟我早有来往的军工企业的朋友中，我大力宣传中国对台湾问题的立场。对几个向台湾出售微电子产品的企业，我既交朋友也警告他们，这是在提升台湾的军事能力，大大超出正常贸易的范围，而他们要想进入中国大陆这个巨大的市场，就不能脚踩两条船。2005年底，有朋友暗示我，"上头"在积极考虑采取相应的行动了。但我要的不是"考虑"，而是公开的具体行动。按国内的指示，我继续通过各种渠道向白高层施压。2006年新年伊始，台湾当局"主动"宣布，因"业务量太少"，立即关闭"台北驻明斯克办事处"。

在中白两国最高领导人的支持下，两国各领域的合作顺利发展起来。我一方面积极为双方穿针引线，一方面不断敲打那些过去和台湾往来的企业不得旧病复发。2007年，卢卡申科总统再次访华。中方特别安排他参观了中国空间技术研究院。当卢卡申科总统得知他是首位得以参观此院的外国元首，非常高兴。此次访问后，两国在高科技领域的合作发展得更快了。

中白工业园让"冷棋"变热

由于双方的努力，中国和白俄罗斯的经济合作在坚定地向前发展。中国在白俄罗斯的投资在增加，中国企业参与了白俄罗斯的电站等重大项目的改造和建设。白俄罗斯的高技术产品也在中国落了地。在中白合资的轮式拖车厂成立10周年之际，我到这个工厂参观。它的产品广泛用于我国的经济建设中。建厂初期，一些白俄罗斯政府官员担心中国单方面汲取白俄罗斯的技术，后来发现，中白两国专家合作得很融洽，一起开发了新技术新产品并且返销到白俄罗斯，于是他们放下心来，称赞这是真正平等互利的合作。

两国间的经济合作，不可能是一帆风顺、一蹴而就的。许多中资企业在白俄罗斯打拼多年，却鲜有业绩。于是有人怀疑是否应该在白俄罗斯谋求发展，在白俄罗斯做巨大投入是否值得。也有人抱怨说，和白俄罗斯人谈市场经济和现代企业运作方式是"鸡同鸭讲"，双方总想不到一块去。我对他们讲，同白俄罗斯搞经济合作，一是要有下"冷棋"的准备，有决心占据白俄罗斯这个四通八达的地理位置，谋求长远发展；二是我们在现代市场经济运作上走得早走得远，白俄罗斯则有比较发达的工业基础，两国处于不同的起跑线上，要相互理解，彼此包容。终于，大家等来了春风，冷棋开始变热了。2010年，卢卡申科表示，白俄罗斯也要扩大对外开放、招商引资，希望在白建立中白工业园。2011年，两国签署了合作协定。

这个工业园占地91.5平方千米，相当于白俄罗斯首都明斯克面积的三分之一，定位发展高新技术产业。卢卡申科签发总统令，赋予入园企业前10年免税优惠，第二个10年政府仅收取一半的必要税收，土地使用权达99年。最近，卢卡申科又下令给予入园外国企业更多的优惠。中国政府也对工业园的建设提供了资金支持。中石油、华为、中兴等企业巨头已经入驻，更多的中国企业将落户园区，周边一些国家的企业也跃跃欲试。作为两国合作的重大项目，这个工业园有三个"最"：层次最高，规模最大，投资最多。它之所以重要，不仅仅是它有助于扩大两国产业合作，还因为它是丝绸之路经济带上的重要一环。它背靠独联体国家的广大市场，享有俄白哈关税同盟的优惠，而且是规划中的丝绸之路经济带从中国通向欧洲的必经之路。中白工业园这个两国合作的旗舰项目，体现了双方战略构想的对接。

2017年5月，"一带一路"国际合作高峰论坛在北京举行。29个国家的领导人、130多个国家的高级别代表参加了盛会。卢卡申科总统作为最早响应"一带一路"倡议的欧洲国家领导人，信心满满地来到会场。白俄罗斯在"一带一路"的建设上，现在是颇有发言权的了。我想，卢卡申科坐在会场，一定也是感想很多。这正如中国人常说的，世界大势，浩浩荡荡，顺之者昌，逆之者可就赶不上经济全球化的快车了。

中俄关系高水平运行来之不易

◆ 周晓沛

周晓沛，曾任外交部苏欧司苏联处处长，欧亚司司长，中国驻俄罗斯大使馆公使，中国驻乌克兰、波兰、哈萨克斯坦大使。现任外交部外交政策咨询委员会委员。

我国改革开放40年来，在国际风云变幻中，中苏关系实现正常化，中俄全面战略协作伙伴关系取得了前所未有的大发展。中国和俄罗斯是邻国，也都是联合国安理会常任理事国。在新时代，中俄之间已成为世界上"真正信赖的战略伙伴"，是"新型国际关系的典范"。中俄都对双方关系保持高水平运行感到满意，十分珍惜这一来之不易的"背靠背"战略合作。

40年来，中苏敌对关系怎样实现正常化？中俄之间为什么要建立全面战略协作伙伴关系？战略协作究竟包括哪些内涵？对改革开放的战略意义何在？要搞清这些问题，就不能不回顾两国关系的演变历史及发展轨迹。

本文刊载于2018年12月12日《参考消息》。

中苏关系实现正常化

俗话说，"三十年河东，三十年河西"。中苏关系从20世纪50年代起，10年友好结盟，10年关系恶化，10年对立为敌，10年缓和改善。可以说，中苏两国关系充满了世界史上最为错综复杂和跌宕起伏的戏剧性变化。

在这儿，我想讲一个20世纪赞颂中苏友谊的歌词作者命运沉浮的真实故事，这在某种意义上也是两国关系的一个缩影。《莫斯科—北京》创作于1949年12月，正值中苏两国关系处于高潮时期，毛泽东到莫斯科访问的消息引起苏联举国轰动。诗人米·维尔什宁写下了"苏中人民永远是兄弟"的不朽名句。维尔什宁因此被安排到苏中友协工作，从一名普通作家迅速高升至苏联外交部部长助理。然而，随着后来中苏关系恶化，《莫斯科—北京》这首歌曲渐渐被人淡忘，作者再次沦为一名普通的诗人。在20世纪80年代初的一个寒冬里，穷困潦倒的维尔什宁惨死在野外雪地上……这位在政治风云中大起大落的苏联诗人，没有看到两国关系会再度"回暖"。

1965年，毛泽东主席曾对苏联部长会议主席柯西金说过这样一段意味深长的话：我看中苏关系早晚会好起来的，可能是10年之后，美国人会帮助我们团结起来。20世纪80年代，中苏双方都调整政策，两国关系逐渐缓和、改善。1978年中共十一届三中全会以后，中央着手调整"一条线"国际战略，拉开与美国的距离，放弃"以苏划线"，改善紧张的中苏关系，为国内改革开放创造良好的和平环境。

1982年勃列日涅夫发表了愿意改善对华关系的塔什干讲话，客观上为我方调整对苏政策提供了契机。第二天，邓小平同志便指示外交部立即做出反应。外交部发言人发表如下谈话："我们注意到3月24日勃列日涅夫主席在塔什干发表的关于中苏关系的讲话。我们坚决拒绝讲话中对中国的攻击。在中苏两国关系和国际事务中，我们重视的是苏联的实际行动。"此前，我们奉行"以苏划线"的政策，只要"苏修"对华所说所为，不是抗议，就是批判，怎么会去注意听呢？这极为平常的"注意"二字，在当时的特殊背景下，确实隐藏有不同寻常的玄机。外电评论称，这预示着中苏关系有可能发生变化。

从国际和国内两个大局考虑，邓小平同志指示，要向苏联传递信息，双方应当坐下来平心静气地讨论，通过共同努力设法排除两国关系发展的障碍，争取中苏关系能有一个大的改善。苏方也表示，愿在任何时间、任何地点、任何级别上同中方讨论双边关系的问题。于是，中苏双方开始进行两国关系正常化的政治磋商，这一谈就是6年。双方围绕"三大障碍"问题针锋相对，相互扯皮，谁也说服不了谁，被称为"聋子对话"。不过，与昔日火药味十足的中苏边界谈判有所不同，双方都心平气和，并未红脸吵架。正如当事人钱其琛所说，"不断扯皮比互不往来要好"。1986年，戈尔巴乔夫发表符拉迪沃斯托克讲话，首次在消除障碍问题上做出实际松动，我们也予以积极评价。经过多轮磋商，双方最终达成妥协。1989年，戈尔巴乔夫应邀访华，与邓小平举行高级会晤，宣布"结束过去，开辟未来"，中苏关系从此实现正常化。

40年的风风雨雨使我们双方都蒙受了沉重损失，也都汲取了深刻教训。无论是结盟还是对抗，都是不成功的，中苏、中俄关系还是要以和平共处五项原则为基础，结伴而不结盟。这样，两国之间就建立起了不同于20世纪50年代的那种结盟关系，更不同于六七十年代的那种敌对关系，而是不结盟、不对抗、不针对第三国、睦邻友好的正常国家关系。

中俄关系经历4次过渡

中苏关系正常化后不久，东欧剧变，两极格局崩塌，国际形势和两国国内情况都发生了巨大变化。邓小平同志指示：不管苏联怎么变化，我们都要从容地同它发展关系，包括政治关系，不搞意识形态争论。这个方针很重要，总结了历史上的经验教训。在双方共同努力下，中苏高级会晤确定的两国关系基本原则不仅经受住考验，而且成为建立新型中俄关系的基石。

中俄关系先后实现了4次过渡。第一次过渡是中苏关系到中俄关系的转换。1991年12月25日，戈尔巴乔夫宣布苏联解体当天，中国政府代表团飞抵莫斯科。双方商谈签署了会谈纪要，中国支持俄罗斯继承苏联在联合国安理会的席位，俄方承诺原中苏之间签订的条约继续有效，重申支持中国在台湾问题上的立场，顺利解决了中俄关系的继承问题，实现了两国关系的历史性平稳过渡。

从1992年俄罗斯总统首次访华开始，中俄两国领导人建立了定期互访机制。通过直接接触，增进相互了解，消除彼此隔阂，从重新承认"相互视为友好国家"，到确认两国已具有"新型的建设性伙伴关系"，直至宣布发展"战略协作伙伴关系"。建立中俄战略协作伙伴关系是叶利钦总统首先提出来的，这也是我国第一次同意与外国建立这种战略关系。中俄战略协作伙伴关系是新形势下的一种新型战略性关系。它不仅有完全平等、政治互信的重要前提，更有传统友好、互利合作的扎实根基。所谓"战略协作"，就是在双方关切的重大核心问题上相互支持、相互配合，共同应对挑战，维护地区和世界的和平与稳定。

第二次过渡是普京接替叶利钦出任总统。双方重申，中俄战略协作伙伴关系符合两国人民的根本利益。两国领导人签署了为期20年的《中俄睦邻友好合作条约》，把"世代友好、永不为敌"的思想以法律形式固定下来，并在互谅互让的基础上彻底解决了历史遗留下来的边界问题，不仅消除了两国关系中的一大隐患，而且为国际上和平解决边界争端树立了成功的典范。

第三次过渡是梅德韦杰夫接替普京出任俄罗斯总统仅半个月，就到中国进行承前启后、面向未来的重要访问，双方共同推动中俄战略协作伙伴关系更好更快地向前发展。双方强调，在涉及对方核心利益问题上相互支持是中俄战略协作伙伴关系的核心内容，加强能源合作是中俄战略协作伙伴关系的重要组成部分，而扩大和深化人文领域合作对巩固中俄战略协作伙伴关系具有重大意义。在双方的共同努力下，在能源等领域的务实合作取得了重大突破。

2012年普京复任总统后不久即正式首访中国，也表示两国关系顺利实现第四次过渡，甚至有人形容进入"黄金时期"。一向重视发展对华关系的普京重返克里姆林宫有利于中俄关系的长期稳定发展。普京在竞选纲领中谈及中俄关系时指出，中国经济增长绝不是威胁，而是俄经济之帆赶上"中国风"的良机。这是俄罗斯领导人首次对"中国威胁论"的明确表态。习近平就任国家主席后首次出访选择俄罗斯也并非偶然，再次体现了中俄关系的特殊性和高水平。普京将俄中关系比喻为"一座大厦"，每年都在建筑新的楼层，而且"越建越高，越建越牢"。

俄成中国最大原油供应国

中俄能源合作是双方互利共赢、务实合作的一大亮点，也是保障我国改革开放经济安全的重大战略举措。20世纪90年代起，双方开始就建设中俄原油管道进行谈判。围绕管线走向方案，先后出现了"安大线"（自安加尔斯克至大庆）、"安纳线"（自安加尔斯克直接通向远东纳霍德卡港）和"泰纳线"（自泰舍特至斯科沃罗季诺，再通往纳霍德卡港）三个不同版本。除涉及贝加尔湖环保问题的争议外，其间还遇到日本方面的搅局。直到2004年，经中方领导人做工作，最终由普京总统拍板决定采用"泰纳线"，将原"安大线"向贝加尔湖以北推了400多千米，并首先建设自泰舍特至位于黑龙江漠河北岸的斯科沃罗季诺的原油管线。

2008年10月，正值国际金融危机之时，国家发改委副主任张国宝率团赴莫斯科就建设中俄原油管道问题进行谈判。俄方以代表团参观石油公司的名义，安排张国宝"巧遇"俄主管副总理谢钦。会见中对方提出，希望得到150亿美元贷款，换取建设年输油量1500万吨的俄中原油管道。为了帮助俄方解决企业面临资金短缺的困难，并敲定中俄管道建设，中方同意提供贷款。后来，俄方又提出将贷款数额增至250亿美元，同时承诺20年内每年通过管道向中方供应1500万吨石油。

2009年2月，中俄能源代表在北京进行会晤。就在人民大会堂举行协议签字仪式前夕，俄方突然变卦，要求将双方原已谈定的一个文件拆成分别贷、分别还的两个文本。由于时间紧迫，只得临时安排双方主管领导在人民大会堂过道站着紧急磋商。这在谈判史上也是极为少见的。双方谈定后，还要重新准备文本，签字仪式不得不推迟了3个小时。对此，中方予以理解并表现出极大耐心，终于使长达15年的马拉松谈判一锤定音。2010年9月，在斯科沃罗季诺举行的中俄管道竣工投产仪式上，普京总统亲自启动了管道阀门。

2013年3月，中俄双方又商定启动建设漠河—大庆复线，增加供应原油至3000万吨/年。迄今，我国每年进口俄原油达6000万吨，俄罗斯已成为我国长期稳定的最大原油进口来源。中俄原油管道建设取得突破，也迅速带动了双方在天然气、煤炭、电力、可再生能源的合作进展。深化能源领域合作，不仅充实了中俄战略协作伙伴关系的内涵，也为我国进一步改革开放创造了条件。

当然，中俄关系发展进程中难免也出现这样那样的问题，包括相互认知有差异、贸易结构失衡等。我国经济发展很快，有的俄罗斯人心态复杂，对移民问题尤为敏感。双方还需进一步加强民间人文友好及地方交流合作，夯实两国关系的社会民意基础。

当前，世界上乱象丛生，各种不稳定、不确定因素和挑战明显增多。国际格局和全球治理体系正在发生深刻演变，大国关系也在重新调整。美国公开将中俄定位为主要战略竞争对手。在大乱局、大变局的新形势下，中国和俄罗斯互为最重要的战略伙伴，中俄新型大国关系健康稳步发展对双方都具有不可替代的战略价值，对维护国际公平正义、世界和平稳定也至关重要。总之，立足于"世代友好，永保和平"的两大邻国关系发展前景光明。

中国人享受越来越多领事服务

◆ 张宏喜

张宏喜，1941年生。1964年进入外交部工作。曾任外交部领事司司长，香港特别行政区筹备委员会委员，中国驻坦桑尼亚大使，中国驻纽约总领事，世界知识出版社社长。第十届全国政协委员。

1979年我从中国驻泰国大使馆调回国内后，被分配到外交部领事司工作。有朋友说领事司工作很简单，没意思，劝我别去。我一向是服从组织安排，自然没有接受这个劝说。我甚至对领事司更感兴趣了，心想为什么别人会对领事司那样评价，我倒要弄清楚到底是不是那样。

领事为民众出国而设

无论要做什么事情，我总是带着一个学习的脑袋，先通过学习把那件事情搞清楚，动脑筋钻研，这是我一直保持的一个特点。到领事司后我也是如此。

本文刊载于2018年12月20日《参考消息》。

原来，领事产生于欧洲，比派遣大使还要早。《新中国领事实践》中说："'领事'一词最早出现在公元5世纪末，……领事是从5世纪末西欧奴隶社会瓦解，进入封建社会，并伴随着城镇的出现而开始萌芽的。"联合国《维也纳领事关系公约》说，领事关系是自古以来人民之间建立的。那时欧洲出现了很多城邦国家，某城邦国家的商人到另一个城邦国家经商，他们选举了一个头，就叫领事。领事最早是参与者选举的，后来由国家派遣。而公使、大使是自16世纪以后，欧洲国家的王室与王室之间互派的，是国家元首的官方代表。当派遣常驻大使普遍实行之后，同一个国家的外交机构与领事机构合二为一，领事官系列纳入外交官系列，且二者可以互换。可以说领事官是外交官的一部分，但仍保持原有的传统特性。现在很多国家的驻外大使馆的领事参赞兼任总领事，看来外交官不能完全取代领事官。

领事制度从一开始产生就与老百姓出国生活工作密切相关，这一特点决定了一个国家的老百姓出国越多，越需要领事；一个国家越不开放，出国人员越少，就越不需要领事。

帝国主义特权必须取消

鸦片战争后帝国主义国家群起瓜分中国，领事成为列强侵略中国的工具，通过不平等条约攫取的各种特权包括享受治外法权的租界、领事裁判权等，成为强加给我国的民族耻辱之一。所以过去我国人民对外国的领事没有什么好印象，不少文章、文艺作品、电影常常把外国领事描写为特务、间谍、坏家伙，需要防范他们，这是事出有因的。

据1935年的《中国外交年鉴》，当时共有77个国家在我国47个城市设了196个领馆和办公室，遍布各地。连一些穷乡僻壤都有外国领馆，吉林省有个洮南县，到现在很多人都不知道这个地方，但日本早就在这里设了领馆。跑到这么个小地方设领馆做什么？是为了专门刺探俄国掌管的中东路的情报，以达到与俄争夺、霸占我国整个东北的目的。当年日本竟在中国设了44个领馆，可谓不惜成本。外国在西藏、新疆设领馆，其用意就更加明显。

1948年11月周恩来起草的中共中央致东北局电指出：英、美、法等国政府未承认我们，对它们在东北的领事应采取不承认而只承认为普通侨民的方针。之后对驻北京、天津、上海、南京等地的原外国领事、外交人员都照此办理。1949年1月，中共中央关于外交工作的指示进一步明确帝国主义在华的特权必须取消。北京市军管会将美国、英国、法国、荷兰在东交民巷的军营予以收回接管。其他城市先后都采取了同样措施。

对领事工作转变观念

新中国成立初期，以美国为首的西方国家对我国采取不承认、围堵、禁运政策，甚至利用朝鲜战争、越南战争威胁我国，那时我国主要是同社会主义国家与周边不多的几个友好邻国以及欧洲中立的瑞典等交往。后来对外关系扩大到非洲友好国家。新中国成立以后的28年中，我国出国人数总共才28万人次，除了援外的因公人员外，基本没有私人出国经商、留学，更谈不上旅游。东南亚诸国有很多华侨华人，但有些国家反共，所以出国探亲访友者也不多。到1978年底，外国在华设立的领馆只有波兰驻上海和广州总领馆、日本驻上海总领馆以及尼泊尔驻拉萨领事馆。我国在波兰格但斯克、瑞士日内瓦、巴基斯坦卡拉奇、埃及亚历山大、日本大阪、加拿大温哥华设有6个总领馆，在坦桑尼亚桑给巴尔设有一个领事馆。那时我们对与其他国家发展领事关系不积极，对西方国家进行防范，领事工作确实不多。

但到领事司后我发现，领事工作不简单，有意思，有很多工作可做。

例如我看到周总理关于华侨华人工作的一本讲话汇编，我反复认真阅读，结合我在泰国看到的那里的华侨华人情况，感到周总理讲得很正确很重要。这是中国外交面临的一个特殊的重大问题，处理好了对我们发展与东南亚国家的关系大有帮助，对我们国内的建设也大有好处，否则就会闹出大乱子。我还学习了其他不少领事知识，觉得都是很有用而且关乎国家利益和老百姓利益。

不久改革开放的春风便吹到领事司，大家都在思考怎么办，领事工作在酝酿着重大变化。有一次吴学谦部长对领事司领导说，一个欧洲国家的外长对他说，他们国家花在领事工作上的经费占整个外交经费的一半，吴部长感到吃惊。他要领事司统计一下全世界各国共设了多少领事馆，了解一下其他国家都是如何开展领事工作的。又有一次，曾担任首任领事司司长的张灿明副部长，要领事司就新中国成立后发生的重大领事事件和重要问题，进行总结研究，提出看法建议，写几篇文章报给他。于是，司领导聂功成组织写出了我国第一部领事专著《新中国领事实践》；我参与撰写了新中国成立后我们如何应对几次排华事件等几篇文章，总结了几条经验与教训。

这两件事情一做，我们对领事工作的认识就发生了重大变化。我们明白了领事制度只是一种工具，过去它曾被帝国主义列强用来为侵略我国服务。现在时代不同了，不能光有防范心理，我们同样可以主动用来为我们的国内经济建设、改革开放和统一大业服务。观念转变了，才能开创新局面。脑子的问题不解决，腿脚就很难抬起来。

领事服务越做越好

改革是进行时，直到现在国内的各种改革都没有止步。我退休后从旁观察，领事司的工作不断在改革，越改越好。

一、扩大领事干部队伍。出国的老百姓多了，国外碰到的领事事务多了，要办的事情多了。改革开放的形势逼人。领事司的干部一加再加，我在领事司时从4个处40多人增加到8个处近100人。要不我这个原来与领事司无关的人怎么会被分配到领事司呢？我甚至觉得我就是被改革开放的春风吹到领事司的。直到现在我国的领事干部仍然在增加但仍然不够用，人均工作量是其他国家领事人员的好多倍。每年有上亿人次出境，全世界第一，要办的事情少不了。

1981年7月邓小平发表了关于提拔中青年干部的讲话，指出："这是个战略问题，是决定我们命运的问题。现在，解决这个问题已经是十分迫切了，再过三五年，如果我们不解决这个问题，要来一次灾难。"1982年上半年，有一天司里召集好几位年轻同志开会，宣布他们被任命为处级领导。我被任命为一处副处长。又是改革之风把我吹到领导岗位上。

1993年我被任命为领事司司长，全司的干部队伍怎么建设，成为我必须考虑的问题。主要抓三点，一是要可靠，领事工作者在办理护照、签证时要收取规费，贪财的人不能用。二是外交部里涉及法律、礼宾、领事、边界等工作的业务司具有很强的专业性，得培养专业型干部。三是在国外的领事干部接触华侨华人、当地社会民间各界人等，与他们打交道不能书生气十足，要活动能力强、知识面宽、经验丰富。一位欧洲外交人士塔列朗1837年说的话有一定道理："在已经成为一位干练的公使以后，他还应当知道多么多的事情，才能充当一位出色的领事啊！因为领事的职务是毫无止境的多种多样的；它们完全不同于其他外事人员的职务，它们要求很多的实际知识。"考虑到领事干部一直不足，我请求干部司每年要分配10－15名学不同专业的新入部大学生补充到领事司，干部司批准了。现在的领事队伍更壮大了，很年轻、很有水平、很能干，大大超过我当司长时的状况。

二、法制建设、制度改革要不停顿地进行。我在领事司时就提出应该制定《护照法》，2006年全国人大通过颁布了。但更多需要制定的是行政法规、实施细则，要很细很具体，可以操作。后任们比我能干，他们卓有成效地完成了很多这方面的任务。什么事情怎么办，外交部领事服务网站和各使领馆网站都明文公布了，人们一查便知，比过去规范多了。因为有一些规章制度需要根据社会变化而不断修改更新，此种任务仍任重道远。

三、与外国的领事关系全面发展。现在与我国建交的国家多了，除使馆领事部外，总领馆、领馆、领事办公室增加到98个，外国在我国内地设立了100多个领事机构，与48个国家签订了领事条约，与81个国家签署了互免或方便签证协定，对我国护照免签的国家也在不断增加。几十个国家的领事机构与我国领事司建立了领事磋商机制。

四、保护本国公民正当权益是外交、领事工作者的天职，我国做得越来越好。新中国成立时我们就重视保护海外侨民工作，这项工作是写进了宪法的。但改革开放前我国主要是应对成规模的排华事件，安置归国华侨，等等。改革开放后出国的普通民众与到国外投资经商、留学、旅游的人员年年增长，日常零散的案件大量发生，因战乱和重大天灾撤侨的紧急事件也多有出现。领事司增设了领事保护中心，建立了各部门之间的应急机制。从战乱的利比亚、也门等地撤侨，从灾区撤侨，都完成得极其出色，受到国内外好评。必要时国家动员中央部门、地方政府、有关公司、部队一起完成任务，海陆空齐出动，强烈地体现出国家意志。没有哪个国家能像我们这样外交为民，关键时刻不遗余力援救与关爱每个同胞，保证他们的平安。

五、向先进国家学习，采用先进设备、技术，保证日常的领事服务工作越做越好，为改革开放后日益增长的中外人员交流提供保证。改革开放前我们的人员基本上就是手工完成证件工作，效率很低。为了改进工作，仅我本人就参观过10多个比我们先进的国家是如何印制、颁发护照、签证的，看了它们的机房、设备。我要感谢中央领导，因为25年前领事部门采用第一批电脑等自动化办公设备时，外交部没有钱，申请这笔经费很困难，是中央领导亲自发话后才解决问题的。特别是党的十八大之后，以习近平同志为核心的党中央始终关怀在国外的所有同胞，使大家深切感受到祖国才是我们的强大靠山。我们的目标是中国公民走到哪里，我们的领事服务和保护就跟到哪里。

这些领事工作的发展成绩是改革开放大潮催生的结果。改革开放使我国实力大大提高又给领事工作提供了财力物力保证，过去想做而做不到的事情现在可以做到了。同胞们在国外享受应有的保护与服务，实际上就是在享受改革开放的成果。

中国外交"从边缘走到中央"

—— 孙玉玺大使讲述40年外交生涯故事

◆ 本报记者　宋宇　田宝剑　黎淑同

孙玉玺，职业外交官，毕业于北京外国语大学、伦敦经济学院。曾任中国驻阿富汗、印度、意大利、波兰等国特命全权大使，外交部阿富汗事务特使、外交部发言人。现任外交部公共外交咨询委员、中国波兰友好协会会长。曾随同中国国家及政府领导人出国访问60余次，足迹遍及138个国家。著作有《山国风采》《菩提树下》《解读印度》等。

"中国的外交归纳起来，就是一个'和'字"

曾任中国驻亚欧多国大使、外交部发言人的孙玉玺回顾自己40年外交生涯时，对中国外交作出了这样的评述。在外交部工作期间，孙玉玺走遍了五大洲，去过138个国家，亲历并见证了中国从打开国门、对外开放到综合国力不断增强、一步一步走近世界舞台中央的全过程。

本文刊载于2018年11月29日《参考消息》。

在改革开放迎来40周年之际，孙玉玺大使接受本报专访，向记者讲述了改革开放进程中中国外交鲜为人知的故事。

改革开放乃"得道者多助"

《参考消息》：1978年，中国启动改革开放可以说是一场划时代变革。您亲身经历了这一历史性转变，请谈谈当时的时代氛围。

孙玉玺：有一件事给我的印象特别深刻。1982年，巴基斯坦时任总统齐亚·哈克到访中国，当时我们正处在改革开放初期，中国的一举一动关系到巴基斯坦的前途和命运。我当时作为记录员参加了双方会谈，记得哈克见到邓小平的第一个问题就是，中国的改革开放能走多远？邓小平回答，改革开放不走回头路，会一直坚持下去。他对中国的改革成功有信心。

为了向哈克解释中国改革开放一定能成功的原因，邓小平引用了《孟子·公孙丑下》篇第一章。当时邓小平环顾四周，问谁能将这篇文章背诵出来。全场就我举了手，背诵了全文。邓小平向哈克解释，文中的"得道者多助，失道者寡助"指的就是群众基础。今天我们坚信改革开放这条路，是因为有民众的支持。老百姓有了好生活，什么力量都不可能让他们回头。哈克听了频频点头。

外交重点归于"和"字

《参考消息》：改革开放初期，邓小平对国际形势和时代主题作出新的科学判断，指出和平与发展是当今世界两大主题，这给当时中国的对外政策带来哪些影响？

孙玉玺：1978年改革开放后，中国为世界和平作出了卓越贡献，中国在谋求自身发展的同时也促进了整个世界，尤其是第三世界国家的发展，应该说"我们谋求了共同的发展"。这一时期的外交重点围绕一个"和"字，这个"和"字可以用三个词来解释。

第一个词是和平发展。中国提倡维护和平，这不是一句空话。我曾受政府委派去过三个战场——阿富汗战场、柬埔寨战场和科索沃战场。20世纪80年代，中国在阿富汗帮助当地人民反对外来侵略斗争，最后帮助阿富汗赶走了苏联侵略者，走上了恢复和平的道路。第二个战场在柬埔寨，20世纪90年代初，旨在全面政治解决柬埔寨问题的巴黎和平协定在联合国监督下签署。虽然战争的硝烟还未散尽，但联合国在柬埔寨的维和行动已然开始。我是中国派驻柬埔寨代表处的主要官员之一，协助联合国为柬埔寨战争降温，并监督全国大选顺利进行。那也是中国首次对外国派出维和部队。最后，通过联合国五大常任理事国的密切合作，柬埔寨问题在各方的努力下得以解决，恢复和平并走上了健康发展的道路。1999年科索沃战争爆发，中国的态度是坚决反对。在中国驻南联盟大使馆被炸时，我曾经作为政府专门小组的副组长参与处理此事，从踏上那片土地到上飞机离开，总共60个小时，回答了上千个问题。

在这三个战场的工作经历让我深切体会到，对于所有的战争，中国的基本立场从来都是要制止战争、恢复和平。一旦恢复和平，中国就立即参与到重建工作中，为当地的经济民生发展贡献力量。中国在这方面的努力一直没有停止。

第二个词是和睦相处。从外交角度来说，与任何一个国家交往首先求的是和睦相处，站在积极的、建设性的角度去处理与他国的矛盾。我曾在欧洲工作10年，我在那里见证了中国朋友圈的不断扩大，各项合作进展顺利。我们对周边国家提倡睦邻、安邻、富邻，就是我们要跟中国的邻居搞好关系。当年我们与印度共同倡导和平共处五项原则，第一条就是和平共处，这是独立的发展中国家的共同要求，也成为指导国家关系的一条重要的国际关系准则。

第三个词是和平统一。严格来说，和平统一指的是彻底解决台湾问题，另外也包括新疆和西藏的分裂问题，这些都在和平统一的内容当中。虽然和平统一是我们的内政，但它在外交当中占很重的分量，一些国家曾经对我们的和平统一形成干扰。比如台湾问题之所以在解放战争之后未得到及时解决，就是由于美方的干预。我们到任何一个国家都需要跟他们解释台湾问题的由来，并希望所有与我们建交的国家，都理解中国对和平统一的需要，把承认中华人民共和国政府作为中国唯一合法政府、承认台湾是中国不可分割的一部分作为外交谈判的先决条件。在这方面，我们在外交上做了大量的工作，也日臻成熟。

扮演世界引领者角色

《参考消息》：您的外交生涯从改革开放之初一直持续到今天，对于我国国力的增强和在国际事务中影响力的变化，您有什么切身的体会？

孙玉玺：回想起我任外交官初期的时候，我感觉中国更多的是团结一帮"穷哥们"。我们过去有句话，大国是关键，周边是首要，发展中国家是基础。积极支持中国的往往是一些"穷哥们"。当时我们恢复联合国合法席位，毛泽东也曾经说，这是非洲兄弟把我们抬进联合国的。20世纪50年代我们搞亚非会议，团结的也是一些新独立的亚非拉国家。那个时候，一些国家，特别是西方大国，看不起我们，我们自己也是一穷二白。现在，形势已经发生改变，正如习主席在党的十九大报告中提出，我们现在已经走近世界舞台的中央。中国坚持全球化，坚持自由贸易，坚决维护国际贸易体制，已经扛起维护国际机制的大旗。

过去我做外交官的时候，许多国际会议，比如联合国大会，我们坐在台下，甚至坐在后排，发言没有我们的份，或者说我们发言引不起别人的注意，提的建议也不一定得到采纳。但现在情况变了，现在我们不仅坐在前排，我们还站上台主持会议，比如2016年的二十国集团杭州峰会，由我们来拟定议题，发挥主导作用。此外，还有上海合作组织，以中国的城市命名、由中国发起成立。再如金砖国家峰会，与东盟的"10＋1"和"10＋3"，与中东欧、欧盟、非洲、拉美等的合作或者对话机制。在这些机制当中，中国都扮演着引领者的角色。会议开始，代表们到场后都在猜测中国领导人讲话会提什么方案，会有什么新观点。我们提出来后，大家就结合自己的情况深入讨论。

睦邻合作共创亚洲世纪

《参考消息》：中国与周边国家的关系一直较为复杂，比如印度，既存在边界争端，也有紧密的经贸往来。在对外开放的过程中，我们如何处理与这些国家的关系？

孙玉玺：我当年赴印度出任大使的一大任务就是将中印两国之间的关系再推向一个新的高度。如何推高？我当时想了一个办法，就是搞"中印友好年"，从文化的角度进一步加强两国互信，拉近双方的关系。

为什么中印关系如此重要？首先，放眼全球，要想找一个与中国共同点最多的国家，那就是印度。双方都是发展中国家，全球范围内人口超过10亿的国家只有中国和印度。两国在发展过程中遇到的实际问题——如消费、提高人民生活水平等——都十分相似。另外，两个国家都在亚洲，分别处于世界屋脊的两侧，有着悠久的友好交往的历史，发源于长江黄河的中华文明和印度河恒河流域的印度文明始终在相互交流、相互学习、取长补短。中国也吸收了印度文明的许多元素，比如佛教虽起源于印度却在中国发扬光大。两国几乎同时获得独立和解放，新独立的国家在很多国际关系准则方面的考虑都相似，这不是权宜之计、偶然现象，而是基于两国对于独立自主、对于发展的需求和愿望的考量。

玄奘在印度是十大德之首，以往只要是中印两国领导人交往，玄奘都是必谈的话题之一。因此，我们就有了将重修玄奘纪念堂作为"中印友好年"重头戏的想法。玄奘在印度家喻户晓，连小学课本里都有关于他的历史故事。印度民众对玄奘的认知比中国人更贴近现实和历史。他们知道他是中印友好交流的使者、伟大的佛教学者、旅行家和历史学家。2007年2月，玄奘纪念堂修复完善工程全面竣工，中印双方举行盛大庆祝仪式，中印两国的关系也得到了从国家到民间的全面提升。

中国的另一个邻国阿富汗在历史上多灾多难，曾受殖民主义统治，与周边邻居都有些磕磕绊绊，唯独中阿之间从来没有过历史上的伤痛，保持着长期友好的记录。

在我出任中国驻阿富汗特命全权大使期间，中国第一项援助阿富汗的工程是重修了阿富汗帕尔旺水利工程。帕尔旺省省长阿曼·阿明尼对我说的一句话让我印象深刻。他说："你们中国人来，我们从心底感到亲切。中国对我们的意义与其他国家都不一样。"在历史上，阿富汗的苦难都是大国带来的，最早是英国人，3次入侵阿富汗；后来一些年，他自己亲历的是苏联人，到处都是坦克、装甲车，天天打仗，带来了灾难；然后，美国人来了，到处扔炸弹。"只有中国人来了，我们知道，中国人将给我们带来繁荣与发展，生命之水要流动起来了。"

"一带一路"兑现中国承诺

《参考消息》：在您的外交生涯中，所驻国家多为"一带一路"倡议的参与国，您认为"一带一路"倡议对这些国家来说有哪些现实意义？

孙玉玺："一带一路"最初的65个沿线国家和地区我都去过。在我看来，"一带一路"是现阶段中国根据自身的实力，以及当前世界的政治经济形势对改革开放的进一步深化。

"一带一路"为什么受到广泛欢迎？我认为有以下几点理由：

第一，世界上绝大多数国家都认识到，改善基础设施是发展经济的必由之路。

第二，在拥有基础设施的基础上，应进一步互联互通。这是中国改革开放的经验，中国一直强调与世界接轨。

第三，共商共建共享。中国注意与其他国家进行深入细致的商谈，确定双方开展的项目是当地人民需要的、欢迎的。大家共同投资，取得成果后共同分享。

第四，与当地的发展规划对接。首先了解沿线国家如何规划自身发展，评估双方是否在某些方面展开合作共赢。

中国秉持这些原则正是吸引如此多国家参与"一带一路"的原因。

"一带一路"倡议虽然是中国提出来的，但并没有只考虑中国利益，而是心系整个世界经济的发展与稳定。通过改革开放40年的努力，中国已经富起来，成为世界第二大经济体。在没富起来之前，邓小平就对世界作出承诺，只要中国发展起来，我们一定为世界作出更大贡献，"一带一路"就是我们兑现自己承诺的方式。

综合来看，"一带一路"倡议至少体现了中国的两条重要经验。一是基础设施建设。中国老百姓常说，要想富先修路，这形象地说明了基础设施建设的重要性。中国从擅长的基础设施建设入手，力争在所有基础设施不完善的地方加强建设，然后谋求发展。二是互联互通。我们发展到一定程度，就需要跟世界接轨，因为世界发展到今天，一个国家关起门来自己干是没有出路的。所以中国提倡基础设施建设，也是要把整个世界互联互通起来，这样生产资料才能实现最合理的配置，劳动力也能有互联互通的机会，这样各个经济体也可以实现相互促进。

"一带一路"倡议现已得到国际社会的普遍接受与欢迎，同样中国今后的发展也将很大程度上受益于这一倡议。当下，"一带一路"从地图上看还是一条条线，六条经济走廊是六条线，未来我们将把这些线串联起来，变成一个世界范围的发展网络，那将是一个全球化的前景，也是世界更加密切沟通的全景。

"一带一路"盛宴不嫌客多

—— 专访中国前驻冰岛大使苏格

◆ 本报记者　李颖　张伊宇　黎淑同

苏格，毕业于西安外国语学院，获美国杨伯翰大学硕士、博士学位，哈佛大学博士后。曾任中国驻美国大使馆公使衔参赞（2003—2006），中国驻苏里南共和国特命全权大使（2006—2009），中国驻冰岛共和国特命全权大使（2009—2013），中国国际问题研究院院长、党委书记（2015—2018），现为中国太平洋经济合作全国委员会会长、研究员。

"我们这代人可以说是改革开放的参与者、见证者和受益者。"前驻冰岛大使苏格在接受本报记者专访时说。

回望自己几十年人生路的重大关头，苏大使的个人经历与改革开放的历程紧密相连：从青海的"工农兵大学生"到成为中国第一批留学生，他赶上了改革开放的好时光；先后出任中国驻美公使衔参赞、驻苏里南大使、驻冰岛大使，他见证了中国从全球化参与者、受益者到贡献者的历史性跨越。

本文刊载于2018年11月28日《参考消息》。

第一批留学生走出国门

1972年，尚在青海上山下乡的苏格被推荐为"工农兵大学生"，他从报纸上读到中美发表《上海公报》的消息，周恩来举杯欢迎美国总统尼克松的照片久久定格在脑海。之后怀抱对外交工作的向往，他报考西安外国语学院并于毕业后留校任教。

1982年，国内推出改革开放政策之后，逐步重视国际交流，邓小平同志宣布要培养第一批留学生。有备而来的苏格成功通过国家留学生考试，到美国杨伯翰大学进修。他感慨地对本报记者说："这是我们这一代人赶上的改革开放的好时候！"

《参考消息》：当时第一次踏出国门是什么感受？

苏格：当时国内还处在烧蜂窝煤的年代，我带着仅有的60美元就出国留学了。飞机落地美国后，第一次目睹旧金山国际机场多层候机楼，感慨于国内外发展差距之大，有一种放眼看世界的感觉。于是，在国外几年我努力学习，硕士论文写的是《美国现代化对中国现代化若干启示》，希望他山之石可以攻玉；博士论文写的是《美国对华政策的缘起》，重点探讨中美关系与台湾问题。虽然科学无国界，但研究人员是有爱国心的，我希望自己的研究成果可以为祖国服务。

《参考消息》：在哈佛大学做博士后的日子里有哪些事令您印象深刻？

苏格：在哈佛除了耳闻目睹那些曾在学界中频繁亮相的知名学者，肯尼迪政府学院小广场门柱上印刻的一段美国总统名言令我深为触动：My fellow Americans, ask not what your country can do for you, ask what you can do for your country（美国同胞们，不要问国家能为你做什么，而要问你能为国家做什么）。这句话也令我深思，我能为自己的祖国贡献些什么呢？

《参考消息》：您深入研究美国对华政策，此后又走上了中美外交的第一线，当时中美贸易的情况如何，您是否经历过已开放国门的中国从美国引进先进技术的案例？

苏格：2000年2月，我被外交部任命为中国国际问题研究所（中国国际问题研究院前身）副所长。2003年，我被任命为中国驻美国大使馆公使衔参赞，这是国家对我的信任。外交人员的核心价值观就是"忠诚、使命和奉献"，这种政治素养我时刻铭记于心。

我在美国时，日常使馆工作包括处理涉台问题、最惠国待遇等贸易问题。美国一些政要还保有冷战思维，虽然当时美国对中国有贸易逆差，但美国出口到中国的不少是如大豆、棉花等低附加值产品，美国高新技术对华有十分严格的出口限制。在大使的直接带领下，使馆相关处室共同努力，实现了一个突破：这就是推动了美国向中国出口 AP-1000 核电设备。这项先进技术至今还在咱们的核电站应用。

2006年我被委派至加勒比地区的苏里南共和国担任特命全权大使，2009年开始出任驻冰岛大使。

危急时刻向冰岛伸援手

《参考消息》：当时冰岛被英国首相布朗称为"破产国家"，这种说法遭到时任冰岛总统格里姆松的驳斥。那么，当时冰岛的实际处境如何？

苏格：2008年世界金融危机时，冰岛经济形势十分严峻。冰岛的主要三家银行遭遇挤兑、面临破产危机。冰岛克朗严重贬值。在这种情况下，中国发挥了负责任大国的重要作用。正是改革开放以来中国经济实力的腾飞为中冰关系深层次发展奠定了基础。

2010年中国与冰岛达成5亿美元的本币互换协议，实现了人民币与冰岛克朗的货币互换。中冰货币互换带来很好的示范效应，大大增强了其他欧洲国家对冰岛的信心，另外几个北欧国家随即为冰岛注资6.74亿美元。

中国带动的助力制止了克朗汇率下滑，为稳定冰岛经济形势起到重要作用。中冰本币互换协议签署后，冰岛总统格里姆松在议会发表演讲，对中国负责任大国的作为表示高度赞赏。他表示，当冰岛面临严重金融危机的时候，传统盟友们却不知去向，唯有远方的中国政府和人民给予冰岛宝贵的理解和支持。

在中冰合作中，中国展现了作为一个国际大国所应有的姿态，及时与冰岛开展国际合作，给予冰岛积极有力的支持。当然，合作也是互利的。中冰本币互换，也有利于人民币的国际化。

改革开放之初，中国作为世界经济全球化的参与者和融入者，在国际金融、贸易等方面一直在学习，引进先进技术和管理经验。我 2009 年到冰岛的时候，中国已经进入加入世贸组织（WTO）后第一个 10 年的经济腾飞。随着改革开放的不断深化，中国的综合国力不断提升，参与全球治理的能力不断增强。

中冰成"大小国合作典范"

《参考消息》：中国与冰岛这个远在北大西洋的小岛国发展友好关系的意义何在？

苏格：中冰的货币互换协议，意味着向人民币国际化的蓝图跨了一大步。不仅如此，中国还与冰岛达成自贸协定。原先一直同欧盟进行入盟谈判的冰岛选择了不加入欧盟，"朝东看"的冰岛将国家的命运和遥远的中国联系起来。这是中国同传统欧洲国家达成的首个自贸协定。自此，中冰友好互利合作不断迈上新台阶。

2010 年，中国已成为冰岛在亚洲最大的贸易伙伴。2012 年 4 月，温家宝总理访问冰岛，这是建交 41 年来中国总理对冰岛的首次访问，两国经贸进入新阶段。冰岛总统格里姆松称中冰关系是"21 世纪国际关系中大小国合作的典范"。

冰岛这个北大西洋上的岛国具有得天独厚的地理优势和资源。2012年8月，中国北极科学考察队受冰岛总统之邀出访，中国极地科考船"雪龙号"首次到访冰岛，完成历史性的航程。这是中国科考队首次正式访问北极国家，而且选择北极西北航线，使得原有亚欧传统海路航程缩短近三分之一。

中冰自贸协定是中国与欧洲国家之间的第一个自贸协定。按照温家宝总理的评价，其"示范意义重大"。后来，瑞士也与中国签署了自贸协定，系中欧间第二个自贸协定。

《参考消息》：早在2009年河北省雄县就成功引进冰岛的先进能源技术，您曾考察过雄县，请介绍一下这方面合作？

苏格：是的，雄县是中国温泉之乡，有丰富的地热资源。雄县和冰岛合作的大背景是中国对清洁能源有迫切需求。冰岛的地热利用技术十分先进，中冰在地热方面的合作大有可为。我们从冰岛引进地热技术和设备项目，建设温泉、发展农业、地热发电、供热等，目前地热技术已广泛应用于雄县、咸阳、天津等多个地区，冰岛也为中国培养了不少地热技术人才。中冰地热能源合作硕果累累。我能为中冰两国关系发展尽一点力，这也是中国外交人员应尽的职责。

中国还在冰岛建立了北极光观测站，在冰岛的支持下成为北极理事会观察员国。冰岛也是"冰上丝绸之路"沿线的重要国家之一。

冰岛这个国家虽然不大，但可以说中冰关系像露水一样，能折射出中国新型国际关系的风采。中冰关系已成为不同幅员、社会制度国家之间友好相处的典范。

从参与者、受益者到贡献者

回顾中国40年的改革开放历程，苏格认为改革开放得益于天时地利人和。他坚信，中国的改革开放在新时代面临新机遇，中国将继续扩大开放和深化各方面改革。

《参考消息》：您对改革开放40年历程的最大感悟是什么？

苏格：中国的改革开放已走过40年征程，取得的成就举世瞩目。中国的改革开放是在全球化背景之下进行的，中国是经济全球化的参与者，同时也是获益者和贡献者。

2013年，习近平总书记提出"一带一路"倡议，意味着中国改革开放之路迈进了新时代，其核心为：弘扬古代丝绸之路精神，秉承"共商、共建、共享"理念，旨在建成通向共同发展、共同繁荣的合作共赢之路；以基础设施互联互通为主线，促进各国政策沟通、设施联通、贸易畅通、资金融通、民心相通，共同构建人类命运共同体。5年来，"一带一路"建设已经取得重要阶段性成果。

《参考消息》：在这诸多成果中，"共商、共建、共享"的理念是怎样具体体现的？

苏格：有很多事例可以体现如上理念。比如，我曾在访问埃及时参观了苏伊士运河工业园区，这个园区是中埃友好合作的结晶之一。

埃及如今成为世界上玻璃纤维第三大生产国，得益于中国巨石公司响应"一带一路"倡议在埃及投资建厂。中方不仅给当地提供技术支持，还为当地人提供了很多就业岗位。这一项目的实施改变了不少当地人的生活轨迹，让他们得以从农民和牧民成为现代化工厂的员工。与此同时，拉制玻璃纤维的模具设备来自德国，这意味着发达国家也从"一带一路"倡议中受益。也就是说，中国产业和发达国家的设备联手到第三国家开拓生产，产生"多赢"的结局。这只是"一带一路"倡议的成功事例之一。中国的倡议不是一家独奏，而是各国共同参与的交响乐。

2017年5月，来自130多个国家、70多个国际组织的嘉宾会聚一堂，参加"一带一路"国际合作高峰论坛。其实高峰论坛规划之初，中方原本是希望邀请28个国家和地区的代表与会。其间，我在参与一次国际学术研讨会时，吉尔吉斯斯坦外长专门找到我，向我表达说：吉尔吉斯斯坦作为内陆国家，深切体会到互联互通的重要性。但中方最初邀请名单中，吉尔吉斯斯坦不在其中。吉尔吉斯斯坦总统亲自令外长向中方传话，希望能应邀参加"一带一路"高峰论坛。陕西农村有句谚语，"盛宴不嫌客多"。我们向国内如实汇报了这一诚挚请求，最后吉尔吉斯斯坦如愿受邀。这是沿线国家对"一带一路"倡议高度重视和热情欢迎的生动事例。

迄今，已有100多个国家和国际组织积极支持和参与"一带一路"倡议，联合国大会等也将"一带一路"建设内容纳入相关文件。"一带一路"倡议是时代发展的产物，逐渐成为开放包容的国际合作平台和全球公共产品，这是中国对经济全球化作出的重大历史性贡献。

与中东国家深化合作需下"苦功"

——专访中国前中东问题特使吴思科

◆ 本报记者　田宝剑　洪慕瑄

吴思科，资深外交官，1971年进入外交部工作，曾任外交部西亚北非司司长。先后在中国驻伊拉克、埃及、叙利亚大使馆任随员、秘书、公使衔参赞，2000年至2007年任中国驻沙特阿拉伯王国大使、中国驻埃及共和国大使兼任中国驻阿拉伯国家联盟全权代表。2009年至2014年任中国中东问题特使。十一届全国政协委员。现任外交部外交政策咨询委员会委员、中国阿拉伯友好协会副会长。

外交不再用意识形态划线

"从外交工作第一线的角度来说，我经常用'翻天覆地'来形容这些年我们的发展变化。"有着43年外交生涯的中国前中东问题特使、知名外交家吴思科说。吴思科自20世纪70年代起就在中国驻外使领馆工作，曾经担任外交部西亚北非司司长、中国驻沙特阿拉伯大使、中国驻埃及大使兼

本文刊载于2018年11月27日《参考消息》。

驻阿拉伯国家联盟首任全权代表、中国政府中东问题特使，见证了改革开放40年来中国和中东地区国家友好合作的日益加深。对于如何与中东国家打交道，吴大使也有非常深刻的体会和独到的心得。

《参考消息》：改革开放初期，有哪些您印象特别深刻的事情，请给我们讲一讲。

吴思科：从外交工作第一线的角度来说，我经常用"翻天覆地"来形容这些年我们的发展变化，确实是变化太大了。改革开放初期，我在埃及工作。当时国内是什么都要向人家学习。在旅游、酒店管理、商业银行这些方面，他们都做得比我们好。我们也想发展旅游，可旅游怎么发展、酒店怎么管理？我记得当时国内有人带团去埃及考察、学习。40年以后，说句不谦虚的话，别人都来我们这儿考察、向我们学习，想想真是挺自豪的。

据统计，改革开放之前的20多年，中国出国人员平均一年1万多人次。除了党政代表团和外交人员，几乎不可能有人出去。那时候经商的都是使馆的商务处，一天到晚做买卖。在埃及买他们的长纤维棉花，然后卖给埃及一些中国的土特产，我们能出口的只是简单的产品。

《参考消息》：身为资深外交官，您觉得改革开放后中国在外交方面发生了哪些具体变化？

吴思科：我印象最深的，还是中国对国际形势的一种判断，认为国际形势发生了变化，和平与发展成为时代主题，这为改革开放奠定了思想基础。

在对外政策方面，我们改变了过去用意识形态划线的做法，使我们的外交更全面、更灵活。不是跟这些国家结盟来对付另一面，而是发展全面的外交关系。比如阿拉伯国家内部，那个时候也有进步阵线和保守阵线，所谓进步阵线就是和当时的社会主义阵营关系密切的国家，像埃及、叙利亚，跟我们的关系都比较密切，建交也比较早。改革开放以后，我们的思想打开了，开始和不同类型的国家进行接触。在阿拉伯世界，最有代表性的国家就是沙特。1956年，我们同埃及、叙利亚这些国家建交，到1990

年，我们同沙特建交，这样就同所有阿拉伯国家都建立了外交关系，不论是君主制还是共和制，不论意识形态是什么样的，都全面建立关系。我觉得，这些都是改革开放以后思想上的解放带来的外交政策上的调整，使我们的外交更加活跃。

推进中国与中东能源合作

《参考消息》: 中东作为世界主要产油区之一，对中国的能源安全非常重要。在外交工作中，您在推进双方能源合作方面都做了哪些努力？

吴思科: 随着外交工作的开展，我们越来越认识到中东地区的重要性。从1993年开始，我国就成为能源净进口国了，对能源需求越来越大。中东作为世界的"能源库"，就越发重要。我们的外交工作重点就是通过良好的政治关系保障石油来源，确保能源安全。还有一点就是，中方通过进口石油带动双方在能源领域的合作，这也是双方共同的需要。

我记得当时在沙特，推动双方能源合作成为我们外交工作的重中之重。对方也很重视中国市场，因此他们提出要搞一些大项目的合作，比如在中国建炼油厂。石油买卖就像大海里的一艘大船，风向变了就有可能不稳，而这些大项目就像是船的锚，把双方的关系稳定下来。另外一点就是要促进中国石油企业走出去，参与对方的勘探、开发。这方面的合作是逐步推进的，实际上也非常不容易，因为这些国家的石油资源早就被西方国家"分割"完了。尽管这些国家实行国有化，把石油权收回来了，但长期以来西方大公司从技术上形成了垄断，我们要想挤进当地市场非常困难，因此只能先从关系好的国家开始，比如苏丹，然后逐步推进工作。

我们作为外交第一线，也向国内就石油合作提出了一些建议。我记得1996年，我担任外交部西亚北非司司长的时候，第一次去突尼斯主持这个地区的使节会议，我邀请中石油、中石化的负责人向我们的大使们讲一些石油方面的常识性东西。我说："我们的外交官有推动石油合作的强烈意愿。但是怎么做，这需要专业人士来给我们讲课。"

可以说，改革开放以来，中东地区的外交工作主要是推动能源领域的合作，从石油买卖到勘探，再到储存，一步步发展。到现在，中国与这些国家的合作范围进一步扩大到新能源开发，比如核能、风能的使用。

帮助中企打开中东市场

《参考消息》：除了能源方面，中国和中东国家在经济上也有许多互补之处。很多中东商人都从中国进口商品。

吴思科：是的。这些国家的经济主要靠石油出口，没有形成本国的产业，因此什么东西都要靠进口、靠国际市场。中东地区比较富有，所以对进口商品的要求很高，一般是进口西方国家的商品，一开始看不上我们的东西。中国企业、产品进入那里的市场也有一个过程，比如通信领域，我2000年到沙特，那时华为和中兴也想打开那片市场，但那里基本上已经让欧美的公司占领了，当地人也不太相信我们的产品。于是，我们的公司就把像对接器这样的产品给他们免费用半年，让他们看看是不是达到标准，能不能对接得上。另外在服务方面，我们做得非常周到。价格方面也会有一些优惠，但我们当时坚决不打"价格战"，因为价格压太低没有发展前景。中国的外交部门也为这些企业打开当地市场做了很多工作。我在沙特、埃及工作的时候，向沙特、埃及的通信高官介绍、推荐了我们的产品，并推动当地官员来中国企业参观，逐步增进了解。现在，比如在沙特，华为已经占了它百分之六七十的市场。

我们还通过举办一些大型的社会、外交活动增进当地对中国的了解，让他们看到中国的变化，更能接受中国的机械、商品。

动乱地区不一定没机会

《参考消息》：您和许多中东国家领导人，包括王室成员打交道的时候，他们是怎么看待中国的发展道路的？

吴思科：他们对中国道路越来越了解了，越来越觉得中国的发展道路对于他们来说是一种借鉴——既能保持自己的传统，又能实现快速发展。他们当时还请我去讲授经验，介绍中国如何把握"改革、发展、稳定"这三者的关系。2010年前后，中国的快速发展更让中东国家了解了中国道路的优越性，从以前"向东看"到现在"向东走""向东学"。2018年中国能够同阿拉伯国家联盟这么多国家的部长在一起，签订共建"一带一路"宣言，都是建立在这么多年他们对中国的了解和认识的基础上。这证明了他们对中国有信心，对中国走的这条路、中国的发展、与中国合作有信心。前几年，阿拉伯国家发生动荡后，他们更加能领悟到"改革、发展、稳定"这三者的关系，也更愿意与我们进行合作。

《参考消息》：中国与中东国家合作面临的挑战是什么，如何应对这些挑战？

吴思科：当然，中国与中东国家的合作具有挑战性，毕竟这个地区不安定。但是合作不是一蹴而就，而是由点到面展开的，先从合适的地方开始合作。比如阿联酋比较稳定，相对来说也比较开放，有创新思想，愿意与中国在园区建设上进行合作，并且允许中国企业入股其石油区块，体现了对中国的信任。双方的合作起到了示范作用，能够带动周围国家。

由点连成线，然后再扩大成面，要一步步地去做。没条件、不成熟的时候也要努力，可以参与推动问题的解决。比如，伊拉克这么多年都处于战乱中，但是我们的合作并没有断。"伊斯兰国"组织在伊拉克北边、西北边闹得很厉害的时候，东南部的巴士拉并没有特别乱，双方的石油合作就照样进行。

2014年6月29日，极端组织宣布建立"伊斯兰国"。7月初，我作为中东特使到巴格达访问。国内让我去做工作，对伊拉克反恐表示支持。我在伊拉克留过学，对那儿有感情。一到那里，我就感觉到了气氛的紧张，警卫一层又一层。伊拉克总理和我们会见时特别强调了一条，就是这个时候双方的合作千万不能停，这是关系他们国计民生的问题。那个时候，中国与他们进行合作是雪中送炭。后来有人说我们在中东地区是搭便车，在那儿捞石油。其实那个时候是对方更需要合作，要是没有这种合作，伊拉克社会就更加没有活力，也就更没有能力实现对恐怖主义的打击。所以这种合作本身就是对他们的一种支持。为此，我们的公司、人员也都承担着很大的风险。

这就是中国理念——用发展来促进稳定，在促进稳定的过程中带动发展，从而实现良性互动。所以，动乱的地方不一定就没有机会，我们要辩证地看待这些地区的条件。从长远来看，这个地区太重要了，值得我们下功夫进行合作。这是我几十年来跟这个地方打交道最深的感受。

打交道秘诀是相互尊重

《参考消息》：您在和中东地区国家打交道的时候，有什么秘诀吗？如何加深双方之间的了解和互信？

吴思科：我们同这些国家能够长期友好，很重要的一条就是相互尊重，也就是平等相待，再延伸就是合作共赢。相互尊重是与这些国家打交道非常重要的基础，因为这些国家都有着古老的文明，有自己的民族文化，有很强的民族自尊心，但很长一段时间都受西方殖民主义的欺凌，因此能够受到尊重对他们来说是非常重要的。他们觉得中国是个有古老文明的大国，又在不断发展中，并且在合作中能够做到平等相待、主持正义和相互尊重，这一条就区别于西方那种恃强凌弱的逻辑。这也是我们的一个传家宝，不管国际形势发生什么样的变化，不管我们自己发展到什么样的程度，都要坚持这一条。

　　我以前在埃及的时候，经常到大学参加一些活动，和当地学生交流。我很愿意和他们打交道，他们也愿意去了解中国。现场也会有一些媒体，我会成为他们采访、追踪的对象。现在，推进公共外交是我们驻外使馆的一项重要任务。总体上说，过去我们更重视政府之间的外交。现在智库之间、青年之间、大学之间的交流越来越多，这是非常重要的。但是我感觉，我们跟中东地区国家之间的直接交流还是很欠缺的。这是因为在当地舆论界，西方媒体仍处于强势，这个地区很多国家主要是通过西方媒体了解中国，于是我们很多东西都被歪曲了。所以我觉得，在"一带一路"的框架下，公共外交确实可以起到增进了解、加强交流的重要作用。

埃菲尔铁塔首披"中国红"令人难忘

——专访中国前驻法国大使赵进军

◆ 本报记者 张伊宇 李颖

赵进军，1945年生。曾任中国驻比利时、驻法国大使馆三秘、二秘、参赞、公使衔参赞，外交部西欧司副处长、处长、参赞、副司长，外交部部长助理，中国驻法国特命全权大使、驻摩纳哥公国大使，全国政协第十一届外事委员会副主任，外交学院院长。现任中国国际经济交流中心副理事长。

法国是第一个同新中国建立大使级外交关系的西方大国，也是第一个同中国建立全面战略伙伴关系和机制性战略对话的西方大国，在中国改革开放的进程中，法国率先为中国敞开科技领域大门，开创了大国良性互动的先河。

在改革开放40周年之际，本报独家专访中国前驻法国大使赵进军，他为我们讲述了许多有关中法特殊友谊的鲜活故事。赵进军强调，"外交官为祖国强盛而骄傲，没有40年的改革开放，就没有今天繁荣富强的中国"。

本文刊载于2018年11月23日《参考消息》。

外交一线感受改革力量

当记者问及中国外交官在改革开放之前的情况时，赵进军回忆起当年他初次被外交部派驻比利时大使馆时的情形。当年中国民航尚未开通飞往西欧的航线，而乘坐法航飞机需用大量外汇，当时国家恰恰缺少外汇。因此，他们只能选择乘坐火车，先从北京乘坐国际列车颠簸6天抵达莫斯科，然后再坐两天火车才能抵达布鲁塞尔。这样的长途火车旅程他共经历了4次。再看今天，中国老百姓去欧洲旅游都乘飞机，只需要10小时左右。2017年出国的中国公民已达1.3亿人次。这是多么大的变化！

赵进军还说，他20世纪80年代第一次赴法国工作时，使馆办公楼很小，只有四层，除政治处外，七八个其他业务处只能分散在外，办公、开会都很不方便。那时他与其他六户官员在使馆小小的斜坡式阁楼上办公，工作与生活条件可见一斑。赵进军强调，改革开放使中国国力大大增强，外交官身在国外，对40年来国家实力的提升有切身体会。

《参考消息》：您站在外交一线如何看待改革开放进程？

赵进军：第一，邓小平提出的改革开放政策是中华民族伟大复兴的战略，40年的历史证明了这一决策完全正确，这是解决中国所有问题的根本之策。改革开放之初，中国的GDP是2600多亿美元，居世界第15位，2017年达到12.2万亿美元，是世界第二大经济体，是第三位的日本的两倍半。改革开放使中国脱贫7亿人，也创下世界奇迹。以前出国回家探亲，左邻右舍都来看望，大家都好奇国外到底什么样，如今中国人走出国门，到国外求学、经商、探亲、旅游已很平常。

第二，改革开放40年对世界影响巨大。很多第三世界国家领导人访华后认为，中国的道路就是他们应走的道路。上合组织青岛峰会、中阿合作论坛部长级会议和中非论坛北京峰会2018年先后在中国举办，与会者对中国改革开放40年的成果由衷赞叹，希望向中国学习，认同习主席提出的

"一带一路"和构建人类命运共同体的倡议。最近，巴基斯坦总理来华表示"要学习中国是怎样在30多年里实现7亿人民脱贫这一历史性成就"。

改革开放带给世界的影响，我们这一代外交官的感受最深。例如，习主席提出的"一带一路"倡议受到第三世界的热烈欢迎。过去发达国家不愿向哈萨克斯坦这样的内陆国家投资，也不愿去埃塞俄比亚、巴基斯坦等贫穷国家进行投资。而在"一带一路"倡议下中国去了，帮助他们修铁路、建工厂，形成自己的民族工业。今天一大批第三世界国家在中国带动下发展起来，开始把国家命运掌握在自己手中。

"特殊朋友"为中国"破例"

1964年1月27日，中法两国决定建立大使级外交关系。赵进军于2003年7月至2008年2月出任中国驻法大使，中法关系在此期间有许多引人注目的发展。

《参考消息》：习近平主席在中法建交50周年时曾称中法两国为"特殊的朋友"。您认为中法两国长期合作的基础是什么？

赵进军：中法友好合作的基础是两国都主张独立自主，不赞成美国霸权，认同多极世界。这是戴高乐将军当年不顾美国强烈反对，坚持与新中国建交的主要考虑，也是中法两个大国赞成多极化、反对单边主义的必然走向。中法两国为"特殊的朋友"，中法合作可以彼此借重，相互配合，更好地维护世界和平与公正，因此，在这样的基础之上，中法关系近几十年来飞速发展。

在我任期之内，很多事例可以反映出中法关系坚固的友谊基础。2003年10月，为期两年的中法互办文化年开幕，这是新中国历史上第一次用一年时间在外国连续举办文化活动，任务重，影响大；紧接着2004年是中法建交40周年，双方商定在一年内实现中法两国元首互访，这是双边关系的头等大事；2005年两国总理又在一年内实现互访。这几项密集连贯的高层双边互访在当时是史无前例的。从政治上看，中法两国在2004年1月确立全面战略伙伴关系，对推动中法关系全面发展意义十分重大。中法之间许多战略性重大合作项目都是这期间提出、商谈并达成协议的。例如，让中国名扬世界的高铁技术就是在那时谈成并达成合作协议的。我记得，时任国务院副总理曾培炎同志2004年曾两度访法，重点考察、商谈中法在高铁、三代核电包括核废料处理以及航空航天等领域的合作，并取得突破。

《参考消息》：您在担任驻法大使期间最难忘的经历是什么？

赵进军：在法近5年的大使经历非常令人难忘。我记得为庆祝中法建交40周年和中国文化年开启，2004年1月时任中国国家主席胡锦涛访问法国。胡主席到访前夕，法方特批6000名华侨华人和800名北京市民在香榭丽舍大街以彩妆游行方式庆祝中国春节。而法方规定，只有涉及法国的节庆才能在香街上封路举办，因此这是法国第一次破例批准在香街上举办外国的节庆活动。时任法国总统希拉克在其后会见当时的北京市市长王岐山时说，70万巴黎人参与了整场活动。彩妆游行气氛热烈，非常成功，许多华侨华人在现场流下热泪。直到今天旅法侨胞回忆起来依然感到骄傲。

彩妆游行活动当晚，法方心思巧妙地让巴黎著名的埃菲尔铁塔变成红色，这是铁塔建成110多年来第一次为一个友好国家改变颜色，史无前例。法国著名的《费加罗报》在头版刊登胡锦涛夫妇与希拉克夫妇在红色铁塔前的大幅照片，法舆论支持中法友好的态度鲜明。法国一系列的友好举动都展现出法国对中国的重视，改革开放后的中国在国际社会的影响和分量与日俱增，赢得了越来越多国家的尊重和肯定。

法率先对华开展核电高铁合作

2018年1月，空客与中国合作伙伴签署框架协议，计划将2008年投产的天津A320系列飞机总装线产量逐步增加至每月6架。6月，广东台山核电1号机组首次并网发电，这是全球首台实现并网发电的法国EPR三代核电机组，也是中法合作的最大能源项目。10月，中法海洋卫星在酒泉发射成功，习主席与马克龙总统互致贺电。

赵进军说："中法政治进程落到实处就是扩大全方位合作，美国阻挠对华高科技合作，但是法国愿意对华敞开合作大门。"

《参考消息》：改革开放以来，中国与法国在许多高科技领域都取得了合作成果，其中的启示是什么？

赵进军：中法合作中最难谈判的是三代核电与核后处理。我们永远不应忘记，改革开放后法国是第一个对中国敞开核电合作大门的西方国家。一位国内核专家曾亲口告诉我，"20世纪80年代初，当中国考察团到苏联、美国、欧洲等地核电站参观时，其他国家均不让中国科学家进入核心部位，只有法国全面开放让我们参观"。因此，中国的第一代、第二代核电都是中法合作的成果。当我们进入研发第三代核电时，美国AP1000的核电模式才加入进来。目前，拥有中国自主知识产权的"华龙一号"三代核电就是同时借鉴了美国AP1000与法国EPR两种三代核电的成果，并已确定未来将出口英国、阿根廷和巴基斯坦。这是中国高端核电技术走向世界的重要一步。

回顾历史，中国对法国的外交政策是正确的、有连贯性的。中国一贯重视对法工作，国与国之间有所差异很正常，关键是要在相互尊重和互不干涉内政的基础上，求大同存小异，寻求合作共赢。2004年10月，希拉克总统访华，中法双方正式签署高铁合作协议，这是中国对外签署的第一个高铁协议，同时带动德国于次年也与中国签订同样协议，后来日本、加拿大也陆续与我签约合作。由此可见，中国今天掌握了卓越的高铁实用技术，构建2.5万千米的高铁网的成就并不是偶然，是中国与多国合作并再创新的结果。其中，法国的带动作用不可小觑。

10多年来，空客与中国的合作则体现了双赢。空客落户天津是法国在欧洲以外的首条总装线，在华的第二家装配厂也已揭牌。空客总部虽然设在法国，但股东是法、德、英、西四国，中法空客合作协议的背后是中欧之间的航空合作。空客天津公司设立后的10多年来，空客在中国拥有了越来越多的合作者和供应商。

《参考消息》：中国科学院武汉分院于年初宣布，武汉国家生物安全第四级实验室（简称"武汉P4实验室"）成为中国首个正式投入运行的P4实验室。这也是与法国合作的项目？

赵进军：是的。根据传染病源的传染性和危害性，国际上将生物安全实验室分为P1、P2、P3和P4四个生物安全等级。P4实验室是目前生物安全等级最高的实验室。中法达成这一重要敏感合作项目的背景是2003年发生在我国的非典疫情，在胡主席2004年初访法之际，两国元首达成了合作意向，并于2007年法国总统访华时正式签署在武汉合建P4实验室。此举展示出法方对中国遭受非典冲击的同情与支持，也可以说P4合作是中法两国人民友好的象征。

《参考消息》：作为一位经历丰富的资深外交官，您如何理解外交工作？

赵进军：新中国成立初期，敬爱的周总理对外交人员提出四句话要求：站稳立场、掌握政策、熟悉业务、严守纪律。1973年我进入外交部后，一直以这16个字要求自己。我认为，这四条都重要，首先，站稳立场是根本，忠于国家、忠于党的事业，一切以国家利益为重是首要；其次，一定要善于学习，把握好外交的大政方针，在工作中努力贯彻和落实中央对法国的外交政策；第三，对法工作要善交朋友、广交朋友，争取做到：工作需要时找得到朋友，说得上话，办得成事；第四，熟练掌握外语，因为没有好的外语水平将影响工作效率和效果；第五，必须牢记外交是国家行为，外交人员必须严守纪律。周总理当年说过，外交人员是"文装解放军"，而解放军打胜仗靠的是铁的纪律。在法工作期间，我时时提醒自己，责任重于泰山，祖国高于一切。

在专访尾声，赵进军说，改革开放40年极大改变了中国的面貌，增强了社会主义中国的综合实力，提升了中华民族对未来的信心。展望未来，结论是：我们一定要在以习近平同志为核心的党中央坚强领导下，沿着党的十九大描绘的未来宏伟目标，撸起袖子加油干，把新时代中国特色社会主义伟大事业继续大踏步推向前进！

"中国道路"渐获前苏联国家认同

—— 专访中国前驻白俄罗斯大使鲁桂成

◆ 本报记者　连国辉　洪慕瑄　黎淑同

鲁桂成，1951年生。1975年进入外交部工作，先后在中国驻苏联大使馆、中国驻列宁格勒总领事馆、中国驻塔吉克斯坦大使馆、中国驻乌兹别克斯坦大使馆和外交部欧亚司工作。2003年至2011年，先后出任中国驻土库曼斯坦大使、中国驻白俄罗斯大使。2012年至2017年，任外交部档案馆馆长。

"白俄罗斯人对中国改革开放的认识是有变化的。改革开放前20年，他们很不理解。后来，他们渐渐从不理解到理解，从不认同到认同。特别是新世纪以后，中国发展突飞猛进，他们就更加认同了。"回顾中国改革开放40年的历程，曾任中国驻土库曼斯坦大使和中国驻白俄罗斯大使的鲁桂成，对于前苏联国家对中国道路看法的转变，有着切身体会。

从全程参与中土天然气项目到推动中白工业园建立，鲁桂成见证了中国改革开放、对外合作不断深化、扩大的历程，也履行了自己为国效命的铮铮誓言。

本文刊载于2018年12月4日《参考消息》。

力推中土天然气合作

《参考消息》：改革开放初期，您在外交工作中感受最深的是什么？

鲁桂成：20世纪80年代初，我出国工作后的一个印象，就是我们与世界上比较发达的国家差距很大。打个比方，彩电、摄像机、收录机这类的家用电器在国外已经很普及了，但在国内还都属于紧俏物资。那时我们国内物资非常匮乏。当时我作为外交官感到很震撼。中国外交官在改革开放初期能做什么？就是把世界介绍给中国，而且不光是通过写文章，还要实事求是地调研，了解中国在世界上处于什么位置，然后通过媒体向国内介绍情况，激发大家支持、参与改革开放，迎头赶上。

40年前，改革开放的初期，我们当时感觉到的是落后、差距，要奋起直追。40年后，我们创造了人类的奇迹，取得了举世瞩目的成绩。所以我们感到自豪，也要感谢我们党在当时果断地采取改革开放政策。

《参考消息》：中国引进土库曼斯坦的天然气，您当时作为驻土库曼斯坦大使，做了哪些工作？

鲁桂成：我曾在土库曼斯坦工作过5年。那是新世纪刚开始的几年，我们国家社会经济发展处于战略机遇期。我能够在这个时候出任大使，感到非常幸运。

作为一名外交官，我们要怎样才能为国家服务呢？首先就是要为国内分忧。当时我国经济发展最需要的是能源，特别是清洁能源。我国能源对外依赖度越来越高，进口能源的渠道却很单一。土库曼斯坦能源丰富，尤其是天然气，存储量非常大。所以，把土库曼斯坦的天然气引进到中国来，为中国的建设服务，便成了我就任大使期间的一大任务。我当时给自己定的目标之一就是——把土库曼斯坦的天然气引进到中国来。

土库曼斯坦的条件并不好，特别是气候，那里很热，有半年最高气温都在50摄氏度左右。2008年，在两国领导人的直接推动下，双方天然气合作成功达成。我从头到尾见证参与，在这个过程中起了一定作用，我感到非常高兴。后来外交部授予我奖章，以示对我的肯定。现在回忆起来，我在想，一个人的价值何在呢？一个人的价值就在于你所做的事有多大的受益面。受益面越大，你的价值就越高。我作为一个大使，最大的价值就是为国家服务。

当时关于天然气价格的谈判进行得十分艰难，双方都不肯让步。为了达成协议，2007年7月，我们邀请了土库曼斯坦总统别尔德穆哈梅多夫来到中国。在钓鱼台国宾馆，我和别尔德穆哈梅多夫两个人在房间一对一诚恳对谈，最终商定了天然气价格。我从中体会到，作为大使，就要管大事、抓大项目，在关键时刻要有担当。

谈判完成以后，我们的人员去土库曼斯坦工作又遇到签证问题。对方认为我们去那里开展项目，应该给当地提供就业机会，70％是当地人，30％是中国员工。但当地找不到那么多具有相关技能的人，我们必须派大批员工过去。签证谈不下来，企业非常着急。后来我和土库曼斯坦副总理谈，和外交部谈，工作做得非常艰难。但这是我们应该做的，要为企业排忧解难。

促成中白工业园落地

《参考消息》：您在白俄罗斯担任大使期间推动了中白工业园的建立，请您谈谈具体过程。

鲁桂成：2008年底，我被调到白俄罗斯当大使。那时世界金融危机暴发，白俄罗斯经济十分困难，希望我们中方能够理解、支持和帮助他们。我作为一名外交官，认为这既是挑战，也是机遇。大家都有困难的时候，就要抱团取暖，各自发挥优势渡过难关。白俄罗斯表示他们需要资金来发展能源发电和工业。这个时候我得到了消息——时任中国国家副主席习近平准备访问白俄罗斯。借助这个时机，我通过中国商务部动员、组织了上百家中国企业在访问前夕来到白俄罗斯，并通过白俄罗斯驻中国大使动员了很多白俄罗斯的企业到首都明斯克集合。我们两位大使共同主持了一次企业恳谈会。

当时我用俄语讲，白俄罗斯大使用汉语讲，让所有的企业家都听得懂。当时是以我为主，我用俄语讲了大概十分钟，白俄罗斯大使就用汉语喊一句口号"中国人民万岁"。然后我再讲十来分钟，白俄罗斯大使又喊道："中白友谊万岁！"我大概讲了一个多小时，他喊了七个口号。他喊口号对我讲话有很大的鼓励。那天我们的恳谈会开得别开生面。

那时白俄罗斯有几位领导人多次询问我，中国是怎么发展起来的，诀窍在哪儿？我表示，我们先搞特区，然后逐渐打开局面。于是他们表示要在白俄罗斯也成立像深圳一样的特区。最后我们确定了采取工业园的形式进行合作。白俄罗斯政府拨了90平方千米的土地作为特区工业园。

这么多年过去，我们还只建设了第一期——3.8平方千米。刚开始建的时候，白俄罗斯人比较抗拒，我们遇到了很大阻力。因为机场旁边是森林，需要砍伐森林平整出一片土地。我们当时做了很多工作，和他们沟通交流，请他们理解。现在，那里开发得很好——路修好了，水电和煤气都通了。我们还在那里建学校和医院，并为当地几乎所有人都安排了工作。那里除了中国和当地的企业，还有美国、欧洲国家的企业。当地居民甚至还想让我们建设得再快一点。

《参考消息》：您认为中国企业走出去需要注意哪些问题？

鲁桂成：无论是在土库曼斯坦还是在白俄罗斯，作为大使，我认为要正确引导在海外发展的中国企业，要定好规矩，否则容易形成恶性竞争，特别是同行之间的恶性竞争。我记得在土库曼斯坦的时候，华为和中兴之间的竞争，中石油和中石化之间的竞争都十分激烈。所以我认为，有关部门要对走出去的中资企业进行教育和培训，使其具有大局意识和国家意识，不能都只想到自己的利益。我们大使馆处在外交第一战线，要过问和引导这些事。

"一带一路"需诚意和耐心

《参考消息》："一带一路"倡议提出已经5周年，您认为它对深化改革开放的意义是什么？

鲁桂成：我的理解是，在某些时候"一带一路"就是外交。我是一个外交老兵，我认为"一带一路"对于内政和外交都有深刻含义。我们要统筹国内国外两个大局，利用国内国外两种资源，开拓国内国外两个市场。1978年开启的改革开放，我们主要是把大门打开，吸引外商外资到中国。现在我们发展到一定程度了，需要深化改革开放，鼓励我们的企业走出去。我们的经济发展需要更大的时空去完成，于是提出了"一带一路"倡议。而建设"一带一路"的过程中产生的一些问题，又需要我们进一步深化改革，推出与现在形势相适应的新政策。

《参考消息》：在推进"一带一路"倡议的过程中，我们需要做哪些方面的努力？

鲁桂成："一带一路"是我国提出的一个重大倡议，现在已经成为世界上，特别我们周边国家的一个热门话题。现在很多国家，特别是周边一些国家，不知道该如何往前发展。而我国作为一个发展比较快的发展中国家，已经得到很多国家的关注，我们的发展道路也得到了很多国家的认同。在这种情况下，我们要实事求是地把几十年改革开放所取得的经验甚至是教训和大家分享，发挥我们的优势。

我认为，"一带一路"倡议提出后，我们在与沿线国家，特别是周边国家领导人进行沟通交流的过程中，得到了他们的理解，甚至是共鸣和合作，并且已经建立了一大批项目。比如我曾经工作过的白俄罗斯，那里的中白工业园取得了实质性进展，可以成为"一带一路"建设工作的示范性项目。我认为，在世界经济发展处于低迷的时候，中国提出"一带一路"倡议是非常及时的。并且"一带一路"不是自私的，而是坚持"共商、共建、共享"的原则，是互利共赢的。我们之所以能够得到这么多国家的支持，能够开展这么积极的合作，我们坚持的这些原则功不可没。

当然，每个国家的国情不同，每个民族的文化不同，每个国家的利益不同，在商量、交流、合作中会产生矛盾和困难，因此我们不能急功近利。我认为，"一带一路"不是一两年就能完成的，而是需要大家的诚意和耐心来做好这件事。对此我十分有信心。但与此同时，我们也会遇到越来越复杂的挑战。有些人看到我们与周围一些朋友进行合作，认为我们居心叵测，这是天大的误会。我认为通过交流可以消除这种误会。但消除了旧的误会，还会有新的，因此我们也要有一颗平常心。

中国改革开放令人佩服

《参考消息》：您和土库曼斯坦、白俄罗斯等前苏联国家的领导人有非常密切的交往，他们如何看待中国的发展道路？

鲁桂成：由于工作关系，我和两国的领导人走得很近，不可避免要聊到中国的发展。对于他们来说，中国改革成功是一个奇迹。因为他们也进行过改革，苏联的改革失败了，改得亡党亡国、国家分裂、人民生活水平下降。看到中国在中国共产党的领导下坚持社会主义道路，他们非常佩服，佩服中国的领导人，佩服中国走的这条路。比如说，土库曼斯坦认为在中国的改革开放中，稳定压倒一切是值得他们学习的。没有稳定，就谈不上改革。空谈误国，实干兴邦。他们还从中学到，改革就是要与世界联系起来，明确了今后要想发展，必须要吸引外国企业进行开发、建设。这两国领导人对于中国走的这条改革开放的道路十分认同。

但是，由于国情不同，他们对于改革也有自己的理解，认同并不等于全部学习。相对于开放，土库曼斯坦更加认同的是稳定。白俄罗斯也是从自身角度出发来学习。白俄罗斯作为独联体成员国，对我国改革开放的道路、成绩和前景，比其他国家更加理解和认同，但是他们更多的是想让我们在资金上帮助他们。

我在白俄罗斯的任期近4年。我感觉到，白俄罗斯人对中国改革开放的认识是有变化的。改革开放前20年，他们很不理解。他们渐渐从不理解到理解，从不认同到认同。特别是新世纪以后，中国发展突飞猛进，他们就更加认同了，更加愿意和中国来往，和中国合作。

第三篇

决胜百年：
中国为什么自信

"两个一百年"奋斗目标清晰标示实现中国梦的战略步骤、历史任务和实践方向。第一个"百年目标"即将圆梦，中国共产党有理由充满自信。因为它开启中华民族强起来的新时代，开辟世界社会主义发展的新境界，走出超越西方的中国现代化之路。

学者论衡➢➢

中华复兴引领人类文明新纪元

◆ 贺福初

党的十九大开启全党全国新时代的新长征，我们不仅要跨过全面建成小康社会的"草地"、攀登建设社会主义现代化强国的"雪山"，更要实现中华民族伟大复兴，开创人类文明的新纪元。掌握"文明演进惯性定律"，有助于我们实现中华民族伟大复兴的中国梦。

文明演进或存在惯性定律

"回溯历史越久，展望未来越远"。文明的创造是整个人类史上最大的一次革命。"人类文明犹如一条长河，她从非洲走来，在亚洲发明了农业文明，在欧洲创造了工业文明，在美洲孕育了知识文明"。雄视此文明长河，近现代相继涌现了维科的"周期论"（1725年）、孔多塞的"进化论"（1794年）和斯宾格勒的"循环论"（1917年）等文明理论体系。近20年来，何传启团队另辟蹊径，创建了"第二次现代化理论"。这些理论的共同关注点是揭示文明演变中"变"之规律。而笔者近来发现，文明演进中影响历史进

本文刊载于2017年10月25日《参考消息》。

程直至影响当今全球格局的重要因素还有"不变"之规律，类似于由牛顿所揭示的物体运动惯性定律，因此称之为"文明演进惯性定律"。

非洲是当今地球上最为贫穷的大陆，却是人类的摇篮。根据化石（史前史研究最为重要、最为直接的科学依据），像黑猩猩和大猩猩一样，所有超过1500万年之久的人亚科均源于非洲。第一批真正的人类，出现在200万年前的非洲。可以说，人类物种形成的历史在非洲展开。

人类史发端于非洲，但未止步于非洲。相反，人类在非洲站立，从而走出非洲、奔向全球，进而掀起了一波又一波的文明浪潮。文明的浪潮，首站是亚洲。农业和畜牧业是在亚洲西南部的一个"核心地区"被发明的。最古老的"核心地区"在亚洲西部，专家对这里进行了新石器时期大量的研究，发现了可靠的证据，表明在距今1.2万年前就开始了食物生产（包括家养动物与种植植物）。从这一核心地区，新石器时代的生活方式扩展蔓延到欧洲、非洲的地中海部分以及亚洲的整个西部和南部直到印度次大陆。另外，还有两个核心地区位于中国，第一个在黄河流域旁，第二个地区包括长江中下游流域。数千年来，中华文明将农业文明发展到了几乎无以复加的程度，从而树立了古代文明一座雄伟的"珠穆朗玛峰"。在此期间，欧洲则处于黑暗的中世纪，美洲还未被文明世界所发现，非洲迟迟未进入文明时代，因此它们均不是农业文明的发端者。

17至18世纪，英国开启工业革命，率先迈向工业文明。工业革命通常被认为是自新石器时代以来人类历史上最重大的事件。从1780年到1850年，在短短不到三代人的时间里，一场人类历史上前所未有的深远革命改变了英国，继而改变了世界。工业革命标志着从自给自足的农业经济开始转向人均收入不断增长的现代经济。早期工业化国家有比利时、法国以及一些尚未统一的德意志邦国以及建国不久的美国。19世纪后半叶，工业化在荷兰以及斯堪的纳维亚、奥匈帝国的部分领土、瑞士、意大利和日本发展迅猛。在南欧和东欧，在俄罗斯帝国和世界其他一些地区，工业化还没有发展成为全国性的进程，而是被局限于国内的某些区域。

20世纪下半叶，美国发明计算机与互联网，发动信息革命，率先开启知识文明。近40年来，由美国发动的这波知识文明浪潮如火如荼地展开，目前已露端倪的有：以信息科技与生物科技为代表的科技革命、以计算机 / 互联网 / 人工智能 / 脑与认知科学为代表的信息认知革命、以教育普及和知识广播为特征的学习革命、知识产业与服务业超过传统工农业的产业革命、知识对经济的贡献率超过传统生产要素的经济革命等。这些特征已明确无误地指示了一个新文明——知识文明的来临。令人惊奇的是，这一最新文明发端于新大陆——美洲。

由上可见，人类及其所创造的文明从未停止前进的步伐，而且文明潮头总是"喜新（大陆）厌旧（大陆）"。因此，人们会想当然地以为人类文明的发展、进步、演变是自然、自发、自主的过程。实则不然！200多万年前，非洲是人类的发源地，目前它仍是最落后的地区；8000多年前，亚洲是农业文明的发祥地，目前多数亚洲国家仍处于农业社会；200多年前，欧洲是工业文明的策源地，目前多数欧洲国家仍在故步自封；30多年前，北美洲成为知识文明的领头羊，目前它仍走在知识文明的前列。由此可见，文明演进也如同物体运动一样，处于任一文明形态的国家乃至大陆，总是趋向于保持原有的文明形态不变，因而表明文明也存在其固有的、抵抗改变的惯性定律。类比于物体运动的牛顿第一定律（惯性定律），因而可将此称之为"文明的惯性定律"。

人类文明史迄今经历了从史前文明向农业文明、农业文明向工业文明、工业文明向知识文明的三次重大兴替。如前所述，人类诞生于非洲，而农业文明却发端于远离非洲、人类迁徙较晚到达的亚洲；无独有偶，工业文明并未起步于农业文明的发祥地、兴盛地亚洲，而是起步于远离亚洲、且农业文明较为落后的欧洲；更有甚者，最新的知识文明不是兴起于工业文明的摇篮——英国与欧洲，而是位于其大西洋彼岸、刚被文明世界发现不久的新大陆、建国时间不长的美国及其所在的美洲。从上可见，人类文明所有演进的历史均无一例外地从反面证明：任何文明形态，均存其固有的抵抗改变的惯性，惯性越大、改变越难，惯性越小、改变越易；新兴文明往往兴起于前一文明惯性较小、远离前一文明发祥地或兴盛地、因而较易改变的国度与大陆。因此，我们可进一步将"文明的惯性定律"称之为"文明演进惯性定律"。而由于此定律揭示了"前一文明的发祥与兴盛反而阻止同一地域新兴文明的兴起"这一规律性现象，因而又可将其概括为"文明兴替的陷阱"。

复兴需要跨越三大陷阱

"陷阱"一词，最近流行于国内外，其中尤以"中等收入陷阱""修昔底德陷阱""金德尔伯格陷阱"为盛。三者与上面所揭示的"文明兴替的陷阱"一样，均与惯性相关，可将其统称为"惯性的陷阱"。

世界银行《东亚经济发展报告（2006）》提出了"中等收入陷阱"概念，指出鲜有中等收入的经济体成功跻身为高收入国家。它们往往陷入经济增长的停滞期，既无法在工资方面与低收入国家竞争，又无法在尖端技术研制方面与发达国家竞争。而破除这一惯性、实现低端制造向高端的转型升级，必须依靠它们所缺乏的高科技。因此，任一发展中国家都只有发展高科技并依此打破此惯性，才能跨过首条鸿沟，从而走向发达。

"修昔底德陷阱"，源自古希腊著名历史学家修昔底德。他认为，当一个崛起的大国与既有的统治霸主竞争，多数以战争告终。这是任一国度走向王座所必须攀登的珠峰，也是成王败寇的分水岭。根据文明演进惯性定律，不难推测：更新的下一轮文明，将发端于美洲以外的大陆；人类只要文明演进不断，地球上将不复存在一成不变的"霸主"，美国也绝不会例外。因此，作为当前最大经济体的美中双方宜积极认识此"铁律"，提前看清并确保成功跨越此类陷阱，成就时代之幸，避免"秦人不暇自哀、后人哀而不鉴、亦使后人复哀"的循环。

2017年初，哈佛大学教授约瑟夫·奈发表了题为《特朗普与新陷阱》的文章，提出了关于避免"金德尔伯格陷阱"的思考：当今世界会不会重蹈20世纪30年代的覆辙？即维护世界体系稳定的领导国不愿为提供全球公共产品贡献力量，全球体系陷入衰退乃至爆发世界大战。查尔斯·金德尔伯格是美国著名的世界经济史和国际政治经济学专家，霸权稳定理论奠基者之一。他认为，20世纪30年代的灾难起源于美国取代英国成为全球最大霸权，但又未能像英国一样承担起提供全球公共安全产品的责任。不难见，跨越"金德尔伯格陷阱"，是时代更张、文明兴替的乾坤之举。

以上三大陷阱，其本质均是源于事物发展的惯性（如"中等收入陷阱"），或对已有惯性的破坏（如"修昔底德陷阱""金德尔伯格陷阱"），因此可统称为"惯性的陷阱"。鉴于它们均属于全球或其某一局部发展过程中趋于或走向发达目标所必然面临的陷阱，因此又可简称为"发达的陷阱"。与人们已知的这三大发达陷阱相比，文明演进惯性定律则是彻头彻尾的"发达的陷阱"。因为在人类文明史上，前面三大陷阱虽然绝大部分相关国家或时代均曾面临而且滑入过这些陷阱，但总有成功跨过这些陷阱的少数例子。与之相反，面对文明演进惯性定律，迄今无一文明、无一大陆曾成功地跨越过这一发达的陷阱！

人类前程到了新转折点

王者兴于时变。自由而全面的解放与发展是人类几千年来孜孜以求的伟大理想。远古时代，人类以创造力，首先解放"物之力"，造就了5000多年的"农业文明"。人类用石刀、石斧，劈开了文明的初路；用铜器、铁器，敲奏出农业文明的强音。近代以降，人类创造力进而解放"能之力"，造就了300多年的"工业文明"。蒸汽机的发明，引发了第一次工业革命；内燃机的出现，使得轮船、汽车、飞机等相继被发明；电作为能源，以雷霆之力洞开现代文明的大门；核能的横空出世，终于集物、能之大成。当今世界，人类创造力正阔步向前，解放"智之力"，造就"智业文明"。数十年前，人类模仿自己蒙童时期即有的初阶计算智能，发明了计算机，开启了"智业文明"的第一阶段——数据为源、信息为流的信息时代！进入新世纪，人类正迈向未曾开垦的感知智能以及更高阶的认知智能新大陆！类脑芯片、大数据、深度学习等新技术群的层出不穷，使得人工智能短期内在图像识别、自然语言识别以及人机博弈性游戏对抗中别开生面，大有"奇点临近"之势，人类正昂首挺进"智业文明"的第二阶段——知识为源、智慧为流的智慧时代！简言之，人类文明的演进规律是从"物"到"能"至"智"之力的解放。

人类理性对自然、对自我的探究，无不经历序贯的数据、信息、知识与智慧四大阶段。20世纪下半叶至今，人类积数千年文明之历史硕果，凭数千年未有之时代东风，在不到50年的时间内，接踵迈入了知识经济时代、信息时代、大数据时代。虽然时代之序看起来逆"数据→信息→知识→智慧"之逻辑，但归根结底，它们预示着人类社会正在走向集大成的最伟大时代——智慧时代！人类在相继凭借"物之力"完成农业革命、竭尽"能之力"实施工业革命后，正致力于解放宇宙间物之极、悟之际的"智之力"，以发动人类文明史上再造乾坤、集大成的智业革命！人类的前程到了一个新的转折点。

十八大以来，以习近平同志为核心的党中央实施创新驱动发展战略、供给侧改革，开启大众创业、万众创新，全国迅速掀起创新潮，创新成果不断涌现，引来全球关注与盛赞，十九大前更是好评如潮。美国《福布斯》杂志网站2017年9月12日载文"从模仿者到创新者：中国何以会很快成为世界技术领袖"，该文指出：中国在金融技术、生物技术、智能机器人发展的新时代，估计会担负起全球领导角色。英国《金融时报》载文说，中国正告别"山寨"时代，多个新兴产业处于全球创新发展前列。中国没赶上前三次变革浪潮，但用30年走完了人家200年才走完的三次工业革命，这是很了不起的。法国《世界报》报道说，中国要从世界工厂变成世界实验室，从世界经济的发动机变成未来科技的全球老大。

万物有生则机，生物为万物之太；万生有灵则智，智慧为万象之极。中华文明，开智、明慧5000余年，独立史间；中华民族，十四万万之众，自强不息、足及全球，特行世间。日出东方，王者归来，可期新的时代。

（作者为军事科学院副院长、中国科学院院士）

在"美人鱼"故乡讲述中国故事

◆ 王卫星

应丹麦军方邀请，2017年12月10日至14日，笔者率中国人民解放军军事科学院代表团访问了"美人鱼"的故乡丹麦。

在五天四夜的访问中，丹麦朋友与我们讨论了很多话题，但提及最多的还是关于中国的发展战略，因为这是丹麦女王玛格丽特二世特别关心的问题。女王认为，现在世界的地缘政治秩序正处在转折点，中国是世界范围内有重要影响的大国，中国的安全影响着世界，也影响着丹麦的安全。因此丹麦要多倾听中国的声音，多了解中国的看法。丹麦皇家防务学院院长尼尔斯·王曾多次访华。他风趣地说："中国人的问题，如今已经远远不是一个国家的问题了，它是一个国际问题。"笔者点头笑言，这虽然是19世纪美国传教士明恩溥的一句名言，但放在今天也依然适用。

中国从未想过称霸世界

此次出访在党的十九大圆满闭幕后一月有余，恰逢美国白宫前首席战略顾问班农在日本解读中共十九大报告。他在解读中偏激地称，"中国正在

本文刊载于2018年6月4日《参考消息》。

大胆进行地缘政治扩张"，"中国十九大制定了清晰的国家发展蓝图，将对美国及整个西方世界构成严重威胁"。因而有欧洲朋友在座谈会上表示，"中国已强大到足以买下整个欧洲"，一方面他们承认中国发展很快，另一方面也很担心中国的发展进程，害怕中国成为新的霸权国家。有人更是直接指出，美国国内政治斗争很厉害，各政党的主要目标盯在拿选票，在国家发展上根本没有规划和战略，而中国则不同，他们看到的不是内斗消耗，而是各种发展规划和发展战略。他们甚至认为，中共十九大报告就是中国"征服"世界的宣言书，"一带一路"倡议则是"中国霸权"的具体体现。

听完他们的观点，笔者对这些疑问和看法一一作出回应：

世界上有一些人担心强大了的中国会走西方国家扩张称霸的老路，其实这种担心早在400多年前就已经有了。

明朝时期的中国物阜民丰，整个国家"就好像是一座富丽堂皇的大宅院"。16世纪末（明朝万历年间）中国的国内生产总值（GDP）在世界占比80%，其远洋船舶吨位高达1.8万吨，占当时世界总量的18%，世界三分之一的白银通过贸易流向中国。梳理当时全球影响人类生活的300项重大科技发明，中国人的发明为175项。万历年间，欧洲有一位传教士启程远赴中国传教，出发前朋友都纷纷跟他说，明朝如此强盛，迟早会来攻打欧洲。这位传教士带着这样的疑惑来到中国，并为解开这个疑团整整考察了30年，写了许多介绍中国的书，对西方产生了深远的影响。这位传教士正是大名鼎鼎的意大利传教士利玛窦。他临终前在《基督教远征中国史》（汉译《利玛窦中国札记》）一书中给出了最终结论：在结识了朝野各界的中国文人和官员后，发现他们压根没有想过要派军队去占领遥远的欧洲，他们不是装模作样地说我们不打，而是他们心中一点也不想打。

历史再向上追溯到8世纪，中国唐朝诗人杜甫在诗中就表达过中华民族自古以来的战争观："杀人亦有限，列国自有疆。苟能制侵陵，岂在多杀伤。"这首诗深刻反映了中国的战略文化，中国军事上立足于防御的思想也正是这种战略文化的具体表现。

1944年，为了支持中国抗战，美国纪录片《我们为何而战》中专门介绍："中国有4亿5千万的人口，地球表面上每四个人中，就有一个是中国人。在他们4000多年的历史中，他们从来没有发动过征服战争。他们发明了火药，不是作为战争的武器，而是为了庆祝节日和宗教庆典。中国伟大的哲学家在西元前500年留下了这番话'己所不欲，勿施于人'。"

中国从未想过称霸世界。中国古代文献浩如烟海，却没有一句记载宣称要武力征服世界。中国古代的思想家灿若星辰，更鲜有人提倡穷兵黩武。数千年的中国文化没有侵略性，中国文化本质上是一种和平的文化。

对此，笔者在丹麦皇家防务学院专门做了一场题为《为什么中国采取防御性的国防政策》的演讲，并向丹麦朋友赠送了英文版《习近平谈治国理政》（第二卷）、《砥砺奋进的五年》和中文版《习近平的七年知青岁月》《十九大报告宣传辅导材料》。

中国的成就是干出来的

座谈中，有欧洲朋友提出"中国的发展是搭了全球化的快车"。笔者坦然地回答道，世界是一个命运共同体，中国的发展离不开世界，世界的发展更需要中国参与；希望欧洲抓住机遇，搭上中国发展的快车。

中国所走的道路是经过百年艰苦探索的。近代中国，"开始学德、日，后来学英、法、美，再后来又学德、意，之后又学苏联。西方的，我们都学遍了，但都碰壁了"（钱穆语）。最后，我们"迷途知返"，所有学人家的路都走完了，回过头来才认识到，只有走中国自己的路，才是正道大道。

中国今天取得的成就是干出来的。中国人的勤劳举世闻名。2017年7月，美国联邦统计局发布了一组关于世界各国劳动参与率的数据，中国位列世界第一，而且劳动总量世界第一。中国男性的劳动参与率达到90%，女性的劳动参与率达到70%以上。相比之下，美国女性的劳动参与率65%，英国61%，德国60%，日本只有58%，法国和印度低至55%。国际劳工组织公布的数据也显示，从1990年至今，中国的劳动参与率始终在70%以上。诺贝尔经济学奖获得者罗纳德·科斯在《变革中国》一书中感叹道："中国人的勤奋，令世界惊叹和汗颜，甚至有一点恐惧。"面对这样一个"完全投入，永不停息投入"的勤劳民族，它的发展能不蒸蒸日上、欣欣向荣吗？

中国今天的发展也应验了19世纪中后期，在中国考察了34年的美国传教士明恩溥的预言。他在其著作《中国人的特性》中写道："要是所罗门的'勤劳致富'是对的，中国应该是地球上最富饶的国家。""他们通过举世无双的勤劳会赢得丰厚的回报。""可以肯定，这个民族的天性，能以身体的活力为后盾，一定会有一个伟大的未来。"勤劳是中华民族发展的基石和杠杆。

中国强劲发展的背后还有着不可比拟的历史积淀。中华文明延绵不断数千年，累积了源远流长的灿烂文明，沉淀出几千年丰富的治国理政经验；既有着承受灾难的毅力，更有克难制胜的智慧。

回顾世纪之交，世界上其他国家都在忙着搞"拳击赛"，唯有中国在一棒接一棒地跑自己的历史"接力赛"。中国取得举世瞩目的成就，根本原因就是能从中国传统文化中吸取经验，脚踏实地谋发展，一心一意搞建设。中国的崛起是"和平、友善和文明"的崛起，将会造福其他国家，而不会威胁任何国家。

需要全面看待中国国情

中共十九大的召开，在世界上引起轰动、反响热烈。我们党找到一条适合中国国情的发展道路，体现了中国特色社会主义的优越性，并在21世纪初各国发展面临多种问题和困惑的时候，为全世界全人类和平发展提供了一个"中国模式"、一个"成功模式"。

笔者说，中共十九大是在全面建成小康社会决胜阶段、中国特色社会主义进入新时代的关键时期召开的。它展示了新时代中国共产党为中国人民谋幸福、为中华民族谋复兴的历史使命。实质上，是描绘了一幅中国未来发展的路线图。路线图，对老百姓而言，是盼头；对执政党来讲，是鞭策。没有盼头，老百姓就会丧失对党和政府的希望；没有鞭策，执政党就会出现懈怠。

理解中国，最重要的就是理解中国仍处于社会主义初级阶段。看待中国，不仅要看取得的成就，而且要看到现在的困难与挑战；不仅要看北京、上海、广州、深圳等发达城市，更要看中国的西部，看偏远的农村。

丹麦是发达的西方国家，自然资源丰富，其国内生产总值约3128亿美元，人均5.6万美元。丹麦有着标准非常高的福利政策，被联合国评为世界幸福指数最高的国度。因此，当笔者讲述中国西部的贫困问题时，会场一片寂静，许多参会者露出惊讶的神态，可以看出他们此前对这些一无所知。

2015年9月，习近平主席出访美国在华盛顿州的欢迎宴会上演讲指出："中国仍然是世界上最大的发展中国家。中国的人均国内生产总值仅相当于全球平均水平的三分之二、美国的七分之一，排在世界80位左右。按照我们自己的标准，中国还有7000多万贫困人口。如果按照世界银行的标准，中国则还有两亿多人生活在贫困线以下。中国城乡有7000多万低保人口，还有8500多万残疾人。这两年，我去了中国很多贫困地区，看望了很多贫困家庭，他们渴望幸福生活的眼神深深印在我的脑海里。"与美国和其他发达国家不同，让人民脱贫致富、幸福生活才是中国领袖最关心的事情。

这几年，尽管我们做了很大努力，但在2016年全球人均国内生产总值排行中，中国仍排在第73位。现在还有3000多万人需要脱贫，解决温饱问题。中国人均收入仍然处于世界的中下水平。十九大后的中国仍是一个朝气蓬勃有所作为的发展中国家，是一个爱好和平勇于担当的负责任大国。但在未来相当长一段时间里，中国仍处于社会主义初级阶段，中国作为发展中国家的地位没有改变。中国的主要任务仍然是发展生产，改善人民生活，提高人民的生活质量和幸福指数。

会后，专程回国陪同代表团的丹麦驻华武官卡森·拉斯姆森准将说，他来中国3年多，中国有令人羡慕的发达与繁华，也有令他担忧的贫困和落后，他十分钦佩中国发展的努力，也对中国精准扶贫的决心和行动抱有信心。

世界将由对抗转向对话

中国社会是一个知恩感恩的社会，人们一直把祖国比作母亲，热爱祖国就是热爱母亲，所以，在涉及国家利益问题上，中国人是不惜用自己的生命来捍卫的；对于那些向中国抛出友谊橄榄枝的远方朋友，中国人也是绝对铭感于心。

丹麦是自1908年起唯一同中国有着不间断外交关系的西方国家。1950年5月，新中国刚成立半年时间，西方国家中丹麦率先与中国建立外交关系，并开启两国交流合作的大门。改革开放初期，包括丹麦在内的欧洲国家在资金、技术以及管理经验等方面，给中国提供了至关重要的支持和帮助，今天中国改革开放取得的巨大成就中，就有丹麦朋友的一份功劳。欧债危机发生后，我们主动施以援手，对一些欧洲国家提供了力所能及的帮助，未来我们仍愿与包括丹麦在内的欧洲国家广泛开展互利互惠的全方位战略合作。

中共十九大的召开，标志着中国和世界正进入一个人类有史以来最伟大的变革期。这种变革对中国是"关键一跃"，实现从站起来、富起来到强起来质的飞跃，阔步进入新时代。对于整个世界格局来说，则将是一个划时代的转变。漫长的人类历史无非是二个阶段：一是相互隔绝，二是相互对抗，三是相互对话。未来世界走向将发生根本性的转变，就是由对抗转向对话。不管是自愿自觉，还是迫不得已，对话的时代已经到来。历史和实践已经证明，这是自人类社会出现以来，第一次以和平、谈判为主轴处理国家与国家、族群与族群关系的文明新时代。马丁·路德·金说过："人们之所以相互敌视，是因为相互害怕；之所以相互害怕，是因为相互不了解；之所以相互不了解，是因为相互不能沟通；之所以相互不能沟通，是因为彼此隔阂。"

打造中丹关系"收获之年"

几天的交流过后，尼尔斯·王等纷纷表示，这次交流让他们对中国改变了看法，有了新的了解、新的认识，相互之间也成了好朋友。更巧合的是，笔者与尼尔斯·王是同年生人，也是同年参军服役。尼尔斯·王在和笔者闲谈时会兴致勃勃地给笔者讲他两个小孙子的故事，笔者也给他讲小外孙俏皮的趣事，这时的我们不再是会谈中的军官代表，而只是两个畅谈儿孙之乐的长辈。他还特意送了一盒丹麦曲奇饼干，让笔者带回家给小外孙品尝，要告诉孩子，"这是丹麦将军爷爷送给他的礼物"，并希望以后他来中国旅游时，与小朋友们能够见面相识，将丹中友谊传承下去。

告别宴会在卡斯特雷特要塞的海军军官协会举行。晚宴上，受丹麦朋友的热情所感染，笔者发表了一次即席演讲。

我说，我是第一次访问丹麦，但一种熟悉的感觉油然而生。对中国人民来说，丹麦是重情重义的国家。中国和丹麦虽然分处亚欧大陆东西两端，远隔万水千山，但两国人民的友好交往源远流长。在中国人的心中，丹麦是一个充满想象的童话世界。安徒生童话自1913年被介绍到中国，100多年来有很多中国孩子都是听着安徒生童话长大的。

《海的女儿》中人鱼公主的故事在全世界广泛流传。"不看美人鱼，不算到哥本哈根。"2010年，小美人鱼首次告别家乡，远赴重洋到中国开启了中丹建交60周年文化交流的序幕。数以百万计的中国游客得以近距离亲近美人鱼，极大激发了国人赴丹麦旅游的热情，以致中国赴丹麦游客数量从2009年的5万人次，猛增至2016年的21.8万人次。

2017年5月，中国国家主席习近平在北京会见丹麦首相拉斯穆森时指出，要将2017年打造成为中丹全面战略伙伴关系"收获之年"。中国目前是丹麦在亚洲最大的贸易伙伴和出口市场。在欧洲国家中，丹麦的人均对华出口额和人均对华投资额双双位居第一。丹麦也是亚投行第一个来自北欧的创始成员国。我们有着共同的利益，有着共同的担当，也面临着许多共同的问题。

晚宴接近尾声之际，尼尔斯·王将军专门为中方代表团安排了一个小惊喜——两名丹麦皇家乐队的成员头戴毛茸茸的黑色熊皮帽，身着黑衣蓝裤古军装，敲着军鼓、吹着风笛步入宴会厅，为我们表演、与我们合影，并一路演奏着将我们送上车。车上车下，两国代表互相挥手作别，言短情深。虽然出访这一曲至此结束，但笔者相信中丹友谊之歌将不断传唱下去，更加优美动听。

（作者为军事科学院原副政委、首席专家）

丝绸之路上的"石榴外交"

◆ 王卫星

伊朗古名"波斯"（汉称"安息"），与我们中华民族一样，都是拥有悠久历史和灿烂文明的古老国度。早在公元前6世纪，波斯在居鲁士、大流士等君主的多年征伐扩张下，就已经建立起世界上第一个横跨亚、非、欧三大洲的帝国。

2015年12月14日至18日，中国军事智库代表团满怀着中国人民的深情厚谊和共建友谊的美好愿景，首次前往这个古老而又陌生的国度进行军事学术交流。笔者有幸作为"首访团"的团长，在访问过程中边走边看，增长了不少见闻。其中非常有趣的一段交流跟石榴有关，这次"石榴外交"的细节至今想来，依然历历在目。

畅谈古代丝绸之路

访问座谈的闲暇，我们和伊朗朋友聊到最多的话题，就是两大文明沿着绵延万里的陆上和海上两条丝绸之路，一路前行、紧密拥抱，两国人民世代交好、互通有无的点点滴滴。

本文刊载于2018年4月10日《参考消息》。

中国古语有云："人之相知，贵在知心。"伊朗也有类似的古谚语："人心之间，有路相通。"早在公元前11世纪，中伊两国就已有经济交往。公元前119年，张骞第二次出使西域，派副使访问安息，正式建立了政府间关系。到公元7世纪的唐代，两国往来达到鼎盛时期。在萨珊波斯遭遇外敌入侵之际，唐朝厚待、礼遇三代波斯国王，留下了扶危济困、情深谊长的千古佳话。同期，许多波斯人不远万里奔赴中国，或求学、或行医、或经商，足迹遍及西北的长安、东南的广州等地。

此后，中伊友好往来连绵不断，中国文化扬名西域，西域文化传至中国。来自中国的丝绸和伊朗的高超工艺结合，成就了波斯丝毯的高贵；来自伊朗的苏麻离青和中国的高超工艺结合，成就了青花瓷的雅致。中国的漆器、陶器、缂丝以及造纸、冶金、印刷、火药、打井等技术经伊朗传向亚洲最西端乃至欧洲更远的地方；石榴、葡萄、蚕豆、苜蓿、胡桃以及玻璃器皿等又从伊朗和欧洲等地源源传入中国。

宋元以后，随着航海技术突飞猛进，中伊两国海路交往也日渐频繁。特别是15世纪，明成祖和波斯的沙哈鲁王子曾先后派遣300人和500人的大型代表团互访；中国明代郑和7次率领庞大船队远洋航海，其中有3次曾到达伊朗南部的忽鲁谟斯（今霍尔木兹地区）。虽然中伊两国分处亚洲大陆的东西两端，但这条用丝绸连接的道路，促进了两国人民的友好往来，使古老的中国与波斯文化交流互鉴、和谐共存，成就了人类文明交往史上的一段华章。

在石榴故乡讲中国民俗

会谈中，笔者还向伊朗前国防部部长、总参国防战略研究中心主任艾哈迈德·瓦希迪将军和其他伊方朋友讲述了丝绸之路上的"石榴趣事"。石榴，学名安石榴，取义"来自安息国的石榴"（伊朗古安息国正是石榴的原产地），而它也是笔者的家乡陕西省西安市临潼区的驰名果品，石榴花更是古都西安的市花。

据笔者查阅史料所知，公元前140年博望侯张骞奉汉武帝旨意出使西域，出境路线恰是取道古丝绸之路，把西汉同中亚、西亚以及欧洲联系起来，促进了亚欧大陆各国政治、经济、军事、文化的交流。临潼石榴也是张骞出使西域得种而归，始植于骊山的温泉宫（今华清宫）禁苑内，这就是最早的临潼石榴，也是最早在我国种植的石榴。

石榴的引进史，实质上也是中国和中亚、西亚文明的交流史，更是中伊两国友谊源远流长的证明。临潼石榴自西域引进栽植至今已有2000多年。目前，临潼栽植石榴12万亩，年产石榴8万余吨，远销荷兰等西欧国家。伊朗朋友听了我的讲述连连感叹，没想到这些通过丝绸之路传到中国的小小石榴竟然成为两国人民友好交往的重要历史见证。

笔者向伊方朋友介绍了石榴在中国传统民俗文化中的寓意。早已落户中国的伊朗石榴，因花果并丽、果实多子、营养丰富，历来被视为吉祥、繁荣、团结与和平的象征，因此被称为"吉祥果"。

中国人向来喜欢红色，满枝的石榴花象征了繁荣、美好、红红火火的日子，所以民间有着许多与石榴有关的乡风民俗。中国年画中最受百姓喜爱的《百子图》，画的就是一个胖娃娃怀抱着红彤彤的绽口大石榴，"为图以示子孙众多也"。青年男女结婚时，新婚洞房里的喜帐上一定要悬挂上两个大石榴。结婚礼品也必须备上一对绣有大红石榴的枕头，祝福新人和谐美满、早得贵子。

笔者感慨地对伊朗朋友说道："石榴不仅见证了中伊两国人民沿着丝绸之路开展友好交往的历史，而且预示着两国合作还将收获更多硕果。"大家纷纷鼓掌，点头称赞。

石榴拉近双方距离

为了活跃气氛，笔者又向伊朗朋友讲述了唐明皇和杨贵妃浪漫爱情中一则关于石榴裙的故事。

据史载，杨贵妃对石榴情有独钟，她喜食石榴果，爱赏石榴花，更爱穿石榴彩裙。为此，唐明皇投其所好，在华清宫遍栽石榴供她观赏，并责令专人为其酿造石榴美酒。每逢初夏，石榴花竞放之际，唐明皇便在火红的石榴花丛之中设酒宴与贵妃赏乐，经常不理朝政。大臣不敢责怪皇上无道，只好迁怒于杨贵妃，对其拒不施礼，杨贵妃对此感到十分不悦。

一日，唐明皇设宴招待群臣，让杨贵妃献舞助兴，贵妃借酒撒娇向唐明皇耳语，说众臣对她不施礼、不恭敬，不愿献舞。唐明皇即令众文官武将以后见了贵妃要一律施礼，拒之将以欺君之罪严惩。众臣无奈，自此凡见贵妃无不惶恐下跪施礼。中国的国粹京剧中经典剧目《贵妃醉酒》反映的就是这一情态。久而久之，"石榴裙"就成为中国古代年轻女子的代称，人们形容男子被女人的美丽所征服，就称其"拜倒在石榴裙下"。这一典故也源于此。自此，石榴裙也开启了唐代妇女的穿衣风尚，一直延续到明清时代，形成了流传千年的"石榴风尚"。

一千多年过去了，华清宫历经沧桑，早已没有了当年的风貌，但那株石榴树依然苍劲有力、枝繁叶茂，每年榴花盛艳、果实累累。

当笔者讲完这个故事，伊朗的朋友听得如痴如醉。出访前，笔者请朋友在华清宫拍摄杨贵妃雕塑和相传她亲手栽种的石榴树的照片。看到大家非常感兴趣，笔者就把带去的照片跟伊朗朋友分享。瓦希迪将军高兴地说："这是中伊两国人民友谊最好的见证，我们一定要好好珍藏，让更多的人知道。"此后，每次座谈会上伊朗的朋友都对这段故事津津乐道。

当我们结束访问行程，准备离开德黑兰时，前来送行的伊方军官告诉笔者，瓦希迪将军特意准备了两箱伊朗的石榴请我们带回国品尝。这份意料之外的礼物让笔者既惊又喜。中国驻伊朗大使庞森得知来龙去脉后，也高兴地称赞这次访问是一次成功的"石榴外交"。

回国第二天，恰好赶上单位召开年终总结大会，笔者在会议结束时把带回的石榴和出访的趣事，拿出来和同志们一起分享，大家一边吃着鲜红多汁的石榴，一边说石榴好吃、故事好听，"石榴外交"很成功。

"一带一路"受伊方热捧

石榴流传的过程不仅仅记录着中伊两国交往的一段佳话，它还播下两国友谊的种子，深深地扎根于两块肥沃富饶的土地，不断开花结果，造福人类。如果说，历史上中伊两国为开辟陆海丝绸之路、促进东西文明交融作出了重要贡献，那么今天两国的友好交往更是对"和平合作、开放包容、互学互鉴、互利共赢"的丝绸之路精神的继承和弘扬。

2013年，中国提出共建"丝绸之路经济带"和"21世纪海上丝绸之路"倡议，得到了伊朗政府和各界朋友的积极回应。这次访问中，无论走到何处，伊朗朋友都纷纷向代表团咨询"一带一路"的情况，表现出强烈的合作意愿，有的甚至还提出了具体合作路线图，强调伊方愿与中国在"一带一路"框架下，将伊朗东向政策和中国向西开放对接，希望在传统的能源合作基础上拓展产业合作，将中国优质富余产能与伊推进工业化的需要结合起来，实现优势互补和共同发展。一些伊朗朋友甚至强调伊朗经济发展第六个五年计划也可与我"一带一路"实现战略对接。

作为古丝绸之路上的重要两站，作为两个历史悠久的世界文明古国，中伊两国文化各有所长，都为人类的文明与进步作出巨大贡献。随着"一带一路"倡议的推进，相隔千里的距离更加无法阻挡中伊相互走近、增进合作，无法阻挡两国人民友好交往、深化友谊。我相信丝绸之路精神会薪火相传，两国人民将心手相连，共同振兴这一和平之路、友谊之路、合作之路，共创中伊关系的美好明天。

（作者为军事科学院原副政委、首席专家）

"两个一百年"将改写世界历史

◆ 杨光斌

1956年，毛泽东曾断言，到2001年的时候"中国应当对于人类有较大的贡献"。大约半个世纪后，这一预言已经成为没有悬念的事实。更值得期盼的是，即将到来和确保实现的"两个一百年"战略目标，标志着中华民族的伟大复兴，中国影响和塑造新世界秩序的方式与作用将更加受到关注。就当下而言，全面实现小康的"第一个百年"将如期而至，"第二个百年"已经在有步骤的规划之中，中国成为发达国家的目标胜利在望。此情此景，此时此刻，更需要研究的是，是什么样的政治机理确保了一个巨型发展中国家，一跃而跻身于强者之林？

通往发达国家的中国之路

到中国共产党建党100年的时候（2021年），中国将全面建成小康社会；到新中国成立100年的时候（2049年），中国将实现中华民族的伟大复兴 —— 她将是一个无可争议的发达国家。

本文刊载于2017年10月18日《参考消息》。

一个政党能在百年之内带领十几亿人民实现从贫困状态到全面小康的转型，不仅是党史上的大事、中国历史上的大事，也是世界历史上的大事。贫穷，是世界政治最重要的议题，很多落后国家致力于脱贫的斗争。联合国发布的《2017年可持续发展目标报告》指出，1999年，世界尚有17亿人处于极端贫困，但是随着各国的努力，极端贫困率从1999年的28%下降到2013年的11%。根据世界银行的数据，在1990—2010年间，世界贫困人口总数减少了6.95亿人，其中中国一国就减少了5.26亿人，约占世界减贫总人数的75.7%。党的十八大以来，中国"精准扶贫"力度空前，2013—2016年已经累计减少贫困人口5564万人，年均减少贫困人口1391万人。全面实现小康，指日可待！

在国际比较视野下，中国的全面小康计划更有政治意义。印度被西方人称为最大的民主国家，那么"民主"的成绩单如何呢？按照联合国的贫困人口标准，印度在反贫困斗争的30年后，贫困人口依然占其总人口的三分之一左右。

建成了全面小康社会的中国，在国内生产总值（GDP）意义上，将进入中等发达国家，跳出中国经济学界流行的概念"中等收入陷阱"——在中等收入状态徘徊而难以跃升到发达国家。这一概念来自南美的经验，而南美的阿根廷、巴西、智利等是什么样的国家？以农业经济为主的单一经济结构，几乎谈不上制造业，而且从来没有自主性的经济政策，或者说就是留学美国的被称为"哈佛神童""芝加哥男孩"的一帮政治家，所搞的错误性的进口替代战略，以及20世纪80年代之后的保护少数人而得罪多数人的新自由主义经济政策。如此这般的南美国家怎么可能进入发达国家？中国产业结构的多样化、制造业之强大、科学技术水平之先进，尤其是强大的国家治理能力及其一直奉行的理性政策，都意味着不能用"中等收入陷阱"来对照中国前景。

客观地看，几乎是欧洲人口两倍之多的中国，很多地区已经达到所谓的发达国家标准，而中国普通的一个地区或者一个省份的人口规模，比欧洲的很多国家还要多。北京、上海、广州、深圳、杭州等地的生活水平和实际购买力，不就是现有发达国家的水准吗？长三角、珠三角的农村地区，比南欧的意大利、希腊、西班牙、葡萄牙等落后吗？可以说，中国作为一个"发展中国家"主要是指其政治意义。

很多城市和地区已经进入发达状态的中国，2010年成为世界第二大经济体，何时超过美国而成为第一大经济体？2008年，美国卡内基国际和平基金会发表报告认为，按照市场价值方法计算，到2035年，中国经济总量将超过美国。2017年6月，中国社科院工业经济研究所英文期刊《中国经济学人》（*China Economist*）刊登"中国经济学人热点调查"第二季度报告，预测中国的经济总量在2034年赶上美国。

经济总量居世界第一的中国是不是发达国家？从技术水平的先进度、经济体制的成熟度和人均 GDP 而言，中国将无疑接近现有发达国家的"发达标准"。但考虑到中国巨型规模带来的收入不均衡性、地区不平等性、城乡差异性等，届时也很难理直气壮地说中国已经是一个发达国家。对于一个中等规模的国家而言，只要经济进入发达标准，很可能就会形成简单的同质化社会，即橄榄形的中产阶级社会。可以预知，即使经济上总体进入发达状态，中国社会的异质化程度依然很高，不平等性、不均衡性严重地制约了"发达"的质量。

因此，即使经济总量超过了美国，中国也还有很多社会建设工作要做。要知道，在中国中西部的农村地区，保障健康的卫生系统依然是个大工程，农村人口达到有尊严的生活水平依然任重道远。经济总量第一的中国再经过若干年的努力，即到"第二个百年"之时，我们才能理直气壮地说中国是一个发达国家。

"两个一百年"必将是世界历史上最为重大的事件之一，这是人类历史上"南方国家"第一次不像西方国家那样靠战争掠夺，而是自主性发展成为发达国家。中国的规模更有其世界性意义，500年来，世界第一强国依次是百万人规模（西班牙、荷兰）、千万人规模（英国）和一亿人规模（美国），而中国是13亿多人口的规模，规模达到一定程度所引发的"量变"其实就有"质变"的性质。仅此就意味着，此前关于发达的理论很难用来解释中国经验。

中国奇迹是有机互动的结果

过去几乎所有关于经济发展的理论都是经济学意义上的，从古典自由主义经济学到新自由主义经济学，以及20世纪80年代以来盛行的新制度经济学，都是从经济学理论来解释大国的兴衰。这是市场或者说经济学"脱嵌"的结果——市场从社会整体中脱离出来而"独立"存在，经济学从人文社会科学中脱离出来而独立存在，进而演变为"市场原教旨主义"和"经济学帝国主义"。"脱嵌"的理论有解释力吗？根据诺贝尔经济学奖获得者、芝加哥大学教授西奥多·舒尔茨的研究，300年来没有哪个重要国家是按照当时的所谓"主流"理论发展起来的。我想，根本原因就在于，"脱嵌"后的经济学理论已经远离社会真相本身，而社会本身无比复杂，经济发展绝不只是"经济的"或者"市场的"表现，而是一套综合性因素共同作用的结果，否则就很难解释在不同的国家之间，同样的经济体制、同样的经济政策为什么会有完全不同的结局。

中国奇迹是"观念—制度—政策—能力"有机互动的结果。首先，是以人民为中心的民本思想。儒家思想在历史上有机地与其他思想融合，使得儒释道并行不悖。今天，民本思想首先表现为与社会主义的可通约性，民本主义是以"民"为本，而社会主义是以"社会"为本，社会就是民众，因此二者其实有高度的重叠共识。有着民本思想为基础的社会主义，必然具有价值的包容性，社会主义核心价值观中的很多要素，就是改革开放之后吸纳一切优秀文明的产物。现代政治似乎都在讲"人民主权"，但不同文明下的"民"的地位是不一样的。

其次，是民主集中制的政治制度。大众民主是现代性的产物，在世界上不过一百多年的历史。民主的发展趋势必然是不停地进一步民主化，西方有"再民主化"的诉求。但是，不受约束的民主就是"暴民政治"。为此，在尊重现代性民主政治的同时，不能忘记人类几千年来的基本秩序——权威，否则一个国家就会失去方向，政府就会变成不能做事的"否决型政体"。民主集中制的政治制度是一种混合政体，一方面有以活力为主要形式的民主，一方面有代表权威的集中，保障了民主的有序性和国家前进的方向性。民主集中制是"中国模式"的核心，历经革命时期的1.0版、新中国第一个30年的2.0版和改革开放以来的3.0版，趋势是民主与集中正在走向平衡。

第三，是社会主义市场经济的经济体制。比较历史已经证明，没有市场经济，就没有竞争和活力，缺少创新性，不会有滚滚而来的国民财富。但是，只有财富，社会可能出现巨大的不平等、不公正，国家因而出现政治动荡，产权也得不到保护，因此必须有社会主义去进行财富再分配，以在保障效率的同时最大限度地保障社会公正。实践证明，"社会主义市场经济"是一大创新，全面消灭贫困计划、财政政策上的转移支付、地区之间的对口援建等，都是社会主义的重大举措。如果说市场经济更多是"经济的"，社会主义更多是一种"政治的"，因而社会主义市场经济体制就不是单纯的经济学意义上的经济制度，而是政治经济学意义上的政治—经济制度的混合体。应该认识到，也只有民主集中制政体，才能保障社会主义市场经济体制的正常运行，否则谁会自动地让本地区的财富转移到其他的落后地区？

第四，是问题导向的实践理性政策。改革开放以来，一切以问题为导向，既不再迷信计划经济，也不沉迷于所谓的自由市场，坚持的是在发挥政府正常作用的同时，让市场在资源配置中发挥决定性作用。为此，一方面坚持国家自主性的宏观计划、远景规划的产业政策，一方面进行一次又一次的市场性分权，以不停地分权而赋予市场活力。

最后，是治理能力强大的公务员队伍。好观念、好制度、好体制和好政策，说到底要人去执行、去落实。比较而言，中国公务员队伍的整体水平和政策执行能力，在世界上可谓独树一帜。中国历史上的官僚体制，是如何把人、把国家组织起来的伟大的制度发明，其制度性遗传基因就是公务员以民为本的使命感。而且，中共还发明了一套被英国《经济学人》周刊称为政府的"第四次革命"的制度，那就是以党校系统为核心的干部培训制度，不但提高了干部的能力，更重要的是统一了思想，从而使得相应的中央政策都能得到有效执行。

需要警惕两种"逆发展"现象

应当看到，国家越是接近成功，困难越多，挑战越大，就越应该保持警醒，不能功亏一篑。发展并非直线性地一路向前，发展"中断"而导致的"逆发展"现象并不鲜见。人类大历史就不说了，就是在过去的100年内，都出现过不止一次的国家逆发展和国家内部地区逆发展现象，不能不引起重视。

首先是国家逆发展或地区性逆发展。100年来，除了苏联国家解体、伊拉克国家失败之类的极端事例，在发展学意义上，至少已经有两波次的国家逆发展现象。二战之前的若干年里，南美的一些国家比如阿根廷、智利，其发达程度不亚于欧洲的比利时等国，但是二战之后，由于民粹主义泛滥，更由于错误的进口替代战略，这些南美国家从原来的"发达"退守到中等发达。新近出现的逆发展是被称为"笨猪四国"（PIGS）的南欧国家，它们是葡萄牙、意大利、希腊、西班牙，它们目前几乎主要依仗农业经济和传统工艺经济。中国的台湾地区因为党争民主事实上已经退出"亚洲四小龙"之列，香港地区的"党争"如果得不到遏制，其结果必然是"逆发展"的新案例。

其次是国内地方性逆发展。一国之内的地方逆发展是因为产业结构未能转型升级所致，典型的是美国传统的工业地带，如美国汽车城底特律、传统工业城市费城等。

坚持保障"两个一百年"目标的政治机理，就能保证中国不会出现国家逆发展，但并不意味着不会出现地方性逆发展。比如在我国有些地方已经出现一些城镇衰败的现象。城镇化之路如何走才能更顺畅，需要我们进一步探索。

（作者为中国人民大学国际关系学院院长、政治学特聘教授）

中国把目光聚焦未来30年

◆ 郑永年

中国共产党是世界上最大的党，有近9000万党员。中国共产党和其他国家执政党的区别之处在于这个党派具有自己的使命性。它的运行机制不一样，是通过实现它所设定的使命来掌握政权和取得合法性。每一届领导人都要设定一些目标，然后再通过这些目标去找能完成目标的人。

自中共十八大以来，中国国内讨论最多的就是两个"一百年"奋斗目标，第一个百年，即共产党成立一百周年的目标非常具体，就是全面建成小康社会。现实地说，第一个百年目标的实现对现在的领导集体来说并不算太难。十九大以后，中国共产党会逐渐把重点从第一个百年目标转移到第二个百年目标。从现在到2049年也就是30多年的时间。今后30年要做什么？要回答这个问题，就需要思考前面毛泽东时代的30年做了什么？邓小平时代的30年又做了什么？然后就会知道未来30年要做什么。

前两个"30年"打下政经基础

改革开放前的30年做了什么？毛泽东一代领导人完成了近代以来中国

本文刊载于2017年10月19日《参考消息》。

最困难的一个任务，那就是建立一个统一的国家。新中国成立前的中国是国民党统治时代，是个非常贫困和混乱的时代。毛泽东一代通过艰苦的努力将基本的国民经济体系建立起来，基本的国家制度也建立起来。我们今天所看到的中国的基本政治制度等，所有这些大的基本制度都是毛泽东时代建立起来的。直到今天，毛泽东给中国带来的变化是其他国家所没有的，例如，妇女解放，今天中国女性在经济方面的贡献比例比东亚的其他社会都要高，在社会参与方面，中国女性的地位也相对较高。

毛泽东时代的社会建设也同样不可忽视。1977年、1978年前后，中国的人均国内生产总值（GDP）非常低，但当时中国基本的医疗、教育等制度在毛泽东时代已经建立起来了。中国的农村不管多么小，一个老师、一个赤脚医生肯定是有的，虽然专业化程度非常低，但毕竟是建立起来了。

邓小平时代也做了不少事情，主要是解决了经济发展问题。邓小平的一个重要判断是贫穷社会主义搞不下去。20世纪90年代初苏联解体以后，邓小平的判断也非常正确，他认为苏联东欧共产主义垮掉并不是因为像西方人所说的那样没有民主，而是因为当时苏东国家的政府没有能力去发展经济，向老百姓提供经济利益。有了这一判断，才有了1992年的邓小平南方谈话。"社会主义市场经济"这一概念是在南方谈话之后正式产生和提出来的。

邓小平南方谈话后，中共十四大确立了"社会主义市场经济"理论，中国经济发展非常快。之后几年的改革都是在邓小平社会主义市场经济理论这个构架内进行的。在这个理论构架下，中国一些基本的现代国家经济制度都建立起来了，无论是分税制、中央银行制度、现代企业制度，还是加入世贸组织（WTO）。邓小平时代彻底改变了中国作为一个贫穷国家的面貌。中国从一个那么封闭的国家变成这么开放的国家，这都是非常了不起的成就。

制度建设对经济发展非常重要。1978年的时候，中国的国家部委就有100多个，现在很难想象。如今改革后只剩下25个部委，从100多个减少到25个，没有政治改革是做不到的。这在中国被称为机构改革。如果没有这些机构改革，中国如何能够从计划经济转型到市场经济呢？

有潜能避开"中等收入陷阱"

现如今这个时代要做什么呢？这代领导人的自身定位是什么？这要稍微回顾一下中国的改革开放走到哪一步了，十八届三中全会、四中全会描绘的蓝图要完成的任务还有哪些。

第一，在经济上，尽管中国全面建成小康社会基本上没有问题，但如何把国家提升为高收入国家则面临巨大挑战。这些年中国讨论最多的就是会不会陷入"中等收入陷阱"的问题，换句话说，就是中国作为一个中等收入经济体，如何把自己提升到高收入经济体？

中国的人均GDP从今天的接近9000美元提升到1.2万美元，这是全面建成小康社会。但即使要提升到今天台湾地区的2.3万美元（"亚洲四小龙"中人均GDP最低的经济体）的水平，那还要前进很大一步。这就是为什么要提躲避"中等收入陷阱"问题。

当年"亚洲四小龙"躲避"中等收入陷阱"有几个条件，一是经济体量比较小；二是当时的国际环境都不错，"亚洲四小龙"基本上是跟西方走得近，属于西方阵营。西方经济本身就处在上升阶段，而且西方基本上也没有给这几个经济体制造很多困难。

但现在中国经济面临的情况很不同。一是中国经济体量太大。以前我们说日本的经济体量很大，而中国现在的经济体量是日本的两倍还多，更不用说"亚洲四小龙"了。二是中国经济体基本不属于西方阵营。因为中国跟西方的体制有很多矛盾，中国尽管跟世界经济体系接轨，但西方对中国还是非常猜疑。中国企业到西方去，但西方以国家安全的名义不让中国资本进入。三是现在西方经济本身在下行。2008年世界金融经济危机以后，无论是美国还是欧洲，经济要恢复到2008年以前的水平很难，能维持现在这个水平都已经不错了。

这些内外条件表明，中国躲避"中等收入陷阱"的任务很艰巨。不过，我认为，中国有潜能躲避"中等收入陷阱"；困难的确很大，但如果不犯大的错误，中国有可能成为高收入经济体。中国如果成为高收入经济体，例如达到今天台湾地区的水平，它的经济体量不仅大大超过美国，而且会大得可怕。

社会建设还有长路要走

第二，社会建设方面怎么做？20世纪90年代到21世纪初，中国一心一意搞经济发展，但忽视了社会建设，或者说对社会建设重视不够。

日本和"亚洲四小龙"这方面做得较好，除了韩国，这些经济体都没有大规模的工人阶级运动，因为政府主动搞社会建设，在起飞以后的20多年里把社会的中产阶级做得很大，超过了70%。西方的原始资本主义到福利资本主义经历了100多年，而这些经济体不到30年就把中产阶级社会建设好了。

中国改革开放是从20世纪80年代开始的，那时刚好是里根和撒切尔革命的时代，是新自由主义盛行的时代，这对当时的中国人有很大影响。当然也是因为改革之前的中国实在太穷了，一改革开放，大家都去发展经济，很容易忽视社会建设。

医疗、教育、住房，这些不是一般的产业，在任何国家都一样。如果这些产业成为暴富产业，社会肯定是不稳定，因为这是人人都需要的。现在中国人为什么都喜欢钱存银行，不喜欢消费？很简单，中国的老百姓买了房子就变成房奴；小孩上学家长就变成孩奴了；家人生一个大病的话，整个家庭就有可能陷入窘境。社会保障体系还不够完善，老百姓必须要自救，就不敢花钱。

要建立消费社会就需要中产阶级很大，中产阶级和消费社会是同一件事情。十八大以来中国在建立消费社会方面有了很大进步，但中产阶级仍然占比很小。不过，十八大以来，领导人把越来越多的精力放到社会建设上，包括精准扶贫。总体上说，中国在社会建设方面还有很长的路要走。

当然，还有政治问题要解决。西方所讲的民主化不是中国的政治改革议程，但政治问题不可回避。比如，十八届四中全会文件的核心是建立法治社会，这是非常重要的制度建设。

毛泽东时代解决了国家统一的问题，邓小平时代解决了国家经济问题，今后的30年需要解决制度建设问题。如果解决得好，中国的执政党可以长期执政下去，社会可以稳定，到第二个百年也就是2049年，中国就可以变成富强民主文明和谐的国家了。我想，这也就是中国梦。这也是我们对中华民族复兴的期望。

（作者为新加坡国立大学东亚研究所所长，本文由本报记者王丽丽、连国辉根据作者演讲稿整理）

中国开辟社会主义发展新境界

◆ 姜辉

进入21世纪，中国共产党带领中国人民继续坚持和发展中国特色社会主义，进行着人类历史上前所未有的宏大而独特的实践创造，取得了举世瞩目的巨大成绩。特别是党的十八大以来这五年，党和国家事业发展取得历史性成就，中国特色社会主义进入了新的发展阶段。这一重大的历史性变化，意味着社会主义在中国焕发出强大生机活力并不断开辟发展新境界。我们怎样认识这种新境界的深刻内涵和历史意蕴？怎样认识中国特色社会主义对21世纪社会主义新发展的原创性贡献？怎样认识中国特色社会主义的时代意义和世界意义？这就要求我们从历史和现实、理论和实践、国内和国际的结合上进行深入观察和思考。

社会主义发展的"三个70年"

回顾历史，从19世纪中叶科学社会主义诞生到21世纪中叶，大体上两个世纪的时间，我们可以将其划分为三个大的历史阶段，也就是"三个70年"：从1848年《共产党宣言》发表标志科学社会主义诞生到1917年俄

本文刊载于2017年10月12日《参考消息》。

国十月革命，是社会主义发展的"第一个70年"。这一时期的历史任务是促进马克思主义与工人运动相结合，建立工人阶级政党，进行社会主义革命、夺取政权。科学社会主义的发展体现在马克思主义的形成和丰富完善，并在社会主义运动中取得主导地位。

从1917年十月革命到20世纪80年代末90年代初苏东剧变，是社会主义发展的第二个历史阶段，也就是"第二个70年"，主要历史任务是促进马克思主义与各国实际相结合，回答经济文化比较落后的国家建设社会主义、巩固和发展社会主义问题，殖民地半殖民地国家民族解放运动问题，如何从民主革命转变为社会主义革命、建立新的社会制度的问题，以及社会主义改革问题等。科学社会主义的新发展在俄国主要是列宁主义的形成，在中国则是毛泽东思想的形成，以及改革开放时期中国特色社会主义理论体系的开创与初步发展。

从20世纪80年代末90年代初苏东剧变到21世纪中叶，是社会主义发展的第三个阶段，也就是"第三个70年"，主要历史任务是巩固、发展和完善社会主义制度，使社会主义制度的优越性充分地体现出来，社会主义的新发展集中体现在中国特色社会主义理论体系的不断创新和发展。21世纪中叶，正是中国共产党提出的"两个一百年"奋斗目标胜利实现的伟大历史时刻，这必将对世界范围内社会主义的发展具有重要的历史意义、时代意义和世界意义。

邓小平同志这位伟大的战略家曾经预言："我们中国要用本世纪末期的20年，再加上下个世纪的50年，共70年的时间，努力向世界证明社会主义优于资本主义。我们要用发展生产力和科学技术的实践，用精神文明、物质文明建设的实践，证明社会主义制度优于资本主义制度，让发达的资本主义国家的人民认识到，社会主义确实比资本主义好。"他还满怀信心地预言："到下世纪中叶，能够接近世界发达国家的水平，那才是大变化。到那时，社会主义中国的分量和作用就不同了，我们就可以对人类有较大的贡献。"

在中国共产党谋求为人类对更好社会制度的探索提供中国方案的21世纪，习近平总书记以伟大政治家的眼光明确地讲：我们坚信，随着中国特色社会主义不断发展，我们的制度必将越来越成熟，我国社会主义制度的优越性必将进一步显现，我们的道路必将越走越宽广，我国发展道路对世界的影响必将越来越大。这是道路自信、理论自信、制度自信、文化自信的集中体现，也是对社会主义事业及人类社会发展与文明进步的历史担当。在新的历史起点上，我们要认真研究中国特色社会主义与世界社会主义的关系，研究21世纪中国为世界社会主义发展作出新贡献的内容和方式，研究中国特色社会主义道路、理论、制度、文化的世界意义，使科学社会主义在当代中国沃土上结出更多丰硕成果，让科学社会主义在21世纪的中国焕发出新的蓬勃生机。

为发展马克思主义作出原创性贡献

马克思主义是开放的、世界性的科学理论体系，是民族性与世界性的统一。21世纪马克思主义的发展，有两种并行的趋势：一是马克思主义本土化、民族化的深入发展，二是马克思主义国际化、世界化的广泛发展。这两种趋势并行不悖，相互促进。马克思主义与各国社会条件和文化传统相结合，形成了具有鲜明民族特色和地区特色的多形态的理论形式，也形成了多样的发展路径和传播渠道。越是民族的，就越是世界的。世界各国各地区马克思主义的运用与发展，丰富多彩的理论与实践探索，都以不同方式和途径推动着21世纪马克思主义的整体发展。正如习近平总书记在中央政治局第四十三次集体学习重要讲话中指出的，学习研究当代世界马克思主义思潮，对我们推进马克思主义中国化，发展21世纪马克思主义、当代中国马克思主义具有积极作用。

中国共产党在新的发展阶段，继续推进马克思主义中国化、时代化、大众化，继续发展21世纪马克思主义、当代中国的马克思主义。一方面，我们立足中国道路、中国理论、中国制度、中国文化，着眼于解决中国问题，在中国实践中形成中国理论，继续深入推进马克思主义的中国化和民族化。另一方面，马克思主义中国化不等于囿于本国，强调民族性并不是要排斥其他国家的理论成果。我们以世界眼光审视马克思主义在当代发展的理论需要与实践需要，以世界各国各地区的马克思主义为重要参照，不断拓展马克思主义中国化的"世界维度"和"国际视野"，在世界马克思主义发展的大背景、大视野中，更加自觉地推动马克思主义中国化进程。要立足我国实际，以我们正在做的事情为中心，聆听人民心声，回应现实需要，深入总结中国特色社会主义实践，更好实现马克思主义基本原理同当代中国具体实际相结合，同时也要放宽视野，吸收人类文明一切有益成果，不断创新和发展马克思主义。

马克思主义中国化取得的每个新成果，都丰富了21世纪马克思主义的理论宝库。习近平总书记指出："解决好民族性问题，就有更强能力去解决世界性问题；把中国实践总结好，就有更强能力为解决世界性问题提供思路和办法。"中国共产党人根据当今时代人类社会发展的新形势、新特点、新问题，立足中国，面向世界，把中国发展和世界各国发展有机结合，既坚定不移地走中国特色社会主义道路，又把握历史大势，遵循人类社会发展规律，同时向人类社会提供丰盈鲜活的"中国智慧""中国经验""中国方案"，以中国发展理念与实践引领塑造人类社会发展新未来。

特别是十八大以来，以习近平同志为核心的党中央治国理政新理念新思想新战略，既是马克思主义中国化最新成果，又为马克思主义的创新发展作出了原创性贡献，是21世纪马克思主义创新发展最集中、最丰富、最现实的体现。如"四个全面"战略布局，创新、协调、绿色、开放、共享的"五大发展理念"，和平合作、互利共赢的外交理念，推动全球治理体系变革、构建"人类命运共同体"的世界理念等，都具有普遍意义和世界意义。正如习总书记明确指出的：新中国成立以来特别是改革开放以来，中国发生了深刻变革，置身这一历史巨变之中的中国人更有资格、更有能力揭示这其中所蕴含的历史经验和发展规律，为发展马克思主义作出中国的原创性贡献。把中国化马克思主义的最新成果贡献给世界，积极推动和引领21世纪马克思主义的发展，是中国共产党作为世界上最大的马克思主义执政党对人类社会发展规律认识的进一步深化、自觉运用和把握，是对发展创新21世纪马克思主义的高度理论自觉和理论自信。

中国成为引领社会主义振兴的旗帜

当前，世界处于大变革大调整大转型时期，资本主义和社会主义都经历着巨大的变化。这是重新思考和研究资本主义和社会主义这样的大问题的时刻，也是从世界社会主义发展的大背景下思考和研究中国特色社会主义的时候。近30年来，经过苏东剧变、资本主义危机、全球化发生波折等重要变化节点的重大历史事件，世界社会主义与世界资本主义竞争对比态势正发生重大变化。世界资本主义在其发展的长周期中开始进入了一轮规模较大的衰退期，而世界社会主义总体上仍然处于苏东剧变之后的低潮，但以中国特色社会主义发展取得的巨大成就为主要依托和标志，世界社会主义进入逐渐走出低谷的谋求振兴期。中国已成为21世纪世界社会主义发展的标志性旗帜，引领示范作用在不断上升，中国特色社会主义已经成为21世纪世界社会主义走向振兴的中流砥柱，成为代表世界社会主义运动发展的新水平、新内容、具有里程碑意义的参照系。

21世纪世界社会主义发展振兴的重要标志性成果，是社会主义制度赢得比资本主义制度更广泛的制度优势。当前，以中国为代表的社会主义制度创新与西方资本主义国家的制度衰败形成鲜明对照。21世纪初资本主义危机的一个最为集中、最为突出的表现，就是资本主义制度的无效和衰败。福山从"历史终结论"到资本主义"制度衰败论"，表明了资本主义政治制度的衰败失灵；皮凯蒂发表《21世纪资本论》，论述了资本主义经济制度的衰败失灵；还有许多西方理论家以各种方式述说着资本主义民主、自由、平等这些长期以来被视为"永恒法则"的价值信条的虚幻与破灭。因而在21世纪中叶，历史主题和中心任务就是在社会制度方面赢得比资本主义制度更广泛的优势，在现实生活中真切而充分地展现社会主义制度的巨大优越性。

今天，中国共产党全面深化改革，不断发展和完善中国特色社会主义制度，为党和国家事业发展、为人民幸福安康、为社会和谐稳定、为国家长治久安提供一整套更完备、更稳定、更管用的制度体系，不断提高运用中国特色社会主义制度有效治理国家的能力。我们党根据本国传统、现实国情和长期治理经验，创造性地推进治国理政事业，创造了不同于历史上其他社会主义国家的治理模式，也不同于西方资本主义国家的治理模式，形成了自身的独特优势和独创模式，为解决社会主义发展历史上"如何治理社会主义社会"的课题提供了成功答案和崭新经验。

21世纪初，中国以自己发展的力量与走近世界舞台中心的国际地位，客观地成为世界社会主义发展振兴的引领旗帜。从"中国之治"与"西方之乱"的鲜明对比中，我们看到中国特色社会主义的发展"风景这边独好"。一些具有历史眼光的国外学者敏锐地观察到中国特色社会主义在21世纪世界社会主义运动发展新阶段的重要地位和作用。比如，西方学者佩里·安德森认为："如果说20世纪更多地受到苏联革命发展的影响，那么21世纪则是受到中国革命事件影响的世纪。"德国学者米夏尔·布里认为，苏联解体是社会主义第三次浪潮的开始，"社会主义3.0"的开端，而中国则是"社会主义3.0的诞生地"，中国应该对世界社会主义发展发挥更大作用。尽管他们观察和分析问题的角度、得出的结论或许与我们不同，但他们的世界眼光和对历史趋势的预断对我们具有启示价值。

20多年前，邓小平同志在苏东剧变之际曾坚定而乐观地说："只要中国社会主义不倒，社会主义在世界始终站得住。"站在新的历史起点上，我们完全可以说，只要中国特色社会主义发展得好，建成富强民主文明和谐的社会主义现代化国家，使世界上五分之一的人在社会主义制度下过上更加美好的生活，那么社会主义制度的优越性就充分地显现出来，这本身就是对世界社会主义新发展的巨大历史贡献，也是对人类发展和文明进步的巨大贡献。

（作者为中国社会科学院信息情报研究院党委书记、中国特色社会主义理论体系研究中心主任）

中国迈向"强起来"新时代

◆ 胡鞍钢　张新

新中国成立以来，中国共产党领导全国人民奋力建设中国特色社会主义。当前，中国正处于全面建成小康社会的决胜阶段，即在 2021 年实现第一个百年目标的全面决战期、全面决胜期、全面建成期。从这个意义上说，完成"十三五"规划的目标和任务，就意味着我国第一个百年目标的如期实现，这也将为第二个百年目标的如期达成奠定坚实的制度基础、物质基础。

国家发展生命周期迈入迅速崛起期

社会主义初级阶段，就是逐步缩小同世界先进水平的差距，在社会主义基础上实现中华民族伟大复兴的历史过程。这一阶段从 20 世纪 50 年代中期开始，直到 21 世纪中叶，是从"一穷二白"到基本实现社会主义现代化的百年长征，大致可以分为 20 世纪下半叶和 21 世纪上半叶"两个半场"。

"上半场"可划分为三个发展阶段：一是绝对贫困阶段（1978 年之前），在极贫水平下进入社会主义建设时代，包括政治建设与制度建设、经济建

本文刊载于 2017 年 10 月 9 日《参考消息》。

设与国民经济体系建设、社会建设与城市建设等，实现了建立比较独立比较完整的工业体系和国民经济体系的战略目标，为之后的经济起飞和社会主义现代化奠定了物质资本、人力资本、科技资本、制度资本基础。二是温饱阶段（1979—1990年），中国进入改革开放时代，开始经济起飞，社会主义现代化的目标是到1990年实现国民生产总值比1980年翻一番，解决人民的温饱问题。三是小康水平阶段（1991—2000年），到20世纪末，国民生产总值再增长一倍，人民生活达到小康水平。

"下半场"则可以分为两个阶段：一是前20年（2001—2020年）的持续高增长（全面建成小康阶段），实现第一个百年奋斗目标，即全面建成小康社会；二是后30年（2021—2050年）的持续稳定增长（共同富裕阶段），实现第二个百年奋斗目标，即基本实现社会主义现代化目标。

经过数十年的努力，我国已成功进入了社会主义初级阶段"下半场"的"第一阶段"，并朝着"第二阶段"进发，处在国家发展生命周期的迅速崛起期。在这一过程中，我国在人均收入、发展水平、生活水平、社会结构、产业结构、贫富差距、地区差距、人与自然的关系等方面实现了大发展和大转型。

五载砥砺奋进取得伟大成就

十八大以来，我国的整体国家实力及在世界的地位发生了新的历史性变化，为实现全面建成小康社会的第一个百年奋斗目标奠定了坚实基础。总体来说，十八大以来党的治国执政能力不断提高，取得了一系列新的历史性、标志性成就，我国经济建设、科技建设、国防建设、社会建设、外交建设和文化建设全面推进，在改革发展稳定、内政外交国防、治党治国治军各方面取得一系列重大成就，经济实力、科技实力、国防实力、国际影响力和文化软实力又上了一个大台阶。

在经济建设方面，5年来我国经济由高增长期平稳进入中高速增长期，年均增长率为7.2%，仍居世界主要经济体前列，大大高于世界平均水平（2.5%）以及新兴经济体的平均水平（4.0%），按汇率计算我国国内生产总值（GDP）稳居世界第二位；中国占世界经济的份额由10%左右提高到15.9%，对世界经济增长的贡献率达到33.2%；2016年人均国民收入由2012年的5949美元提高到8085美元，年均增长8.0%。

在科技创新方面，5年来我国科技创新与体制机制创新"双轮驱动"，科技进步对经济增长的贡献率不断上升，引领中国向创新型国家的目标迈进。我国科技水平与美国的差距不断缩小，进入世界第二阵营。高技术制造业增加值对工业增长的贡献率达到20%以上，成为世界最大的高技术产业国。我国研发投入呈现高增长，已成为世界第二大研发投资国，接近美国研发投入。中国科技的创新力量形成了能与世界一流比肩，甚至领跑世界的一大批原创性成果，为我国产业转型升级奠定基础，也成为经济增长的重要引擎。

在军事建设方面，这5年我国军事变革成就显著、强军兴军迈出新步伐、军民融合取得大发展，国防实力又上了一个大台阶。国防资本存量、国防支出、国防实力，都在不断缩小与美国国防实力的相对差距。瑞士信贷银行的军力指数分析报告（2015年9月）认为中国军力指数居世界第三位，排在美国和俄罗斯之后。美国国会美中经济与安全评估委员会2016年度评估报告的结论同样指出，中国军力正在以令人震惊的速度增长，中国正在成为全球性军事强国。

在国际影响力方面，5年来我国国际影响力不断增强，积极推动地区与国际经济合作，全面参与和完善全球治理体系，综合国力的不断增强对世界产生了越来越重要的外部影响。2012年以来，中国"主场外交"的规格不断提升，中国倡议或参加的高水平国际论坛与参会国家数量"双增长"。据不完全统计，仅我国主办的高级别国际会议就超过35场，年均参会国家（地区）和组织达到224个，其中一半以上是中国的首倡性、定期性、长期性国际峰会，论坛规模、参会代表的级别不断提高，国际影响力不断扩大。从专业的国际影响力模型来看，中国在经济、科技、政治、军事和文化方面的国际影响力与美国的差距明显缩小，位居世界第二位。

在文化软实力方面，5年来我国文化软实力不断增强，国家不断加强对外文化交流合作，中华文化走出去迈出更大步伐。海外中国文化中心、孔子学院、文化节展等各类文化品牌活动，有力地助推了中华优秀传统文化的国际传播。进入世界品牌价值500强企业数实现了零的突破，入境旅游人数不断提高，国际旅游外汇收入持续增长，2016年相当于2011年的2.47倍。中国文化软实力的发展上了一个大台阶，社会主义文化强国建设基础更加坚实。

总之，经过5年来的埋头苦干、顽强拼搏，全国人民在以习近平同志为核心的党中央的带领下，取得了一系列新的历史性成就，我国整体国家实力再上大台阶，为实现全面建成小康社会打下坚实基础，可以说第一个百年目标的实现胜利在望、胜利在握。

社会主义初级阶段仍是最大国情

当前，我国已进入社会主义初级阶段"下半场"。我们仍需牢牢把握社会主义初级阶段这个最大国情，牢牢立足社会主义初级阶段这个最大实际，这是制定和执行正确的发展战略和政策的根本依据。我们可以从以下视角对中国目前的国情有更深入、更全面的认识。

从国际比较看，我国生产力相对过去十分落后的水平得到空前的发展，但是相对发达国家仍然比较落后，尤其是劳动生产率水平、创新能力和质量等仍然有很大的追赶空间，人均收入、人民生活水平等仍然有很大差距，农业就业比重、农村人口比重等仍然很高。

从物质与非物质生产力比较看，我国物质生产力有了极大的提高，基本能满足人民日益增长的物质需求，但各类服务（包括私人服务和公共服务）生产力及供给能力仍然不能满足13亿多人民日益增长的巨大数量和质量需求。

从不同的生产力角度看，工业生产力出现了供大于求，但科技生产力还不能满足社会与产业的巨大需求，文化生产力还不能满足人民个性化的需求，教育生产力还不能满足在校生教育质量的需求，国防生产力还不能保证满足国家安全的硬需求，生态生产力还是最大的短板。

总的来说，人口多，人均资源占有量少，生态基础薄弱，长期面临发展的硬约束条件，诸如此类的现实表明，中国特色社会主义虽然进入新的发展阶段，但仅仅是初级阶段中的新起点新阶段，而并非是超越初级阶段的新阶段。变化的是特征，不变的是社会主义初级阶段的本质。

可考虑提出"第三个百年"奋斗目标

我们看到，党的十八大以来我国经济社会发展和综合国力又迈上了一个大台阶。另一方面，国家治理体系现代化水平不断提升，驾驭经济能力不断增强，国家制度体系更加完备成熟，引领国际治理体系的影响日趋扩大，中华民族比近代以来历史上任何时期都更接近伟大复兴的目标，比近代以来历史上任何时期都更有信心有能力实现这个目标。

这样，我们很快就面临如何实现第二个百年目标的更长远任务。那么，应当怎样认识"两个一百年"奋斗目标的关系和具体目标呢？

我们认为，十八大后的5年，是承上启下的关键5年，既是第一个百年目标的决胜阶段，也是为第二个百年奋斗目标打基础的阶段。同时，今后5年还是以"抓住和创造战略机遇期实现社会主义现代化建设"作为主旋律的21世纪上半叶中间关键节点，既要与前20年全面建成小康社会保持继承性、连续性和阶段性，还要对开创未来社会主义事业蓬勃发展提供铺垫、前瞻和战略。

为此，我们提出三步走战略部署：第一步，到2030年，全面建设共同富裕社会，人均收入水平、人类发展指数、主要现代化指标达到世界中高收入国家水平，地区、城乡、收入差距持续缩小，高水平公共服务与社会保障覆盖全体人口；第二步，2040年，全面建成共同富裕社会，主要社会经济发展指标接近或达到中等发达国家水平，基本实现现代化；第三步，到2050年，全面实现社会主义现代化，主要经济社会发展指标接近或达到比较发达国家水平，全体人民享有更高水平的公共服务与社会保障，地区、城乡、收入与发展差距全面缩小，建成更加富强、民主、文明、和谐、绿色的社会主义现代化国家，为人类发展作出巨大贡献。之后，中国可能将进入社会主义中级阶段，为此，可以考虑并提出第三个百年奋斗目标，即到改革开放100年（2078年）建成高度发达的社会主义现代化国家。

从"站起来""富起来"到"强起来"

"领导我们事业的核心力量是中国共产党，指导我们思想的理论基础是马克思列宁主义。"站在新时期的社会主义事业建设起点上，我们更要牢牢坚持"四个自信"，这是中国实现社会主义现代化的必由之路、科学理论、制度保障和文化特质；站在新时期的社会主义事业建设起点上，中国不仅要继续致力于推动经济转型、社会转型、政治建设、文化传承、弘扬创新发展等诸多领域，从对国际发展的贡献来看，将更加致力于构建新型大国关系，以及更加积极主动、全面地参与经济全球化和全球治理，实现第二个百年目标的民族复兴伟大梦想必将如期达到。

"一代人有一代人的历史责任，一代人有一代人的历史使命"，如果说"绝对贫困"阶段是极贫水平下的社会主义建设时代，为了建立比较独立、比较完整的工业体系和国民经济体系的战略目标，实现了中国"站起来"，独立于世界民族之林；从改革开放时代（1979—1990年）到小康水平阶段（1991—2000年）再到世纪前20年（2001—2020年）的小康社会阶段，我们不仅实现了经济起飞、解决了人民温饱问题，并且使人民生活达到小康水平，还将通过如期完成第一个百年目标基本实现工业化，实现了中国"富起来"，走近世界经济舞台中心；到21世纪中叶（2050年），通过全党、全军、全国人民再接再厉、奋力拼搏，努力实现第二个百年目标，就意味着中国全面实现社会主义现代化，达到世界中等发达国家水平，将使中国"强起来"，信步迈入世界先进国家行列。这就是我们这一代中国人应当承担的历史责任，也是必须完成的历史使命。

（胡鞍钢为清华大学国情研究院院长，张新为清华大学公共管理学院助理教授）

中国伟大实践让西方预言破产

◆ 胡鞍钢　王洪川

习近平总书记在党的十九大报告中指出，中国特色社会主义进入新时代，意味着近代以来久经磨难的中华民族迎来了从站起来、富起来到强起来的伟大飞跃，迎来了实现中华民族伟大复兴的光明前景。随着中国崛起，世界各国越来越关注中国发展趋势和中国对世界的影响。这就产生多种争论和预测，在众多西方预言中，中国始终面对国际舆论三种基本论调："中国崩溃论""中国威胁论""中国门罗主义"。国外各界对中国的看法充满偏见，对中国的猜测不断、预言不断。尽管我们已经比较习惯和适应别人的"说三道四"，但是进入新时代强起来的中国，必须站在国家和人类命运共同体的战略高度，为了促进人类文明进步和传承，在各种国际交流场合上争得主动权和话语权，"摆事实，讲道理"。事实胜于雄辩，新时代中国特色社会主义的伟大实践向世界表明，西方国家带有政治偏见的预言已经破产，拒绝接受中国、企图阻止或遏制中国的计划终将成为泡影。

本文刊载于 2017 年 10 月 27 日《参考消息》。

历史性成就击破"崩溃论"

党的十八大以来，中国经济发展进入新常态，从高速增长转向中高速增长，引起世界广泛关注。一些人对此进行了别有用心的解读。例如美国学者彼得·马蒂斯在美国《国家利益》双月刊网站发表题为《世界末日，为中国的崩溃做好准备》的文章，诺贝尔经济学奖获得者保罗·克鲁格曼2013年曾说中国"将要撞上自己的长城"。这与十几年前美籍华人章家敦所著的《中国即将崩溃》如出一辙。实际上，中国改革开放以来就一直伴随着类似的论调。当中国经济增长率从10％左右降至7％左右，再次冒出"中国崩溃论"等奇谈怪论，不只反映了西方意识形态的偏见，也反映了许多西方认识与理论的局限性。

中国五年来的实践，始终"坚持稳中求进工作总基调，迎难而上，开拓进取，取得了改革开放和社会主义现代化建设的历史性成就"。面对经济发展进入新常态，"提出一系列新理念新思想新战略，出台一系列重大方针政策，推出一系列重大举措"，推动党和国家事业发生历史性变革。国家实力发生了新的历史性变化，经济实力、科技实力、国防实力、综合国力进入世界前列。面对世界经济复苏乏力、局部冲突和动荡频发、全球性问题加剧的外部环境，中国特色社会主义经受严峻考验，越走越稳，越走越好，显示出强大的生命力与创造力，孕育形成新时代中国特色社会主义思想，将中国特色社会主义推向强起来新时代。"中国崩溃论"等西方屡次看低中国的言论已经成了国际笑话。

分享红利化解"威胁论"

中国崛起对世界各国意味着什么？随着中国在世界经济和政治格局中占据重要位置，又出现了"中国威胁论"的声音，即中国的崛起将威胁邻国和其他国家。邓小平曾说："中国威胁不了美国，美国不应该把中国当作威胁自己的对手。我们没有做任何一件伤害美国的事。"尽管如此，西方国家对我国民主、人权以及民族问题的丑化攻击此起彼伏，国际贸易上对中国产品的各种限制措施层出不穷。随着中国经济做大做强，中国成为资源消耗"超级大国"，成为全球资源的超级买家，形成了巨大规模的资源消耗的外部效应。中国资源消耗的过快增长，也引起了全球市场的恐慌，也为"中国威胁论"创造了新的"资源威胁论"的借口。

然而，实践证明，中国不是独善其身的"专车"，而是世界发展的"顺风车"，是人类进步的"快车"。党的十八大以来，中国对世界经济增长贡献率超过30％，对世界减贫贡献达到1/4以上。中国经济红利遍布全球，对外贸易、对外投资、外汇储备稳居世界前列，成为世界上约130个国家的最大贸易伙伴；"一带一路"建设成效显著，对最不发达的国家，奉行"先予之、后取之，多予之、少取之"的方针政策，援助并帮助其提高自主发展能力；在更大范围内积极参与全球事务，主动提供全球性公共产品；能源资源消耗强度大幅下降，碳排放从高增长到低增长进而负增长，创新绿色发展模式，引导应对气候变化国际合作，成为全球生态文明重要贡献者。中国积极发展全球伙伴关系，"朋友圈"遍布世界各地。中国与世界主要大国的双边关系，已经从利益相关者升级为利益攸关者，强起来的中国继续向世界全面开放，使世界受益更多。党的十九大报告指出，中国发展不对任何国家构成威胁。中国无论发展到什么程度，永远不称霸，永远不搞扩张。中国坚持推动构建人类命运共同体，与世界各国利益相关度不断向纵深发展，中国强起来使世界共同受益。

所谓"中国威胁论"，不过是西方"老师"阻止或者遏制中国这位东方"学生"奋进的幌子。现实是"学生"已经找到了超越"老师"的方法，而"老师"还不自知，仍不自省。

共赢理念取代"门罗主义"

"门罗主义"是美国霸权主义的早期雏形，其本质就是通过排他划定势力范围。"门罗主义"后来又进一步演化为霸权主义、单边主义。美国学者福斯特指出："控制西半球——这就是美国制定'门罗主义'背后的动力。"正是基于美国崛起的历史，西方想当然地认为中国将采取自身的"门罗主义"，甚至美国舆论试图影响欧洲，宣称美国霸权将被中国霸权取代，制造世界陷入冲突和不稳定的预言假象。然而"门罗主义"已经产生了近200年，用这种老旧观点去揣测中国对外发展战略，把中国当作"国际体系的挑战者"，不仅十分落伍，而且极度缺乏思考，只能将世界人民的共同利益引入歧途。现在的中国不是200年前的美国，中国绝不会走国家利益至上的美国崛起之路。

以中国与东盟关系为例，有人预测崛起的中国会和东盟国家发生冲突。但中国始终保持与东盟国家发展经贸关系，东盟国家不仅没有对中国特别恐惧，而且采取顺应中国经济发展的政策，不断强化同中国的经贸往来，这不仅打破了这种西方预言，更取得了中国—东盟双边关系上的历史性进步。这正是源于中国奉行的"共赢主义"理念，推动建设相互尊重、公平正义、合作共赢的新型国际关系。十九大报告指出，中国秉持共商共建共享的全球治理观，倡导国际关系民主化，坚持国家不分大小、强弱、贫富一律平等，推动经济全球化朝着更加开放、包容、普惠、平衡、共赢的方向发展。中国主张"构建人类命运共同体""共赢主义"，超越"西方中心论""强权中心论"。中国是开拓者，开辟了人类现代文明新的强国崛起之路。

从根本上讲，美国主导下的国际关系逻辑仍然是零和博弈。中国"共赢主义"正在开拓一条"非零和博弈"的国际关系道路。"非友即敌""非合作即对抗""非得即失"等等观念已经越来越不合时宜，谋求国家的生存和发展需要更具包容性和更具远见的战略思维，角色定位既要有利于国家利益的实现，也要具有适当的弹性，为各国家间的战略博弈提供条件。

西方预言的破产，不仅是西方国家政治偏见的必然结果，也反映了西方主流学者对中国国情缺乏深入了解，对中国制度缺少基本耐心，对中国优秀文化缺少基本包容。诚如美国哈佛大学教授傅高义所言，如果你以美国的中国研究专家预言北京发生重大政治变动的能力，来作为评价我们贡献的标准，那我们的记录很差。我们常常犯错误，不仅源于可利用的资料有限，而且源于幼稚、把学科框架强加给远为复杂的现实，这都是导致我们犯错误的原因。

对人类文明而言，中国赶超美国不仅是由于中国人民的伟大创新，还是人类文明与现代智慧的共同结晶。党的十九大报告总结了新时代中国特色社会主义思想和十四条基本方略，对占全球人口80%以上的广大发展中国家是雪中送炭。这不仅是对中国未来中长期发展的部署，更是实现人类共同富裕、共同强大的中国方案，进一步明确了我国乃至世界进入新时代的形势任务、目标原则、路径手段、战略策略、体制机制。中国的创意正在变为全球性的知识和想法。

（胡鞍钢为清华大学国情研究院院长，王洪川为清华大学国情研究院助理研究员）

中国智慧助力破解三大世界难题

◆ 王灵桂

党的十九大通过关于《中国共产党章程（修正案）》的决议，将习近平新时代中国特色社会主义思想写入党章。习近平新时代中国特色社会主义思想诞生并成形于世界上最大的发展中国家，这种特质对发展中国家来说，既易"消化"，也易"吸收"，很容易引起发展中国家的思想共鸣。中国特色社会主义所包含的中国智慧、中国方案，为发展中国家实现现代化梦想带来启迪，成为广大发展中国家争相研究借鉴、学习尝试的具有世界影响的发展模式。

概括来说，习近平新时代中国特色社会主义思想对发展中国家的重要贡献，是它以独特优势开辟了破解政党治理、国家治理、全球治理这三大世界性难题的道路。

中国共产党在党建方面的探索和经验，尤其是十八大以来全面从严治党的实践和成效，是一些发展中国家解决党纪松弛、人心涣散、相互攻讦、丑闻迭现、政见和行动难以统一的难得借鉴。近年来，中国共产党和发展中国家政党之间的交流日益频繁、深入，中共的治党理念成为许多发展中国家治党的理念。

本文刊载于2017年10月27日《参考消息》。

在国家治理方面，西方国家治理模式造成的社会矛盾和社会难题，不但导致政府治理效率低下，而且社会分裂加剧，难以形成共识。反观中国，党的十八大以来，以习近平同志为核心的党中央坚持以人民为中心的发展思想，统筹推进"五位一体"总体布局，协调推进"四个全面"战略布局，坚定不移推进供给侧结构性改革，全面做好稳增长、促改革、调结构、惠民生、防风险各项工作，全面带动中国特色社会主义各项事业稳步走向质的飞跃。中国之治与西方之乱恰成鲜明对比，进一步彰显中国制度优越性。

在当下全球治理面临着"逆全球化"干扰的情况下，习近平总书记在十九大报告中向世界承诺：中国坚持对外开放的基本国策，坚持打开国门搞建设，积极促进"一带一路"国际合作。加大对发展中国家特别是最不发达国家援助力度，促进缩小南北发展差距。支持多边贸易体系，促进自由贸易区建设，推动建设开放型世界经济。中国方案为陷入窘境的全球治理指明了前进方向，一些发展中国家领导人表示，因为中国的努力和引领，发展中国家间的联系从未像今天这样紧密，战胜困难的信心从未像今天这样坚定。

十九大报告指出，中国共产党"也是为人类进步事业而奋斗的政党"，并"始终把为人类作出新的更大的贡献作为自己的使命"。报告呼吁各国人民同心协力，构建人类命运共同体。2017年8月，巴西总统米歇尔·特梅尔在访华前夕表示，"中国一直是第一流的伙伴"，金砖国家合作的重要性前所未有，不仅为各自民众带来发展机遇，而且推动全球治理等核心问题的解决与完善。"中国一直是第一流的伙伴"这个朴实而简单的评价，其蕴含的政治信任和合作信心，彰显了新时代中国特色社会主义思想之于发展中国家的重大意义。随着党的十九大的胜利召开，中国共产党在马克思主义中国化的道路上将迈向更加深入、全面、完善的新阶段。因此，我们也深信习近平新时代中国特色社会主义思想将会为发展中国家迈向现代化提供更多的实践榜样和理论借鉴。

（作者为中国社会科学院国家全球战略智库研究员）

揭开中国故事"第二个奇迹"奥秘

◆ 阎小骏

国内外的学者和观察家们常把过往近40年的时间里中国所经历的复杂而深刻的变革称为"中国故事"。于世界而言，要观察和讲述自20世纪80年代开端的这一炫目的"中国故事"，则必须解释其中两个最关键的"中国奇迹"：经济腾飞和政治稳定。前者，当然是指近40年间中国社会经济的超常规高速发展，但在辉煌的中国经济奇迹背后，外界或许忽视了"中国故事"中的另一个同等重要却亟待解释的现象，即面对如此复杂、剧烈而又深刻的社会经济变革大潮，以及动荡不安的国际政治环境，中国共产党如何在21世纪保持国家基本政治和社会秩序的总体稳定？这个西方学者所迷惑不解的独特现象，正是从东方到西方，许多学者、观察家和政治家所试图解释与学习的中国故事的"第二个奇迹"。

转型动荡考验发展中国家

传统西方政治学理论对于发展中国家在剧烈社会变革中保持社会政治

本文刊载于2017年10月23日《参考消息》。

秩序稳定的能力从来不抱乐观态度。西方政治学家们往往认为，发展中国家的高速经济增长势将无可避免伴随着政治动荡、社会撕裂、国家失能和革命浪潮；经济发展与政治稳定似乎是永远不可并肩而行的两个相互排斥的过程。

的确，世界历史表明，经济社会的高速发展对于既有政治秩序的影响确实是具有威胁性的。首先，无论是经济腾飞、现代化还是市场经济转型，这些重要的经济社会转型都往往带来社会阶层关系的急剧变化、利益的重新分化组合、社会组织方式的重整，转型过程中不断涌现的新的阶级阶层和压力团体在政治版图上日益跃升，新的经济要求、社会要求、政治要求日益多样，新形式的大规模群众运动不断获得集结机会和空间，新的价值体系和政治论述也初现端倪。

其次，对外开放和市场经济转型也必然导致国家旧有的、赖以实施管治的资源基础和控制手段发生变化。简而言之，当政治国家不再能够像计划经济下那样完全控制每个社会成员的衣食住行，政权也日益需要因应新的权力基础，对旧有的控制手段、管治方式和政治话语进行适时的调整和革新。

最后，经济、社会的全球化和政治国家主动的对外开放也必然带来外部世界对国内政治影响和干预的常态化，以及外来价值观体系的传播对国家意识形态和文化格局的侵蚀。

就国际环境而言，在21世纪初，从东欧、中亚到中东地区，以"颜色革命"和"阿拉伯之春"为名的反政府运动浪潮给有关各国政权带来了巨大的冲击；革命浪潮过后，政权易手、社会纷乱、战乱频仍。同期，逐渐高涨的激进宗教势力、恐怖主义势力和分离主义势力对包括中国在内的全球各国形成日益严重的日常威胁。另一方面，奥巴马时期美国的"重返亚洲"政策以及特朗普主义下美国外交的不确定性更进一步加深了全球政治和军事形势的不稳定程度。正因为如此，中国共产党在极为复杂的国际和国内环境下如何保持上层建筑的高度适应性和国家基本政治秩序的稳定性，就成为国际学术界急于希望寻找答案的重要问题。

中国方案弹性和刚性并举

总括而言，中国共产党在21世纪初国内外政治、经济和社会环境大分化、大改组和大变动的时代保持政权安全和政治安定的奥秘，是笔者通过十余年实地调查所探讨的核心议题。解释这个政治上的奇迹也理应是在21世纪讲述"中国故事"不可或缺的重要组成部分。

在大变动的时代中进行政权建设、维护国家政治秩序的稳定，需要处理的问题和面对的挑战五花八门；但总体而言，有三个方面的挑战最具关键性：一是在急速变化的社会阶级阶层格局下，如何保持、扩大和更新政权赖以存在的社会支持基础和执政基础；二是在不断活跃的社会力量和不断涌现的新的利益要求下，如何有序地扩大政治参与，将越来越多的新旧社会力量有机融合进国家的治理结构之中；三是政权因应新的社会结构变局，如何管控好潜在的反对力量和不稳定因素，如何适当处理足以引起大规模、颠覆性社会运动的突发事件。

总体而言，这三个方面的挑战归结到一点，即在旧有的管理结构和控制办法逐渐不适应时代要求的情况下，如何建立和重构新的治理体系，以延续和保障国家对社会的足够掌控，以及协调国家与社会关系运行的和谐有序。这三大挑战，是在社会经济大变动时代政治国家所需要应对和处理的中心问题。

中国自21世纪以来在政权建设和维护国家基本政治秩序稳定方面的制度、办法和创新，汇合在一起正是在经济社会大变动时代中如何保持国家基本政治秩序稳定的中国方案。这个具有鲜明中国特色的方案内容丰富，既有顶层设计的政治理性，又有"摸着石头过河"式的实践智慧；既有政权自身因应时代变化的自我革新与创新，也有针对潜在破坏因素的甄别、预防与管控。正如《诗经·大雅·文王》中的诗句所讲的"周虽旧邦，其命维新"。中国虽然是古老的文明邦国，但永远不会在守旧和故步自封中灭亡，只会在顺应时代潮流、不断改革自身中而日新。

总体而言，在这个维护政权安全和政治稳定的中国方案里，最重要的两个组成部分就是：政权吸纳和预防式管控。前者，笔者称之为国家的"弹性"；后者，则称之为国家的"刚性"。中国得以在经济大变动的格局下保持社会政治的基本稳定，根本经验还在于正确处理和适时调整国家弹性与刚性这两方面的辩证统一关系。

中国共产党在经济社会转型中始终注重保持政权的高度弹性，通过政治吸纳不断扩大党的执政基础、维护党与社会各阶层的密切联系，建立维护跨越阶级阶层的政治联合，以及通过鼓励参与式治理来应对党和政府在市场经济条件下基层权力基础的变化，以巩固执政基础、提高治理水平，最终保持社会的长治久安。中国政治体制的灵活吸纳性和高度弹性，也揭示中国共产党所具有的与时俱进、从实践中学习的精神是其在大时代中得以保持国家政权稳定的奥秘。

预防式管控，则是通过制度化的措施，发现、识别、干预和控制社会经济大变动时代在社会层面上不断涌现的对政权的挑战力量和破坏因素，并把它们对国家基本政治秩序的负面影响控制在最低程度。政治秩序是现代政治国家的永恒主题。要实现国家对社会的有效管治，除充分发挥国家的弹性优势外，也离不开对国家刚性力量的合理运用。中国共产党在社会不同领域中所面临的挑战虽各不相同，然而实质是一致的，即在社会经济大变动的时代中如何以预防式的管控机制维护社会政治基本秩序的稳定、并有效识别和防控由历史和现实所引致的各种潜在不稳定因素对政治稳定和政权安全造成破坏。

中国共产党在21世纪政权建设上对国家"弹性"和"刚性"两方面的高度重视，以及在维护基本政治秩序稳定的实践中能始终做到"政治吸纳"与"预防式管控"双管齐下，最终得以在经济社会大变动时代有效保持国家总体政治秩序稳定和政权安全。这应当是中国故事里"第二个奇迹"的奥秘之所在。

"学习型政权"确保活力和韧性

在中国维护稳定的解决方案中，充分发挥国家弹性和国家刚性这两个侧面的作用，其力量源泉来自中国党和政府作为"学习型政权"的重要特征，即执政党在社会经济大变动的时代，通过不断对内观察分析和对外学习吸收来进行自身的调整、适应和创新，既以高度灵活的姿态充分发挥国家的弹性优势，不断扩大政权边界，吸纳各种新旧社会阶层进入体制，扩大自身执政基础和社会支持基础；又以高度果敢的态度，充分、有效使用政权的刚性力量，以预防式管控机制，保持国家对社会的有效治理，监控、识别和防范潜在反对势力和不安定因素发展成为具有公开破坏性和颠覆性的反政权力量。正所谓"张而不弛，文武弗能也；弛而不张，文武弗为也。一张一弛，文武之道也"。

从全球来看，能否建立起具有高度适应性的"学习型政权"亦是发展中国家在经济社会变动下保持政治社会稳定的关键所在。"学习"在这里指对内外环境和社会力量的观察、分析和适应，对外部世界政治实践成果的吸收，对自身执政和治理结构的适时调整和创新，对历史传统的理性继承和扬弃，以及对社会管理和控制办法的与时俱进等。学习型政权所具有的高度观察力、判断力、灵活性、应变性和机动性，都使其更能在复杂多变的内外环境中，以充足的弹性和适当的刚性，保持政权系统的韧性，从而促进国家治理结构与变化了的社会经济大环境密切结合。

从学习型政权的视角观察改革开放时代的中国政治实践，是一个全新的角度，也是讨论中国故事中各种政治现象的基本出发点。观察和检视过去5年中国政治运行实践中的主旋律，亦正是中国党和政府如何从时代和实践中充分学习，灵活应变，创新机制，达到治理结构、经济环境和社会形态三者在动态中的协调和统一。从这一方面来看，中国共产党的学习适应能力，是与前苏联国家和东欧国家的执政党之间有着极其显著的差别的。高度的学习适应能力是中华人民共和国政权所具有的国家能力的重要组成部分，也是中国政权的特色，是政权得以保持其活力和韧性的根本要素之一。

21世纪初期发生的"颜色革命"和"阿拉伯之春"等颠覆性群众运动，是中国共产党学习和思考的重要素材。随着时代的变化——特别是全球化、信息化和新媒体网络突飞猛进的发展——青年运动的勃兴和青年社群政治能量的跃升成为各国政权需要应对的重要问题。

另一方面，在中国，随着20世纪90年代以来高等教育版图的巨大变化，特别是市场经济的发展，使得学校和传统的共青团组织对于大学生的控制力度也在不断减弱、非体制的外来意识形态对大学校园的侵袭日益加强。中国共产党如何与时俱进以创新体制维护校园的政治秩序，是保证政权长治久安的重要一环。改革开放时代的中国党和政府通过重构大学思想政治教育、组织管理、奖惩机制、应急管理等一整套新的系统，有效保持了对大学校园的管理力度，在社会经济大变动时代保证大学校园成为政权的积极支持基础。

社会经济大局的结构性变化带来的同样有更广泛社会层面上的多样转变，也带来群众利益要求的多样性，为中国共产党治国理政带来更大的复杂局面。但新利益要求的出现仅仅是问题的一面，随着原有社会管理结构的消失或弱化，群众自我组织、自我宣传以及争取自身利益的方式也有了较大的变化。20世纪90年代以来，群体性事件数目的快速上升显然是与社会经济结构转型的速度相一致的。因应新的形势，中国共产党也不断对基层社会管治的新实践加以观察、学习和反思，在基层逐步建立起以预防式管控为主线的社会控制机制。预防式管控是对原有社会管理机制的创新，反映了中国党和政府在发挥国家刚性、遏止实际或潜在的不稳定因素方面的学习能力。

从学习型政权的视角分析中国政治，重点在于厘清社会经济变局为政治稳定提出了何种新问题、新挑战，政权如何以学习的姿态分析、应对这些新挑战，如何通过平衡与发挥国家弹性和国家刚性这两个基本面来实现体制的与时俱进和自我更新，在扩大政权社会基础的前提下保持对潜在威胁力量的有效震慑和控制，从而为国家基本政治秩序的稳定、国民经济的进一步可持续发展和社会的长治久安提供最坚实的政治保障。可以说，中国共产党以学习的态度不断创新、有效平衡和善于运用国家弹性和刚性的两面，这正是21世纪初期中国政治的主线，也是我们国家为破解发展中国家在经济社会急速变化条件下有效进行政权建设、维护政治稳定这个世界性难题而提供的具有中国特色解决方案的重要篇章。

（作者为香港大学副教授）

中国特色社会主义超越西方模式

◆ ［英］斯蒂芬·佩里

有人问我中国特色社会主义究竟意味着什么？我说这既复杂又简单。在西方国家，商业推动经济，商人的利益就是获得利润，这是资本主义的历史传统。资本主义很有创新性，为世界带来了巨大活力，创建了从未有过的福利国家，现在西方人的地位比500年前大大提高就得益于资本主义。但是鉴于资本主义制度追求利润和增长，它很难分享财富，很难关照弱势群体。因此西方国家总是在发展经济增加收入与分享财富两者之间争论不休，这一问题常常体现在支持哪个党派上，如果支持左翼，他们会增加公司和个人的税收；如果支持右翼，他们会发展商业促进经济但缺乏对人们的关照。

中国制度的优势在于，由一个执政党全面考虑并权衡以上两个方面，在鼓励创新并推动私营部门发展的同时兼顾财富的分享。在西方国家产生了两种发展路线，一种是英美模式，纯粹强调增长的资本主义，特别是金融资本主义；另一种是北欧模式，包括丹麦、挪威、瑞典等国，强调人道主义的社会民主主义。中国坚定走中国特色社会主义发展道路，其中蕴含的人道主义遗产源于几千年前的中国。解决发展经济与分享财富之间的矛

本文刊载于 2017 年 10 月 24 日《参考消息》。

盾，是中国正在建立的中国特色社会主义的基础，也是最困难的地方。把这些问题解决好是中国未来10年至15年最重要的挑战，其中包括中国和西方媒体很少提及的农业问题、农民阶层向城市工人阶层的转化问题。如何正确处理农村的结构和关系，以及如何发展教育系统和金融系统支持这一转变，也将会是中国面临的主要挑战。

西方资本主义发展到了工业革命阶段，富人和穷人间的差距达到了最大。进入后工业革命阶段，西方国家才开始分享财富。我认为中国在分享财富上会发展得更快，但这将不是通过税收的方式。西方主要是通过税收建立起福利国家。在中国关于福利国家的论述中，我发现他们从西方出现的问题中学到了很多。福利国家这个概念似乎在中国得到了更好的诠释。人们问我，你是不是觉得中国人比西方人更聪明？我说中国人发现了西方的问题并从中吸取教训，从而制定自己的政策。

我认为实现"两个一百年"目标需要一个有效的共产党，基于中国现阶段的发展和中国的历史，我不认为多党制民主这一后工业革命的产物是适合中国的制度。这不是由我决定的，中国人民需要自己决定中国实行哪种政治制度。如果中国共产党继续保持其前瞻性，研究不同政策，并提前试验其可行性，那么中国共产党将会保持它的有效性。西方人不明白什么是党内民主，中国共产党内讨论发展政策时十分开放活跃，然而一旦做出了决定，就不会再改变。

（作者为英国48家集团俱乐部主席。本文由本报驻伦敦记者王思佳、桂涛采访整理）

自信的中国为世界带来更多机遇

◆ [澳]劳里·皮尔西

中国正成为一个越来越有信心的国际经济体。成功的经济改革是中国自信的重要源泉，而一个自信的中国会为世界带来历史上从未出现的积极变化。

中国经济步入新阶段

中国经济改革进行了将近40年。如果把这段时间划分成不同阶段，我们会发现，初始阶段中国重点在吸引外资、打造生产能力，之后中国进入了通过提供大量高质量制造品成为全球经济引擎的阶段，再之后中国发展自己的资金密集型的固定资产投资，比如修建港口、桥梁、高速公路和开发房地产市场。而现在，中国经济步入了又一个新阶段。

过去5年，中国在中国共产党的领导下朝着一系列战略目标努力奋斗，这些努力已经取得成效。例如，服务行业现已占中国国内生产总值（GDP）的50%以上。这说明，中国的经济模式正在发生变化，尽管中国

本文刊载于2017年10月13日《参考消息》。

GDP 总体增长放缓，但中国 GDP 增长的稳定性很强，因为服务行业的繁荣会使 GDP 更容易取得稳定增长。

中国以长远的眼光对经济进行规划，提出"两个一百年"目标。在中国共产党的领导下，中国正在迅速实现这些目标。我有足够的信心认为，中国可以完成自己的宏伟目标。

一个强大的、自信的中国会为世界带来更多机遇。

在18世纪，中国 GDP 占全球总额的三分之二，是全球经济的主导力量。这使得中国可以向世界传达自己的文化、贸易、商品、技术、信息等等人类文明发展所需的基础。在21世纪，一个更加自信的中国正在现代国际社会中承担更大的责任，我们将目睹中国与世界之间更多的资源、技术、思想等的交换，这对21世纪人类文明发展是好事。

中国成全球化引领者

针对全球性问题的中国方案在很大程度上是基于中国经济发展的成功经验提出的。中国经济发展从政治角度上讲，是以对核心利益的互相认可为基础的，共同维护基于规则的国际秩序。

中国方案的内容非常丰富，比如中国近年提出了"一带一路"倡议，倡议创建了亚洲基础设施投资银行、倡议建立了"亚洲大学联盟"等。这些中国牵头的倡议，为其他国家、企业、不同社区、不同文化敞开了大门。这些倡议背后的开放包容共赢的精神，会帮助全球不同的角色参与到21世纪的全球化经济中。中国正在国际舞台上扮演一个越来越有信心、越来越重要的角色。

"一带一路"倡议也为澳大利亚这样的发达国家带来机遇。比如，如果抓紧与中国提出的"海上丝绸之路"对接，澳大利亚北部开发会发生质的变化，澳大利亚北部有可能成为中国和亚洲其他快速发展的经济体的高质量能源、矿业资源、农业、教育、技术、服务的基地。中国是澳大利亚在21世纪提升经济实力稳固全球经济地位的重要催化剂。

中国正将更多的国际政治资本放在全球化、包容和自由贸易议题上。这标志着现代全球化的领导方式，至少是此前20多年的传统方式正在发生转变。过去全球化的主要领导者是美国，再之前是英国，都是传统意义上的发达国家。但由于中国正在将更多的政治资本、金融资本放在全球化和国际投资上，中国正在支持全球化上发挥着更大的领导作用。

当然，中国经济当前也面临着多重挑战。不过我相信，在中共十九大上，可以见证中国共产党的领导能力继续提升。毫无疑问，中国共产党领导的中国改革，可以确保中国继续在国际社会中扮演重要角色，并为中国人民和全球人民带来巨大的机遇和美好的结果。

（作者为澳大利亚新南威尔士大学助理校长。本文由本报驻悉尼记者张小军、何嘉悦采访整理）

海外访谈➤➤

中国大刀阔斧改革勇气值得高度评价

—— 专访日本前首相鸠山由纪夫

◆ 本报驻东京记者 杨汀 邓敏

日本前首相、东亚共同体研究所理事长鸠山由纪夫日前在东京接受本报记者采访，畅谈对5年来中国在内政和外交上推行的新思路、新举措的看法，以及对未来中国发展和中日关系的期待。他认为中国政府大刀阔斧改革的勇气值得高度评价。

"一带一路"构想促进世界和平

《参考消息》:5年来中国在内政和外交上推行了很多新的改革措施，请问您如何评价，给您印象最深的是什么?

鸠山由纪夫:我认为习近平主席执政以来，显示了强有力的执政能力。在外交方面给我印象最深的是提出了"一带一路"倡议。我认为这个新倡议将为世界和平作出贡献。在内政方面，正如中国政府使用"老虎苍蝇一起打"这个说法，在反腐上显示了坚定决心，主张要对大的（腐败）犯罪和

本文刊载于2017年10月11日《参考消息》。

小的（腐败）犯罪都下重拳。在国家发展过程中，中央官僚和地方官僚都有较大的权力，其背后会滋生腐败，中国政府认为不能放任不管，用强有力的手段进行整治和监督。我认为中国政府大刀阔斧改革的勇气值得高度评价。

《参考消息》：您今年5月参加了在北京举行的"一带一路"国际合作高峰论坛，请问您的感想如何？您认为该构想将给世界带来何种影响？

鸠山由纪夫：我有幸参加了"一带一路"高峰论坛，习近平主席的演讲令我非常感佩。他说，"一带一路"倡议的目的是要建成和平之路、繁荣之路、开放之路、创新之路、文明之路。第一是和平道路，接下来是繁荣。一般认为，"一带一路"是通过基础设施建设，辐射到周边国家，主要是欧亚大陆的国家，增进各国之间的联系，特别是促进发展中国家的经济发展。不过我认为，"一带一路"倡议更大的着眼点是，通过促进经济发展来防范纷争于未然，促进地区和平。我认为这种想法非常重要，习主席是基于这种构想来提出"一带一路"倡议的，比起经济问题，更大的目的是促进整个地区的和平。能够出席"一带一路"高峰会议，我觉得非常有收获。

合作共赢是中国处世之道

《参考消息》：中国领导人在各种场合提倡共同构建"人类命运共同体"，对此您如何评价？您也倡导建立"东亚共同体"，您觉得两者之间是否有相通之处？

鸠山由纪夫：我认为人类生存的目标是和平、幸福的生活，作为实现这一目标的手段，发展经济当然是必需的。但如果只认准金融资本主义、市场万能主义，也就是最优先发展经济，不仅可能无法实现和平、幸福生活的目标，反而可能会导致贫困人口增加。习近平主席在这种背景下提出"一带一路"倡议，提出建立和平、繁荣之路，以及建立人类命运共同体，大家和平、友好共处，我认为作为领导人，这是非常明智的想法。

我一直主张建立"东亚共同体"。我认为，东亚虽然在经济方面以及其他方面面临很多课题，但还是希望能够基于对话和互助，实现和平共处。可以说，我正是想在东亚实现中国倡议的"命运共同体"，实现和平和繁荣也是"东亚共同体"构想最重要的目标。"东亚共同体"主要是指中国、日本、韩国、朝鲜，还有东南亚各国，而"一带一路"倡议覆盖了欧亚大陆的所有国家。因此，涵盖了东亚的"一带一路""命运共同体"构想比我的"东亚共同体"构想要宏大。我认为我们的方向是一致的。

《参考消息》：前些年中国提出了"大国是关键，周边是首要，发展中国家是基础，多边是重要舞台"的外交思路。您如何看待中国推行"新大国外交"和"中国特色外交"？

鸠山由纪夫：这是毫无疑问的，美国一强的时代已经过去，21世纪是在美国、欧洲衰退的同时、中国崛起的世纪。在某种意义上，也是美国和中国一边竞争，一边谋求合作的世纪。在日语里有这样一句谚语：稻穗越接近丰收，头就垂得越低，表现了一种谦虚的态度。谦虚是非常重要的，人也好国家也好，成长壮大是一件好事，不过大国容易凭借实力对周边国家显示优越感。但是中国的大国外交不是这样，而正像这句谚语说的那样，要和周边国家交朋友，增进跟周边国家的合作关系，这是拥有13亿多人口的中国的处世之道，是"一带一路"倡议的方向，我认为这是非常好的方向，这是我的理解。

期待中国引领应对国际性问题

《参考消息》：中国共产党第十九次全国代表大会即将召开，对于这次大会，或者说对于今后中国的发展，您比较关注什么，期待什么？

鸠山由纪夫：我认为，重要的是中国的新领导层会如何作为。当前公认的全球最大问题可能是国家之间的冲突问题，但我认为更重要的是气候变化、地球环境问题。希望中国新领导层在解决地球环境问题上扮演重要角色，这是我比较关心的。不久前各国签署了《巴黎协定》，同时出现了美国要退出《巴黎协定》的动向，这非常没有道理。包括劝阻美国退出在内，希望中国在新的领导层领导下，在应对地球环境问题上发挥领导力，这是我的想法。

中国的发展方面，我认为中国经济稳定发展对日本有利，尤其是日本人必须明白这一点。说到中日关系的问题出自哪里，现在的日本首相安倍晋三一直边渲染"中国威胁论"边整备安保环境，我认为这不是好事。由于日本强调"中国威胁论"，所以日中关系在政治上不是很正常。我认为日本应该认识到这种错误，日本不应致力于成为政治大国、军事大国，而应该在外交上显示国力。日方应该主动致力于改善日中关系，包括历史问题在内，希望日方能主动释放这样的信息。我是亚洲基础设施投资银行（亚投行）的国际顾问。日本还没有加入亚投行，这是很不自然的事情。美国总统特朗普也有意让美国加入亚投行，但是由于一些原因还没有实现。如果实现了，就只有日本落下了，那就太可惜了。我认为为了亚洲的和平，中日之间建立合作关系非常重要。日方更应该主动致力于推进日中关系进一步发展。

日方应积极改善日中关系

《参考消息》：您最近出版了新著《脱大日本主义》，其中提到日本应该把发展目标定位为"中等力量"（middle power），并且您认为中日应该不是"对抗"关系，而是"共生"关系。您为何会这么考虑呢？

鸠山由纪夫：日本曾经优先发展经济，国民生产总值排到世界第二。但日本人可能很容易忘记，日本是一个人口只有1.2亿的国家，不到中国的十分之一。这样一个只拥有（中国的）十分之一人口、夹在中国和美国这两个大国之间的国家，还要逞强称自己也是大国，这到底有多大的意义呢？基于此，我认为，日本应该作为"中等力量"国家为世界各国树立榜样。所谓"中等力量"就是不追求大国主义。

幸也好不幸也好，日本是世界上最先步入老龄社会的国家，中国继而也会进入老龄社会。在老龄社会中，人们，尤其是老人的生存状态，劳动力问题要怎样解决，都需要有新的构想。在这方面，日本应该作为中等力量国家，作为最早步入老龄社会的国家，树立一个成功的范例，建立一个无论是老年人还是刚出生的婴儿都能各得其所生活的社会。因此，日本不能只以经济发展为目标，或者以成为军事大国为目标，而应该尊重和满足每一个人的价值，成为一个这样的国家。所以，日本不应该致力于提高防卫力量，而是要提升每个国民的价值。为此，我们不应该和周边国家争吵，而要和周边国家友好相处。这就是所谓"共生"社会。

过去日本曾经从中国学习到了很多东西，汉字就是其中之一。曾经在文化价值上受教于中国的日本更应该和中国一起建立共生的友好关系。绝对不应该争吵，要建立避免纷争的机制，建立对话和合作的渠道，我认为建立"东亚共同体"就是其中之一，不论什么问题我们都应该通过协商解决，并且合作干大事，用符合时代要求的方式迎接时代的挑战。我认为日本应该发挥这样的力量，所以，才写了《脱大日本主义》这本书。

《参考消息》：目前在日中关系与日美关系之间，日本非常偏重日美关系，您提出"东亚共同体"理念，也是认为日本应该更重视亚洲和日中关系。这被部分舆论解读为您"反美"，确实如此吗？您认为日本在日中关系和日美关系之间应该取得怎样的平衡？

鸠山由纪夫：我在美国留学了6年，我绝不讨厌美国，完全不"反美"。但日本总是依附于美国，据此来制定外交政策，这样的政治状况未免有些可悲。日本原本是一个独立的国家，不应该什么都追随美国，应该有自己的意见和政策方向。在这种意义上，我认为日美关系，或者说日美安保体系能够变得"相对化"一点，在日、美、中之间寻求更好的平衡点。今后中国会推进"一带一路"倡议等合作，与相关国家谋求共同发展。我希望日本不要将自己排除在外，而是制定合作性的政策。在这种意义上，也希望日本、中国、美国之间能建立更具建设性的关系，我觉得这绝对不是美国不愿意看到的。和平对所有的国家来说都是好事。同时我认为，制定重视亚洲的对外政策，将会使日本得到所有国家的认同。就日中关系而言，我认为日本需要致力于解决包括历史问题在内的很多问题。

中国把握时代需求令世界受益

—— 专访法国前总理拉法兰

◆ 本报特约记者　许改　本报驻巴黎记者　韩冰　应强　韩茜

法国前总理让－皮埃尔·拉法兰一直密切关注中国的发展，并积极推动中法各领域合作。拉法兰日前在巴黎接受本报记者专访时表示，中国在走向全面小康社会的道路上付出了艰辛努力，中国政府在寻求社会的现代化并着手一系列重要改革。中国制定长远规划的做法值得西方学习。

拉法兰表示，在当前充满不确定性的国际局势下，中国通过提出"一带一路"倡议等方式推动多边合作和对话，为国际社会树立了榜样，中国的长远目光和对时代需求的把握对于世界发展大有裨益。

中国将成为一流创新国家

《参考消息》：在中国的发展规划中，提出到2020年全面建成小康社会，实现第一个百年奋斗目标。您如何理解中国的这一目标，您认为中国能否顺利实现这一目标？

本文刊载于2017年10月10日《参考消息》。

拉法兰：我认为中国的"两个一百年"奋斗目标能够达成。中国在走向全面小康社会的道路上付出了很多努力。我对这个政策规划持乐观态度。事实上，现在有许多国家只着眼于短期，而中国是当今世界上不多见的对未来制定长期规划的国家。中国为其国内经济增长选择了多项长期战略方针。这是一项漫长艰巨的工作。当你在寻求可持续发展，改善环境，建设智慧城市以及所有对高质量经济增长的助益之时，经济增长问题不可能一蹴而就。这些都是具有长期性的目标。所以我认为中国由此给世界传递了一个有用的信息，即不应只把眼光放在1年、2年、3年内，同样也要有长远的、非常长远的目标。

我们已经看到了"十二五"规划以及"十三五"规划期间的工作成效。中国习惯于制定长远规划，我认为西方国家也应该学习制定这种长远规划。西方国家太执迷于短期。

《参考消息》：您认为中国实现上述目标的保障有哪些？

拉法兰：我认为中国实现这一目标的根本保障主要有两个：一方面，是中国人民的智慧，这个古老的文明拥有想象以及创造的能力。在一个将以创新为标志的世界中，在一个需要创造者、发明者的世界中，我认为中国有一张了不起的王牌，就是源远流长而博大精深的中华文明。

另一方面，是中国人民的勇气。我们看到在一些大的灾难面前，比如在多次肆虐的大地震面前，中国人民总是显示出非同寻常的勇敢。

尤其要提到的是，我在习近平主席的论述、著作中多次看到为中国创新能力鼓与呼。中国现在对全球而言既是新思路的实验室，也是新产品的实验室。这种创新构成了中国的重要王牌。

《参考消息》：您认为中国全面建成小康社会主要应在哪些方面着力？中国还有哪些不足需要改善？

拉法兰：首先，我要强调我们都需要改革开放。当今的世界，持续改革势在必行。每一个社会都需要改革。法国社会需要改革，因为我们劳动力市场过于僵化；德国需要改革，因为移民和人口问题需要解决；中国也有自己的问题，尤其是要实现包容性增长，增长的质量要更高。

随着数以千万计的民众摆脱贫困和中产阶级的兴起，中国已成功实现了经济和社会发展的重要一步。接下来，中国和世界面临的一个共同问题是气候变化。在这方面，中国为达成《巴黎协定》所做的贡献已得到人们的赞赏。

我们还需要面临数字经济，当然，中国在这一领域已经表现得很适应。我认为中国的创新能力将使中国社会在21世纪下半叶面貌一新，与今日中国社会的面貌将有深刻的区别，中国将逐步成为世界上一流的创新国家。

习近平主席对中国共产党开展了雄心勃勃的改革，让党变得更加高效、廉洁、贴近民众，这是非常重要的举措，因为不是人民服务于党，而是党服务于人民。中国共产党党员比整个法国的人还多，完善党的规章制度是很重要的。

此外，中国在经济发展的地域规划中要做出良好的分配。当下的中国正在发展西部地区以更好地利用空间，而不只是发展沿海城市，这点非常重要。考虑到年轻人的教育水平、当今中国的科技水平，我认为对于中国最重要的主题是国内各地区间平衡和中国的整体地域发展，从而使得中国所有省份都能彰显价值，这有助于中国国内的和谐发展。

十九大对世界也非常重要

《参考消息》：自中共十八大以来，中国在许多方面发生了历史性变革。您认为中国在哪些方面变化最明显，或者您的感受最深？

拉法兰：中国尤其在最近30年来出现长足的进步。就我而言我认为最重要的首先是中国在捍卫多极、多边主义的观念，在捍卫国际关系的和平观念。而中国在最近一段时期中也为此做出重要努力，比如支持联合国、支持联合国教科文组织。这些对于全球的平衡是非常重要的。

另外，我们都被中国城市中展现的现代化所震撼。比如，我最近在深圳看到了中国在电动汽车方面所做出的努力。中国在科技层面实现了大幅跨越，这无疑是中国变化中最重要的一个特征。中国对科技的渴望令人印象深刻。中国的发展始终紧跟最新科技的发展，如今在中国，电动汽车、各类最新的数码电子产品越来越普及。

《参考消息》：您如何理解中国领导人的治国理念和中国的战略思维？

拉法兰：我认为中国政府在寻求中国社会的现代化并因此着手重要的改革。比如，发展低污染的经济；为所有人提供更有效的医疗保障；应对老龄化。我认为通过当下的政策也能看出一些中国现今的治国理念，那就是试图进行改革，尝试尽可能多地减少改革带来的弊病，因为在改革中，总会有一些需要处理的困难问题。

《参考消息》：中国共产党的第十九次全国代表大会即将召开，您对十九大有何期待？

拉法兰：这是对中国来说非常重要的大会，也是对世界来说非常重要的大会。所以我们想在这次大会上看到的，首先是接下来五年的指导方针。习近平主席将就此提出什么样的建议。他对中国有非常丰富的经验和认识，我们期待看到他对中国的未来发展提出哪些重大方针，尤其是他想在改革政策上走到何种程度。我们同样期待看到中国国家主席将哪些国际承诺视为优先。

中国在国际上扮演平衡者角色

《参考消息》：您如何看待和评价中国近年来努力推动建设新型大国关系？

拉法兰：在过去5年中，中国既寻求自己作为一个世界大国的权力，也担当起一个世界大国的责任，比如中国成为全球经济增长的引擎，加大对联合国维和行动的贡献等。同时，中国在国际关系建设中扮演了重要角色。

中国首先是一个推动各方对话的力量。中国提出的"一带一路"倡议就是一个推动对话和合作的好主意，这一倡议让不同国家能够坐在一起共同协商。对今天的世界来说，一个好的国际战略可以概括为"多边对话"。从这个角度来说，中国做出了榜样。

美国似乎没有接受中国建设新型大国关系的建议。如今，美国总统特朗普的行为令人难以预测，国际政治不确定性的一面令人担忧，而且秉持单边主义的美国经常以令人不适的方式保护自己的经济利益，比如一些法国企业因为想进入伊朗市场而难以进入美国市场，诸如此类扭曲的游戏规则是我们难以接受的。

与美国相比，中国的行为具有可预见性，这使得中国的合作伙伴可以放心和中国开展合作。我认为，中国的长远目光以及对时代需求的把握可以给世界带来很多裨益。

《参考消息》：如今中国在全球多边合作中发挥日益重要的作用，在全球治理的理念和实践上贡献中国智慧和中国方案，您对此有何评价？

拉法兰：中国在国际层面扮演了一个非常让人放心的角色，一个平衡者的角色。我认为我们在朝鲜危机中已经看到了中国所表达的是呼吁冷静的信息。中国甚至呼吁美国总统更加克制和负责任。中国在世界发出的声音，是平衡之声、多边主义之声，也自然而然地是进步和规划之声。我认为中国现在可以扮演这样一个非常重要的角色，也就是和平促进者的角色。

欧洲应与中国共建"一带一路"

《参考消息》：您如何看待"一带一路"倡议？

拉法兰：这是今天我们合作中的重要主题。这是一个重大的令法国很感兴趣的计划。欧洲不时传出对此怀有疑问的声音，因为这个计划对有些人来说太富有野心，对另一些人来说则是复杂的。就我而言，不应对这个计划感到害怕，应把它视为一个合作的机遇，这不是一个已经完结的、被限定的计划；这不是一个我们要么全部实行，要么完全不实行的计划；这不是一个要重视或置之不理的中国的计划，这是一个需要创新、需要建设、需要分享的计划。如果我们怀着恐惧的心情来参与这个计划，那工作就不会做得好。

我是这个计划的支持者，我认为这是一个伟大的计划。这是一个对欧亚来说伟大的计划，我认为欧亚大陆是属于未来的大陆，欧洲应该把视线更多看向东方。过去欧洲过多地向西看而很少将目光投向东方，未来应更多地关注东方。在欧亚大陆上，"一带一路"就类似于脊椎骨。我要补充的是，欧亚大陆的发展对法国和欧洲来说将是个强有力的机遇，使欧洲这只美丽的鸟儿有了两个支撑，一个是欧亚大陆，另一个是非洲。在"同一个世界同一个梦想"之下，我认为我们在非洲可以拥有共同的投资项目。我认为这是一个非常积极的历史性局面，欧洲将重新成为亚洲和非洲之间的平衡点。

《参考消息》：您认为"一带一路"倡议应该沿何种路径在欧洲推进？怎样才能让西欧国家对这一倡议放下疑虑呢？

拉法兰：我认为欧洲国家，尤其是西欧国家如今对于"一带一路"倡议确实没有足够重视。这一方面是因为欧洲国家和中国做事的方法不同，在确定一项政策之前常常要思考很久，但一旦确认就会去执行；另一方面也是因为，一些国家依然（对中国）缺乏信任，害怕中国投资会统治所有经济体。

我认为，欧洲应加速参与"一带一路"倡议。合作是一种需要。我们应该努力合作、彼此信任、开展对话，通过对话来解决分歧。尤其应该注意对等问题，也就是说在我这可以做的事情，在你那也可以做，反之亦然。

就推进"一带一路"倡议的方法而言，我认为在经济层面，"一带一路"沿线国家发展阶段不同，要重视解决这些国家的投融资问题，尤其是注意为企业提供融资。但加强文化层面交流同样重要，这是"一带一路"倡议的核心内容之一。

欧洲和中国应共同给"一带一路"这一覆盖欧亚大陆的概念赋予文化内涵。欧亚大陆应该是建立在尊重彼此文化差异基础上的一个包容多元文化的地方。

文化相近性是中法合作桥梁

《参考消息》：中国是法国在亚洲最大的合作伙伴，法国是中国在欧盟的第四大贸易伙伴。您如何评价中法合作的现状和前景？您认为两国可以开展哪些合作？

拉法兰：我认为中法关系是非常好的，我们的商贸来往非常重要，应该保持发展。我认为未来中法之间应该有更多的交流往来。一个重要的前景是，我们可以不只寻求买产品和卖产品的目标，我们也可以一道建设项目。我们在天津合作建造飞机，在广东合作建设核电站，我们甚至在英国合作建设核电站。我认为我们的未来不只是彼此间的贸易往来，更是共同思考、共同建设、共同传播。

《参考消息》：中法、中欧如何通过文化方面的沟通交流进一步走近，加强合作？

拉法兰：我认为让中国和法国历史性联系在一起的是文化，法中都拥有非常古老的文明。在艺术创造上，在文化遗产中，在创作的敏感性上，所有这些因素都是中国文化和法国文化里重要的构成。因此，文化甚至居于我们今天合作的核心。我看到有些在法国非常成功的中国艺术家，也看到在中国有一些取得成功的法国艺术家，在这方面成果非常丰硕。当然，也不要忘记构成我们在产业领域合作一部分的科学和技术。但是从本质上讲，文化是连接中法之间根本的桥梁。因为我们有着文化上的相近性，而且我们在打造这一历史性友谊。中法的合作总是从文化上迈出第一步。

中国飞跃发展符合全人类利益

—— 专访俄共中央委员会主席久加诺夫

◆ 本报驻莫斯科记者　胡晓光

　　俄罗斯共产党中央委员会主席根纳季·久加诺夫近日接受《参考消息》记者专访时表示，中国正在成为一个超级大国，成为经济、社会和科技发展的领导者。今天，就连中国的对手都承认这一点。中国这一飞跃发展之所以成为可能，恰恰是因为中国领导人的英明决策，他们没有放弃社会主义的发展方向，他们提出雄心勃勃但又深思熟虑的未来几十年的发展目标。中国的飞跃发展符合全人类的利益。

实践证明中国模式有效性

　　《参考消息》：您如何理解和看待中国特色社会主义道路？

　　久加诺夫：为了回答这个问题，我想提一提列宁的立场。他认为，通向社会主义的道路不是只有一条。1919年他在收到关于匈牙利革命的第一批消息后，曾致电匈牙利新政府领导人库恩·贝拉。电报中说："只是不要

本文刊载于2017年10月17日《参考消息》。

模仿我们，不要盲目地效仿我们，要创造性地运用我们的经验，利用我们的革命首创精神，利用我们付出昂贵代价换来的成果。"

中国共产党人清楚地理解了这一点。他们指出，对于成功建设社会主义社会来说，重要的是不忽视具体国家的文化历史特点，而且加以利用向前进。一方面，中国共产党恪守共产主义意识形态，不允许放弃马列主义；另一方面，中国共产党人没有把马克思主义当成教条而是变作行动的指南。如果将之比作军事科学的话，那么这可以说是某种战略计划，可以在具体战斗条件下进行修正。这一点鲜明地体现在1978年开始的改革开放政策上。改革开放政策的目的是建设中国特色社会主义，它规定使用一定的市场机制，同时保持党的领导作用，以及国家调节和计划体系。

中国通过将二者富有成效地结合在一起，建立起非常灵活的管理机制，能对时代的要求作出及时、有效的反应。如果将中国与最发达的资本主义国家做比较，对此会看得更清楚。2008年爆发的全球金融危机沉重打击了资本主义国家的社会经济领域，引发大规模裁员。而中国成功避免了这些震荡，主要是因为国家保留了经济管理杠杆。

仅仅在2016年中国就有1200万人脱贫，而从2013年以来共有5500万人脱贫。未来几年的目标是彻底消除贫困这种社会现象。没有一个西方国家提出过这种任务。在中国，医疗卫生服务水平不断提高，老年人退休保障覆盖范围不断扩大。2016年创造了1100万个新工作岗位。社会政策取得如此成功，背后有经济发展做坚强后盾：2017年前6个月中国经济增长6.9％。这一数据大大超出大多数西方分析家的预测。

因此，对于中国经济崩溃或者"硬着陆"的一切议论都脱离现实。中国的反对者把想象当成了现实。他们尽管不情愿，但也不得不承认名为"中国特色社会主义"这一中国社会经济模式的有效性。

中共理论创新与实践相结合

《参考消息》：您如何看待中国共产党的理论创新？

久加诺夫：中国共产党极为重视理论发展，这毫无疑问是它的优点。理论发展工作的重要意义怎么评价都不为过。不关注理论问题成为苏联解体因素之一。我国社会发生的进程没有成为仔细研究的对象，时任苏共中央总书记安德罗波夫在1983年6月苏共中央全会上坦率地承认："我们迄今对我们生活并在其中劳作的社会缺乏应有的了解，没有完全揭示其内在规律，尤其是经济规律。因此不得不凭经验做事……"

中国仔细研究我国的负面经验，努力不犯类似错误。我认为，中国特色社会主义构想是中国共产党理论创新实践最著名的例子。中国大胆创新取得了巨大成果：成为世界工业发展的领导者，使几亿人摆脱贫困，转变成强大的国家，经济、政治和国防力量不断上升。这再次证明，理论创新是成功的保证。

2012年中共十八大后采取的一系列治国理政措施同样是理论与实践相结合的鲜明例子。从过去5年的情况看，可以充满信心地说，十八大所发起的改革是中国实行改革开放政策以来步子最大的。中共中央总书记、中国国家主席习近平对变化的实质做了最简明的概括："创新、协调、绿色、开放、共享。"在上述五方面都取得重大成果。没有对改革的精心权衡，没有对社会情绪的深入研究，没有对以前发展状况的分析，是不可能取得如此巨大的成就的。

"英明的手"推动中国快速发展

《参考消息》：您如何评价中国共产党在中国政治体系中的主导作用？

久加诺夫：自由市场经济的理论家们鼓吹存在一只"看不见的手"，似乎在对资本主义制度进行自我调节，似乎准确无误地确定经济需求。实际上，在"看不见的手"后面隐藏着大金融工业财团的统治，它们把自己的意志强加给政府，从自己的利益出发形成社会经济现实。结果是危机有规律地爆发：大资本关心的是自己的利润，不可能保证社会向着有利于全体居民的方向稳定发展。

中国领导人的英明之处在于，他们没有放弃党和国家对经济的调节作用。尽管我要说，贵国也曾有过放弃调节作用的尝试。20世纪末，受苏联改革和东欧社会主义政权瓦解的冲击，在中国也听到有人谈论剥夺中国共产党的领导作用、经济完全自由化等。幸运的是，中国领导人及时洞察到这类提议自身所包含的危险性。在这里我要特别提及邓小平的名字。作为中国改革开放政策的总设计师，他明白，摧毁根本政治制度会使中国陷入混乱，引发社会剧烈动荡，甚至可能导致内战。

我想强调指出的是，这一正确的结论在苏联解体前两年多就已经做出。苏联解体给其全部15个加盟共和国带来巨大的痛苦。这再次证明了中国领导人的智慧。

中国共产党的领导作用是贵国取得辉煌成就的关键性基础。实质上，这是只"英明的手"，它推动国家快速发展，确定最为重要的优先方向，平衡个人和社会的利益，造福于整个国家和人民。

早就应该明白，西方式的民主不是包治百病的灵丹妙药。它通过宣传工具刻意将众多缺陷掩盖起来，不让大众知道。中国人民选择了自己的发展模式，这一模式最适合解决国家至关重要的任务、满足国家的发展需求。

中国能实现"两个一百年"目标

《参考消息》：您对于中国实现"两个一百年"奋斗目标有何评价和建议？

久加诺夫：2016年春天，中国启动第十三个五年规划，其任务是，到2020年国内生产总值（GDP）和城乡居民人均收入比2010年翻一番，现行标准下农村贫困人口实现脱贫……

第十三个五年规划可以说很特别。规划的实施结束时，到2021年中国共产党成立100年时全面建成小康社会。这是"两个一百年"奋斗目标中的第一个目标。中国最近几十年的全部发展都是为了完成这一至关重要的任务，这是通向社会主义胜利的重要一步。换句话说，除了五年规划，中国政府遵循更为宏大的计划，提出今后几十年的任务，并努力实现。

我和我的党内同志毫不怀疑中国有能力实现"两个一百年"奋斗目标。

这不是乌托邦。中国制定的奋斗目标有科学依据，植根于对现有趋势的分析，以及对这种趋势发展的展望。想想中国发展的起点，任何人都不能对中国的成就无动于衷。100年前，统一的中国是不存在的。军阀分割了中国，每一股势力背后都有外国强权撑腰，它们对待中国就像猛兽对待猎物一样。恰恰是由于中国共产党领导，中国才统一起来，并赶走外国侵略者。

还有一点不能忘记：中国的GDP在40年前居世界第十位，而现在已经处于第二位。在20世纪80年代初，全国有近7亿穷人，而现在不到5000万，同时这一指标还在不断下降。此外，今天中国拥有世界最多的国家外汇储备（超过3万亿美元）。中国进入了太空，科技领域在以惊人的速度发展。

因此，毫无疑问的是，到2049年即新中国成立100年时，中国将为建成社会主义社会奠定物质基础。这将是具有全世界历史重要性的事件，因为现在中国就已经成为新的全球一极，吸引着世界所有进步的、以社会主义为方向的力量。换句话说，中国进一步自信地发展符合全人类的利益。

中国特色经济社会模式取得成功

—— 专访奥地利前总统菲舍尔

◆ 本报驻维也纳记者　刘向

"中国正在越来越强有力地进入世界事务的中心"，即将召开的中共十九大，"不仅对中国人民很重要，而且在全球化时代对其他许多国家也都具有重要意义"，奥地利前总统海因茨·菲舍尔近日在维也纳接受本报记者专访时表示。菲舍尔于2004年4月当选奥地利总统，2010年4月连任，2016年卸任，现为奥中友协主席。菲舍尔担任总统期间十分重视对华关系，曾多次访华。

《参考消息》: 您上月在奥地利媒体撰文，呼吁关注即将召开的中共十九大，为什么？您认为中共十九大对中国和世界具有什么意义和影响？

菲舍尔：中国共产党全国代表大会不是日常活动，而是每五年才举行一次，中国是人口最多的国家，拥有近14亿人口。这意味着，十九大将在人事和事务方面，做出短期和长期的重要决定，这不仅对中国人民很重要，而且在全球化时代对其他许多国家也都具有重要意义。

《参考消息》: 自1974年以来，您先后10次访问中国，印象最深的是什么？

菲舍尔：自从我1974年第一次访问中国以来，我对中国最深刻的感受

本文刊载于2017年10月16日《参考消息》。

是，中国过去几十年取得令人难以置信的快速发展。数字说得很清楚：1990年，中国在世界国民生产总值（按当年价格和购买力平价）所占份额为6％，欧盟是中国的4倍，占24.9％，美国是中国的5倍多，即32.2％。根据2016年数据，中国已经赶上了当年远远领先的美国和欧盟。欧洲、中国和美国占世界国民生产总值的比例分别为16.9％、16.5％、14.3％。换句话说，欧洲的份额减少了三分之一，美国份额下降到不足一半，而中国的份额增长了近两倍。

《参考消息》：您如何看待中共的执政能力，以及它在过去几十年是如何发展和革新的？

菲舍尔：中国共产党在政治、经济和其他领域的领导品格，不仅打着马克思主义原则的烙印，也打着中国历史和文化传统的烙印。这些传统包括儒家思想、维护国家统一的必要性，等等。他们尝试把市场经济的优势和效率运用到中国经济中，同时加强社会的保障体系。

可以说，存在中国特色的经济和社会模式，这一模式在过去30年中取得了巨大成就，在未来几年和几十年也将面临艰巨的任务和使命。

《参考消息》：中国正日益步入世界舞台中央。您如何评价中国在全球化时代的作用？

菲舍尔：确实如此，中国正在越来越强有力地进入世界事务的中心，是全球最大的出口国和第二大进口国。"一带一路"倡议据我所知是有史以来启动的最大的基础设施建设项目，我相信这是一个重要而有益的项目。在欧洲，这一倡议正在获得越来越积极的评价，各方准备参与"一带一路"项目的意愿也在增加。中国在努力推动更加公平的世界贸易方面，发出越来越明确的信号。

为了客观地反映各方面的情况，必须加以补充的是，中国还有很大的环境问题，需要确保收入和财富分配的不平衡不会进一步增加。

对我来说，有一点可以肯定：十九大结束后，与今天会议开始前的情况相比，人们将对中国在世界的角色，中国的对内和外交政策有一个更加清晰的了解。

中国道路为全球可持续发展作贡献

—— 专访剑桥大学发展研究中心主任彼得·诺兰

◆ 本报驻伦敦记者　桂涛　牛旺

英国剑桥大学发展研究中心主任彼得·诺兰是知名中国问题专家。他著有《认识中国 —— 丝绸之路与〈共产党宣言〉》《资本主义与自由：全球化的矛盾性》《中国与全球经济》和《中国与全球商业革命》等多部著作。

诺兰日前在接受本报记者专访时表示，中国找到自己的发展道路同时也是在为全球性的可持续发展找到一条道路。"一带一路"建设为西方国家带来机遇，对它们而言不是威胁，而是真正的合作机会。

中共执政专业水准显著提升

《参考消息》：您如何评价近年来中共领导集体的表现？

诺兰：现在对中共领导集体来说是十分重要也是十分复杂的时刻。过去几年，中国国内也出现了一些实力强大的企业，中国贡献了全球增长中的很大一部分，中国领导人也努力领导一个稳定的社会，这一点即使是批

本文刊载于 2017 年 10 月 20 日《参考消息》。

评中国的人也不得不承认。中国真是太稳定了，不管是日常生活中的安全度还是产权、经济发展、基础设施建设，都十分稳定。中共执政的专业水准也显著提升，官员的能力也在增强，可以说这一体系取得了巨大成就。中国的领导层十分灵活，十分务实。

当然，中国在过去5年也面临不少挑战，比如在国际关系上的挑战就不小。我认为中国需要更好地了解美国和英国面临的挑战，了解它们的普通国民如何看待自己的国家。比如1914年时，大英帝国统治5亿人口，比当时的中国人口还要多，比如，西方技术至今仍主导世界。我们的政治制度很复杂，有时也让人焦虑不安，导致了比如特朗普当选美国总统、英国脱欧这些情况的发生。因此，中国就更需要了解西方人的思维，了解西方社会的结构。

《参考消息》：您如何看待中国领导人提出的"道路自信、理论自信、制度自信、文化自信"？

诺兰：从1976年以来，中国始终在"寻路"。中国曾在此前彻底抛弃自己的过去，现在则在将自己的历史传统与当前情况相结合，古为今用。中国领导人也会引用亚当·斯密"有形的手""无形的手"，这体现出中国的开放。在我看来，中国找到自己的发展道路同时也是在为全球性的可持续发展找到一条道路。我对中国"寻路"成功有信心，它务实而不咄咄逼人，但西方理解这一过程需要花很长时间。中国仍在"摸着石头过河"，美国人、英国人认为中国要到达的"彼岸"应该是美国、英国。但他们错了，事实上我们也在"摸着石头过河"，全世界都在。

西方要认识中国文化丰富性

《参考消息》：中国"两个一百年"发展目标对世界意味着什么？

诺兰：这对世界意味着很多。首先，这给许多其他发展中国家带来希望，它们中的不少都在全球化时代取得了发展。其次，这意味着西方国家将面对一个在21世纪重新找到发展道路的中国。中国并不想入侵其他国家，也不想搞殖民主义或后殖民主义。中国文化的丰富性仍然几乎不为西方所认知与理解，但它将为21世纪的可持续发展作出贡献。

《参考消息》：世界能从中国的发展经验中学到什么？

诺兰：最重要的是伦理与道德，还有"仁"。中国传统官僚体系的哲学核心是仁，这在现在这个自私与贪婪的时代十分有意义。仁的意思是，尝试为人民谋利益。这就是为什么我认为"为人民服务"这一口号十分了不起。要实现全球的可持续发展，"仁"必不可少。我认为这一点不会有人否认。

"一带一路"对欧美是合作机会

《参考消息》：您在新书《认识中国 —— 丝绸之路与〈共产党宣言〉》中描述了古老的丝绸之路和今天的"一带一路"。

诺兰：现在，英国一些高校都有了"一带一路"研究中心。别忘了，中国提出"一带一路"是因为这个国家和这个概念有历史联系。它也是通过发展贸易带来和平与繁荣的一个具体例子。

我认为，今天重提丝绸之路的一个非常重要的内涵是中国在基础设施建设方面的经验、成就和能力。中国主要通过央企来修建铁路、公路、水利设施、电力和通信设施等，这是中国成功的基石，但我认为西方对此完全误解。有人说中国投资太多、消费太少，但我认为水力设施或是下水道系统这样的基础设施投资也是消费，因为它们增进了人民的福利。

基础设施建设的经验与能力是中国取得成功的原因，也为以基础设施建设刺激"丝绸之路经济带"沿线国家的经济发展、改善民生提供了可能。当然，有机遇也有挑战，比如跨国高铁和电力建设就比中国境内高铁建设要难得多，战争、法律、地权、政治不确定性等，都是问题。

《参考消息》："一带一路"对西方来说意味着什么？

诺兰：我常去上海浦东，那里有两栋几年前刚刚建成的高楼，也许未来你能在丝绸之路沿线看到类似的高楼。虽然这些高楼可能是中国建筑公司修建的，但楼里的电梯系统、现代信息科技很多是由三菱、奥的斯、施耐德、西门子这样的公司完成的，因为西方在全球信息技术、飞机制造、汽车制造等方面仍然领先。中国参与"一带一路"建设，对西方来说不是威胁，而是真正的合作机会，这就是中国说的"双赢"，但在西方却被误解与忽视，它们忘了问自己"谁将受益"这一问题。

西方国家受惠于中国发展

《参考消息》：您为什么在新书中提到《共产党宣言》？

诺兰：我认为应该去仔细阅读《共产党宣言》原文，就像中国领导人所说，读原著、学原文。马克思当时关注的是资本主义内部的矛盾，他理想中的共产主义更类似于中国的"大同社会"。中国目前正处于对马克思主义进行重新思考的过程中，从对共产主义仅仅意味着公有制向更灵活的解释演进。这也是共产主义的题中之义。

《参考消息》：也许您的下一本书可以把西方介绍给中国读者看。

诺兰：这是我曾考虑过的，很有趣。理解西方很重要，要知道西方的普通人和有钱人并不一样，他们在过去这些年实际收入基本没有增长，收入差距拉大。可以说，西方国家受惠于中国的发展，是中国让商品价格相对廉价。在过去这些年，西方国家在全球国内生产总值（GDP）中所占份额从60％下降到40％，而包括中国在内的发展中国家占比则越来越大。世界在剧变，而中国是最重要的变化。

十九大为东方文明崛起注入新动力

—— 专访印尼智库亚洲创新研究中心主席苏尔约诺

◆ 本报驻雅加达记者　梁辉

印度尼西亚智库亚洲创新研究中心主席、印尼东盟南洋基金会主席班邦·苏尔约诺日前在接受本报记者专访时表示，中国所取得的成就在人类发展史上都堪称奇迹，也为其他发展中国家提供了可借鉴的榜样。中共十九大的召开将为中华文明的崛起注入更强劲的动力，推动中国在世界舞台上发挥更大影响力。

东方文明崛起是历史大趋势

《参考消息》：您认为中共召开十九大的意义是什么？

苏尔约诺：中共十九大是中国实现全面小康社会关键年举行的重大会议，意义非凡。当前，中国已经处于世界政治经济舞台的中心，全世界媒体都在关注中共十九大，国际社会期待更多的中国智慧与中国方案，听到更多的中国声音。

本文刊载于 2017 年 10 月 24 日《参考消息》。

当前世界正处于深刻的调整期与变动期，自特朗普当选美国总统以来，贸易保护主义、白人至上主义与种族主义都有所抬头，美国社会面临前所未有的分裂；随着英国退出欧盟，欧洲正走向不稳定。总体看，以欧美为代表的西方文明正在走下坡路，而以中华文明为代表的东方文明正在崛起，这是历史大趋势。

21世纪是东方文明大发展的时代，中共十九大将为中华文明以及东方文明的崛起注入更强劲的动力，奠定新的基础。中国实现全面小康社会，中华民族实现伟大复兴，将成为当代人类进步发展史上最具标志性的事件之一。

《参考消息》：您提到西方文明正在衰落，国际社会对此是有不同看法的。您的理由是什么？

苏尔约诺：事实上，在17世纪以前，东方文明一直是世界发展的主导力量。只是随着近代科技发展，尤其是造船工业的兴起，西方文明率先进入工业时代，并很快甩开东方文明。西方国家凭借坚船利炮打开亚非拉等古文明国家的大门，掠夺这些国家的资源，由此形成了西方主导、东方附属的不平等国际秩序。

西方文明从英国霸权再到美国霸权仅数百年时间，这在人类几千年漫长的文明史中，只是一个小片段。何况西方文明呈现的掠夺性、侵略性与霸权性，更是凸显了其历史局限性。西方掠夺世界其他国家的资源，严重压制了其他文明的发展与进步。西方建立起来的不平等国际秩序以及霸权不可能维持长久，这是历史发展的必然。

这些年来，中国高举和平发展的旗帜，反对战争，维护和平，中国领导人提出的"构建人类命运共同体"等一系列新概念获得越来越多国家认同，中国不仅在政治经济上走向世界舞台的中心，还在文化以及话语权上拥有越来越广泛的世界影响力。

"中国模式"多个方面值得借鉴

《参考消息》：您认为中国自十八大以来所取得的突出成就是什么？

苏尔约诺：中国取得的巨大成就，在人类发展史上都堪称奇迹。短短数十年的改革开放，中国从一个落后国家，一跃成为世界工业强国，成为经济规模仅次于美国的世界第二大经济体。13亿多人口的大国，接近实现全面小康社会，如果你去其他发展中国家甚至一些发达国家走走看看，就能发现中国所取得的这些成就是多么不易。

中国了不起的地方还有很多，比如高铁。我在中国坐过很多次高铁，它不仅速度快，而且安全舒适，可在一天内访问多个城市，我在世界其他地方从未有过如此好的出行体验。中国短时间内建成了两万多千米的高铁网，可谓人类历史上史无前例的奇迹。

《参考消息》：中国发展成就给世界其他发展中国家树立了榜样，提供了西方道路之外的另一条发展道路，国际社会称之为"中国模式"，您认为"中国模式"能给世界其他发展中国家提供哪些借鉴？

苏尔约诺："中国模式""中国特色"确实有过人之处，值得其他国家认真学习与借鉴。我认为"中国模式"主要有四个方面值得借鉴：

第一，是要创立政治稳定的社会。没有政治稳定就谈不上发展，现在西方民主制的弊端越来越明显，一人一票的选举制度更多地制造了利益冲突。现在很多发展中国家受累、受制于所谓的西方民主制，政治人物热衷于选票，无心实干，即使有想干实事的政治家，也会因为党派争斗而难以有所作为。

第二，是在稳定环境下加快发展经济。

第三，是文化教育复兴。欧洲是经历了文艺复兴之后才逐渐走上快速发展的工业化时代，中国的"两个一百年"奋斗目标需基于文化教育的不断改革才能实现。

第四，是坚决执行反贪腐。贪污腐败是很多发展中国家的一大顽疾，更是制约发展中国家经济发展、社会稳定的一大绊脚石。中国式的反贪腐能够在短时间内取得立竿见影的效果，其方式方法都值得其他深受腐败困扰的发展中国家学习与借鉴。

我相信，"中国模式"的以上四个方面今后将会更深更广地影响世界其他发展中国家，成为它们学习借鉴的榜样。

中国人实干精神值得学习

《参考消息》：您认为中国领导人提出的"四个自信"对当前中国的意义是什么？

苏尔约诺：中国领导人提出的"四个自信"十分必要，尤其是在中国全力实现"两个一百年"奋斗目标的关键发展阶段。目前中国所取得的巨大发展成就，足以让中国有底气自信。我在中国看到很多年轻人，意气风发，积极上进，年轻人的这种精气神能汇聚起一股强大的力量。有国家自信，有年轻人的奋发图强，国家发展就有希望，前景就会广阔。

《参考消息》：到2020年中国要建成全面小康社会，这是中国的第一个百年目标。您认为中国实现全面小康社会对世界具有什么样的意义？

苏尔约诺：中国第一个百年目标是到2020年彻底消灭贫困人口，目前中国可能还有三四千万的贫困人口。作为一个拥有13亿多人口的世界大国，如果能够根除贫困，那就是人类社会发展史上最伟大的里程碑之一。

众所周知，贫困问题是当前世界面临的最严重全球问题之一。中国全面建成小康社会、消灭贫困的经验，值得世界其他国家，尤其是发展中国家学习借鉴。

我曾经到过中国湖北、云南、贵州等省份的偏远地区，那时大山里的居民生活仍十分贫困。但现在再去那些地方，山美水美，生态环境优良，很少能看到过去常见的那种赤贫了。在云南的西双版纳，基层政府正实行对口扶贫，精准扶贫，不仅给贫困地区、贫困人口带去资金、技术，还帮助与培训他们掌握致富的方法。

我到中国一些地方去考察扶贫，发现每个地方都有创新之举，让干部到基层去，挨家挨户解决贫困家庭的各种现实问题，实干、不讲空话、不做表面文章。按步骤帮助贫困人口脱困。我体会到，中国之所以能成为世界第二大经济体，中国政府之所以能自信全面建成小康社会，是因为实干再实干。这一点最值得世界其他发展中国家甚至发达国家学习借鉴。

为实现百年目标创造环境

《参考消息》：您认为中国"两个一百年"目标所面临的最大挑战与风险来自哪里？如何才能克服它们？

苏尔约诺：从2020年到2049年，中国将出现一个新的盛世。但是这个阶段面临的风险与挑战同样巨大。我认为最大的风险还是来自外部，不能排除"台独"一意孤行挑战大陆的底线，不能排除在一些地区热点上引发中美冲突。可以说，战争风险是中国这一阶段面临的最大不可控因素。

此外，是国内经济社会发展的转型风险。中国经济在经历了数十年的高速发展之后，正在转入中速发展，中国经济的驱动力面临升级换档的压力，加之国际政治经济大环境趋于严峻，中国经济转型期承受的各方面压力越来越大。如果经济转型失败，那么"两个一百年"目标就可能被滞缓。

要确保和平崛起，确保"两个一百年"奋斗目标的顺利实现，中国需要建立强大的军事力量来保驾护航。

但中国提出的"一带一路"倡议是高明之举，既能帮助沿线国家实现共同发展，又能给中国实现"两个一百年"目标创造积极有利的外部发展环境。

《参考消息》：您认为"一带一路"对中国与世界将产生怎样的影响？

苏尔约诺："一带一路"是中国目前向世界提供的最好的公共产品，蕴涵了"和为贵""共同发展""和谐共处"的中国智慧，必将对中国自身与世界产生深远影响。

"一带一路"倡议体现了东方文明的复兴，对促进东西方文明平等交流具有重大意义。

中国新时代需要新行动指南

——专访俄罗斯科学院专家维诺格拉多夫

◆ 本报驻莫斯科记者　胡晓光

　　中国共产党第十九次全国代表大会的召开及其成果受到俄罗斯专家学者的高度关注。俄罗斯科学院远东研究所政治研究和预测中心主任安德烈·维诺格拉多夫是其中之一，他在接受本报记者专访时表示，中国当今社会发展进入新时代，迫切需要新的行动指南，赋予习近平新时代中国特色社会主义思想最高理论地位，将其确立为中国共产党的思想理论指南，是中国共产党为完成其历史任务所制定的全党动员方针的合乎规律的发展。

在理论层面回应各种挑战

　　《参考消息》：中共十九大24日一致通过关于《中国共产党章程（修正案）》的决议，将习近平新时代中国特色社会主义思想写入党章，将其同马克思列宁主义、毛泽东思想、邓小平理论、"三个代表"重要思想、科学发展观一道确立

本文刊载于2017年10月26日《参考消息》。

为党的行动指南。您认为这对于中国共产党的理论创新和组织建设以及中华民族的伟大复兴有何积极意义？

维诺格拉多夫：我认为，赋予习近平新时代中国特色社会主义思想最高理论地位，将其确立为中国共产党的思想理论指南，是中国共产党为完成其历史任务所制定的全党动员方针的合乎规律的发展。不仅中国，整个世界都进入了大转折时期。变化速度之快，也是必须适应的"新常态"。我们遇到的挑战可能具有新特点，必须时刻准备应对无法预知的变化。习近平新时代中国特色社会主义思想恰恰着眼于此——提出经济领域、国家建设、社会生活和对外政策等方面的崭新任务。把这一切写入党章，有助于提高全体党员在完成这些崭新任务方面的纪律性，也表明面对的挑战规模前所未有。

中国当今社会发展进入新时代，迫切需要与毛泽东思想和邓小平理论相类似的新的行动指南。习近平展现出足够的理论勇气和远见卓识，洞悉国家和世界发生的深刻变化，在理论层面对这些挑战作出了回应。

我认为，中国共产党把习近平新时代中国特色社会主义思想确立为行动指南是第一步，在应对挑战过程中还需要为其充实具体的理论内容，应该运用这一新思想解决各个领域的发展问题。中国社会发展更为复杂，不稳定的风险和犯错误的代价越来越大，这对全体党员尤其是领导干部提出更高的要求。干部肩上的责任越来越大，手中的权力也越来越大。在经济方面，重要任务不再是增长速度，而是提高质量。在党建方面，重点从数量扩充转到提高党员质量上。我认为，（在习近平新时代中国特色社会主义思想指引下的）中共党建将完成提高全体党员的思想理论水平、增强纪律性的任务。

中国的主要矛盾发生变化

《参考消息》：中国提出"两个一百年"奋斗目标。您认为，5年来中国在实现第一个百年奋斗目标方面取得了哪些重大进展？面临的关键挑战还有哪些？

维诺格拉多夫：对于任何一个以意识形态立国的国家来说，提出战略目标是发展的必要元素。大家都应该知道往哪个方向走，目标是什么。如果中国共产党没有提出战略目标并为实现这些目标而奋斗，中国就不会取得如此巨大的成就。

在中国传统哲学中，"小康"之世是仅次于"大同"之世的理想社会模式。当前，让人民吃饱穿暖的目标已经达到。中共十八大后将整顿中国政治秩序问题列为优先任务。为解决这一问题，中国领导人做出巨大努力，创造良好的社会政治气氛，清理中国社会的各种消极现象，比如道德堕落、腐败等。

如果说在十八大之前的30年里，中国的经济问题得到成功解决的话，那么十八大后，以习近平同志为核心的中国领导层将重点放在今天更为现实的问题上，比如建设更为公正的社会、消除社会分化和不平衡。

今天，社会公正的实现应该不仅仅依靠解决社会问题、缩小收入差距，还必须整顿国家秩序。可以说，此前主要注意力放在经济上，现在的任务是将经济发展成果转化为生活质量的提升。而衡量生活质量是否提升不仅仅看物质福利，还要看道德氛围：国家和社会、官员和公民不彼此对立，而是努力相互理解与合作。我认为，近年来中国领导人亲自在抓这项任务。

建设新的社会制度、新的社会发展模式，是中国特色社会主义的使命。中国特色社会主义今天进入新的发展阶段。这已经不是解决国家落后的问题，其任务是赶上发达国家，建设具有社会吸引力的新社会。

"很清楚谁在成功地解决问题"

《参考消息》：中国领导人提出，要坚持中国特色社会主义道路自信、理论自信、制度自信、文化自信。从历史角度和世界角度看，您认为中国"四个自信"的依据是什么？

维诺格拉多夫：对中国特色社会主义道路自信有其历史依据。中国走过不寻常的路后才明白了自己想建设什么样的制度，这一社会制度将有哪些特征。在这条路上曾经有过很多迷失、错误和曲折。

但如果谈及中国历史的最近时期——改革开放时期，可以自信地说，中国走上了正确的道路。应该指出，道路的选择非常重要、非常不易，但同样重要的是不离开这条路。当习近平谈到道路自信时，我认为，他指的是方向已经确定，道路已经选定。

据我所知，在中国人们普遍认为中国社会主义理论的发展存在两次飞跃。第一次飞跃**与毛泽东的名字**连在一起。他把马克思主义普遍真理与中国革命的具体实践相结合，在一个农业大国完成了革命。第二次飞跃与邓小平的名字连在一起。他发动了经济改革，其结果是社会主义市场经济和给中国带来成功的经济模式。

现在的问题是，需要把中国取得的成就、中国的传统和文化结合起来，以应对我们在21世纪遇到的挑战。这首先是全球发展问题、全球稳定问题、经济稳定增长问题、生态问题，以及在一个新的信息化社会中的社会稳定问题、有效的国家治理问题等。

毫不令人惊讶的是，中国这个人口最多的国家已经成为或很快成为最大的经济体（至少按购买力平价计算如此）。实际上，我认为更令人惊讶的是，中国人口是美国的几倍，却从一个中心实施有效管理。对世界上最大的国家的管理构成中国的特色，是中国的主要成就。并不偶然的是，习近平高度重视国家治理问题，他的闻名世界的著作《习近平谈治国理政》

对此做了专门论述。

我想，将当今中国领导人治国理政的思想进行总结，可以成为对建设中国特色社会主义理论发展的新贡献。

文化方面，中国是当今世界保存着本民族文化的历史最为悠久的文明。其突出特点是继承性。中国校正一些东西，完善一些东西，但从未放弃自己的文化同一性。一代代人创造的文化经过精心选择，奠定了当今中国的基石。中华文明存在了五千年，这一点就给人以自信。这意味着，在历史发展的每一个阶段，每当出现命运转折关头，中国总能找到力量去消除所有威胁，能够保持一个统一国家。这种自信的基础无疑就是中国文化，政治文化是其组成部分。

中国在历史发展长河中掌握了独特的追求至善的能力。走上社会主义道路后，中国将逐步淘汰一切不必要的东西，吸纳一切必要的内容，因此中国正在建设中的社会制度毫无疑问具有良好的历史前景。

我认为，从中国发展角度和历史角度看，"四个自信"有充分的依据。从世界角度看，除了19世纪初到20世纪中叶这一段从中国历史角度衡量并不太长的时期外，中国始终是世界领导者之一。现在中国又回到了世界一流强国之列，并贡献出具有生命力的发展模式。因此，发展的历史基础以及外部世界对中国当今成功的认可都证明，"四个自信"是有根据的。

早在10年到15年前，当外国专家谈论欧盟问题时，做结论时都要加上一句说欧洲经历这次危机后一定会更强大更团结；而在谈及中国的成功时，最后一定指出中国有很多难以解决的问题。最近几年形势变了，问题当然各国都有，但今天很清楚谁在成功地解决问题。

中国证明资本主义非唯一方案

《参考消息》：您认为，中国为实现"两个一百年"奋斗目标所做的努力、

中国的现代化之路，对世界会产生怎样的影响？

维诺格拉多夫：任何一个国家的成功都对世界发展产生推动作用，而像中国这样的大国，其作用尤其大。公认的是，中国是世界经济的火车头。这是对的。但在我看来，对世界来说更为重要的是，中国在各种发展方案中选择了自己的发展道路，中国特色社会主义道路是资本主义道路之外的道路。对许多国家来说，这是鼓舞人心的榜样。

中国以自己的成功实践表明，存在可替代西方资本主义社会的方案。此前近30年里人们一直认为，偏离资本主义的发展道路不是成功之路。苏联的悲惨例子为这种想法做了说明。当中国开始改革时，中国建立了社会主义商品经济，随后建立了社会主义市场经济，许多专家说，中国把不可能的东西结合在一起。这成为批评和悲观主义的理由。中国的成功证明，资本主义不是唯一的发展方案，是可以有其他选择的。

中国已经成为世界上两个最大的经济体之一，成为世界发展的重要因素。不考虑中国的立场，现在世界上已经什么事都办不了。即便中国不积极参与某些进程，但中国作为"第三种力量"始终存在，是潜在的参与者，各方都感受到中国的存在。就像在中国国内，已经达到的经济发展水平需要转化成全体居民生活水平的提高一样，在外部舞台上中国也面临一项任务，即把自己的经济实力转化成国际政治影响力，中国正在努力完成这项任务。

中国已经成为国际政治中至关重要的因素，对此任何人都不怀疑。但要想成为全球意义上的强国，中国应该具备的不仅仅是经济工具、政治工具和军事—政治工具。中国还应该提出有吸引力的主张。中国从本国经验出发一再强调，中国模式不追求普适性，每个民族都可以有自己的成功之路。但鉴于中国选择的道路带来积极成果，中国愿意与其他国家分享自己的成功，主要的是自己的经验。正因为如此，中国讲互利共赢，建议与俄罗斯和其他国家一道建设以多极化为基础的国际秩序，以替代单极世界秩序。

对多极化来说主要的是大国关系。在20世纪的大部分时间里存在的是对立的两极。中国成为世界第二强国之后，建议建设另一种类型的关系，即在"不冲突不对抗、相互尊重、合作共赢"的基础上建立新型大国关系。中国具备有说服力的理由。与苏联不同，中国与美国有紧密的经济关系，因此两国合作的主张不仅有吸引力，还有现实的基础。中国希望建设平等的关系，不仅在经济方面，还要在政治方面、国家间关系方面。但是建设新型关系需要各方协商一致。鉴于美国不愿意承认新的世界现实，中国、俄罗斯和其他金砖国家正在彼此构建这种新型关系。

中国提出的"人类命运共同体"思想是新型大国关系思想的体现。它认为，一国不可能靠损害另一国的安全来达成自己的安全，一国不应该通过剥削另一国来实现自己的经济发展。这一态度的基础是在中国政治文化中居中心地位的和谐思想。

《参考消息》：中国特色社会主义拓展了发展中国家走向现代化的途径，您如何看待中国为解决世界性问题、人类发展的普遍问题贡献了中国智慧、提供了中国方案？

维诺格拉多夫：中国的成功、中国的历史经验，使其有理由向世界提供以合作为基础的中国方案。中国在其整个历史发展过程中形成了本国对解决国际问题的认识，中国曾经创建国际关系体系，将地区稳定保持在相对高的水平上，尤其是与欧洲相比。对外侵略战争不属于传统的中国，中国有其他的工具来推行有效的对外政策：有吸引力的高度发达的文化，在艺术、手工业、技术和国家治理方面取得的成就。如今在全球化时代形势改变了，中国成为世界国际关系体系的一部分，不得不接受它的规则，但政治文化传统有助于中国选择正确的解决办法。

第四篇

未来变局：
中国治理将引领世界

当今世界正经历百年未有之大变局，中国同世界的关系也在发生历史性变化。21世纪正迈入第三个10年，而未来的10年，对中国和世界都将是关键时期。把脉潮流方向，预测前景趋势，中国治理引领世界成为新共识。人们相信，中国一定能创造让世界刮目相看的新的更大奇迹！

海外访谈➤➤

中国新型治理超越西式民主

◆［英］马丁·阿尔布劳

中国自1978年改革开放以来的崛起，不断令西方惊叹。从早期的两位数经济增长率，到2008年举办北京奥运会的盛况，到它拍摄的月球背面照片，再到现在5G通信技术的发展，一切都指向新的全球领导地位。

西方国家适应和熟悉了美国的军事和经济霸权，从它们的角度来看，这令人深感不安。世界秩序似乎在改变。

西方对全球化管理不力

西方评估了维系美国实力的各种因素，然后观察了中国对军队进行升级改造、在本地区宣示主权以及最近提出"一带一路"倡议。西方从这些事态发展中推定，它们对美国的领导地位形成挑战。西方还担心出现最糟糕的可能结果，那就是两个全球大国之间的冲突一触即发。

其实，特朗普政府的关税政策对西方这个地缘政治实体的危害，比中国所做任何事情的危害都要大，因为它们在西方内部、在美国与所有受益于对华贸易的国家之间制造了裂痕。

本文刊载于2020年1月3日《参考消息》。

直到最近，西方才明白中国的崛起与其自身的经济繁荣密切相关。在全球化的世界中，国与国以多种方式彼此相连。中国喜欢谈双赢，因为知道减少贸易壁垒对全世界都有利。

与此同时，对全球化的管理正是西方各国的分歧根源所在。因为如果说它是经济增长的推动力，那么，它也带来各国政府不得不应对的社会影响。在西方，这种应对极其无力。

民粹主义兴起以及唐纳德·特朗普对大部分美国选民富有吸引力的原因在于，其承诺挽回人们随着旧产业在全球化的冲击下消亡而蒙受的损失。全球化经济输赢双方之间关系紧张，所有西方国家都未幸免。

中国似乎躲过了这些负面后果，于是西方国家领导人及其追随者拿它当替罪羊，将其对全球化的管理不力归咎于中国。他们进而想当然地认为，中国在经济上的成功必然伴随着取代美国成为主要军事大国的雄心。

中国对其社会治理有方

事实上，西方面临的真正挑战不是中国有志于统治世界或替代美国。中国构成的挑战并不直接针对西方。它是中国对自己的社会管理有方的结果。在治国理政方面，中国证明了它在全球化的力量面前能够营造团结。

社会治理是指以必要的秩序、稳定和控制来创造便利条件，使人们能够在当代条件下过上充实圆满的生活。反常的是，虽然治理理念深深植根于西方文化，它却很少被运用于对社会的管理。

我在2019年11月参加"中国治理的世界意义"国际论坛时，清清楚楚地认识到了这一点。会议在浙江省湖州市下辖的织里镇举行，那里现在是中国社会治理的样板。

我出席的那次会议比织里镇近来实现的稳定局面更具创新性，因为它标志着中国特色社会主义的重点发生了变化。迄今为止，官方公开政策反复强调的是：中国模式不用于输出，每个国家都会在新的世界秩序中找到适合自己的道路。现在，中国有了信心。社会稳定的秘诀也许对西方格外有吸引力。

西方目前的处境是人们对其政治体制普遍不满。当知名杂志《经济学人》周刊居然可以说"英国版的代议制民主已经瓦解""其政治阶层受到蔑视"，当亿万富翁身份成为竞选美国总统的跳板，毫无疑问，西方发生了危机。还不止如此。长期以来，发展中国家一直被鼓励效仿美国、欧洲和英联邦的民主模式。目前，这些国家接连出现民众骚乱浪潮。

眼下还没有充足时间进行更深入的分析。气候变化对生存的威胁甚至让西方的社会和政治危机显得无足轻重，绿色运动很可能会压倒一切乃至修复政治体制的四分五裂。那将是对命运的最大嘲弄——全球变暖拯救了西方！

但是，如果说我们迄今为止把注意力集中在西方民主制度上面，那么，中国的社会治理提供了一个替代制度范例，让我们的目光不局限于从古希腊开始将政体分为君主制、贵族制和民主制的传统分类法。

如今，西方各国社会日益感觉到现行制度及其主要受益者已经逃脱了公众的控制。中国的"社会治理"要预防的正是这一弊端。用中国的话来说，这是真正的民主。

"人本治国"提供新方案

事实上，既然未能在民主制中找到办法来解决当代社会的治理问题，那就必须想出新的方案，这个方案要能满足人类对影响人们生活的社会和技术系统加以控制的需求。中国的社会治理已经形成了真正的解决方案，它取决于党和人民的关系。

正是这个现实给予了中国社会治理保障社会秩序的方向和能力。在织里举行的会议强调了进行社会治理的团体和组织的作用，但把他们团结在一起的凝聚因素是：共产党把中华人民共和国打造成世界上有史以来最强大的集体。

在社会组织的各个层面，在志愿者组织、企业和工厂、政府部门和高等院校，中国共产党都设有党委与员工和成员打交道，在整个政治体系中负责上传下达。

中国的"社会治理"是这种新型政府形式的先驱。它不仅仅是政府的一个附属程序，而是自成一体的全新规则体系。它是否民主，可任由那些致力于探讨"民主"含义的学者评判，中国与西方是不大可能很快就此达成一致意见的。

我们需要一个全新的术语来描绘人对技术系统的控制，描绘民治与民享。或许，"人本治国"（humanocracy）之类的新词更接近于体现这种新型民众统治的精髓。

（作者为英国社会科学院院士）

中国应以开放发展应对外部挑战

——专访新加坡国立大学东亚研究所教授郑永年

◆ 本报记者　田宝剑　宋宇

"未来10年中国面临着战略机遇，但是也面临必须跨过去的门槛。"新加坡国立大学东亚研究所教授郑永年近日接受本报记者采访时说。

他认为，国际地位并不是从天上掉下来的，需要通过斗争取得。在充满不确定性的时代，斗争的方式很重要。中国需要思考如何避免与美国发生冷战，如何理性地去化解围堵与遏制，其中最重要的是，中国持续的内部稳定发展及对外开放。

郑永年认为，未来10年，制度之争不可避免，全球化将进入调整期，技术革新将更加迅速，这些都将使社会治理变得更加充满挑战。

找准中国地缘政治定位

《参考消息》：依照您的观察，近20年来世界局势发生了哪些趋势性变化？

本文刊载于2020年1月1日《参考消息》。

郑永年：中国改革开放40多年，前30年可以说相当稳定。从2008年世界金融危机以后开始面临不确定性。未来10年，唯一能确定的就是不确定性。地缘政治大变动，世界面临百年未有之大变局。对中国来说，这是关键的10年。

中国自身的经济体量和发展速度之快，使得世界对中国看法的变化呈现出全面性。作为第二大经济体，其体量很难像过去一样"韬光养晦"，"你做也是做，不做也是做"，"做"与"不做"都会产生巨大的外部影响。中国的国际地位确实在上升，但另一方面，体量大并非真正强大。国际地位并不是从天上掉下来的，需要通过斗争取得。但在充满不确定性的时代，斗争的方式很重要。

我们要全面利用好这个机会，来认识自己、认识世界。要好好摸摸自己的家底，要通过谈判争取好的环境。美国的不确定性，不能光从中美关系来看，中美关系只是美国内部政治变化的一种反映，美国现在面临国内的结构性问题，比如，经济结构问题、政治结构问题、经济跟政治结构之间的问题。中美关系出现变化，是美国国内矛盾的外在化表现。在国际政治上，有两句话可以说一直有效：一是"外交是内政的延伸"，二是"战争是政治的另外一种表现形式"。中美两国之间会发生冷战还是热战，局部战争还是全面战争，代理人战争还是直接战争，都取决于内政。

《参考消息》：美国近年来从传统的稳定性力量角色抽身，从多个国际组织"退群"。美国知名战略问题专家伊恩·布雷默近日在演讲中说，以美国为首的世界秩序终结。您是否认同这种说法？在重塑国际秩序的过程中，中国将扮演何种角色？

郑永年：我们一直强调要维护二战以来的国际秩序，但目前这个秩序在解体。比如，最近世界贸易组织（WTO）的仲裁庭瘫痪，美国在多个领域"退群"。我们提倡多边主义，但是如何去推动多边主义？答案是：保证国内可持续的发展，而且这种发展是开放的。这样就会以中国为中心形成一个多边主义体系。开放状态下的稳定发展肯定是多边的，这也符合中国利益。

国际局势是大环境，有些很难去改变。美国二战以后成为世界领导型国家，是因为欧洲经过一战、二战变得衰弱。美国周边只有两个国家，而且这两个国家由于历史原因都高度依附美国。中国周边有十几个国家，处理好与邻国的关系至关重要。所以，要找到中国自己的外交方式。我们的国际战略要符合中国地缘政治环境。

未来10年中国面临战略机遇，但是也面临必须跨过去的门槛。我建议一定要研究中美之间可能的冷战会如何进行，热战如何避免等问题。比如，南海问题、台湾问题，会不会发生代理人战争？这都要警惕。要认识到美国如果对中国采取冷战会以怎样的方式来进行，有哪些场景，我们要采取何种策略去应对。

当然，我们也有能力避免"修昔底德陷阱"。中国市场从中产阶级数量上来看，绝对数字已经赶上美国，甚至超过美国。中国只要实现可持续发展，只要开放，华尔街就不会放弃中国；即使华尔街放弃，日本、欧洲也不会放弃。所以，面对未来10年，主要还是取决于中国如何理性地回应。

盟友难脱美国安全体系

《参考消息》：面对特朗普对全球贸易的干扰，东盟在捍卫多边贸易体系方面加大努力。区域全面经济伙伴关系（RCEP）将于2020年签署。您认为亚太格局未来将怎样发展？

郑永年：亚太现在也面临不确定性。特朗普对亚太的兴趣有所减少，但我们要把美国跟特朗普区分开来，美国的整体国家战略还是在向亚太转移。

对中国来说，主要利益也在亚太。中国周边有十几个国家，如果在亚太被困住，遑论在世界上崛起？这一点美国人认识得很清楚，所以，他们要搞印太战略。印太战略一方面针对中国的"一带一路"倡议，另一方面从美国自身需要出发，因为美国目前在中东的利益已经没有那么大。

从经济角度来看，未来5年、10年甚至更长时间，世界经济的主要增长点还是在亚太。世界地缘经济的重心在亚太，因此，地缘政治重心也会引向亚太。亚洲国家一方面对特朗普带来的不确定性感到担忧，另一方面对中国可能主导亚洲也很担忧。还要更加注意的是，现在一些亚洲国家都是"两条腿走路"，跟美国和中国同时发展关系。我们要清楚，很多亚洲国家，尤其是美国的盟国，它们对美国没有选择，脱离不了美国，因为它们的整个安全体系整合在美国里面，但对中国来说，它们是可以选择的，可选可不选，因为一个国家的安全利益往往会高于它的经济利益。很多人说，现在亚太国家面临选边站，我觉得这个命题实际上不是很成立，因为它们对美国没有选择，很难从安全同盟中脱身出来。日本挣脱了那么多年，也挣脱不了，更不用说其他国家了。

美国现在对中国的策略越来越清楚，我们对美国还是缺少了解。美国对中国的分化很厉害。我们一直称自己"中华"，美国现在首先想要把"中"跟"华"分开。内地是"中"，香港、台湾等地区以及海外华人世界笼统称为"华"。再者是把中国跟中国共产党分化，甚至进行更进一步的分化。这些情况如果处理不好会有长期影响，比所谓的第一岛链、第二岛链严重得多。它是内部分化，而且针对中华民族进行分化，所以，一定要思考如何利用外交方式去化解。

制度模式之争不可避免

《参考消息》：有专家认为，未来世界将陷入两种发展模式之争，即西欧和北美等国的自由资本主义模式和以中国为代表的国家主导的发展模式之间的竞争。您是否认同这一观点？

郑永年：不仅是发展模式之争，而且是制度模式之争。美国现在害怕中国的制度模式，不是说中国的制度模式会影响西方或者美国多少，而是它觉得中国的制度模式对发展中国家会有影响。这是美国情绪化的结果。美国在很多方面比中国更强大，但是它不自信。美国比较自信的时候，对中国的政策比较理性。

中国一直强调不会输出发展模式，我们坚持既要独立又要发展，这可以为发展中国家提供一个可借鉴的或者说可供选择的道路。别的国家如果感兴趣来学习，我们也可以介绍，但西方的理解就是你要输出模式。他们认为这是对西方整个价值系统的挑战，觉得不可接受。当然，这对西方来说也是一种策略。最近在美国已经有人公开讨论：能不能把中国塑造成一个敌人，让美国内部团结起来，让西方团结起来。

二战以后美国向发展中国家推销它的模式，花了无数人力、物力，现在如果这块"蛋糕"被中国拿走了，美国的恐惧感是很深刻的。现在，美国还在挑拨中国与周边国家之间的关系，在新疆问题、香港问题上投入很大精力，这对我们损害很大。美国找中国麻烦，我们麻烦无穷。中国要找美国的麻烦，哪里去找？这就是我们的客观环境，现实主义就是要这么思考问题，美国打不死我们，也围堵不了我们。但是，我们要有足够的估计，而且要讲究斗争方式。

最终来说，中国内部的可持续发展是我们最大的利益。内部稳定发展，而且开放，做到这两条最重要，这也是对世界最大的贡献。

现在很多人认为我们可以关起门来搞创新，这是不可以的。创新就是不同东西的碰撞，关起门来不可能创新。自主创新以我为主没问题，但必须是在开放状态下。很多人说我们有资本就够了，但金钱的背后是技术。所以，我经常说，中国一定要避免"明朝陷阱"，也就是还没有崛起，就开始闭关锁国了。我们最大的误区就是认识自己的误区，就是对自己的不理解并且忽视理解自己。这是最大的麻烦。

《参考消息》：从欧洲到拉美的街头抗议活动此起彼伏，您认为其背后的根本原因是什么？有何解决之道？

郑永年：现在这一波街头抗议都是反建制的。特朗普当选前，从来没有人会想到美国白人会成为民粹主义的基础。大家都认为美国的白人是社会的主体，如果是黑人、少数族群成为民粹主义还可以理解。现在看任何一个群体都会变成民粹主义的基础。为什么？就是因为中产阶级群体变小了。

从二战结束到20世纪70年代是西方最好的时候，实行凯恩斯主义，国家干预经济，中产阶级扩大，福利社会扩大，中产阶级占比达到70%左右。但美国自20世纪80年代以来中产阶级占比就开始下降，金融危机后下降得更快。奥巴马执政8年，美国中产阶级占比每年下降一个多百分点，掉到50%都不到。中国中产阶级群体占比还小，但我们在增长，从穷到富慢一点没有问题。

治国理政包括管控技术

《参考消息》：您如何看待现在的逆全球化浪潮，全球化未来会向什么方向发展？

郑永年：逆全球化现象的产生是因为全球化出现了很多问题，很多国家都消化不了，比如收入分配不平等、两极分化等。

全球化不会停止，它实际上是资本的产物。全球化会处于一个调整时期，不会再像以前那样处于毫无管制的状态，因为各个主权政府都希望重新掌控资本，或者在一定程度上掌控资本。所以，不论是逆全球化还是所谓的反全球化，都应解读为一种调整。

《参考消息》：您觉得这样一种调整会是什么力量在其中发挥主要作用？

郑永年：为什么特朗普会用行政的方式强行处理？是因为没有找到掌

控资本的有效方式。现在很多非理性的东西都出于自己掌控不了的恐惧感。未来很长一段时间各国都要来探索怎样掌控全球化。

《参考消息》：现在大家都在谈论新科技革命、新工业革命，可能今后10年这些领域会有一些突破性进展，并对人类社会产生深远影响，您怎么看？

郑永年：新科技革命不仅带来突破性进展，而且技术的飞速进步在加快，极大影响人类社会。从二战结束到20世纪70年代，社会是橄榄形的，中间大两头小；现在的形态是倒丁字形，上面顶尖一点点，下面底盘非常大。这就是为什么在有的国家交通费的微调导致了全国的动乱，这是社会结构的问题。统治阶级是一少部分，而它的底盘太大了。所以一方面我们要推进技术的发展，但是另一方面要掌控技术。现在，技术的发展进步是确定的，人类如何掌控技术是不确定的，这就带来了恐惧感。这个不确定，并不一定都是坏事，但对人类社会的影响很大。我们的治国理政，也就是对社会的治理，会变得越来越难。

欧亚大陆要成为世界稳定器

—— 专访法国前总理拉法兰

◆ 本报驻巴黎记者　徐永春　韩茜

法国前总理让－皮埃尔·拉法兰的新书《辩证看中国》近日在法国出版面世。该书为西方读者勾画出一个更加客观而立体的中国，呼吁欧洲人辩证看待中国，了解中国及其文化，大胆与中国合作，并强调欧洲的未来与中国紧密相连。

拉法兰长期致力于促进中法友好合作，是法国政界知华友华代表人物之一。在近日接受本报记者专访时，拉法兰阐述了自己的中国观、世界观，以及对世界未来发展的看法。

应了解"复杂的东方国度"

在拉法兰眼中，中国是复杂多面的，需要以辩证的方法来审视。他说："50年来，我在与中国的交往中，试图发现真实的中国。但是，每次我看到中国某一面的时候，数小时后，她又呈现出另外一面。这样的例子不胜枚举。"

本文刊载于2020年1月2日《参考消息》。

首先，认知中国不能武断地做出判断。例如，中国是一个非常强大的国家、世界第二大经济体；不过其人均收入排名却位于很多国家之后。拉法兰说，欧洲人尤其是法国人对中国缺乏了解或失于片面。

拉法兰说："中国人民是聪明而勤奋的人民，决不能小看中国人民。他们有能力创作优美的诗歌、书写精彩的文学、呈现杰出的艺术、演绎优美的音乐。即使钢琴或吉他不是中国传统的乐器，但如果中国人想掌握它们，就能很快运用自如。"

其次，欧洲必须尊重和了解历史悠久的中华文明。拉法兰回忆道，当自己20岁的时候，美国处于世界统治地位，欧美之间交流比较顺畅，因为美国文明传承自欧洲文明，欧美文化有共同之处。但是，五千年中华文明自成体系，很长时间里都在西方探险家和传教士的视线之外。因此，欧洲文明与中华文明的联系相对薄弱。"西方人必须弥补对中国文化的认知空缺，这是展开对话的基础。"他说。

拉法兰说："许多欧洲人将中国视为威胁，这在一定程度上是因为不了解这个'复杂的东方国度'。50年来，我与这个博大精深的文明国度建立起富有成果的往来联系，感触颇深。"

拉法兰说："我想提醒法国人尤其是年轻人关注中国，与中国人交谈，与中国人交朋友。中国人是法国年轻人未来的合作伙伴，他们要为此做好准备。"

法德必须承担起大国责任

拉法兰说，当今世界面临大变局，多边主义受到削弱和威胁，旧的世界秩序正在重构。面对国际格局巨变，欧洲如果继续"沉睡"，将成为"两个球拍"之间被挥来打去的"乒乓球"。

他认为，美国这个"昔日盟友"一方面力推单边主义，另一方面热衷于涉别国内政、滥用域外管辖权，甚至为了美国利益经常把欧洲盟友晾在一边，欧美分歧日益加深。

拉法兰说，单边主义和保护主义不利于世界的平衡，欧洲需要站出来阻止平衡世界的瓦解，法德两国必须担起大国责任，并与中国展开合作。他说："如果我们只与朋友交谈，只能出现结盟，不会实现和平。因此，必须与持不同意见的人对话，这是开展多边主义对话的重要原因。法国和中国都深信这一点。"

拉法兰强调，互相尊重是法国处理对华关系的重要前提，因为"友谊始于尊重。"虽然法中政治制度不同，但法国奉行不干涉别国内政的外交原则。拉法兰说："我们要正视自己的缺点，而不是总想着给别人当教师爷。每个国家有权捍卫自己的制度，我们有责任找到一种基于平衡而尊重的合作，这就是法国外交继承戴高乐将军政治理念所坚持的立场。"他引用戴高乐将军的话说，中国是法国的外交伙伴，共建世界离不开中国，必须将中国融入未来的世界。

构建新平衡离不开中国

拉法兰认为，当今世界，法国和中国都面临机遇和挑战，需要携手应对，共建世界平衡。

他认为，中国在当今国际舞台扮演着重要角色。首先，中国扮演着非常重要的经济角色，既是世界经济增长的引擎，又是"世界的银行家"，中国人的储蓄能够填补世界其他地方的大量赤字。"我们都与中国经济息息相关，迟滞中国经济发展的贸易保护主义，会阻碍全球经济发展。"他说。

拉法兰认为，法中在经贸领域存在广泛共识。2019年，法国总统马克龙出席第二届中国国际进口博览会，正是为了促进法国对中国出口以及法中贸易。

其次，中国是构建世界新平衡的重要参与方。构建新型多边主义，提升亚洲和中国以及非洲在国际体系中的地位，通过对话来制定21世纪国际关系准则，这些都离不开中国的参与。拉法兰说，有些人担心中国正在推行"中国特色多边主义"。这是因为大国崛起和扩张通常会令人感到担忧。正因如此，现存力量和新兴力量需要进行对话，欧中对话对维护世界平衡非常重要，要使欧亚大陆成为世界的稳定器。

他呼吁法国和中国携手合作，避免世界落入"修昔底德陷阱"。"为了避免两大强国正面对峙，多边主义对话是解决之道。"拉法兰说。

谈及中国提出的"人类命运共同体"等理念时，拉法兰说，建立行动联盟的前提是提出共同愿景。就像在一支足球队或者一家公司中，如果想动员其他人，就必须确立一个共同目标。过去，各国曾以意识形态来划分，现在有了新的标准，即保护人类和地球的共同命运。"地球是全人类共同的家园，无论中国人、美国人或者欧洲人，都在地球上同呼吸、共命运。这是一项重大挑战，需要每个人的参与。"

多极化世界秩序将成现实

—— 专访美国卡内基莫斯科中心主任德米特里·特列宁

◆ 本报驻莫斯科记者　胡晓光

近日，美国卡内基莫斯科中心主任德米特里·特列宁接受本报专访时表示，未来 10 年国际关系体系的多极化将逐步成为现实，中俄间的接近和互动将为确立多中心的世界秩序铺平道路。

国际体系走上多极化

《参考消息》：您认为当今世界占主导地位的趋势是什么？多极化会否在未来 10 年最终形成？世界会否陷入新冷战？

特列宁：21 世纪初的主导性趋势是大国之间恢复激烈竞争，民族主义作为对全球化的一种反应兴起，技术对划分世界影响力的作用越来越大，政治制度出现危机以及价值观和意识形态上的矛盾加剧。

这些趋势发展的结果是世界秩序开始推移，全球化的性质改变，全球经济空间碎片化，国家之间以及国家内部意识形态和价值观竞争强化。国

本文刊载于 2020 年 1 月 7 日《参考消息》。

际关系体系的多极化正在逐步成为现实，但不同中心的权重和影响不可同日而语。

未来10年将出现一种情况，即美国和中国这两个超级大国将首先在经济和技术领域中占据特殊位置。发挥重要作用的是欧盟，以及印度、日本、巴西、土耳其等国。在这方面，具有原则意义的是各种力量中心推行独立外交政策和国防政策的意愿和能力，以及它们应对外部压力的坚韧性。

冷战是一种独特的历史现象，它不会再出现。同时，彼此竞争的大国间对抗和冲突是一种周而复始的现象。自2014年以来，俄罗斯与美国之间的关系一直处于危险的对抗阶段，但这不是新的冷战。2017年，美国宣布中国与俄罗斯为战略对手。华盛顿对北京的态度已从根本上强硬起来。当前中美之间的尖锐对抗还不能称为冲突，避免发生威胁世界和平的军事冲突的可能性仍存在，应抓住这个机会。至于美中竞争的结果，我认为，美国战胜不了中国，中国也不会取代美国成为全球霸主。

今天，美国、中国和俄罗斯是地缘政治和军事领域中最具影响力的3个全球参与者。中美之间的竞争是世界经济的最重要轴心。中俄战略伙伴关系是两个大国相互关系的独特模式。亨利·基辛格在20世纪70年代初设计的那种意义上的华盛顿—北京—莫斯科三角关系，即两个大国结盟对付第三国是不存在的。同时，美国、中国和俄罗斯之间关系的相互影响是显而易见的。在2020年代上半期，中国和俄罗斯可能会在许多方向上继续互相接近，这种互动将为确立多中心的世界秩序铺平道路。

全球化性质发生改变

《参考消息》：是否可以说美国占主导地位的时代正走向完结？

特列宁：美国全球霸权时代已成为过去。然而，美国在许多领域仍然是并将长期是最强大的国家。

美国的军事存在遍及各大洲和各大洋。忠于美国的数十个国家追随华盛顿的政策，并服从其要求，有时甚至不惜损害其自身利益；美国市场对外国公司极具吸引力，而美元仍然是全球储备货币。美国的和对美友好的媒体在全球信息领域占据主导地位。

《参考消息》：美国及其他发达国家越来越多地诉诸保护主义。在个别国家的贸易保护主义的推动下，逆全球化潮流得到发展。在您看来，未来全球化的典型特征是什么？

特列宁：全球化一直在继续。我没有观察到反全球化，但是全球化本身的性质已经改变。

不同国家的相当一部分居民发现，他们从全球化获益很少，而这些国家的精英却赢得了巨大的利益。因此，公众压力相应加大，倾向于采取保护主义措施、限制移民等。华盛顿的制裁政策在许多方向上取代了外交政策，导致进一步破坏全球经济、金融和信息领域的统一。中国、俄罗斯等国，以及欧盟国家所采取的应对措施包括更加着眼于国内市场、进口替代、建立国家支付系统、互联网保护措施等。这创建了一种新的全球化模式，更加侧重国家或地区市场和国家主权。

《参考消息》：目前世界贸易组织（WTO）的改革问题非常突出。您认为WTO将保留国际贸易主要监管者角色吗？未来10年，区域贸易组织在世界贸易中将扮演什么角色？

特列宁：全球经济监管体系处于运行状态。一方面，发展中国家对全球GDP的贡献大大增加，出现了在国际机构中重新分配影响力、向发展中国家倾斜的问题。另一方面，现任美国政府无视国际机构，单方面企图向其他国家强加对自己有利的解决方案。

华盛顿过去几年的行动实际上使WTO的工作陷于瘫痪。七国集团显然不足以协调全球范围内的经济政策，二十国集团在2008—2009年危机形势中起到了帮助作用，但随后其有效性显著下降。没有美国的参与就不可能解决调节世界经济问题，但是现在很难指望华盛顿在解决世界经济问题上提供建设性合作，无论如何在特朗普执政时会如此。至少在21世纪20年代上半期，全球形势可能仍不能令人满意。在这种情况下，地区组织和它们之间的协议将发挥重要作用。

消除误判有利全球稳定

《参考消息》：美国单方面退出《中导条约》，破坏了全球军备控制基础。您认为，未来10年的全球稳定靠什么来确保？

特列宁：全球战略稳定仍然主要基于相互核遏制。这是核时代唯一现实的安全支柱。俄罗斯与美国之间的核军备控制体系，以及欧洲的常规军备控制体系，长时间里确保了主要大国核武库和常规武器发展的相互可预测性。现在，该控制体系的最后要素已不复存在。在可预见的将来，建立有中国和其他主要国家参与的新的全球体系是不可能的。

在这种情况下，遏制力的强化不能通过控制措施实现，而是通过军事指挥部与司令部之间、安全和情报机构之间的24小时常设通信线路，通过就军事理论和紧迫安全问题的对话，通过各种信任措施，通过相互克制和拒绝挑衅行为来达到。这些步骤和措施的目的是消除对对手行为的误判，缓和并预防意外事件发生等。无论是军事性质的还是技术性质的误判和意外事件，在今天都是大国之间可能发生武装冲突的主要原因。与冷战期间不同，大规模攻击和无端的第一次核打击的风险大大降低了。

美对华"只见树木不见森林"

—— 专访欧盟智库马达里亚加基金会执行主任皮埃尔·德弗雷涅

◆ 本报驻布鲁塞尔记者　潘革平

　　欧盟知名智库马达里亚加基金会执行主任皮埃尔·德弗雷涅近日在接受本报记者专访时表示，对欧洲来说，保护自己要靠进一步推进政治和战略一体化，中欧有共同利益，应该合作推进世界向多极化发展。他认为，亚洲发展潜力巨大，中国应扮演地区稳定器角色，而现在的美国政府却没有看到中国的积极作用。

在北约内统一欧洲声音

　　德弗雷涅认为，为进一步推进欧洲一体化进程，欧洲必须运用好两种工具，一是欧元，二是战略。他说，直到今天欧元仍只是交易货币，而不是真正意义上的储备货币，也不是一种经济政策工具。欧元区一直注重货币政策，而忽视了财政政策，这是欧元的一个巨大弱点，必须予以纠正。因此，建立货币支柱、形成一个完整的经济集团对欧洲来说至关重要。

本文刊载于2020年1月9日《参考消息》。

欧洲的另一个支柱是战略。德弗雷涅表示，欧洲必须拥有共同防务，并将防务开支提升到一个合理的水平，而且这必须在北约的框架之内进行，因为北约是一种有效的工具。解决欧洲防务独立性的方法不是离开北约或摧毁北约，而是要在北约内部建立起一个真正统一的欧洲集团：这个集团在北约内部能够用同一种声音说话，能与美国展开平等对话。他说，要让美国能听命于我们，就像过去我们在内部一直听命于美国那样。

德弗雷涅说，有一点显而易见：当年如果北约内部有一个统一的欧洲，那么伊拉克战争就不会发生。那场战争造成的损失无法估量。它所造成的冲击波遍及整个地区甚至更远的地方，大量难民的出现严重影响到了欧洲的生活。

德弗雷涅认为，欧洲应该以此为目标，只有这样才能在面对中国等国家时保住自己的威信。

对于当代地缘政治理论提出的各式各样的陷阱，包括认为一个新崛起的大国必然要挑战现存大国的"修昔底德陷阱"，德弗雷涅持怀疑态度。他认为，欧洲必须具有远见，不要被那些认为世界将重新陷入两极化的论调所蒙蔽。欧洲必须接受世界多极化这一事实。

中国成为亚洲稳定器

对于亚洲的未来走势，德弗雷涅认为，亚洲的发展潜力巨大，但其自我毁灭的潜力同样巨大。他说，印度和巴基斯坦之间的紧张局势是亚洲的悲剧。在这方面，中国必须作为一个地区大国承担起责任。日本、美国和欧洲也应参与其中，但中国更应发挥一线作用，因为它具有这方面的能力，理应成为地区的稳定器。然而，美国人却不明白这一点。他们只见树木，不见森林，就知道盯着华为等一些企业的事与中国纠缠。

对于中国提出的"一带一路"倡议，德弗雷涅认为这一倡议的可持续性仍需要时刻注意，尤其不能因为过度的举债影响到经济发展前景，必须要确保有更多的私人投资参与进来，应在整个欧亚大陆范围内实现"多边化"。

他说，当我们面对全世界不同制度的国家时，要想实现全球治理，真正有效的方法就是加强多边主义。在加强多边主义方面，中欧有着共同利益，双方是合作伙伴，而不是竞争对手。

"良政是最好的发展工具"

当今世界，自然资源丰富的非洲仍然是跨国公司的角逐之地。在如何促进非洲发展的问题上，德弗雷涅认为真正的症结在于：西方人自始至终只把眼光放在自由贸易和市场上，而实际上，发展离不开一个高效、稳定和诚实的国家。他说，良政是最好的发展工具。那些成功摆脱贫困的国家（其中也包括中国）都是善于利用市场的国家，但它们首先依靠的是规范的国家政策以及一个严要求、负责任以及有远见的领导集体。正是这种长期、严格的治理成就了10个亚洲国家脱颖而出。因此，非洲也应该出现更有效的治理模式。否则，这里将永远只是一个漏水的桶。再多援助、再多投资的到来，最终都将全数溢出。

德弗雷涅说，对非洲而言，重要的是治理以及非洲国家间的合作。殖民时代所造成的种种分裂不能再成为非洲建立统一市场的障碍。

西方国家将致力重建"经济主权"

——专访伦敦政治经济学院经济史系终身教授邓钢

◆ 本报驻伦敦记者　桂涛

伦敦政治经济学院经济史系终身教授邓钢也是英国皇家历史学会院士，长期从事中国经济增长、中国现代早期铁路发展、中国财政状况及其对经济影响等问题的研究，对全球化前景有独到思考。他近日在接受本报记者专访时表示，最近二三十年的全球化实验暴露出一系列问题，对全球化的反思不可避免。未来，西方国家将致力于重建国家的经济主权，以应对全球化的影响。

《参考消息》：全球化的本质是什么？

邓钢：目前流行的"全球化"没有获得经济学的明确定义，一般认为是国际分工要遵循在生产成本最低的地区进行，生产出来的产品一定会找到自己的销路，国际市场可以自动清空。

严格地说，全球化的历史刚刚开始。它的起始点应该是冷战结束之后。因为冷战时代世界分裂，还没有形成真正意义上的全球经济的可能性。同时，与以往以国界相互区别的世界商品贸易体系不同，全球化其实是一个跨国界的投资体系。这种全新的跨国投资体系的直接产物是跨国的产业链

本文刊载于 2020 年 1 月 14 日《参考消息》。

（或价值链）。那么，全球化的机制就是高度机动的工业和商业资本在全球范围内自由寻找最廉价的资源（如矿产、森林、水源）和最廉价的劳工，生产出有最高性价比的产品和服务，以便获取最大利润。在经济学上，这叫"资本套利模式"。

从1947年到2000年，国际贸易的关税税率从最初的100％降到5％左右。这是史无前例的变化。世界贸易组织带来的超低关税使得全球性资本套利成为可能。所以，降低关税和自由贸易要求成员国在外贸领域放弃经济主权。

《参考消息》：全球化快速发展，也带来了一些问题。您觉得这些问题主要是什么？

邓钢：二三十年的全球化实验，确实暴露出一系列的问题，足以构成对全球化的质疑和挑战。我认为主要有五个方面。

第一，全球资本套利模式中的生产四要素（即资本、技术、资源和劳工）中，只有资本和技术是可以在全球自由流动的，资源和劳工则是不流动的。所以，也只有资本和技术的占有者获得利益最大化。当某个国家或地区的资源和劳工的成本不再是最低的时候，资本和技术就会移出，重新寻找资源和劳工成本最低的国家和地区进行投资。

第二，全球资本套利的急先锋是"热钱"，也就是一国经济中过剩的金融资本。热钱在海外投资获利后，通常会使一国经济中正在实业中运作的实体资本（姑且称它为"冷钱"）动心。冷钱出国参加全球资本套利，必然使得本国工厂、矿山、商店等衰退，出现实体经济的"空心化"和劳工失业，增加福利国家社保支出负担，并同时使得国家企业税收减少，迫使政府加重民众税收负担。而从该国经济撤出的冷钱一般会获得入驻国减税优惠待遇，构成事实上的海外逃税。这种空心化，加上民众高税收，以及企业在海外逃税，在西方七国集团（G7）一再发生，也引发当地社会不满。目前西方七国集团的对策是产业升级，并以产业升级拉动就业。但产业升级意味着高科技，而高科技产业雇工能力非常有限，不可能填补空心化带来的规模性失业。

第三，对于在全球化中搭便车成功的发展中国家，廉价的外来资本和技术确实是久旱甘霖，带来一时繁荣。但是成为新的世界工厂也是有代价的，其一是世界的销售市场的容量在任何一个时间点都是有限的，当市场饱和，变为"买方市场"以后，生产商品的厂商只有牺牲利润，降价求生。这种降价求生在"非生活最低限度必需品市场"尤为明显。发展中国家那些往往是最成功的厂商都难逃这一"扩张—破产"的悖论。

第四，和"扩张—破产"悖论相匹配的是"微笑曲线"现象。微笑曲线即两端朝上的 U 形曲线，表示在全球产业链分工中，各类经济体的投资回报区间是不同的。U 形两端为投资高回报区间，为研发国和销售国所独占。在现实生活中，研发国和销售国常为同一国家（如苹果手机的研发和销售）。底端为投资低回报区间，是专门留给发展中国家从事加工和组装的。如果某国以从事加工和组装立国，该国产能会非常强大，但不可能十分富有，常常跌入中等收入陷阱。这种"强而不富"是全球化衍生的怪现象。

第五，全球化中的流动性资本除了在全球范围内追逐廉价劳工，也同时追逐廉价自然资源。输出资本的同时也输出了对资源的掠夺和对环境的破坏。其后果是引发全球性的资源枯竭，环境恶化。

由此可见，对全球化的反思不可避免。第一，西方七国集团纷纷开始采取措施，推动本国经济的"实心化"，重振实业；第二，狙击廉价进口工业品对本国实业的冲击（实行关税壁垒）；第三，鼓励本国民众使用国货，减少对进口工业品的依赖；第四，重新启动全球排碳限制和环保公约；第五，加强对源头国际资本市场的监控。我们姑且称这些动向为"去全球化"。

《参考消息》：这些"去全球化"的举措会有效吗？

邓钢：中美贸易战也好，英国脱欧也好，都是在重建国家的经济主权。这将是未来几十年西方七国集团的主要国策。

美影响力下降将"漫长而痛苦"

—— 专访俄罗斯国际事务理事会主任科尔图诺夫

◆ 本报驻莫斯科记者　胡晓光

俄罗斯国际事务理事会主任科尔图诺夫近日接受本报记者专访时表示，当今世界毫无疑问存在走向多中心主义的趋势，但"单极时刻"的传统仍然保持着惯性。未来10年，美国在世界上的作用会比现在小得多，而中国将扮演更重要的角色。

不应低估"单极时刻"惯性

《参考消息》：您认为，在当今世界占主导地位的趋势是什么？多极化会否在2020年代最终形成？

科尔图诺夫：在当代世界中，毫无疑问存在走向多中心主义的趋势，但我不会低估"单极时刻"的惯性。美国总统特朗普似乎在竭尽全力，以加速向多极化的过渡 —— 他寻衅对手、欺负盟友、拒绝前任承担的义务。

本文刊载于2020年1月10日《参考消息》。

然而，我们看到"单极"的传统仍然保持着：美元仍是世界主要储备货币；世界各地的大公司事实上都遵循美国的单方面制裁；从朝鲜到伊朗，世界政治的主要"麻烦制造者"都希望进行对话。首先，是与华盛顿对话，然后才是与其他国家对话。看一下北约或七国集团对美国决定退出《中导条约》的反应，显然在刻意迎合"大哥"，哪怕这个"大哥"的举止不当。

遗憾的是，近年来，我们观察到的主要趋势还不是走向多中心主义，而是旧的两极分化。世界的黑—白画面可能看起来有所不同：东方对西方，保守主义对自由主义，威权对民主，民族主义对全球化等。但是无论如何，这是一个危险的趋势，不会使包括美国本身在内的任何人受益。世界的图画由许多色彩和半色调组成，而对世界政治的黑—白理解缩小了腾挪的范围，妨碍寻求妥协，挑动对抗升级。

我们希望，在21世纪的第三个10年中这种不健康的趋势能够得到纠正，并且看到世界政治中真正的多中心主义形成。

《参考消息》：是否可以说美国占主导地位的时代正走向完结？中国的角色将如何变化？

科尔图诺夫：我已经指出，低估"单极时刻"的惯性是不正确的。但是，如果您想象一下10年后的世界，那么更可能的是，美国在这个世界上的作用会比在当今世界要小得多。美国影响相对下降的过程，无论对美国还是世界其他地区来说都将是漫长而痛苦的。

中国的任务恰恰相反。中国是最古老的国家之一，更确切地讲，是地球上最悠久的文明之一。但是，中国也是一个相对年轻的全球大国，拥有越来越多的机会影响世界政治。在未来10年，在全球和地区治理问题上，中国将不得不承担越来越多的责任。

全球化进程并非一直向前

《参考消息》：在个别国家贸易保护主义的推动下，近年来逆全球化潮流涌动。在您看来，2020年代全球化将发生怎样的变化？

科尔图诺夫：20世纪90年代，"自由全球化"和"全球自由主义"的概念被视为密不可分。也就是说，全球化的加速器之一，同时也是其必然结果之一，应该是自由主义经济—政治模式在全球范围内取得胜利。在这种背景下，无论中国、俄罗斯还是其他地方的任何非自由主义的发展模式都被视为过时。

如今，这种因果关系已远不及30年前令人信服。政治和经济自由主义正在经历艰难时期，其基本原则甚至在西方都受到质疑，而其他的社会政治和经济模式不仅显示出稳固性，而且在某些情况下还表现出高效率。因此，下一个10年的任务是将全球化的普适性与现有的国家发展道路的多元化相结合。这是一个全新的任务，10到15年前几乎没有讨论过。

在20世纪末和21世纪初，全球化的另一个流行概念是将全球化视为线性的、永久的和不中断的进程。人们认为，随着时间的流逝，全球化的步伐只会加快，而全球化的阻力将会减弱和归于无形。但是，在21世纪第二个10年，特别是随着特朗普在美国执政以及英国开始脱欧，很明显的是，全球化进程可能会刹车、放慢，对某些国家来说还会出现逆转。

在20世纪80年代末90年代初，人们以为，全球化浪潮将主要从现代世界的经济、政治和技术核心（整个西方）向其外围扩散。大型"半外围"国家（例如俄罗斯、中国、印度、巴西等）应成为传播机制。此外，专家预测，随着远离核心而靠近外围，全球化的阻力将增大，引发冲突、贸易战以及孤立主义和民族主义增长，而这些冲击在到达全球核心时将被削弱。

但是，历史表明，在许多情况下，全球化的浪潮正朝相反方向 —— 从

外围向核心 —— 发展，而整个西方正试图通过限制移民、回归保护主义、强迫先前离开的产业回归以及兴起民族主义，来使自己与外围隔离开来。

尽管目前总体上西方在参与全球化进程方面要超过非西方，但是谁将在未来成为这些进程的主要推动者这一问题仍然悬而未决。

战略武器控制需要新机制

《参考消息》：美国单方面退出《中导条约》，破坏了全球军备控制基础。您认为，2020年代的全球稳定靠什么来确保？

科尔图诺夫：废除《中导条约》的有害后果不言而喻，尤其是对美国和俄罗斯。而且不仅体现在军事安全领域。自20世纪70年代初以来，战略武器控制一直是莫斯科和华盛顿之间关系的核心。抽去这一核心，我们不仅彻底失去了双边关系在世界政治中的特殊地位，而且还大大降低了俄罗斯和美国对彼此的重要性。

负面后果不仅会影响我们两国，还会影响许多其他国家。欧洲人将第一个感觉到新形势，因为中短程导弹系统构成的新风险首先落到欧洲大陆。中国人也会感受到后果。通过退出《中导条约》，美国不仅在欧洲而且也在亚洲放开自己的手脚。

在这一领域进行"无规则的游戏"太冒险了，而21世纪每过一个新的10年，都将比以前变得更加冒险。最终，战略武器控制的一些新机制将穿过旧的俄美双边体系的碎片冒出头来。

也许10年后，"军备控制"一词本身将需要修订。代替双边的、具有法律约束力的、主要是数量上"对军备的控制"的，可能是多边、非正式、主要是质量上的"战略武器管理"。在这个新的坐标系中，最高层以及其他层级上存在众多沟通渠道。

核世界正在迎来一个新时代。这个世界变得更加复杂，更难以预测，并且可能更加危险。中国在这个新世界中的重要性无疑只会提高。

现有国际秩序不易爆发"新冷战"

—— 专访英国皇家国际事务研究所高级研究员于洁

◆ 本报驻伦敦记者　桂涛

　　知名智库英国皇家国际事务研究所高级研究员于洁近日在接受本报记者专访时表示，"中美新冷战到来"的言论是对今后10年甚至20年国际格局的误判，未来世界秩序逐渐发生转变，随着中国综合国力上升，与许多区域政治力量打交道时策略也会发生转变，最重要的是大国和区域性经济体之间应建立解决分歧的有效渠道，求同存异。

"新冷战"论断不符实际

　　《参考消息》：有人说"新冷战"正在发生，你怎么看？

　　于洁：进入21世纪第三个10年，国际秩序早已无法像美国历史学家福山预测冷战后"历史终结"那般简单。国际秩序进入新旧体制交替或者说新的权势转移。这种交替不是直线形的，也不是非黑即白式新型国际秩序立刻替代现有的冷战后国际秩序。两种国际秩序会呈曲线形相互磨合。

本文刊载于2020年1月3日《参考消息》。

最近一年，许多欧美政界人士与意见领袖纷纷抛出"新冷战到来"言论。这种言论既是对冷战的误解，也是对今后10年甚至20年国际格局的误判。

《参考消息》：你的判断依据是什么？

于洁：所谓"冷战"是美苏两个超级大国间在军事、意识形态和经济上的全面对抗。而现在所谓的"新冷战"的三个要素指代中美之间经济脱钩、科技制裁和意识形态对立。

但仔细想来，这三个要素在现有国际秩序中却不那么容易实现。首先，国际经济秩序在第一轮全球化过程中早已形成"你中有我，我中有你"的局面。国际金融市场已是牵一发而动全身，更不要说把多年在国际贸易体系里已形成的全球供应链在短时间内剪断。

其次，所谓科技制裁也不太可能实现。在西方尤其是美国一些政客眼中，高科技产品、技术标准和应用只能被美国及其盟国撰写和掌握。事实上，科技创新本身就是市场需求和政府调控联合作用下的产物，也是许多发达国家自二战以来科技创新的基本策略。西方国家应该改进自身的工业和产业政策，提高科技创新的门槛，与发展中国家形成良性竞争。

再说意识形态对立，自二战以来"以自由主义为准的国际秩序"一直是发达国家引领世界秩序的准则。这其中"自由主义"也就暗含国际社会成员的国内政治制度应当是多党代议制民主。但在过去的两个10年中，恰恰是这样极力倡导的政治制度自身出现了不少亟待解决的挑战。2008年的金融危机让西方七国集团元气大伤，直到现在都没有完全走出那场危机的负面影响。因此，一味以意识形态划分谁来定义国际秩序的话语权显然不可取。在过去10年中，发展中国家也更加积极要求转变现行国际规则，大大提高自身话语权。这种诉求在今后10年中会愈加强烈。需要指出，大多数发展中国家并不是完全推翻之前的国际规则，而是考虑在原有国际规则的基础上怎么修改规则，让更多国家有发言权和影响力。

中欧有分歧合作会更多

《参考消息》: 下一个 10 年，世界秩序会怎样变化？

于洁: 2019 年 3 月初，在最新的欧盟对华文件中，欧盟已经把中国列为"系统性"竞争对手，其中最为明确的一点就是中国与欧盟在价值观上分歧最大。而且中国经济体量也影响到 28 个成员国对中国的态度各不相同，与欧盟总部不能保持一致。这份对华文件既是明确告诉中欧之间差异何在，也是警告各个欧盟成员国在对华交往时应与布鲁塞尔总部保持一致，强调纪律。但是 28 个成员国在对华关系中诉求不同，很难与欧盟总部保持一致。

《参考消息》: 下一个 10 年中欧关系走向如何？

于洁: 在下一个 10 年中，中欧之间交往不可能一帆风顺，分歧会有，合作更多。欧盟政治精英和商业精英一时也很难调整对华复杂心理。一方面，不愿意放弃中国市场这样的"大蛋糕"；另一方面，对许多中国企业从向欧洲企业学习的"小学生"变成强有力的"竞争对手"这种转变多有不满，不得不使用所谓欧盟自身确立的"多边规则"和"对等原则"与中国继续周旋。再加上价值观上的分歧和美国影响，让中欧关系杂音不少。但双方之间的互惠互利，远远大于分歧，目前继续进行的中欧投资协定的谈判也反映出双方都认为中欧经贸关系，和在全球气候变化上的合作是今后北京与布鲁塞尔之间可合作的两大方面。

可提供更多国际公共产品

《参考消息》: 未来 10 年中国在国际社会中将扮演什么样的角色？

于洁: 今后 10 年，是中国为国际社会提供更多更好的公共产品的 10 年。过去 10 年是发达国家与发展中国家在全球治理中不断争论调节的 10

年。原有以"华盛顿共识"为基础的国际机构已经不适用于目前处在十字路口的国际秩序。

《参考消息》：特别是在一些国际机构中，中国话语权正在增加。

于洁：在完善全球治理过程中，不能自说自话，应与其他有共同诉求的国家多协商。在提出修改全球治理规则时，也考虑适合其他发展中国家国情的建议。中国也可以把"一带一路"倡议作为推进中国自身完善全球治理的重要组成部分。尤其是在对发展中国家进行援助和援建时，怎样做到让当地百姓受益，把钱花到最关键的地方，应该是最重要的考虑之一。这样一来，可以巩固中国在提供国际公共产品中"看得见的贡献"，也帮助中国树立更加良好的国际形象。

日本须在变局中找准国家定位

—— 专访日本共同社客座论说委员冈田充

◆ 本报驻东京记者　杨汀

在21世纪第二个10年的尾声，世界形势，尤其是亚太地区的大国关系发生了巨大变化。在进入第三个10年之际，本报记者就当前中日关系面临的机遇与挑战、日本在国际秩序中的角色等问题专访了日本共同社客座论说委员冈田充。

印太战略是日中关系隐患

《参考消息》：21世纪的第二个10年刚刚收尾，您认为当前的中日关系面临哪些机遇和挑战？

冈田充：日中关系正在持续改善。但在包括岛屿问题在内的东亚安全保障问题上，仍存在对立和隔阂。而另一方面，在全球范围内，以美国为首，否定自由贸易体制和国际协调的单边主义行为正在蔓延。这对日中合作提出了新要求，也是新机遇。两国应该在全球问题上加强协调合作。具

本文刊载于2020年1月8日《参考消息》。

体而言，应以互不成为威胁和坚持自由贸易体制为核心，在气候变化、防灾、与少子老龄化相关的社会福利问题、第三国基础设施投资等全球规模的课题上，推进协调合作，为世界作出贡献。

我认为印度洋—太平洋战略是日中关系改善的一大隐患。2019年6月1日，美国在新加坡举行的第18届亚洲安全峰会上发表了长达55页的印太战略报告。安倍政府早在2016年就提出了"自由开放的印太战略"，包括两部分：第一是在从东亚到南亚、中东、非洲的广大地区，以日本为轴心推进广域的经济开发合作，包括整备基础设施、推进贸易和投资、培养人才等。第二是安保，强化日美印澳四国的安保合作。此外，印太地区的当事方印度、澳大利亚、东盟也都提出了印太战略或构想。各国的印太战略有很多共同点，但决定性的差异就是对中国的姿态。美国印太战略的最大特征是基于对美军丧失军事优势的现状认识，希望构建新的对中同盟。印度和东盟对此并不积极。日本则处在两难状态，一方面，日美在安保上谋求推进一体化和互补关系，同意将此战略作为共同外交战略。另一方面，安倍政府在不断推进改善日中关系。随着日中关系持续改善，日本对印太战略表述有所缓和。此前，美中贸易谈判达成第一阶段协议，对立关系有所缓和。不过，一旦美中对立激化，以日美关系为外交基轴和决意改善日中关系的安倍政府势必处于更艰难的两难境地。可以说，印太战略是日中关系的一大隐患。

日本应扮演中等力量角色

《参考消息》：您如何看待未来10年日本在亚太、在全球扮演的角色？对发展中日关系有何建议？

冈田充：我认为日本应当扮演中等力量国家的协调角色。日本应成为中间力量。中国希望与美国维持稳定的关系，但两国的长期竞争是不可避免的。因此，中国需要与日本以及亚洲其他周边国家、欧洲国家建立长期稳定的关系。美中对立的长期化是拉近日中关系的一大因素。日本的外交人士一方面认为，将日中关系视为美中关系的从属变数是错误的；另一方面也承认，日中关系，包括日中关系的基础都受到美中关系的影响。美国昔日在东亚霸权的基础是同盟结构。由于中国的崛起，这一结构已经开始崩溃。韩国和很多东盟国家已经接受了这一现实。它们没有接受美国关于排斥中国的要求，而是转向一边考量美国的要求，一边各自考量自身利益。它们并没有否定与美国的同盟关系，只是将同盟关系相对化了。

以经济实力为代表，日本处在衰退过程中。如果不随着时代做出变化，而是抓住在世界中心焕发光彩的大国理想不放，就是没有认清时势。七国集团中，英国、法国、德国等已经将自身定位为中型国家、中等力量国家。中等力量就是指，在发生国际纷争或问题时，充当协调角色，寻找协调政策，通过引领国际舆论来发挥影响力。在伊核问题、乌克兰问题上，德国和法国就发挥了类似作用。日本应该从大国失落感中走出，找到自身作为中等力量国家的定位和作用。

中国发展开启文明对话新趋势

—— 专访尼日利亚中国研究中心主任查尔斯·奥努纳伊朱

◆ 本报驻阿布贾记者　郭骏

尼日利亚中国研究中心主任查尔斯·奥努纳伊朱近日在阿布贾接受《参考消息》记者专访时表示，中国的崛起和21世纪的头20年显示，历史没有终结，而是站在新的起点。在未来较长时间里，全球化和多极化的整体趋势不会改变，以中国为代表的新兴大国和传统大国之间仍将保持既竞争又合作的关系。

美国霸主地位在动摇

《参考消息》：您怎么看世界在21世纪头20年中的变化？

奥努纳伊朱：这20年充满挑战、机遇和变化。受益于全球化进程，新兴国家迅速崛起，亚洲、非洲和拉丁美洲国家在国际事务和国际经济中的话语权和重要性越来越大，日益呈现开放自信的姿态，区域合作平台发挥越来越重要的作用。以美国为首的西方大国仍然占据霸权地位，但有一定

本文刊载于2020年1月6日《参考消息》。

程度动摇。与新兴国家的开放姿态相反，西方国家呈现出保护主义和民族主义趋势，例如，英国深陷脱欧难题、美国到处挥舞关税大棒，等等。未来较长时间里，以中国为代表的新兴大国和传统大国之间仍将保持既竞争又合作的关系。

《参考消息》：有观点认为西方大国的全球影响力在下降，您认为背后原因是什么？

奥努纳伊朱：我个人认为，西方出现颓势其实是从20世纪90年代开始的。进入新世纪后，西方国家的公信力和之前占据的道德高地逐渐受到动摇，武装干预似乎也越来越力不从心。再加上西式民主体制在许多发展中国家水土不服，越来越多国家对西式国家治理经验不再奉为圭臬，反而是中国在国家发展等方面表现亮眼。

"历史终结"命题被打破

《参考消息》：您认为未来数十年世界格局最重要的趋势是什么？

奥努纳伊朱：回顾过去20年，似乎是西方霸权和必胜论慢慢褪色的20年。中国的迅速崛起，中国特色社会主义造就的中国现代化，证明"历史的终结"是个伪命题。中国的崛起和21世纪的头20年显示，历史没有终结，而是站在新的起点。

21世纪最重要的趋势是一个国家不必通过战争和剥削他国，也能成为全球有影响力的大国。中国证明了这种可能。这是中国在21世纪崛起的最大经验之一。中国的崛起开启了人类文明对话的新趋势。中国一直在积极推动与其他文明的对话，"一带一路"倡议就是中国当前对推动国家间对话的主要贡献之一。

《参考消息》：所以你认为世界会变得更和平？

奥努纳伊朱：我不是说21世纪世界会实现彻底和平，单边主义的威胁仍然存在，一些大国仍会军事干预他国，仍会使用贸易作为政治手段讹诈其他国家。这些都威胁到国际社会的稳定和安全。传统大国和新兴大国如何相处仍将是贯穿21世纪的大事。不过，有一点可以明确的是，少数西方国家领导人就可以决定世界怎么运行的时代已经一去不复返了。

西方冷战思维已过时

《参考消息》：美国近年来加强了对中国的遏制，您觉得可能成功吗？

奥努纳伊朱：我读过一位美国情报官员写的文章，他在文章中坦承，美国当年用于对付苏联的策略，如操纵政治议题、实施意识形态打压以及经济遏制，这些对于中国来说已经过时了。

美国等一些西方国家仍然抱着冷战思维不放，然而这终将是徒劳的。我认为，寻求破坏中国发展等于是自锁门户。中美两国经济紧密互补。美国一些贸易协会总结说，特朗普对中国加征关税，实际上是美国人买单。

西方动用治外法权，鼓动香港暴力骚乱，操纵新疆议题，使用这些冷战手法对付中国不会产生效果。美国需要接受文明对话，接受国家间对话。

《参考消息》：您如何看中国发展面临的挑战？

奥努纳伊朱：中国正在超越所谓的"中等收入陷阱"。中国坚持推进改革到一个新的水平，提出的新常态潜藏着解决结构性问题的新动力，这样就在很大程度上避免了"中等收入陷阱"的常见问题。可以预见，未来数十年中国将更加繁荣，并推动全球经济发展，为世界其他国家减贫提供样板和经验。

学者论衡➤➤

大变局下欧洲寻求掌握自身命运

◆ 冯仲平

过去10年，欧洲内外危机不断，问题缠身，政治社会分化日益加剧，到处弥漫着悲观和焦虑的情绪。2019年11月，法国总统马克龙在接受采访时称，欧洲正处于"悬崖边缘"。在马克龙看来，欧洲的危险在于其正在经历"西方霸权行将终结""中美将主宰未来世界"等大变局，却对此或浑然不知，或甘于沉沦。在此背景下，寻求重振欧洲的呼声日益增大。

欧洲正处于发展拐点

"欧洲主权"这一概念的提出，集中反映了重振欧洲的战略设想。马克龙首次提出"欧洲主权"是在2017年当选法国总统后不久，当时主要是为应对宣扬"本国优先"的民粹主义和民族主义。但现在"欧洲主权"的含义日益清晰地体现为欧洲战略自主，不依赖其他大国，将命运掌握在自己手里。这包括：通过加强欧洲国家间合作，在全球产业政策、价值链上保持优势；在国际舞台上努力用一种声音说话；防务方面要推动建设欧洲真正联合的军事力量。马克龙坦承，真正的挑战在于将欧洲由一个经济贸易集团转变为政治和战略力量。

本文刊载于2020年1月9日《参考消息》。

今天的欧洲面临的处境与70余年前二战结束、30年前冷战结束时有一定相似性。换言之，欧洲现在似乎又到了一个历史性发展时刻。

欧洲当下面临的挑战具体来自两方面，一是内部分裂势力的上升，一是外部战略环境发生了战后以来最大的变化。内部而言，英国脱欧虽未在其他成员国产生多米诺骨牌效应，但无疑助长了欧洲民粹主义和民族主义势力，严重牵制了欧洲一体化的发展。目前极右或极"左"的民粹主义政党已几乎遍布欧洲各国，对各国政局、社会及对外关系产生了重要影响。比如，波兰、捷克等国坚持"零移民"政策，加剧了东西欧之间的矛盾。

就外部来说，欧盟面临的最大挑战是，如何应对"靠不住"的欧美同盟。这是欧洲国家战后首次需要面对的重大战略问题。随着奥巴马时期美国战略重心开始东移，特别是特朗普上台后不断推行美国优先政策，大西洋两岸间的分歧和矛盾日益增大，战略互信显著下降，欧洲普遍开始对美国给欧洲的安全保障承诺产生怀疑。除美国外，欧洲与俄罗斯的紧张关系，以及新兴经济体的快速崛起，也被视为其面临的外部挑战。

法德联手推"欧洲主权"

欧洲能否实现其雄心勃勃的所谓"欧洲主权"，将主要取决于未来法国和德国能否精诚合作，继续发挥一体化发动机的作用，同时也取决于欧洲国家能否有效遏制民粹主义力量的进一步发展。对于欧洲面临的严峻挑战，法德总体上拥有共识。2019年初，法德签署《亚琛条约》，发誓将推动欧洲一体化再出发。此外，2019年底上任的欧盟委员会，特别是新上任的欧委会主席冯德莱恩，在带领欧洲走出当前困境方面与法德持相同的看法。但德国国内政局的变化能否保证其深度卷入欧洲一体化，仍是个疑问。

综合各方面因素来看，未来10年欧盟将可能在以下四方面持续取得进展：

首先，是欧元区改革。近年来欧元区改革虽然缓慢，但一直在艰难推进。不改革，下次欧元区危机到来之际，欧盟还将会付出沉重代价。其次，是应对气候变化。保护环境、应对气候变化是欧盟在国际上高举的一面大旗，欧盟承诺在2050年率先实现"碳中和"。目前欧洲已有数百座城市宣布处于"气候紧急状态"，绿党的支持率在2019年欧洲议会选举中飙升，均表明欧洲民众对应对气候变化采取了积极支持的态度。第三，推动数字经济发展。近年来，欧洲国家特别是德国，对自身在数字经济方面落后于中国与美国非常担忧。第四，加强外交与防务领域的合作。未来欧盟将继续力推所谓永久性安全合作机制建设，法国等国同时希望欧洲干预力量能够发挥作用。欧洲要真正在安全上实现自主，一方面需要加强成员国间的共同防务建设，另一方面也需要与俄罗斯改善关系，并建立一定程度的战略信任。这就需要在外交上协调成员国立场，但未来欧俄关系实现转圜并非易事。

妥善处理中欧关系新情况

从中国的角度来说，与欧洲建立和保持全面合作关系十分重要。中国和欧洲国家以及欧盟的关系，在过去几十年来取得了很大进展。这主要得益于双方经济的高度互补性。近年来，中欧关系出现了一些新情况，需要双方认真看待，并积极探求应对之道。

首先，随着中国国际影响日益彰显，欧洲对中国的态度发生了变化。一方面，欧洲对中国的重视程度空前提升；另一方面，欧洲对中国经济上的防范也在快速增大。这导致欧洲对中国的政策日益复杂化。比如，在气候变化领域，很多欧洲国家视中国为"盟友"，而在经济领域，有不少国家对中国投资尤其是并购持警惕态度。同时，欧盟也认为中国不再是发展中国家，并试图以此来调整对华政策，如坚持所谓在市场准入等方面的对等性。总之，欧盟对华经贸政策中的保护主义色彩明显增大。

其次，在整体强调竞争的氛围下，欧洲对华也展示了政治强硬姿态。欧盟委员会在2019年3月发布的对华政策文件中，一方面视中国为国际合作伙伴，另一方面则不仅将中国看作经济和科技竞争者，还将中国定位为"制度对手"。这是欧委会首次在其政策文件中将中国定义为"制度对手"。

第三，欧洲对中国与中东欧国家在"17＋1"框架内开展合作持有较深的误解，认为中国在利用欧洲国家间的分歧来分化欧洲。因此，近年来法国和德国不断呼吁欧洲国家对华采取统一立场。马克龙不久前访问上海并出席中国第二届进口博览会时特意邀请候任欧盟委员会负责贸易事务的委员霍根和德国教育与科技部部长与其同行。这些均可以看作是为了向外界特别是中方传递欧盟对华团结一致的信号。中方也多次强调，中国与中东欧国家的合作将遵守欧盟的法律和条例，"17＋1"合作是中国与欧盟合作的重要组成部分。

总体而言，未来中国与欧洲发展关系需要从两大方面着手。一方面，要利用好与欧洲的各种对话与交流机会，重视双方关系中出现的新情况，不回避问题，多换位思考，以增大彼此理解，减少误判。另一方面，要把握好中欧关系中出现的新增长点，扩大合作面。中欧双方均承诺，在2020年底前完成双边投资协定谈判。该协定的签署对于改善双方投资环境具有重要意义，将有利于未来中欧关系总体稳定。

未来可以考虑以下几方面作为中欧合作的重点。其一，重点解决双方经贸关系中的问题；其二，支持多边主义，加强多边合作，共同应对地区冲突与全球性挑战；其三，做好欧亚互联互通这篇大文章。欧亚地区的繁荣稳定符合中国和欧洲的利益。双方应将各自的优势结合起来，实现"中国元素"与"欧洲元素"的融合，以达到互鉴互促的目的。

（作者为中国现代国际关系研究院副院长）

国际格局重构迈入关键阶段

◆ 叶海林

在技术进步的作用下，人类的历史进程呈加速运动态势。站在21世纪第三个10年的门口，展望10年以后的世界格局，无疑要比20世纪80年代时要困难得多。毕竟，40多年前的人们既想不到信息技术的飞速发展能把整个地球压缩到小小的一块块4.5英寸屏幕上，也想不到借助信息技术实现的全球连接会被某个国家维持霸权的意图不断砍削，已然岌岌可危。过去数年，国际舞台上演的一幕幕悲剧和闹剧向人们预示，国际社会即将进入一个新的动荡周期。规则将被重新制定、秩序将被重新确立，连体系都有可能重新建构。

国际社会日渐碎片化

展望未来10年，人们必须首先为话语和概念的变化做好准备。人们熟悉的许多表述恐怕将不复存在，或者其内涵和外延出现了近乎本质的演变，不得不进行重新定义。比如，传统国际关系语汇中的西方将很难继续被当作一个整体概念，而发展中世界也将在很大程度上失去其原有的含义。

本文刊载于2020年1月2日《参考消息》。

不仅是概念在快速发生变化，许多人们曾经深信不疑的理论，甚至已经成为多数人思维定式的一些假设，都会或早或晚在快速演进的历史进程面前褪去原来华丽的外衣，国际关系的本质将越来越暴露在人们的眼前：围绕着权力展开的国家间博弈从来都决定着国际格局的走向和国际规则的性质。以制度优劣之争为根本的国家间权力斗争既推动了国际社会从无序到有序演进，又决定了这种不平等的权力关系下的有序状态终究会再度导致国际失序，使得国际社会呈现出治乱相继的周期性特点。

权力转移从来都是国际关系学关注的重点问题。从动辄数十年乃至百年的长周期宏观视角研究国际关系史，大国间的权力转移的确是国际社会新秩序取代旧秩序的关键原因。然而，从数年、十几年的短周期微观视角观察，人们却不得不承认，没有一次国际社会的重构是通过两个权力中心直接交接实现的。权力转移的过程，必然伴随着激烈的对抗与冲突，新秩序并不是直接建立在旧秩序的基础上，而是自旧秩序瓦解后的无序与混乱中兴起，最终完成国际关系的治乱循环。

未来10年，国际社会的关注焦点将从大国之间的权力关系向区域范围内的安全博弈和经济连通转移，大国维护国际秩序的意愿和能力呈下降态势，地区性强国的对外战略将更加积极、更加具有进攻性，地缘矛盾本地化、经济合作区域化程度加深，导致国际社会日渐碎片化。

这种碎片化的国际关系互动进程将宣告以一国利益取代世界利益、一国意识形态压制全球多元价值观的美国秩序寿终正寝，从而为新秩序的建立创造条件。

霸主国延续衰落趋势

首先，当前国际体系的主导力量整体衰落的趋势将会延续，其维护霸权的野心与控制世界的能力之间的不匹配将更加明显，霸主国将更乐于用单边主义手段维护其不当利益，这种利益诉求甚至会超过其从原有的非中性制度设计中所能够获得的特权性利益。霸主国不再以维护体系稳定作为维护霸权的主要方式，转向以自己的实力优势和制度特权满足利己主义诉求。短期内，单纯利己的行为模式的确会让霸主国的意愿更容易得到满足，但是，这种宁愿我负天下人不愿天下人负我的行为偏好显然无法长期维持。

美国正在迅速从一个至少被自己联盟体系内部成员奉为"灯塔"的制度型霸主，"转型"为沉醉于长臂管辖出尔反尔的流氓型霸主。这将使得美国只能越来越依靠力量而非规范来维持仅仅服务于自身利益、不提供公共产品的霸权。历史反复证明，缺乏道义合法性的国际秩序是很难长期维持的，其蜕变乃至瓦解是一个难以逆转的进程。

其次，当前国际格局中的依附关系网络将会出现断裂，越来越多的国家被迫脱离原有格局的庇护及束缚。随着霸主国自肥行为的加剧以及全球公共产品供给的下降，"脱钩"甚至可能会出现在霸主国及其联盟体系内中小成员之间。这些成员原本因为依附霸主，而在全球分工体系中占据了超过其国家竞争能力的有利位置，借此从中获得了和霸主国性质类似、程度不同的特权利益。

依附性国家的特权利益会先于霸主国的特权利益遭到削减，最终导致霸主国及其依附性盟友之间原本存在的庇护关系纽带被撕裂。这一点格外重要，是因为霸主国的联盟体系是其制度性权力的重要前提，一旦遭到破坏，对霸权的削弱甚至会超过霸主挑战者直接发起的冲击。

大国崛起进程更曲折

再次，由于受到霸主的预防性打压，新兴大国的崛起进程将变得曲折，面临前所未有的挑战。当前霸主对新兴大国的打压，既不是霸主试图向新兴大国征收"霸主税"的勒索行为，也不是为了和另外一个强国争夺世界领导权而采取的对抗行为，而是为了防止新兴大国进一步增长最终威胁到霸主地位而展开的预防性遏制。这种预防性遏制策略，既不会因为霸主国的领导层人员调整而改变，也不会因为新兴大国对霸主国表现出了合作意愿而减弱。

因为决定霸主国行为策略的两个因素，一个是对未来前景的忧虑，一个是对自身现阶段实力的自信，这两个因素除非霸主国和新兴大国的力量对比关系出现根本性变化，否则，不会消失。

能够导致霸主心理变化的力量关系改变只有两种可能性，要么新兴大国没能承受住霸主的打压，实力遭到极大削弱，失去了未来挑战霸主的可能性；要么新兴大国突破了霸主的层层围堵，真正达到了迫使霸主在与新兴大国共存和寻求经济上的相互毁灭之间做出选择的地步。未来10年，霸主国与新兴大国之间围绕实力消长的较量将进入关键阶段，结局如何将不但决定霸主国和新兴大国之间更为长远的关系模式，也将决定未来远不止10年的国际格局走向。

最后，原本受限于霸权体系的地区性力量将试图寻求突破全球体系的束缚，以自己的方式解决所在地区面临的问题。由于霸主国不再把维护全球秩序作为维护自身霸权的主要方式，势必对地区性问题采取利己主义的态度。不但原本在稳定的国际秩序下无法解决的地区问题将会更加难以解决，而且，在原有规则下能够被有效管控和应对的地区问题，管控的难度也会增大。由此将导致地区热点问题更热、地区难点问题更难。

仅存在一个地区强国的次区域，地区强国建立小规模霸权的野心将会被进一步激发；存在多个哪怕是自封的地区强国的次区域，"左触右蛮、一战连千里"的局面将很难避免。

假如上述情境成为未来10年国际格局演变的主要内容，那么，未来的国际关系史便会将21世纪的第三个10年记载为秩序重构的准备阶段，就像20世纪的第三个和第四个10年那样。虽然在科技进步特别是军事技术进步的制约下，人类的理智能够认识到战争并不能解决问题，但是只要国家存在，且国家各有大小强弱，国家间竞争就会是推动国际关系格局演变的基本动力。这种动力一方面将导致对抗和冲突，不过也会带来进步和繁荣。

归根结底，国家间竞争本质上是制度优劣之争，而衡量制度优劣的根本标准就在于有效性和公平性，这两个标准只有在国家间竞争中才能得到检验和校正。竞争是维持人类社会前进动力和繁荣状态的主要方式，国家间竞争会使人类历史进入旧循环还是开启新篇章，考验的不仅仅是人类寻求和平共处的智慧和善意，更是人类迎接挑战、对抗风险、克服困难的勇气和胆识。

（作者为中国社会科学院亚太与全球战略研究院副院长）

中国引领亚太地区格局变迁

◆ 赵江林

21世纪前20年，亚太地区地缘政治格局变动是区内政治力量发生结构性变迁的结果。在亚太地区，以美国、日本和澳大利亚等为代表的传统政治力量，目前在国际事务中仍占有相当重要的地位。与此同时，中国、东盟成员，加上实施面向东方战略的印度、俄罗斯，这些新兴的政治力量正在改变传统的亚太政治格局。

由于新兴力量对地区增长与合作的贡献在逐步增大，改革现有的地区治理体系、扩大参与地区治理的政治诉求也在提升，扩大发展中国家国际发展空间、实现平等发展的亚太政治格局正在形成当中，成为亚太百年变局的时代主题。

结构变化引发格局调整

今天，政治力量的结构性变化引发亚太政治格局做出如下调整：

一是出于维护自身的国家利益，区内各国对外交往政策纷纷做出调整。美国对外战略特别是在特朗普政府上台后，在推崇"美国优先"的同时，亚

本文刊载于2020年1月7日《参考消息》。

太政策也从"亚太再平衡"到把中国直接视为"战略竞争对手"，以至于中美经贸关系甚至成为问题的本身。中国提出的"一带一路"正在成为引领亚太区域乃至全球发展的新倡议。

二是新发展理念、新治理理念正在上升为亚太区域合作的共识基础。随着区内各国经济上相互联系和相互依存日益加深，对全球性问题和区域性问题的认知呈现明显的价值趋同，特别是公平、正义、包容、可持续等理念已成为亚太各国的主流价值观，为解决共性难题提供了可能性与可行性。

三是亚太区内暗藏多个风险点与挑战点，不时威胁区内和平与发展。主导地区发展的中美两个大国从合作走向竞争，为地区未来发展增添了阴影。

尽管亚太地缘政治格局呈现日趋复杂的局面，但是寻求以国家利益最大化为基调的国际政治利益格局却从未发生根本性改变。沿着这一主线，我们可以观察到，亚太政治力量也在不断权衡利弊，加大自我调整和对外调整的力度，积极加大国际合作力度，使百年变局能够在理性与有序的状态上走向良性变动。

政治格局呈现三大趋势

展望未来10年，亚太地区政治格局将呈现以下几种趋势：

一是亚太地区仍将是世界发展的重心。当前，尽管亚太某些国家"积极"倡导印太战略，试图建立一个自由、开放的印太地区，以一个新的地区政治框架，约束或限制中国在亚太地区的影响力。但是作为印太战略实施的核心国家印度，受其经济发展基础和条件的制约，未来10年很难取代中国在世界上的地位，这就决定了印太世纪难以真正到来。

二是合作仍将是凝聚各方政治力量的主渠道。过去的20年里，亚太地区政治版图的最大变化，首先是新兴政治力量的崛起和传统政治力量的衰落，其次是求合作、求发展的政治力量的增长。伴随着上述力量的结构性变化，与冷战时期敌我泾渭分明表现不同的是，现在的亚太地区因经济联系的日益紧密更多表现为合作共荣的一面，求合作、求发展的中间力量不再以意识形态来划分你我，而是在政治上较少选边站，尽可能地将合作范围最大化，或将合作水平、层次进行最大幅度的提升。

三是当前国际体系创新动力不足，为突破现有的发展空间，各国正在积极向海洋、太空、网络等立体空间发展，这些也将成为区内政治力量合作与竞争的新扩张点。目前，各国将增长的视角转向海洋、太空、网络等空间，引发各国积极动员各种政治力量，向这些领域寻求新的发展空间。与此同时，因竞争发展空间，也制造出一些新的地区风险点，如被无端制造出来的南海问题、数字规则主导权竞争、对中国5G发展的抹黑等。未来这些领域将继续朝向两个方向发展，一方面，因潜在的战略利益存在，这些领域继续成为亚太政治力量甚至制造政治困境的风险点；另一方面，也将因共同利益的存在，这些领域成为亚太地区合作的重点领域。

中国力量推进全球治理

中国作为新崛起的政治力量，正在以全新的思维积极推进全球治理。亚太地区"大变局"的萌动始自中国，也必将终至亚太。

当前的中国正在以其日益增长的经济实力、技术实力和治理实力，成为世界政治乱象中的一股清泉，涤荡着那些固守在传统理念、传统思维的边界内国际行为体的头脑。从亚太地区视角看，百年大变局的实质是，作为新理念的创建者、新发展机会的提供者、地区合作的推进者，中国将主导未来百年新型地区合作与治理的格局，正在开创共同发展、共同繁荣与和平的新地区政治世纪。为此，我们要做好以下几个方面工作：

一是提升自信，将中国版的治理理念升级为亚太版的治理理念，切实维护好亚太地区和平与发展的大局；二是做好中国版的治理理念国际化工作；三是推进分类管理，加强全球伙伴关系建设；四是大力推进全民外交，夯实命运共同体的微观基础；五是准备充实的对外"工具箱"，实现个性化做法。随着经济实力的增长，我们的外交工具箱应做到丰满有度，适应不同国家、不同场合、不同环节，才能使我们的新理念得到广泛的认同、我们的新举措得到普遍的理解。

（作者为中国社会科学院国家全球战略智库研究员）

国际新秩序的"不可能"与"很可能"

◆ 王鸿刚

如果说21世纪头10年以恐怖主义为关键词，第二个10年以应对危机为主旋律，那么第三个10年则很可能以国际秩序重塑为核心特征。未来10年，围绕确立怎样的世界经济形态、国家制度形态和价值理念形态，主要大国将展开全面激烈的战略博弈，其他国家也将深深卷入其中，各国内部和国际诸领域均将发生深刻变化，中国的引领作用日益凸显，为一个更加合理的新型国际秩序最终形成打下初步基础。

现代化基本规律仍起作用

自15世纪末地理大发现以来，人类社会打破彼此孤立隔绝状态，开创了马克思所说真正的"世界历史"，开启了波澜壮阔的世界现代化进程。要精准确定当前历史方位，研判未来10年发展趋势，离不开对世界现代化基本规律的观察与思考。

过去几百年间世界现代化的基本规律，是其演进过程呈现明显的"周期性""结构性"和"阶段性"特征。所谓"周期性"是说主导性国家的兴盛

本文刊载于2020年1月6日《参考消息》。

与衰落有明显的周期性规律。总是因顺应时代潮流而快速兴盛并向外扩展，带动全球生产体系变化，又因落后于时代脚步而导致内部体系失衡与国际体系失衡，并最终走向衰落。迄今，人们已见证两个半这样的周期，即荷兰、英国两个霸权国的完整兴衰周期和美国霸权从鼎盛阶段逾越拐点后明显下行的大半个周期。所谓"结构性"特征，是说荷、英、美等主导性国家都引领创建了符合时代特征、对己最为有利的"中心—外围"的等级化国际体系，吸引或强迫更多国家融入该体系，并相应带动世界经济形态、各国国家政治制度与全球价值理念的变迁。所谓"阶段性"特征，是说几个主导性国家相继推动了世界形态从重商资本主义、殖民资本主义到自由市场资本主义的阶段性发展，每一新型生产关系都是在前一种生产关系处于失衡和危机时萌生出来，接续推动人类生产和互动方式的进步。

如今，美国作为二战后确立的主导性国家，其霸权地位已处于明显的危机状态，它引领开创的国际体系也出现不可持续的征兆。美国战后在西方阵营内部引领创建自由市场体系，并在20世纪80年代后将这一体系及其所连带的国家制度模式和价值观在全球范围内推广，帮助美国确立和巩固了全球霸权地位。然而，美国在国际体系的中心地位既赋予其诸多特权，也造成其内部经济空心、政治极化、社会分化等"霸权痼疾"，同时导致美国与他国关系恶化。就美国推动自由市场资本主义取代英国霸权时代的殖民资本主义而言，这是历史进步；但是，就美国取代老霸权而成为新霸权、继续利用等级化和食利性的资本主义国际体系以满足一己之私而言，这种历史进步仍有巨大局限。20世纪80年代开始，这一体系开始快速扩张。2008年金融危机是这一国际体系由扩到缩，美国霸权地位由盛转衰的分界线。

美国主导的国际秩序出现失衡，连带产生一系列乱象。这一乱象首先体现为恐怖主义泛滥，也体现在2008年金融危机，以及各国民粹运动兴起。这是世界现代化进程中各种周期性、结构性和阶段性因素叠加的结果，是世界现代化基本规律始终在起作用的体现，是既有国际秩序陷入危机的信号，是"百年未有之大变局"的开端。

中美博弈态势将渐趋均衡

未来10年，建设更加先进合理的新型国际秩序势在必行。具体有三方面任务：一是构建以合作共赢为特征的国际经济形态；二是构建以统筹兼顾为目标的国家制度形态；三是构建以公平正义为核心的主流价值形态。

然而，构建新型国际秩序不会一蹴而就，未来10年仅是初步展开。基于历史规律和客观现实，我们可推导出一些比较确信的趋势性判断，大致归结为三个"不可能"与三个"很可能"。这几方面趋势共同作用，将决定未来10年的世界面貌。

一是世界经济不可能轻易摆脱平庸增长，但新的发展方式和经济形态很可能在其中悄然孕育并逐步成势。历史规律告诉我们，新的生产方式往往在危机出清和落后生产方式消亡的过程中产生；每次危机过后，都有新的引领性国家通过大胆拥抱技术创新和制度创新、采取新的生产方式从而实现快速发展，成为推动新一轮全球经济合作和世界经济增长的核心动力，引发世界经济形态和政治形态深刻变迁。如今已有这种苗头，未来10年这种趋势还将进一步发展。

二是美国不可能轻易改变霸凌主义行径，但内部政治分裂与同盟体系松动很可能逐步挫平其霸权的"牛角"。按照美国的选举政治安排，未来10年美国将有3次政府轮替。不同党派、不同类型的领导人上台或许带来不同的行事风格，但其面临的"虚实脱节"的二元经济结构不会改变，"极左""极右"思潮尖锐对立的舆论氛围不会改变，精英与草根以及不同族裔之间矛盾重重的社会状况不会改变，利益固化严重削弱体制纠错能力与领导人施政能力的政治现实不会改变。这决定了未来10年美国很可能继续玩弄转嫁危机、祸水外引的套路，在国际事务中自私自利、颐指气使的霸凌主义做派将更加露骨，甚至对盟友也要迫其承担更多同盟义务而对其做出更少安全承诺。

三是中美两国的战略博弈很可能更加激烈，但不可能出现"新冷战"或者中国被击溃压垮的情况。未来10年中美全面战略博弈将更加激烈。中美两国作为一东一西、一南一北、一前一后追求实现国家现代化的世界级大国，分别代表不同的制度形态和发展模式，有不同的国际秩序愿景。在百年未有之大变局中，两国之间既有巨大的合作需求与合作空间，也有极为深刻的制度差异、道路差异、价值差异、愿景差异，两国将不得不在新的历史方位中艰难磨合。未来10年中国在与美博弈中仍将相对被动，但美国优势将逐步缩小，双方博弈态势将渐趋均衡。

未来10年，中国无疑会被推向世界形势发展的风口浪尖，成为万众瞩目、牵动全局的首要变量。面对未来持续展开的全球变局，中国应有充分的前途自信。巨大的国家规模、先进的制度选择、完备的治理方略、系统的战略布局、严明的执政作风和坚定的民族意志，都是中国在变局中化危为机、乘势而进的战略保证。日益强大的中国，既要有意识地引领开创更先进的经济形态和制度形态，更要矢志不渝成为维护全球公平正义的坚定力量，与世界上大多数国家携手开创更加先进合理的新型国际秩序。这是中国实现百年梦想的必由之路，也是中国必须担当的历史使命与时代责任。

（作者为中国现代国际关系研究院美国研究所所长）

中东又一次处在关键十字路口

◆ 牛新春

人们习惯上把2011年"阿拉伯之春"以来中东北非地区狂风骤雨式的大范围动荡称之为"中东大变局"。实际上，中东更大、更深刻、更实质性的变局已露出苗头，未来最少也会持续数十年，将形成20世纪初中东民族国家形成以来最重要的一次历史性变革。目前，大变局的方向、节奏、影响和结局仍看不清楚，但影响大变局的一些关键因素已经显现在地平线上，依稀可辨。美国战略收缩、伊朗问题、能源革命和"阿拉伯之春"失败是影响大变局的主要因素，中东各国人民的道路选择将决定大变局的方向。

美国搅动地区局势

中东是全球遭受外国军事、政治干预最严重的地区，现在仍遗留着殖民时代的诸多烙印。冷战结束以来，美国是中东地区安全格局最重要的一根支柱，美国稍有风吹草动，中东就有狂风暴雨。

本文刊载于2020年1月8日《参考消息》。

从2011年开始，受国内金融危机、伊拉克战争困境、能源独立、"阿拉伯之春"失败等事件影响，美国中东战略进入战略收缩时代。保证能源供应、保护盟国安全、打击恐怖主义、遏制敌对国家仍然是美国的主要目标，但实现这些目标将主要靠中东国家，美国会向盟国提供帮助，也会实施空中干预，但美国替盟国打大规模地面战争的时代已经结束。

美国战略收缩是对上个20年大规模直接干预的"反弹"，一定程度上是回到离岸平衡的"常态"。美国不再直接参与大规模地面作战，不再大规模推动"民主改造"，是战略收缩时代两大最显著的特征，也是比较确定的事情。美国是否会调低自己的战略目标，是否会减少自己的战略投入，是否会容忍敌对国家填补真空？战略收缩的节奏、次序、重点和领域是什么，影响是什么？这些都是不确定的事情。迄今为止，美国对中东的军事、政治、经济投资没有减少。军事上，美国维持着6万至8万的驻军，保证两个航空母舰战斗群存在。经济上，美国是中东最大的直接投资来源国，中东是美国最大的对外援助接收地区。政治上，中东是耗费美国领导人精力最多的地区。可见，战略收缩仅仅开了个头，还没有体现到物质上。

伊朗正身处风暴眼

伊朗几乎处在中东所有矛盾的风暴眼。中东四大基本矛盾 —— 以色列与伊斯兰国家的矛盾、逊尼派与什叶派的矛盾、改革派与保守派的矛盾、亲美派与反美派的矛盾 —— 伊朗是每对矛盾的主要一方。目前，伊朗经济遭遇高压，美伊争斗加剧，伊核问题正在退回原点，伊朗同沙特、以色列等周边大国关系紧张，这些问题相互交织，牵一发而动全身，对中东具有全局性影响。

过去15年是现代史上伊朗地区影响力扩展最迅速的时期，打破了中东地区原有的战略平衡。2003年美国摧毁伊拉克萨达姆政权，2011年后多个阿拉伯国家陷入内乱，2015年伊朗核协议达成，这些事件给伊朗提供了千载难逢的机遇。目前，伊朗深度介入叙利亚、伊拉克、黎巴嫩、也门内部事务，阿拉伯人哀叹"伊朗控制着5个国家的首都"。特别是在叙利亚、伊拉克和黎巴嫩3国，伊朗的影响力具有决定性、战略性意义，已经形成事实上的"什叶派新月"。

核问题只是伊朗问题的一部分或象征，或者说是伊朗与美国对抗的新一回合，未来对抗升级、和平谈判的可能性均存在。在更深层次上，美国与伊朗的全方位对抗、伊朗国内政局动向、伊朗与沙特的地区权力竞争、伊朗与以色列的对立，这些问题在未来几十年必然会呈现出新的形态，相关各国能否与伊朗和平共处，将长期影响和塑造中东地区格局。

油价低迷倒逼改革

能源是中东的命根子，也是诅咒。中东多数国家当前的政治、经济、社会和安全结构建立在高油价基础之上，石油价格长期低迷将对中东形成全方位、革命性影响。在能源革命冲击下，石油价格可能长期在低位徘徊，中东石油在全球能源格局中的重要性下降，毕竟美国现已成为全球第一大液态油生产国。如果油价较长时期维持在现在的位置，中东多数国家的生活模式将难以为继。阿联酋一位领导人非常形象地说："我父亲骑骆驼，我开高级轿车，我儿子开私人飞机，我孙子可能又要骑骆驼了。"

现有生活方式无法维持，必须全面深化改革，几乎所有阿拉伯国家都正在进行程度不一的改革。由于中东政局不稳、经济低迷、社会动荡，国际资本望而却步，现在中东每年吸引的外国直接投资只有2007年的1/3左右。沙特、伊朗、埃及等中东大国都在削减政府补贴，增加税收，推动工业化进程，降低对能源出口的依赖，目前改革主要还囿于经济领域。改革也是一场革命，"去石油化"必然会引起经济、社会和政治改革，区别在于这将是一场自上而下、和平有序的转型，还是一场自下而上、暴力冲突不断的革命。无论如何，这一进程现在刚刚开始。

亟须找到发展道路

2011年"阿拉伯之春"是阿拉伯社会探索适合本国发展道路的又一次尝试。"阿拉伯之春"失败了，引发"阿拉伯之春"的问题都还存在，甚至进一步恶化。经济停滞、贫富差距、贪污腐败、教俗矛盾、族群冲突、青年失业，都亟待解决，迫切需要找到行之有效的新发展道路。自由主义、复兴社会主义、新自由主义的试验都失败，什么才是适合阿拉伯人民的发展道路，成为阿拉伯社会最紧迫的问题。

旧的问题没有解决，行之有效的道路没有找到，未来的蓝图看不到影子，阿拉伯社会在黑暗中摸索。更大的麻烦是，无一例外，各国街头群众对现任领导人、现行体制不满意，却不知道自己想要的制度、道路是什么样，或者说不知道什么样的路能通向自己想要的生活。未来，探索发展道路的试错工作还会持续。

变局蕴含"危"与"机"

从理论、长远看，美国中东战略收缩有利于中东和平；就现实、眼前看，挑战更大。美国战略收缩必然留下战略真空，争夺真空的竞争已经展开。在国际层次上，俄罗斯非常积极主动在填补美国留下的真空。在地区层次上，沙特、阿联酋、以色列、土耳其、伊朗过去几年都在采取进攻性外交政策，也在抢占真空地带。在更低的层次上，非国家行为体也合纵连横，参与其中。美国战略收缩是祸是福，取决于中东各国能否和平有序、独立自主地达成新的战略平衡。

美国、伊朗、以色列、沙特等国家最终都想通过谈判解决问题，都想避免战争，这是伊朗问题出现"转机"的基础。无论是美国的"极限施压"，还是伊朗的"极限反击"，都是想通过制造"危机"来寻求"转机"，"危机"是手段，"转机"是目标。但是，双方都想在自己掌握"先机"的前提下开始"转机"，因此通过"危机"掌握"先机"，可能会形成恶性循环，最终导致各方都不想要的战争。另一方面，如果新一轮危机能让各方充分体验到自己的实力和意图，会有利于各方做出更切合实际的决策，逐渐形成和平共利的地区格局。

无论中东是大乱、大变还是大发展，未来注定是一个不平静、不平凡的时代。古今中外，大变局同时蕴含机遇与挑战，能否抓住机遇取决于天时、地利、人和。从这个角度看，中东又一次处在关键十字路口。

（作者为中国现代国际关系研究院中东研究所所长）

民粹兴起考验西方自我修复能力

◆ 林红

由于20世纪的两场世界大战和一场旷日持久的冷战留下了太多的创伤和隔阂，21世纪的到来承载了人类关于和平、正义、繁荣的所有美好愿望。然而，世事变幻莫测，如今反建制的民粹主义竟然成了"当今政治图景中的主要特征"。民粹主义浪潮在西方世界的风云突起和对全球化的深远影响，正在改写人们对欧美社会和后工业时代的政治想象。

双重焦虑驱动民粹兴起

在现代政治中，民粹主义是一种标榜人民至上主义、以反建制反精英和挑战既有秩序为标志的政治异象。它的出现，常常意味着一种政治困境甚至政治乱局。在其短短的150年历程中，民粹主义大部分时间是在现代化转型中的非西方国家出现。

2016年的世界政治舞台发生了两起大事件——英国脱欧公投和特朗普当选美国总统，人们从这两起充满着保守主义气息和反全球化情绪的事件

本文刊载于2020年1月13日《参考消息》。

中，惊觉21世纪民粹主义浪潮的第一次总爆发。2016年甚至被定义为"右翼民粹主义元年"。

右翼民粹主义兴起并与经济全球化大唱反调，其源头可以回溯到20世纪后半叶的两个重要节点。一是70年代初兴起的西方新社会运动。这场运动改变了西方左翼政治的演进路径与历史命运，社会民主党右转，阶级政治退场，身份政治登场，建立在文化多元主义价值观之上的政治正确开始形成。二是80年代初撒切尔主义和里根新政启动的新自由主义改革，在经济上主张绝对自由化、彻底私有化和全面市场化，反对任何形式的国家干预，包括福利国家政策。1990年"华盛顿共识"提出后，经济全球化在文化多元主义和新自由主义的双重加持下全面铺展。

然而，进入21世纪后，经济全球化的负面效应渐次显现，文化与经济的双重焦虑在欧美主流社群中普遍加剧。从文化上看，全球化带来了规模空前的移民浪潮，冲击了西方国家的传统文化、宗教信仰和身份认同；而自由派标榜多元开放的平权政策失之偏颇，对主流人群疏于照顾，关怀少数派社群的多元身份政治逆向刺激了白人主流社群的身份意识。从经济上看，新自由主义的完全市场化路径缺乏国家有效干预，尤其是对金融业的适当监管，导致财富高度集中、贫富分化不断加剧，中下层民众强烈的被剥夺感，不平则生怨，民众情绪躁动不安。

在双重焦虑的驱动下，欧美民粹主义浪潮渐成气候，对经济全球化发起了持续的攻击。当2016年到来时，西方民粹主义浪潮达到了顶峰并继续蔓延。特朗普当选后全面推行本土主义的保守政策，英国脱欧迁延3年仍未完成，2019年法国经历了长达6个月的"黄背心"运动，而又一轮的欧洲议会选举中，主流政党席位流失严重，右翼民粹主义政党席位大增。

倒逼西方国家深度调整

21世纪前20年可谓民粹主义的直接行动时期，全球化进程和国家治理均面临前所未有的挑战。此后10年或者更长时期，民粹主义的演进有三个重要方面值得关注。

首先，民粹主义与民族主义全面合流，右翼性质的民族民粹主义将成为主导形态。历史上的几次民粹主义浪潮基本上是左翼性质的，但21世纪的民粹主义浪潮呈现明显的右翼保守主义倾向。在移民潮和难民问题的刺激下，西方国家内部的民族主义思潮迅速抬头，极端右翼政党的社会基础不断扩大。在美国，大约65％的民众认为自特朗普当选总统以来，公开表达种族主义立场的文化变得更普遍了；在欧洲，疑欧主义者、极端右翼政党则把反欧盟、反外来移民等主张作为核心诉求。

就未来而言，民族主义与民粹主义合流的趋势不会停止，这与西方政治"左衰右盛"的态势直接相关。当前，欧美等国的极右翼势力处于上升势头，右翼阵营总体上较左翼要强势得多，民族民粹主义的形成将为右翼、极右翼政治提供极具政治动员能力和理论建构能力的思想武器。民族主义与民粹主义将互相借力，民族主义为民粹主义的兴起提供强大的意识形态支持，而民粹主义又为民族主义的复归提供有力的大众动员工具。民族民粹主义将扩大社会与文化鸿沟，破坏国家认同，成为国家治理中不得不面对的严峻挑战。

其次，民粹主义将迫使西方国家调整发展策略，回应经济社会的平等需求。经济全球化遵循自由化、市场化、私有化的新自由主义路径，创造了大量的社会财富，推动了资本与劳动力的全球流动，但却无力解决财富高度集中、贫富分化悬殊的经济不平等问题。卡莱斯·鲍什在《民主与再分配》中曾提出，"一个稳定的民主政体需要维持适度的经济社会平等"，由于无法提供足够的经济社会平等，新自由主义孕育它的反抗者——民粹主义。

二战结束以来，西方社会经历过两轮重要的共识政治，一是五六十年代的凯恩斯主义和福利国家，一是80年代以来的新自由主义，两轮共识政治均创造了一段时期内相对稳定的政治经济秩序，但后者的达成建立在前者失败的基础上。21世纪的民粹主义浪潮则打破了新自由主义的共识政治，西方又到了重新建构政治共识、寻求全球化转型的历史节点。

民粹主义在倒逼西方国家调整政策，反思新自由主义的重大缺陷，正视民粹主义经济主张在提供较充分社会经济平等方面的作用。此轮浪潮过后，经济全球化面临修正与重构，兼顾市场化与国家干预的混合经济模式或将成为西方国家的政策选项之一。

再次，民粹主义继续弱化西方政治的可预测性，政治极化与分裂现象仍然未解。民粹主义浪潮致使西方国家的制度体系和价值体系同时面临危机。从制度体系来看，精英主义的政党政治和代议制受到民粹主义政党的冲击，左右交替、相对平衡的传统政党体系出现结构性变化。在欧洲，极端右翼的民粹主义政党通过反移民的民族主义议题动员，不断侵蚀传统政党的社会基础，在国内选举和欧洲议会扩大影响，欧洲政治版图日益碎片化；在美国，特朗普当选以来，右翼民粹主义导致两大党在国内政治中的全面对抗，美国正在成为自由派与保守派互不相容的分裂社会。从价值体系来看，民粹主义主张大众民主和反建制，自由民主的价值信仰面临前所未有的危机，主流政党出现代表性危机，社会基础松动和动员能力下降，而直接民主、大众政治获得了越来越广泛的认同。"欧洲晴雨表"民调曾向欧洲公众询问是否认为自己的声音被欧盟听到了，只有大约1/3的人回答是，这一事实折射出欧洲一体化进程的重大缺陷，即民主赤字和民族国家的危机。最终，在民族国家框架内恢复民主的希望被寄托在民粹主义政党及其政客身上。

民粹主义浪潮的冲击如此巨大，未来10年将是考验西方政治体系如何自我修复的关键时期。尽管今天来看民粹主义还不会带来欧洲的解体，也不会导致美国制度与价值观的彻底崩塌，但是西方国家摆脱和化解民粹主义挑战的希望仍然十分渺茫。民族国家与全球化、自由主义与保守主义、多元主义与本土主义的对立使得最低限度的政治合作都很难实现，政治极化和内部分裂的加剧将直接破坏西方政治的相对稳定性。随着民族民粹主义的完全成型和强势发展，西方自由民主将不得不与其展开持久的缠斗。

需寻找遏制民粹良方

在21世纪新的10年展开之际思考民粹主义已经和将要带来的改变尤为重要，因为在这个全球化、互联网化的新大众时代，民粹主义获得了前所未有的生长机会，民族主义、极端主义与大众民主、民粹政治深度交织，带来了一个动荡喧嚣的乱局。如果说此前是民粹主义酝酿、爆发然后高潮迭起的20年，那么此后，民粹主义无论是继续迸发或者是暂时收敛，它仍将是"当今政治图景中的主要特征"，不仅对欧美等国的社会秩序、经济发展和政治走向产生重大影响，也将不断外溢到追随欧美道路的非西方国家，成为一种突显精英与大众、国家与社会之间紧张关系的世界性现象。

防范、驯服民粹主义将成为21世纪国家治理和全球治理的重要内容，因为一个民粹主义现象频发的社会很难说是稳定和得到良好治理的，而一个动荡冲突和缺乏共识的全球秩序，也很难说有足够的良好治理。对于西方国家来说，民粹主义致乱、致变的局面已经呈现，但是能否致治，却有着高度的不确定性。由于在国家治理问题上的低效低能、选举竞争对民意的工具性滥用、全球化衍生的经济文化冲突和国家认同危机等一系列制度性困境难以化解，西方社会不得不面对民粹主义的日益右翼化和极端化的挑战。

在西方政治实践中，民粹主义挑战与政治失能、社会分裂和经济危机有着复杂的关联，被认为是现代民主的病理性反应，是自由民主及其制度实践出现故障的报警器。事实上，2008年全球金融危机以来，民粹主义问题已引起了西方主流学者的普遍关注与讨论，他们对自由民主是否正在衰落、是否还有足够的自我修复能力，产生了深刻的忧虑。而民粹主义浪潮持续至今，至少说明西方社会仍没有找到遏制民粹主义的有效方案。

（作者为中国人民大学国际关系学院教授）

全球化将在调整中曲折前行

◆ 陈向阳

在21世纪新的10年开启之际，经济全球化正面临前所未有的挑战，其何去何从备受世人瞩目，有必要回顾过去20年全球化的历程及其利弊得失，以总结经验、加以完善，扶正祛邪、趋利避害。

经济全球化利大于弊

过去的20年，正是经济全球化大发展的"黄金时代"。先是中国于2001年底加入世界贸易组织（WTO），经济全球化得以覆盖世界人口第一大国，成为名副其实的"全球化"，并一路高歌猛进，直至2008年全球化的"心脏"美国爆发金融危机，使得国际贸易急转直下、国际投资严重下滑。尽管如此，金融危机后二十国集团（G20）峰会机制"横空出世"，老牌大国与新兴大国齐聚一堂、共商危机应对之道，国际社会同舟共济意识空前浓厚，经济全球化的大潮仍然向前涌动。然而，到了2016年，随着英国通过脱欧公投与特朗普赢得美国总统大选，经济全球化的两大引擎即一

本文刊载于2020年1月14日《参考消息》。

体化的欧盟与自信开放的美国相继遭遇重大变故，使得全球化开始明显减速，"逆全球化"潮流涌动，国际经济"碎片化"与"孤岛化"的阴影明显增大。

回顾过去的20年，主动参与并积极引领经济全球化正是中国取得成功的一大"秘诀"。中国"入世"后通过主动参与、充分利用、逐步引领经济全球化，牢牢抓住战略机遇期，有力地促进了自身的崛起，成为拉动世界经济增长的新引擎，特别是在国际金融危机之后，一跃成为推动世界经济复苏的最大贡献国。可以说，过去20年，经济全球化对世界经济持续增长与人类福祉不断增加功莫大焉，对中国经济起飞功莫大焉。

毋庸讳言，经济全球化也是一把"双刃剑"，所谓的"反全球化"呼声便反映了其不足，需要适应并引导好经济全球化，消解其负面影响，使之更好惠及每个国家、每个民族。

"逆全球化"难挡主流

当前"反全球化"的民粹主义在一些发达国家泛滥成灾，一味鼓吹"美国优先"的特朗普政府更是对外大搞保护主义，使得1945年二战结束后所确立的、以联合国为中心的当代国际秩序与多边机制和冷战结束后快速发展起来的经济全球化与自由贸易，都面临严峻挑战，这堪称二战后和冷战后少有的大变局。

当前国际上"逆全球化"潮流汹涌，其具体表现主要有三：一是一些西方发达国家"反"字当头的民粹主义得势坐大，其影响从内政蔓延到外交，对外极力鼓吹本国优先、主权至上、保护主义、民族主义，包括反精英、反建制、反全球化、反一体化、反自由贸易、反移民、反开放、反多元化、反多边主义、反全球治理等，美国成为"重灾区"、扮演"大反派"；二是世界经济增长面临贸易与投资保护主义的严重冲击，美国当局推崇

"零和游戏"，重点针对中国发动所谓"贸易战""科技战"，特别是针对中国的技术及企业大肆"围剿"，致使国际供应链备受干扰；三是国际政治上的美国单边主义肆虐，特朗普政府不断"退群"，还故意从中作梗，令世界贸易组织"停摆"。

然而，尽管当前"逆全球化"来势汹汹、气焰嚣张，但全球化仍是大势所趋，难以被根本逆转，理由有四：

一是世界市场、国际分工、各国经济相互依存是不以人的意志为转移的客观存在，也是当今国际关系的"经济基础"，难以被完全割裂；

二是科技发展本身不仅具有跨国界的全球化趋势，也是对经济全球化的强大物质支撑，特别是互联网技术与国际乃至洲际快速交通；

三是各种全球性挑战层出不穷，气候变暖尤为紧迫，没有任何一国能够置身事外，人类前途命运越来越取决于公平合理的全球化；

四是中国坚定维护经济全球化、自由贸易与多边主义，致力于扩大对外开放、推进"一带一路"建设、促进共同发展、推动构建人类命运共同体。与此同时，包括俄罗斯、欧盟、日本在内，世界绝大多数国家都主张维护和改革全球化，维护与支持全球化的力量仍远大于反对的力量。

中国引领全球化4.0

2019年的瑞士达沃斯世界经济论坛年会，其主题即为"全球化4.0：打造第四次工业革命时代的全球结构"。论坛提出"四大变革"正在赋予全球化新的定义，这些变革包括全球经济领导格局由奉行多边主义进一步发展为"诸边主义"、全球势力划分由单极主导向多极平衡发展、气候变化等生态问题对社会经济发展造成威胁、第四次工业革命下新技术以前所未有的速度和规模兴起。

同年4月举行的第二届"一带一路"国际合作高峰论坛上，世界经济论坛主席施瓦布提出"全球化4.0"的三大原则：更加可持续、更具包容性和依靠多方协作。施瓦布认为中国将在推动"全球化4.0"的过程中发挥关键作用。

展望未来10年，经济全球化将逆水行舟、不进则退，而中国亦将迎难而上、任重道远。

首先，中国的经济全球化战略思想内涵丰富、特色鲜明。既强调经济全球化是不可逆转的时代潮流和大势所趋，应顺势而为，又针对其局限性，主张增强包容性、普惠性和公平公正。同时，强调中国是经济全球化的受益者和贡献者，郑重承诺中国将扮演经济全球化的引领者，致力于坚持并优化全球经济治理。

其次，以"开放中国"助推世界开放。一是推进合作共赢的开放体系建设。维护完善多边贸易体制，推动贸易和投资自由化便利化，推动建设开放型世界经济。二是积极参与全球治理体系改革和建设，秉持"共商共建共享"的全球治理观，维护联合国在全球治理中的核心地位，推动构建更加公正合理的"国际治理体系"。

最后，联合绝大多数国家共同抵制、孤立"逆全球化"势力，共同维护与改革G20、WTO等，扩大发展中国家的国际制度话语权。

展望新的10年，全球化与"逆全球化"的较量将是国际关系的一条主线。面向任重道远的未来30年，中国将坚持义利兼顾、德力俱足、得道多助，统筹国家与全球"两个治理"，从"第一个百年"目标稳健迈向"第二个百年"目标。

（作者为中国现代国际关系研究院世界政治研究所执行所长）

中国以成功经验引领全球治理

◆ 谢来辉

当前，随着美国"单极时刻"的终结，自由主义国际秩序进入调整和修复期。这个过渡期的开始源于国际金融危机，但是并不能确定将终结于何时。展望未来10年，可以预见的是，西方大国会更多关注国内事务。国际制度对各国的约束能力也会明显下降，甚至像世界贸易组织（WTO）上诉机构瘫痪而导致放任自由的状态会更多出现。以"人类命运共同体"为代表的国际主义和全球治理思想将会与以"美国优先"为代表的民族主义和孤立主义理念展开竞争，但在这期间哪种理念会占据上风仍有待实践检验。

不应误解"人类命运共同体"

如今，中国已成为能够决定世界向何处去的重要力量。面对当前这一百年未有之大变局，中国提出了"人类命运共同体"的理念作为答案。对于这一理念，西方甚至包括一些发展中国家比如印度的分析人士常常会

本文刊载于2020年1月15日《参考消息》。

提出一些奇怪的问题："这是谁的命运？""我们是否因此而被注定命运？""我们还能否决定自己的命运？"类似的问题反映出他们没有正确理解"人类命运共同体"的真正内涵，甚至是完全误解和歪曲了这一理念。因为类似观点仍然是从地缘政治、帝国主义甚至冷战时期的零和思维来理解，把国家之间的竞争视为最大的挑战甚至潜在威胁。

地缘政治和全球治理是理解当下世界政治的两个截然不同的角度。"人类命运共同体"这个概念，是在讨论应对全球问题和全球治理时提出的。这并不是认为全人类应该只有一种命运，而是认为在外在的挑战面前，人类社会应该更加紧密地团结在一起，形成一个共同的集体身份，而不是将彼此视为最大的仇敌。这种整体性的视野，符合后金融危机时期的全球政治发展趋势，超越了西方个人主义和自由主义的政治哲学，体现了东方文明的智慧。

以参与全球治理打破疑虑

当前，地缘政治的焦虑是导致一些国家对中国崛起怀有恐惧甚至敌意的根本原因，也是当前美国发动对华贸易战的根源。在不少西方学者看来，应对新兴国家的崛起，是其全球治理研究的核心问题。这样极其狭隘的视角偏移了本应关注的全球性问题和挑战本身，却把地缘政治层面的争权夺利当作了重中之重，显然是非常错误和危险的。

展望未来，积极参与全球治理是中国打破地缘政治焦虑、实现和平崛起的合理选择。中美关系的破解，也应着眼于合作应对全球性问题，不过这需要等待合适的时机。在后霸权时代，美国即便不再是霸权国，也依然是最强大的民族国家，对于国际合作不可或缺。中国需要一种全新的政治哲学来展现自身的实力与善意，通过应对全球性挑战来获得影响力的正当性。以德服人，而非以力压人，是打破西方国家历史上霸权战争更替循环的希望所在。

回顾历史，美国在20世纪40年代之所以成为全球领导性的力量之一，并非仅仅是因为其国力强盛，更多还是因为在共同反抗法西斯主义的正义事业中贡献力量。但是，当下的美国却以"美国优先"的民族主义理念为信条，侵蚀多边主义的柱石，甚至不惜让联合国和世界贸易组织等国际组织停摆。

中国需要战略定力与耐心

展望中国在全球治理中的角色，在当前中美贸易战的背景下，中国应该避免因为追求扩大自身的影响力而被某些国家抹黑，应寻求机会在全球共同应对外部威胁的行动中脱颖而出，成为共同认可的积极力量。另一方面，中国在全球治理方面发挥领导角色的雄心，可能会成为美国等其他大国撬动中国在全球层面采取更多行动的杠杆。因此，在全球治理问题上，中国同样需要战略定力与耐心。从这个意义上看，中国在全球治理中的作用并非越大越好，而是应审时度势，相机而行。

首先，中国在改革现有治理体系，提出更加公平、公正和合理的要求时不宜过于激进，以防止引起现有权力结构的巨大反弹从而激化矛盾。中国可以在全球治理的新领域和增量改革方面（比如贸易和发展、生态保护、卫生医疗领域）多谋出路，以开创性和实质性的贡献赢得认可。

其次，中国将通过自身的哲学理念和政治制度优势，在国内率先解决相关问题，进而为全球层面提供可选择的治理方案。当前的许多全球性问题，一方面是源于21世纪全球高度相互依赖状态和新技术水平所产生的新现象，另一方面也是源于西方现代性的发展方式和发展理念。前者比如恐怖主义和网络犯罪，后者比如环境污染、贫富分化等问题。这些问题在现有的自由主义框架下难以得到解决。

从过去数十年的历史经验来看，中国基于自身国内的实践，对全球发展治理的引领作用日益突出。"桃李不言，下自成蹊。"集中精力把自己的事做好，积极落实新的发展理念，本身就是引领全球发展治理的重要方式。当然，如果在此基础上能够更好地总结自身话语体系，有更大的能力引领全球发展议程，那便是锦上添花。

再次，积极挖掘与其他大国在新领域的全球治理方面并肩合作的机会。大国竞争不可避免，但是如果可以引导大国之间博弈的结构趋向良性竞争，就可以积累信任，并为人类整体福利作出贡献。不少美国学者建议，中美应该积极谋求在气候变化、反对恐怖主义、海事领域、防灾减灾、贸易和金融改革等方面通力合作，以消除战略怀疑，增强政治互信。

此外，中国与欧盟国家之间在全球治理方面存在广泛的合作领域。比如，中国将与欧盟国家一道在保护生物多样性和应对气候变化这两个重要领域共同引领全球合作议程。这有望成为未来10年全球治理领域的一道亮丽风景。

（作者为中国社会科学院亚太与全球战略院"一带一路"研究室副主任、副研究员）

国际军控低潮期更需要对话

◆ 李彬

最近几年，国际军备控制形势再度急剧恶化。特朗普政府主动出招，退出伊核协议和《中导条约》，撤回对《武器贸易条约》的签字。美国政府和政府官员还对其他一些双边和多边的军控条约现状表示了不满，有可能后续采取一些消极的举动。在东北亚，美、朝沟通和谈判仍然处于复杂难解的状态。在南亚，印、巴之间的对抗加剧，双方对核武器的依赖有所增加，核战争危险在上升。在高新技术领域，尽管其军事应用需要一定的军控规则进行管控，但这方面并没有出现实质性的突破和进展。

由于美国的影响力超群，今后很长时间内国际军备控制形势仍将随着美国两党更替而左右摇摆。在今后一两年，国际军控形势还会恶化，美国可能还会退出一些军控机制，更多的军控机制将会处于疲弱状态。

受美国内政影响较大

影响国际军控形势走向的主要因素有两大类，一是相关国家政府的军控倾向，二是军备发展给各国所带来的相对后果。

本文刊载于 2020 年 1 月 16 日《参考消息》。

美苏冷战时期的军备竞赛十分激烈，美国国内两党政治对军控的杀伤作用不大明显。冷战结束后，美国成为唯一超级大国，世界进入单极格局。在这种情况下，美国国内对军备控制的两派观点出现了明显的分野。自由派认为，美国在核武器以及其他军事领域拥有领先地位，如果能够推动军备控制，就能以较低的成本维持美国的军事领先地位。保守派则认为，军备控制只会让美国缚手缚脚，如果放弃军备控制，出现军备竞赛，美国有能力赢得军备竞赛。两派观点十分对立，所采取的政策大相径庭。自由派执政时，如克林顿政府、奥巴马政府就积极推动军备控制发展，投入大量外交资源和国内资源，以期获得国际社会以及美国各界对军备控制的支持。而保守派的小布什政府、特朗普政府时期，美国就会退出一些已经参加的军控机制，打断一些军控进程。

伊核协议是一个典型的例子。奥巴马政府极力推动达成该协议时，其他国家也积极支持和配合。特朗普政府则毫不犹豫地抛弃了伊核协议，并制裁与伊朗维持合作的国家和企业。由于美国超强的实力和影响力，其他国家难以平衡美国的动作。过去20多年里，国际军控进程受到美国党派政治的强烈影响，这种情形在今后相当长一段时间仍会持续。

各国对军控态度不一

冷战结束至今，俄罗斯的相对经济实力已经下降很多，但仍是一流军事大国。由于军备控制可以延缓美、俄军事实力差距的拉大，并迟滞其他国家的赶超，因此俄罗斯是需要军备控制的。从另外一面来看，军控领域是俄罗斯少数几个可以打牌的领域。当俄罗斯受到来自美国的军事挤压时，俄罗斯会威胁退出军控来进行抗议和反制。由于缺乏足够的资源来维持后续竞争，俄罗斯往往并没有将退出军控的威胁转变为大规模的军备扩张。

冷战结束后的几十年里，一些曾经拥有核武器的国家彻底放弃了它们的核武器项目；一些曾经拥有大规模杀伤性武器项目的政权被推翻了；余下的核扩散国家则变得更为顽强。这些核扩散国家包括以色列、印度、巴基斯坦和朝鲜。它们具有坚定的发展核武器的决心，追求核武器运载工具的多样化，将大量资源用于核力量建设。针对这类国家的防扩散和无核化过程将会十分艰难。

中国奉行和平发展路线，军备控制对中国有着非常重要的意义。一方面，军备控制可以在一定程度上增强国际规则，稳定国际安全形势，有利于维护中国和平发展的国际环境。另一方面，军备控制有利于优化我国的资源分配，平衡经济与国防发展，平衡各种军事技术发展。因此，我国一贯对军备控制采取积极姿态。

新技术领域竞争激烈

除了国别因素，军备发展的相对后果也是影响军控进程的重要因素。军备发展对不同国家带来的后果可能是不一样的，这种相对不同的后果可以用如下的概念来描述：先行者优势、自杀伤效应以及相互依存。

在军备领域，先行者优势就是率先发展军备所获得的军事实力优势。先行者获得优势之后，其他竞争者通过努力，有可能在一段时间之后抵消先行者优势，也有可能在很长时间里无法赶上先行者，甚至差距越来越大。在军备发展的竞争中，如果人们普遍认为先行者优势非常明显，而且这个优势会持续很久甚至扩大，那么决策者就会非常焦虑，军备竞赛就可能会非常激烈；如果人们认为先行者优势不明显，即使有也很快会被抵消掉，那么军备竞赛就不会很激烈。在核武器领域，核大国先行者优势不明显。但在新技术领域一种较为普遍的看法是：新兴技术如果抢先用在军事上，所获得的优势将是决定性的，甚至可能出现"赢者通吃"的局面。在人们改变这类看法之前，在高新技术领域可能会出现激烈的军备竞争，在这些领域推动军备控制会遭遇很大阻力。

各种武器在一定程度上都具有自杀伤效应。例如，少量部署地雷可以针对性很强地迟滞敌人的行动；大量部署地雷却可能误伤本方人员，尤其是误伤本方的平民。冷战中，美、苏曾经大量生产武器用裂变材料，以便扩大它们的核武库。冷战后，国际恐怖主义加剧。一旦恐怖分子非法获取裂变材料，就有可能制造核武器伤害人类。一个国家裂变材料数量越多，监管难度和成本就越大。奥巴马政府推动全球核安保建设，就在于认识到了核材料的这种自杀伤效应。可以看出，人们对自杀伤效应的认识，有助于推动国际合作和军备控制。

随着科学技术的发展，在武器研发、部署和使用等各个环节，稍有不慎，可能会出现世界性的后果，有一些是极为负面的。冷战中，人们就认识到，在发动大规模核打击之后，放射性尘降、遮挡阳光的烟尘等会向其他一些地区扩散，带来世界性伤害。在目前迅猛发展的外空、生物、网络以及人工智能等技术领域中，都存在着世界各国相互关联与相互依存的现象。人工智能在军事应用中也可能产生事故，并对大范围的对象产生影响。这种相互关联与相互依存的现象将敦促各国走上对话的道路，寻找合作性解决方案。

期待合作思路占上风

展望未来，核武器领域的主要危险不在于数量竞赛，而在于核对抗可能增加。在高新技术领域，目前人们对先行者优势的焦虑高于对这些技术的自杀伤效应和相互依存的认识。因此，今后在这些高新技术领域推动军备控制的阻力将会非常大。随着人们对这些技术的认识逐渐加深，态度会更趋理性和客观，合作性的解决思路才能逐渐占据上风。

今后处理地区核扩散的难度将会非常大，需要更多的耐心和毅力以及各方真诚的配合。

在军控处于低潮的时期，最为需要的是加强各国专家学者的对话，保持思想交流和发展，为应对困难局面和迎接新的军控发展做好准备。人类命运共同体理论在军控领域体现为客观看待军备发展的先行者优势，充分重视军备的自杀伤效应，积极考虑军备效应带来的各国相互关联与相互依存。这一理论有助于减少军备领域的国际对抗，推进国际合作。中国政府应该秉持人类命运共同体理论，加强与其他四个核武器大国的对话与合作，继续与中小国家保持沟通，积极学习和参与国际军控实践，为世界和平与稳定作出自己的贡献。

（作者为清华大学国际关系学系教授）

新一轮工业革命带来发展新动能

◆ 李燕

21世纪的头20年，是新一轮工业革命孕育兴起的重要时期，预计未来二三十年，人工智能、大数据、云计算、新能源、生物、新材料等一大批技术创新成果将加速向经济社会各领域深入拓展，有望为全球经济带来新一波创新引领、智能高效、绿色、可持续的增长，这将为我国推动经济高质量发展提供前所未有的战略机遇。

重塑经济模式

新工业革命本质上是新科技革命引发的技术—经济范式的变革。它从颠覆式技术创新出发，重塑新的经济形态和竞争格局。

一是颠覆式技术创新重塑产业技术体系。麦肯锡全球研究院曾发布将对2025年全球经济产生重大影响的12项颠覆性技术，包括移动互联网、物联网、云计算、先进机器人和自动驾驶等。这些颠覆性技术将使我们的生产生活方式、工作方式等发生重要改变，也会带来一些新兴技术领域换道超车的重大机遇。

本文刊载于2020年1月16日《参考消息》。

二是新要素的创造和使用提高了现有要素体系的质量和效率。大数据与人工智能算法相结合，带来全产业链、全要素、全生命周期的优化解决方案，进一步形成新的价值创造效应，以知识、技术、信息、数据为代表的知识型新要素对经济增长的贡献不断提高。

三是新技术新模式新产业新业态加速推动产业体系的现代化变革。新能源技术、新材料技术和新技术应用突破了现有产业供给侧、可持续发展的难题，多领域技术交叉融合进一步打破了行业界限，催生出一系列融合创新的新模式，持续推动现有产业向着绿色化、智能化、服务化方向转型。

四是智能技术与制造业深度融合催生出智能化、柔性化、定制化的生产制造新范式。新工业革命背景下，智能技术、智能产品、智能装备、智能制造、智能服务、智能化的基础设施将成为未来制造的新支柱。

五是纵向一体化的产业组织结构向着网络化、协同化、平台化生产组织创新发展。生产设备智能化程度的提高进一步促进了生产组织小型化和专业化分工协作的发展；资源配置趋于网络化、协同化、分散化；生产供应模式由大规模生产转向大规模定制；企业组织进一步扁平化、平台化、虚拟化。

六是经济形态加速向数字化转型。新工业革命背景下，信息系统和物理系统的融合使得传统的经济形态演进升级为数字经济新业态。数字化、网络化、智能化是新一轮工业革命的主线，也是经济发展新旧动能接续转换的直接动力。

找准主攻方向

抓住战略机遇期，推动新工业革命，有几个需要关注的重点内容：

坚持以人为中心，实现包容性发展。以人为中心是新工业革命的核心所在。智能技术应用将使人类最大限度从简单操作性的劳动中解放出来。在生产领域，以用户需求为出发点，依托互联网平台和高度智能化、柔性化的生产系统实现了用户参与设计和大规模个性化定制，有望全方位满足人的个性化需求。管理者和生产者的主要精力将转向具有大数据和智能决策系统支撑的创造性、高附加值的工作。新工业革命将给低素质劳动者就业带来冲击和挑战，麦肯锡全球研究院的一份研究报告指出，在未来60%的职业中有约30%的活动是可以自动化的。当然，智能化也会催生新的岗位，数量大约占全球劳动力的21%—33%。我国应妥善应对这一就业结构转型过程，加强劳动者信息技能培训和信息素质提升，使得新一轮工业革命成果真正惠及人人。

坚持以技术创新为引领，构建开放协同的创新生态系统。创新是新工业革命的重要引擎。从新一轮技术创新的特征看，呈现出跨领域、融合化、集成化的特点，创新的主体更加多元化、协同化，传统的封闭式创新模式越来越被开放式协同创新网络所取代。我国企业面临着科技创新的动力不足、能力不够、科技创新成果转化渠道不畅等问题，需要进一步加强对创新的正向激励和知识产权保护；促进产业链、创新链、人才链、资金链深度链接；构建多领域融合、内外联动、新技术研发和市场应用协同的创新网络。

坚持以数字化为重要驱动力，全面推动数字经济与实体经济融合发展。数字化对劳动生产率提升的作用是毫无疑问的。我国应以新一代高速信息网络为重要载体，推动大数据、云计算、物联网、人工智能等新技术在实体经济各领域的广泛渗透和融合应用，促进实体经济效率提升、结构优化和动能转换。加强科技、信息、数据、金融、人才等资源要素的整合与协同，进一步释放经济增长的潜能。

坚持以智能互联为主攻方向，加快推动生产方式变革。目前我国企业数字化研发设计工具普及率、关键工序数控化率分别达到69%和50%，制造企业数字化、网络化、智能化转型稳步推进。建议以大企业为引领，将推动智能制造与发展智能服务结合起来，延伸制造业价值链，由生产型制造向服务型制造转型；将大规模集中生产与个性化定制结合起来，提升对客户需求的灵活反应能力，增强市场竞争力；发挥我国产业体系完整、配套齐全的优势，依托工业互联网平台促进中小企业、闲置制造资源的整合，积极构建基于工业互联网的制造业新生态。

坚持促进协同融合与共创分享，加快新工业革命的生产组织创新。工业互联网的应用和发展，使得研发、设计、生产、流通、消费网络上各主体的信息交互性、协同性进一步增强，生产组织的灵活性和市场需求的匹配能力进一步提高。产业内部、产业之间、制造与服务之间越来越形成开放融合的组织生态。应以规范发展平台经济和促进工业互联网应用为重点，支持发展众创、众设、众包等新模式以及知识分享、教育分享、出行分享、医疗分享、空间分享、物流分享等分享经济新业态，促进创新协同和资源高效、优化配置。

营造制度环境

为了达到上述目标，需要培育和营造适应新工业革命的制度环境，主要包括：

一是完善有利于技术创新和成果转化的政策和机制。持续加大对基础研究和原创性技术的研发投入。二是持续深化要素配置的改革。着力打破创新要素跨区域、跨所有制流动的体制机制障碍。三是健全公平有序、审慎包容的产业治理体系。按照宽进严管的思路，以知识产权保护、质量、安全、卫生、环保等为重点，建立部门联动的协同监管机制，健全和完善事中事后监管体系。四是进一步扩大开放和推动高水平国际合作。坚持以开放促竞争、促改革、促发展的指导思想，加快落实一般制造业和服务业领域对外开放的路线图时间表。五是持续深化简政减税降费和降成本的改革。

（作者为国务院发展研究中心产业经济研究部第一研究室主任、研究员）

全球减贫亟需新理念新动力

◆ 王小林

贫困是全球性问题，它既涉及收入不足以满足个人或家庭基本需要的"贫"，也关乎获得基本的教育、健康、居住和信息等服务能力缺失的"困"。贫与困往往相互交织，甚至代际传递，难以阻断。贫困与不平等是造成全球冲突并破坏社会团结的主要因素。审视全球减贫挑战，展望贫困治理资源，国际社会需要开辟新的减贫理念和动力。

全球减贫面临多重挑战

按照世界银行的贫困标准，全球7亿多人处于绝对贫困，其中撒哈拉以南非洲和南亚是世界贫困版图最严重的两个地区。如果以联合国开发计划署采用的多维贫困指数衡量，约有13亿人在健康、教育和生活水平等方面经历贫困。相比全球收入贫困，多维贫困更为突出。这意味着消除贫困的着力点需要超越收入，增加收入和提升能力同样重要。

从消除贫困可以动用的经济、社会和环境资源来看，全球减贫面临多重挑战。

本文刊载于2020年1月17日《参考消息》。

首先，全球经济增长低迷，对消除收入贫困极为不利。发达国家经济增长乏力，难以兑现国民收入的0.7%作为官方发展援助的政治承诺，最不发达国家实现消除贫困目标面临筹资困难。全球经济疲软，对发展中国家出口贸易产生负面影响，就业形势不容乐观，贫困人口增收前景暗淡。即使最具经济活力的新兴经济体也不同程度地遭遇经济增长速度放缓的境况。

其次，社会发展不平等，阻断贫困代际传递乏力。教育和健康是人力资本构成的基本条件，也是阻断贫困代际传递的必然途径。过去十多年，尽管几个南亚人口大国受益于经济高速增长，贫困状况明显缓解，但在营养、卫生设施和受教育等方面的贫困问题仍然十分突出。在南亚，仍有超过42%的5岁以下儿童消瘦或低体重，规模高达7000万人。营养不良造成儿童认知技能低下，进而进一步影响学习和就业。

最后，气候变化和新技术变革，给全球减贫带来不确定性。气候变化对农业生产、食品安全、人类健康的影响是多方面的，且具有高度不确定性，贫困人口面对气候变化缺乏韧性。区域性的气象灾害可能带来大规模的饥饿或返贫，这在干旱频繁发生的非洲以及易受洪涝灾害影响的南亚都不鲜见。数字技术革命在给人类发展带来曙光的同时，也可能产生新的不平等。烫平"数字鸿沟"，让全球共享"数字红利"是国际发展领域面临的新问题。

企业参与带来减贫动力

二战结束后，经济合作与发展组织（OECD）国家向发展中国家提供的官方发展援助成为全球减贫的主要资金来源，甚至还培育出OECD国家一个规模巨大的"援助产业"。在此过程中，受援国家需要接受一些附加的政治条件，如完善治理、加强民主等。官方发展援助的优势是保障了一定的减贫资金来源，但劣势是附加条件在某种程度上桎梏了受援国家的发展。

1978年联合国通过了促进和实施发展中国家技术合作的《布宜诺斯艾利斯行动计划》，40年来，它坚持在技术合作中倡导平等、互惠、共赢和团结，成为南南合作的重要里程碑。发展中国家之间平等开展投资、贸易和技术合作，无疑为全球减贫开辟了新的途径。为了解决《2030年可持续发展议程》所需的发展筹资问题，联合国把南南合作和三方合作作为解决全球发展问题的一个重要方面，提出构建全球伙伴关系。

事实上，全球减贫范式上，已经超越了1961年以来的发展援助政治性合作，传承了1978年以来的南南技术合作，注入了20世纪以来迅速发展的南南投资和贸易市场合作。我们说全球减贫正在形成国际发展的"政治—技术—市场"范式，这种范式可以演化为全球减贫的新理念和新方法。

全球减贫的政治、技术合作已经历几十年历程，而市场在全球减贫中的价值创造受到的重视却相对不足，中国在这方面做出了积极探索。一大批企业参与脱贫攻坚战，在实践中形成了新的发展模式。这些企业在扶贫项目设计中，坚持了社会价值、财务价值和环境价值相结合的综合价值投资取向。企业把实现社会价值，如消除贫困和缓解发展的不平衡作为目标，不以财务价值最大化为取向，但又以实现一定的财务回报使项目可持续，同时不以破坏生态环境为减贫和发展的代价。企业参与减贫，既解决了减贫资金的不足，也以市场为导向，为减贫带来动力。因此，全球减贫，需要大力倡导这种综合价值投资，引导更多的市场主体参与减贫，以改善过去主要依靠政府和社会组织资源的贫困治理结构。

推动区域实现自力更生

作为贫困人口最多的南亚和撒哈拉以南非洲两大区域，要实现2030年消除绝对贫困的目标，不仅需要国际社会提升对这两大区域的贫困治理水平，更为重要的是区域内的自力更生，因贫施策，精准发力。

南亚经济社会的典型特征是人口规模大，劳动力资源丰富，自然灾害多，土地资源分配极不公平，少地无地小农户居多，贫困人口聚集。自2011年以来，印度、孟加拉国、巴基斯坦的经济增长都表现出喜人的态势。因此，10年来南亚在消除绝对贫困方面取得了不错的成绩。但是，要实现2030年减贫目标，还需从以下几个方面发力。一是增加经济增长的益贫性，即贫困人口的收入增长速度应该高于全社会平均水平；二是增加社会发展的包容性，为每个贫困家庭提供更加均等化的教育、健康和社会保障服务，保障每个人公平的发展机会，为长期减贫奠定坚实基础；三是加强城市贫困治理，推动社会凝聚和团结。

撒哈拉以南非洲地区虽然贫困人口规模巨大，农业发展水平落后，工业化水平较低，但与南亚有不同之处。受殖民历史影响，该地区区域之间的交通分割是发展的最大障碍之一。因此，为落实非盟《2063年议程》，首先需要加大基础设施投资，实现区域内的互联互通；其次，建议规划实施数字（智慧）非洲愿景，在数字基础设施、公共服务和平台经济方面进行跨越性发展。非洲在数字金融、电子商务等方面都涌现了一些成功的案例。特别是，中非数字技术合作为非洲消除贫困注入了新动力。

（作者为复旦大学六次产业研究院副院长）

全球气候治理需合力防范"灰犀牛"

◆ 庄贵阳

随着工业化程度不断深入，环境污染、生态破坏以及由此引发的一系列气候变化成为世界关注焦点。面对这项系统性综合工程，国际社会需要通力合作、共同努力。面对全球气候治理的新形势，日益走近世界舞台中央的中国应进一步增强在全球气候治理中的话语权，推动和引导建立公平合理、合作共赢的全球气候治理体系，在全球绿色低碳转型大趋势中，提前布局未来零碳技术和产业链主导的全球市场。

全球气候风险持续上升

气候变化已成为当今国际社会共同面临的重大挑战，气候变化对自然生态系统和经济社会的影响正在加速，显著影响经济社会的发展和国家安全。全球气候风险持续上升，加强气候风险管理势在必行。减少灾害和降低气候变化风险已被明确列入联合国《2030年可持续发展议程》有关目标之中。世界经济论坛《2019年全球风险报告》警告称，极端天气事件是发生

本文刊载于2020年1月17日《参考消息》。

概率最高的全球性风险。2019年11月初，万名科学家联署向世界宣告：地球进入"气候紧急状态"。在西班牙马德里召开的联合国气候变化大会上，《联合国气候变化框架公约》秘书处执行秘书帕特里夏·埃斯皮诺萨表示，世界各国应对气候变化的时间窗口正在快速关闭，国际社会一致呼吁各国不仅"现在就行动"，而且要加大气候行动力度。总体上看，《巴黎协定》通过限制碳排放，为全球防范和应对气候风险做了制度设计，但在风险防控方面，还存在领导力、资金、适应力、减排量的缺口，这将是未来政策加强的重点方向。

中国是全球气候变化的敏感区和影响显著区之一。20世纪中叶以来，中国升温速率明显高于全球同期水平，总体上气候变化的影响弊大于利，主要表现为：粮食生产方面，气候变暖使热量增加有利于种植制度的调整，但不利影响更为显著，粮食生产面临挑战。在水资源供给方面，在人类活动和气候变化的共同影响下，中国主要江河的实测径流量近年来呈逐渐减少态势。极端气候事件上，气候变化导致大范围干旱、强风暴潮、暴雨等极端气候事件发生的频次和强度增加，中国洪涝灾害增多。气候风险可能导致的自然灾害已成为严重威胁中国可持续发展的因素之一。

防范气候风险，特别要防范"黑天鹅"和"灰犀牛"两种风险的发生。"黑天鹅"与"灰犀牛"分别被用来比喻突然发生的不测事件和已有苗头甚至显而易见却常常被人们忽略的风险。气候变化的风险是长远的。"灰犀牛"事件之所以发生，就是因为人们看见它在远处，却往往毫不在意。但英国众多科学家发出的严厉警告称，地球可能已经越过了一系列气候的临界点，"黑天鹅"事件的发生更加难以预测。

减排雄心攸关治理格局

在全球治理体系和国际秩序变革不断加速的背景下，国际社会的优先事项一直是加强各国减排的意愿。在有关2020年前发达国家行动力度的盘点、2020年以后长期气候资金的安排、《巴黎协定》相关市场机制等具体议题的谈判中，牵扯到发达国家和发展中国家的实际利益，谈判结果往往难以令国际社会满意。美国、欧盟和中国，这世界最大的三个经济体在应对气候变化问题上的立场与行动，尤其是雄心与领导力，深刻影响"后巴黎时代"全球气候治理格局。

美国特朗普政府于2019年11月4日正式启动《巴黎协定》退出程序，而此前它已废除了奥巴马时期的《清洁能源法案》，恢复对煤炭等传统化石能源产业的支持，大幅度削减能源与气候变化的研究经费等。由于绿色低碳、节能减排的发展方式已形成国际共识和历史潮流，而且美国在世界格局中的地位和影响力也已经发生了变化，因此美国的"退群"行为没能影响《巴黎协定》的实施，反而遭到了国际社会的一致批评。巴黎气候大会之后，非国家行为主体逐渐成为应对气候变化新引擎。美国多个州已经联合成立"美国气候联盟"，以便继续贯彻其在《巴黎协定》中承诺的目标。

欧盟在《京都议定书》达成与生效进程中，一直是国际气候谈判和制度建设的主要领导者。然而，受2009年欧洲债务危机等问题的影响，欧盟在世界经济中的硬实力呈下降态势，加之欧盟内部在协调整体气候谈判策略方面具有难以克服的集体行动障碍，导致欧盟在哥本哈根会议上的领导力黯然失色。直到巴黎气候大会，欧盟在推动《巴黎协定》达成过程中重新扮演了重要角色，正努力再次扮演领导者角色。欧盟委员会2019年12月11日在布鲁塞尔公布应对气候变化新政"欧洲绿色协议"，提出到2050年欧洲在全球范围内率先实现"碳中和"，即二氧化碳净排放量降为零，表明欧盟再次成为全球气候治理领导者的雄心。

中国在国际谈判初期参与较多，但是话语权较少，主要以伸张自我权利为主。随着对气候变化问题认识的不断深入，特别是随着中国碳排放量的不断增加、国力的提高和对国际事务的参与度不断深入，中国从气候治理"参与者"转向气候治理"引领者"。中国致力于向世界提供国际公共产品，建立"中国气候变化南南合作基金"，推动绿色"一带一路"倡议，以打造"人类命运共同体"的理念凝聚全球应对气候变化共识，成为全球气候治理的关键推动力量。在"后巴黎时代"，中国肩负着推动构建人类命运共同体的伟大使命，担当着维护"共同但有区别的责任、公平和各自能力原则"的大国责任，面对美国"退群"等单边主义行为，中国始终坚持多边主义，坚定维护《联合国气候变化框架公约》《京都议定书》和《巴黎协定》等多边协定，不断为推动实现联合国可持续发展目标贡献中国方案，引领全球气候治理取得新成就。

（作者为中国社会科学院城市发展与环境研究所研究员）